光文社文庫

夜の挽歌
鮎川哲也短編クロニクル 1969～1976

鮎川哲也

社

夜の挽歌●目次

西南西に進路をとれ

1

「おそいわねえ」

横田孝子《よこたたかこ》が足を踏むようにして小声でいった。せっかちな彼女は、自分では気がついていないようだが、焦燥感におそわれると、小刻《こきざ》みに、体重を交互の足に移動する癖を持っていた。

「藤沢《ふじさわ》のお宅からいらっしゃるんだもの、時間どおりピッタシというわけにはいかないわよ」

「あたし、待たせるのも嫌いだけど、待つのも嫌いなの。なにか事故でも起ったんじゃないかと思って、ひとりでに胸がドキドキしてくるのよ」

「そんなことあるもんですか。落着きなさいよ、カクテルはまだ半分以上も残っているんだし」

と、高野辰美《たかのたつみ》がのんびりした声音《こわね》で応じた。小肥りの彼女はその外観にふさわしく、慌てるということを知らなかった。孝子のほうは答案を書き終えるとさっさと提出して、いちばんに校庭に飛びだすほうだが、辰美は時限のベルが鳴るまで答案用紙を睨《にら》んでいる。それでいて成績は似たりよったりであった。性格は、まるで違うのに気が合うのは、その点に理由があるのかもしれない。

といっても、二人ともクラスのトップにいるわけではなく、中位の、ごく目立たない存在である。どちらも揃ってフランス語の動詞の語尾変化を覚えるよりは、カクテルの名と味を覚えるほうが好きだった。大学に入ったというのも向学心に燃えるといった殊勝《しゆしよう》な事情からではなく、仏文を専攻したというレッテルが何かこう社会にでてからもカッコいいように思ったからに過ぎない。

「武沢《たけざわ》先生ってお講義のときはパンクチュアルなのに。ミーティングのときもそうだわ」

「でもね、お家には奥さんというものがあるのよ。独身のときとはわけが違うわ。やはり行動に制約をうけるんだわよ」

辰美がわけ知り顔で応じた。

米沢《よねざわ》に出張しているときの武沢は、大学の近くのマンションに仮寓しているのだった。だから女子学生に誘われると気軽に集会やパーティーに出てくれる。遅刻をしたり約束をすっぽかすということは一度もなかった。学生たちの間でこの助教授の評判がずばぬけていいのは、彼が渋味のあるスポーツマンタイプの中年紳士であることのほかに、武沢が勿体《もつたい》ぶらない気さくな態度で接してくれることにあった。それにもう一つ、仏文なんかを専攻していながら意外に手先が器用で、自作の七宝焼《しっぽうやき》のペンダントをくれたりすることもあった。

孝子と辰美が夏休みを利用して東京へ行くという話をすると、この仏語の教師は即座に二人を深夜のドライブに誘ってくれたのだが、平素の彼の態度からすれば、これはごくありふれたことでしかないのである。

「近頃の大学の先生のなかにはへんな人もいるようだから、後で妙な噂《うわさ》をたてられてはお互いに困る。二人が一緒ならばという条件つきだが、いいかね？」

武沢助教授は陽やけのした顔に親しみのある笑いをうかべ、若い教え子を交互にみた。

そのときの話が実をむすんで夜の東京をドライブさせてくれることとなって、夜の九時に東京駅前のバーで落合う手筈《てはず》が決められたのである。

「遅いわねえ」

「だいじょうぶよ。いくら遅くなってもホテルまで送って下さるという約束ですもの。それに、夜が更《ふ》ければそれだけ涼しくなるのよ」

東北育ちの二人にとって都心の暑さは身にこたえている。だからといってこのバーやホテルのような人工的な冷房は嫌いだった。その涼しさがいかにも不自然で、将来自分がお婆さんになってから神経痛でもでそうな気がする。

「あ」

すばやく入って来た姿に気づいたのは孝子のほうで、たちまち丸い顔いっぱいに笑みをうかべると、細い眼をいっそう細くした。

「あら先生！」

と、ちょっと遅れて辰美が声をはずませた。

「失敬失敬、十五分の遅刻だ。罰としてもう一杯カクテルをご馳走しよう」

テーブルにつかぬうちに助教授が謝った。

「だって先生はお呑みにならないんでしょう？」

「ああ、ぼくは呑まない。運転をしなくちゃならないから」

「そんならあたしたちもご遠慮しますわ」

「それよりも早くドライブに連れていって……」

教師に対するよりも兄にでもものをいっているような口調だった。せまい店内にいるふた組の客と三人のホステスたちも、むしろ好意に充ちた眼で彼等のやりとりを眺めていた。助教授がよく行くバーであるだけに上品で客ダネもいい。それにふた組の客も、武沢の顔を見知っていたからである。

武沢の車はすぐ近くのビルの地下駐車場に駐《と》めてあった。

「まあ、すてきな外車ですわ」

「外車じゃないよ、国産だ。だが、なかなか見てくれがいいだろう？」

「いいわあ、いい車だわあ……」

女子学生は互いに「すてき」を連発し合っていた。どちらも、そろそろ車の運転を習おうと思っている。

乗りこんで扉をしめる。かすかに冷房がきいており、これなら神経痛にかかりそうもなかった。

「どこへ行くんですか」

「相模湖まで行ってみようと思うんだ。大体、国鉄の中央線に沿ったコースなんだが、新宿から先はまだ行ったことがないのでね」

車内灯をつけるとロードマップをひろげ、後ろの孝子にも見えるような位置に持っていった。そうしたこまやかな心遣いもまた、この助教授が人気のある理由の一つになっていた。

「明日の朝チェックアウトするんだろ？　寝坊しては大変だから、午前二時までには帰って来よう」

「もっと遅くても平気です」

「睡眠不足は美貌の敵だよ。徹夜をするのは試験のときだけにしておきなさい」

「はァい」

と、孝子は学生口調になっていた。

「ほら、ここが八王子《はちおうじ》でその先にあるのが相模湖《さがみこ》だ。湖といってもダムで川をせきとめた人造湖だがね」

「道に迷う心配はありません？」

心配そうな声になったのは小肥りの辰美である。はじめての東京で深夜ドライブをするとなると、平素の楽天家も心細く思うのは当然だった。

「安心したまえ。ロードマップのほかに羅針盤《コンパス》がある、心配ならそいつを持っていたまえ。とにかく、西南西へ向っていれば大丈夫だ。コンパスなしだと、米沢に着いちまうかもしれない」

「いやだァ……」

助教授の冗談に、二人の女子学生は声をあげて笑った。

「ヒチコックにそんな題名の映画あったわね、『北北西に進路をとれ』とかいうの」

「わたし見てない。わたしスパイ物やスリラー嫌いだもの」

前の席から振り向いた辰美と、後部座席の孝子がお喋《しゃべ》りを始めた。

「そら、コンパスだ。これと睨《にら》めっこしていてくれたまえ。なにしろ相模湖ははじめてだからね」

「心細いことおっしゃらないで……」

渡されたコンパスは懐中時計ほどの大きさがあり、かなり使い古された感じがした。孝子がじっと眼をそれに落していると、運転席の助教授がふり返った。

「家内の愛用品でね、近頃はオリエンテーリングのときによく使っているんだ」

「羨ましいですわ、ご円満で……」

反射的にそう答えた。だが孝子も辰美も、助教授夫妻の家庭が決してあたたかなものではないことを、学内の噂で承知していた。

運転席の背部におどけたピエロの人形がぶらさがっている。手製だがおどけた表情がいきいきとしていた。

「まあ可愛い。先生がおつくりに……」

「いや、家内のだ。これは彼女のマスコットでね、誰にもいじらせない。抱いて寝ることもあるんだ。……さあ、出かけるか」

武沢がはずんだ声をだした。

2

予定よりもかなり早目に、武沢の車は神田の高台にあるホテルの前に停った。東京の深夜のドライブから受けた興奮と疲労とで、二人の女子大生はじっとシートに寄りかかったまま、すぐに立とうとはしなかった。どちらもいい合わせたように大きく吐息している。交通量のはげしい道路を、ともかく無事故で戻って来られたことに対する緊張からの快い解放が、思わず溜め息をつかせたのかも知れなかった。

「さ、風呂に入って寝なさい。ぼくはこれで失敬する。秋になったらまた学校で会おう」

「今夜はほんとに楽しかったですわ」

「ほんと。相模湖のほとりを走ったのが印象的でしたわ、いちばん」

「よかった、よろこんでくれればドライブした甲斐があるというものだよ」

武沢は降り立った二人の学生の肩に左右の手をおいて、これを威勢よくポンと叩いた。

「じゃお休み」

「お休みなさいませ」

「ありがとうございました」

武沢はもう一度手をふり、機敏な動作で車に乗ると、もう走り出していた。

二十歳の初めから乗り廻している彼にとって、車が下駄がわりだというのは誇張ではなく、実感なのであった。この程度のドライブで神経が疲れるわけもないし、むしろ走り足りないくらいである。もう一時間ほどとばせば、気分もよりスカッとするのがいつものことだった。これから横浜の先の藤沢までとばすことなんぞ少しも苦にはならない。

武沢が自宅に戻ったときは午前四時を少し過ぎた時分で、どの家もすっかり寝静まってい た。ただ少し離れた家の二階にだけ蛍光灯がついていたが、これは深夜放送を聴いている大学生の部屋の灯《あか》りであった。彼の母親が、昼と夜とをとり違えた息子の日常生活についてこぼしていたという話を、武沢も細君から聞かされた記憶がある。

そのときの武沢は軽蔑したみたいなうす笑いをうかべたきり、細君が期待したような返事はしなかった。受験生じゃあるまいし、まもなく社会人になろうという大学生が深夜放送に熱を上げるとは、少し知能指数が低すぎるのではないか。そう思っただけで、批判するだけの値打ちを認めなかったからだった。だが、その夜の彼は、平素侮蔑の眼でみていた青年に礼をのべなくてはならぬような事態になったのである。

放送がコマーシャルになったとき、大学生の正雄《まさお》は金網をはった窓際に立って深呼吸を始めた。両手を腰にあて、しずかに肺をふくらませていく。やがて肺がいっぱいになると、今度は下腹をふくらませる。書物で習いおぼえた腹式呼吸であった。そのとき、彼の眼は武沢家の門前に停った新車に引きつけられた。そして深呼吸をつづけながら、武沢が車をカーポートに入れ、玄関のポーチに立ってドアの鍵孔にキーを突っ込んで、なかに入っていく様子を見おろしていた。

三十半ばでしかない助教授が部屋数が八つもある大きな家に住んでいることを、その大学生は格別どうも思ってはいなかった。だが、武沢が先月買い替えたその新車は羨ましくて、ついいつまでも眺めてしまうのである。そのときも彼は、カーポートに駐めてある車を惚れ惚れとした思いで見入っていた。そして、どうもオレのおふくろは考え方が古くて困る……、などと心のなかでブツブツと不平をいった。彼の母親は自分の息子が車の運転をすることと、山岳会に入って登山することを固く禁じていたからだった。どちらも最短距離で事故につながっている、というのが母親の考え方なのである。

　あんなおふくろから生まれたのがオレの不運なんだ。せめて深夜放送でも聞いて憂《う》さばらしをしなくちゃならないのに、その深夜放送まで聞かすまいとするんだから……。ああ、やんなっちゃう。

　大学生はいつしか腹式呼吸することを忘れ、腰に手をあてたままの恰好で、蛍光灯に照し出されたメタリックブルーの車を見おろしていた。

　ドアがバタンと音をたてて開いたかと思うと、文字どおり転げるようにして武沢がとび出して来たのはそのときであった。彼は車に乗ろうとしてカーポートに行きかけたが、ふと二階の窓に気づいてこちらを見上げると、ゼスチュアで外に降りて来てくれといった。平素の落着きはらった紳士とは別人のような、荒々しいともいえるし、慌てふためいたともいえる物腰だった。正雄は変事のあったことを直感して、おふくろが眼をさますことも考慮せずに足音ふみならして階段をかけおりた。

　玄関のドアを開けアプローチを走り、門扉《もんぴ》を開いて露地を駆けぬける。街灯のついている電柱のかどを曲ると、五〇メートルほどいったところが武沢の家であった。

「すみません、勉強しているところを」

　正雄にとって皮肉とも受け取れることを、助教授は早口でいった。

「じつは家に賊が入ったらしいのです。妻は……家内はもう冷たくなっている。部屋の電話を使おうかと思ったんですが犯人の指紋がついている可能性もありますから、電話には手を触れないようにして、車で知らせに行こうとしたんです。そしたらあなたの姿が眼についたもんで……」

自分にかわって一一〇番してくれないか、というのが武沢の頼みである。近所の手前いやだとはいえない。いや、相手が通りすがりの見ず知らずの人間であっても、拒むべき場合ではなかった。

「いいです。……お宅の番地は？」

問い返すだけの余裕があったのは、それが他人の家に起った事件だったからだろうか。一瞬、正雄はそうしたことを思い、問い返したことを恥じた。そんなことは訊かなくても、自分の家の近所だといえばこと足りる。

「わたしの番地はと……待って下さいよ、精神をコンセントレイトしないと……。神奈川県藤沢市西富《にしとみ》、九の五の……一です」

幼児が教えられたことを暗誦《あんしょう》しているふうな調子だった。なにも神奈川県とことわるまでもないのである。

二人の話声はひとりでに大きくなっていたのだろう、それが人々の眼をさましたとみえ、あちこちの窓で灯りがついた。雨戸をあけて覗《のぞ》く気配がする。

「どうしたんです？」

誰かが訊いた。

「すみません、眠っていらっしゃるのを起してしまって……」

正雄が謝る。だが、気の早い男はパジャマにサンダルといった恰好で小走りに出て来た。

「何が起ったんです」

「すみません、ぼくちょっと電話をかけて来ますから」

返答をさけ、正雄も小走りで駆けだした。

パジャマの老官吏《かんり》は不審そうに助教授の姿を見つめている。武沢はものもいわず棒のように立ちつづけ、老官吏の頭のてっぺんでは残り少なの髪の毛がかすかな風にゆれていた。

異常な空気に人々は敏感であった。電灯のともる窓がふえ、埒《らち》があかないとみると寝巻姿で飛び出してくる。正雄が戻ったときには、近所の顔見知りが七、八人たむろしていた。が、助教授が口をつぐんでいるものだから何が起ったかはわからない。

「どうしたんです、何が起きたんです」

正雄はたちまち人垣につつまれてしまった。だがこの深夜放送の好きな大学生は、かつて武沢が甘くみていたほどに軽薄な青年ではなかった。彼はどう突っ込まれてもかるがるしく口を開こうとはしなかった。

「ぼくにもわかりませんよ。ぼくはただ、ぼくはただ一一〇番することだけを頼まれたのですから」

「武沢さんは放心状態だ、なにを電話したんです」

「いまにわかりますよ、パトカーが来るから」

そうした問答が何回かくり返され大学生が閉口しているところにパトカーのサイレンが聞えてきた。彼は明らかにホッとした表情を見せ、人々は道をあけて白い車の到着を待った。

パトカーから降りた二人の警官はあたりを見廻し、独りはなれて門柱に寄りかかっている助教授に眼をとめると、大股で近づいていった。

「武沢右介《ゆうすけ》さんですな」

「え？　ああ、わたしです」

と、助教授はわれに返ったように立ち直った。

「ご苦労をおかけしまして恐縮です」

「いや、そんなことはどうでもいい。それよりも奥さんが殺されているとか――」

「はあ。外から帰ってみますと居間で……」

周囲の人々が息をのんだ。パトカーの警官はそれで気づいたように人々をさがらせ、もう一人の警官は武沢をうながして家のなかに入っていった。

「あの奥さんがねえ」

「恐ろしいことになったもんだ」

「明日になったらすぐ錠前をとりつけよう。シリンダー錠ってのはどんなやつです？」

野次馬が無責任な会話を交わしていた。正雄はその群れには加わらずに、パトカーの横で待機している若い警官をそっと見ていた。

年輩はオレと同じぐらいだけど、ずっとしっかりしているじゃないか。……

3

武沢右介が二度目の事情聴取をうけたのは八月七日の十一時過ぎのことであった。被害者加久子《かくこ》の屍体解剖はすでにおわり、武沢家には親類や近所のものが葬儀の準備で右往左往している。そうした最中の呼び出しだから、訊問の内容が緊急を要するものであることはピンときたのだろう。出頭した武沢は睡眠不足の充血した眼をしきりにまばたいていた。勿論ヒゲも剃っていない。服装もワイシャツに水玉模様の粋なタイといった昨夜のままだったが、そのネクタイはひん曲り、シャツもしわだらけになっていた。

午前中の訊き込みによって捜査本部側は、この仏文学者と妻の加久子との仲が冷え切っているという事実を摑《つか》んでいた。しかも事件のあった夜もかなり派手な口論をしており、窓が開いているものだから、それは隣家に筒ぬけだったというのである。

「それは事実です。気性が合わないために年中喧嘩ばかりしていました。わたしが米沢の大学へ赴任するようになったのも、加久子と顔を合わせずにすむと思ったからです。教師という商売は夏休みや春休みがあるということで一般の人から羨ましがられていますが、わたしにとってはこれが苦痛でした。自宅に帰らなくてはならないからです」

「余計な質問になりますが、憎み合って一つ家にいるよりも、離婚したほうがよかったのではないですか」

横浜の県警本部から出向いている警部が訊ねた。武沢よりも十歳ほど年長であり、職業がら世情にはつうじていた。その警部からみると、この蒼白きインテリはどこか頼りないように思えた。

「だって世間に理想の夫婦なんているわけがないからですよ。別れてべつの女房を探すなんて面倒くさい。めしを炊いたり洗濯をするという程度だったら、加久子でも間に合うのです」

武沢は急にタバコを吸ってもよいかと訊き、警部がうなずいて見せると、すぐにポケットからロングピースを取り出して火をつけた。

「じつはたまたまお宅の前をとおりかかった通行人から情報が入ったのですが、昨日の夜、かなり派手な口論をおやりになったということですな」

通行人ではなく、実際は隣家の主婦から得た情報である。警部は、彼にとって不利になるその質問を頭から否定するのかと思っていた。

「やりました。家内は三カ月ばかり前に事故に遭いまして、片脚にギプスをはめています。家のなかは歩けても当分の間は外に出られません。それやこれやで気分がくさくさしていたようです。そこに、わたしが教え子とドライブに出かけるという話を聞いて、いや味をいい始めたのです。加久子の愚痴というのは二時間から三時間ぐらいつづくのが常でして、いつもは黙って聞き流すことにしているのですが、昨夜は外出する時刻が迫っていたものですから、ストップをかけたのです。それがきっかけとなってもの凄く怒りました。世間知らずだとか温室育ちだとか、まあ、いろんな悪態をつきましたな。そこで売り言葉に買い言葉となって、おっしゃるとおり派手な口論が始まったわけです。といってもクライマックスは三分間ぐらいのものでしょうから、その情報提供者はたまたまエキサイトしている三分間に通りかかったことになりますが」

話をする間に助教授はしきりにピースをふかして、忽《たちま》ちのうちに一本を灰にしてしまうと、吸殻をアルミの灰皿に捨てた。

「加久子は嫉妬ぶかいたちでしたから……」

説明不足を補うとでもいったふうに、ポツリと一言いい添えた。だが武沢の場合、教え子といえば若い女の子なのである。しかもこの助教授はスポーツマンタイプの筋肉質で、色こそ浅黒いがキリッとしたいいマスクをしている。女子学生の間で人気のあることはまず間違いなさそうであった。その彼が夜のドライブに出かけるとなれば、細君が嫉妬するのは当然だろう。女房が平然としていたなら、そのほうが異常ではないか。

警部がもう一つ不可解に感じたのは、この助教授が多弁であることだった。質問しようとして心のなかにメモしておいたことを、相手のほうから一方的に喋ってくれるのである。そのこと自体は手間がはぶけて結構なのだが、妻を失ったばかりの夫としては、たとえ不仲な女房ではあっても、饒舌《じょうぜつ》に過ぎはせぬか……。だから、警部はごく自然に助教授のアリバイを訊ねることができた。いつもならば、「形式的な質問ですが」などという前置を必要とするのだが、このときばかりはズバリと切り出すことに何の躊躇《ちゅうちょ》も感じなかったのである。

「まさか……まさか、わたしが殺したと……」

助教授は充血した眼をむき、そして絶句した。だが彼の見せたそうした反応が、警部には見えすいたお芝居のように思えた。

助教授は警部のひややかな視線を受けて観念したとでもいうふうに、それ以上は抗《あらが》うことはせずに口を開きかけた。そしてもう一度舌で唇にしめしをくれておいてから、例によって流暢《りゅうちょう》な口調で喋りだした。

「さっきも申したことですが、昨日の夜は米沢の大学の教え子が東京見物に上京しているものですから、深夜のドライブに誘ったのです。家にいるとわたしも気分的に参ってしまいますから、わたしとしては楽しみにしていたドライブでした。家を出たのは八時前で、そのとき加久子はテレビを見ていたようです。声をかけても返事をしませんでしたから。テレビを見ているときはいつもそうなので、わたしは玄関の鍵をかけて出かけました」

犯人は開けてあった窓から侵入したことがわかっている。警部は一つ頷《うなず》くと、先をうながした。

「落合う場所は東京駅の八重洲《やえす》口の前にある『ヴィヨン』というバーで、ここは雰囲気が上品ですし、それに泥棒詩人の名をとって店名にしたところも気に入ったものですから、ちょくちょく顔をだす店なのです」

警部はさりげない表情をうかべ、しかし心のなかでは緊張して話を聞いていた。解剖の結果、兇行時間は午後十時半から十一時半までの一時間であるという線が出されている。この一時間という時間帯を、武沢がどう行動したかがポイントになっていた。

「約束の時刻は九時でしたが、途中で渋滞があったものですから、『ヴィヨン』に顔をだしたのは十五分過ぎです。そこですぐドライブに出かけました」

「ちょっと。同行した学生はだれですか」

「高野君と横田君といいます。どちらも女子学生です。お断わりするまでもありませんが、相手が一人だったらドライブはしないつもりでした。複数でいくという約束だからこそ、深夜のドライブをしたのです」

「わかりました。先を……」

「相模湖のあたりまで行こうということになって、駐車場を出発したのが九時二十五分か半ぐらいだったでしょう。後はひたすら相模湖へ向けて走らせたわけです」

「すると、十時半から十一時半にかけて何処を走っていたことになりますか」

この質問も、つとめてさり気ない口調だった。黙っていては悪いからお義理に口をはさんだ、とでもいうような調子である。

「さあ……。わたしはあの辺を走ったのははじめてですから、はっきりとしたことは答えられません。しかしですね、わたしたち三人は東京駅を出発点として九時半にスタートすると、まる四時間を走り廻って駿河台《するがだい》のホテルに帰りついたのが一時半でした。ですから加久子があした目に遭わされた間中、車の上にいたことになるのです。もしわたしを妙な眼でご覧になるのなら、それは時間のロスというものです。現金が盗まれていたそうですから、通りすがりの悪者による強盗殺人じゃないでしょうか」

「近頃の犯人はこすっ辛《から》いのが多くてね、偽装ということも考えられるのですよ」

県警の警部は助教授の発言に同意するでもなし、といって積極的に反対するでもなし、世間話でもするようなのんびりとした言い方をした。

「で、その女子大生に会って話を聞いてみたいのですが」

「多分、今日の急行で帰宅したんじゃないでしょうか。雨が降ったら出発を延期するなんていってましたが」

　警部が彼女たちの電話番号をたずねると、フランス文学の教師は胸のポケットから黒い革表紙の手帳をとりだして、ページをくった。その手帳はつねにシャツのポケットに入れられてあるのだろうが、警部には、今日の訊問に答えられるよう用意して来たのではないのか、と思われた。偏見を抱くなというのは彼がこの世界に入った第一日目に上司から教えられた言葉であり、いまでもこの警句を忘れてはいない。だが、そう思ってもなお、この助教授のすることなすことが警部の気をひくのである。

「十時頃の列車に乗るといってましたから、あと四時間もすれば米沢の自宅に着いているだろうと思います」

　警部は大きく頷いて了解のゼスチュアをしてみせ、ついで殺された細君の交友関係だとか、近所との人づき合いから御用聞きの商人との間にトラブルがあったかなかったかということまで訊ねた。

　助教授の聴取がおわったのはほぼ一時間後で、彼は重たそうな足どりで本鵠沼《ほんくげぬま》にある署の玄関をでていった。洒落《しやれ》た半袖シャツを着ているくせに、まるめた背中が妙に老人くさく見える。もしこれが芝居であるとするならばとんでもない野郎だ。警部はそう思いながら、武沢が駅のほうへ歩いていく後ろ姿をいつまでも見送っていた。そして彼が最後の角を曲ってふっと見えなくなると同時に、忘れていた暑さを思い出し、その途端に汗がひたい一面ににじみでてきた。

4

二人の女子学生は上野のデパートで買い物をして、上野の美術館で絵を見たのち、二時九分発の山形行急行にのるということがわかり、ただちに刑事が上野駅へ急行した。こちらも二人組である。その時刻の改札口で待ち構えていれば、辰美も孝子も現われるに違《ちが》いない。出発までのみじかい時間を有効につかえば、武沢助教授の語ったことが事実であるか否《いな》かがはっきりとなるわけである。杉田《すぎた》という若い刑事はとつ弁であったから、年長の井戸《いど》刑事が訊問を専門にやる手筈ができていた。

改札口は二つ並んでおり、時刻が迫ってくると、気の早い乗客が列をつくりだした。刑事たちは早速その行列に眼をはしらせる。だが、そう注文どおりに女子学生が並んでいる筈もなく、銘々《めいめい》がかるい失望のいろをおし隠して、また改札口に戻っていった。

横田孝子は丸顔で眼がほそく、高野辰美は小肥りだという。それが単独だとすると似たような女性はいくらでもいるから、発見することは困難だが、二人がコンビを組んでいるとなると事情は大きく変ってくる。井戸刑事も杉田刑事も楽観していた。当然のことだが場数を踏んでいる井戸のほうが落着いており、小料理屋の女将《おかみ》からもらった扇子をひろげて鼻の先をあおぎ、その小鼻がときどきヒクリとするさまが杉田のほうからもよく見えた。扇子には白粉《おしろい》のにおいが浸《し》み込ませてあって、パタパタとやる度にほのかな白粉のにおいが鼻をくすぐるのである。

その動きが急にとまった。パチッとたたむと腰のバンドにさしておいて、相棒に顎《あご》をしゃくってみせた。井戸刑事の視線の先に、旅行客の人の群れにまじった二人の女子大生の姿があった。小肥りのほうがしきりに話しかけ、丸顔のほうが眼をほそめて頷いている。二人とも肩にふくらんだショルダーバッグをかけていた。デパートでは買い物をしなかったのか、発送を頼んだのか、紙袋は持っていない。

刑事はやり過《す》ごしておいて、用意した入場券でフォームに入ると、後を追った。彼女等が指定席ならば問題はないが、自由席だとすると、引き止めて話をしているうちに満席になってしまわぬとも限らないからだ。

思ったとおり女子学生は自由席の車輛に乗った。二人の刑事は後につづいて乗り込むと、彼女たちが網棚にショルダーバッグをおいた直後を狙って声をかけた。

「まさか。……」

「ウッソォー」

助教授夫人が殺された話を告げられた二人は、今朝から新聞もテレビも見ていなかったから初耳だといい、しばらくは信じられぬふうだった。だが刑事のほうにしてみれば、いつまでも呆然《ぼうぜん》自失していられては困るのである。

「といったわけでね、一応は関係者すべてを疑ってかからなくてはならんのです。ま、そこが刑事という職業の因果《いんが》なところでね」

井戸刑事が早口でまくしたてる。押えた声で喋っているので、早口にもかかわらず角が立たない。加えて生まれつき目尻のさがった顔をしているものだから、相手に与える印象はつねにソフトだった。杉田刑事には、なんとしてもその真似はできないのである。どう努力してみても、ついデカの口調になってしまう。

「あら。先生を疑ぐるなんて酷《ひど》いわ」

孝子が丸い顔にきびしい表情をうかべると、辰美のほうもこっくりをしてみせた。楽天的な女性が、このときは楽天家であることを忘れたように、きっとした視線で刑事を見返している。

「ご家庭がうまくいっていないという噂は聞いてましたけど、そんなことをなさる方ではありませんわよ」

「同感同感。わたしもね、ひとめ見たときからそう思いました。これでも刑事生活二十年のベテランです、自分の勘はなによりも信用している。ただ、わかっていてもやらなくちゃならんというのがお役所の形式主義というやつなんです」

なにが同感同感だ。聞いている杉田刑事は唇の内側を前歯でキュッと嚙んで吹き出すことを防いでいた。

「で、あの晩の武沢先生の、というよりもあなた方の行動を聞かせて下さい。『ヴィヨン』で呑んでいるところまではわかっています、それから先を……」

いいながらチラと車内に視線をやった。発車まであと四分と少々というのに、まだお盆には間があるせいか、列車は案外すいているようだ。この分だと刑事たちも旅行者づらをして坐っていられそうである。

「時間がないですからなるべく要領よくお願いしたいですな」

「じゃ簡単にお答えします。先生と一緒に夜のドライブを楽しみました。そして午前一時半頃にお茶の水のホテルまで送っていただいた。一口にいいますと、そうなるんです」

「行先はどこでした？」

「相模湖までです。もっと遠くへ行ってみたかったんですけど、帰りが遅くなるので止めました。Uターンして戻ったんです」

「時計ははめていたんでしょうな」

二人は黙って頷いてみせた。どちらも売り出されたばかりの新型の腕時計をはめている。きっと入学祝いに買ってもらったんだろう、と若い刑事は想像した。

「もう少し精確に思い出して下さい。まず出発した時刻は……」

「九時半だったわね」

答えるのが孝子で相槌《あいづち》をうつのが辰美である。質問者はますます早口になった。

「相模湖の先でUターンしたのは？」

「十一時半でした。辰美さんが正味二時間かかったわねっていったのを、はっきり覚えています。ね？」

「うん」

「ホテルに帰り着いたのは何時でした」

「これも時間を計ったから覚えているんです。帰りは少し早くて、といっても十分程度ですけど、ホテルに着いたのは一時二十分頃でしたわ。ね、そうだわね」

「うん」

「すると、ドライブした時間は、九時半から一時二十分までの四時間弱ということになりますな。行先は間違いなく相模湖でしたか」

「ええ。間違いありません」

井戸刑事の小さな顔に、信じかねるといった表情がありありとうかんだ。相模湖は東京の西にあるし藤沢は南の方角に当る。女子学生たちが口裏を合わせて嘘《うそ》をついているのでないならば、相模湖へ往復していた助教授には妻を殺害することはできない筈であった。

5

「ずっと一緒でしたか」

「………？」

　ポカンとしている。わかりきっていることを訊きただされて、相手の真意をはかりかねるとでもいった顔つきである。

「ええ」

「途中で運転する人が替った、ということはないですか」

「あたしたちどちらもまだできないんです。そのうちに習うつもりですけれど」

「いや、わたしの訊いたのはそうじゃない。途中で武沢先生が降りて、誰かほかの人が替って乗って来たのではないだろうかというのです。そしてまた後で武沢先生と交替した――」

　女子学生は終りまでは聞いていなかった。刑事の奇想天外な想像を軽蔑するように、あるいは強く反撥《はんぱつ》するように大きく首をふった。

「刑事さん、そんなふうに考えてまであの先生を犯人にしたいのですか」

「とんでもない、そんなつもりは毛頭ないです。しかし、もし武沢先生を疑っていたらこんな形式的な質問はしませんよ。もっと肉薄した、丁々発止《ちょうちょうはっし》といった真剣勝負的な問答になるもんです。こんな生まぬるいものではないですよ」

井戸刑事は平気で嘘をついた。

「すると、武沢先生は一貫して運転しつづけたわけですな。途中で一度も降りたりはしなかったと……」

発車のベルが鳴りだした。列車の内外の雰囲気がにわかに慌しいものになる。と同時に、井戸刑事の質問はいっそう急テンポになった。杉田刑事のほうは浮き腰だっている。ボオと鳴ったらさっと飛びだせる恰好だ。

「ええ、終始一貫して武沢先生が運転してました。だから返事はウイね」

「でも、コーラを買って来て下さったじゃない。あのことを勘定に入れればノンだわね」

「コーラを買った？　降りてですか」

「自動販売機のコーラよ。でも、車内冷房が効いていたから、本当ならあたたかい珈琲《コーヒー》が飲みたかったけど」

「そういえば珈琲が欲しいわね。あたし、フォームにおりて来る」

「お止しなさいよ、発車しちゃうじゃないの。そのうちに車内販売がくるわ」

ベルはいまにも鳴り終えそうだ。女たちにのんびりとお喋りをされていては、列車がでてしまう。

「コーラを買いにいった時間はどのくらいですか」

「そうね、六、七分……かしら」

「うん」

「七、八分だったかもしれないわね」

「うん」

「五、六分だったかしら」

「そうかもしれないわね」

辰美の返事もあやふやであるところをみると、二人ともあまりハッキリとした記憶はないようだ。が、それにしても十分未満では問題にならない。

「もう一つ――」

いいかけたときベルは鳴り止み、先頭のほうでホイッスルが、旅の気分をかきたてるあの独特な音色をひびかせた。しまった！　といった顔で杉田は中腰になっている。

フォームがゆっくりと後ろへ動きだすと、わかい刑事はどうにでもなれといった開き直った態度でドスンと腰をおとした。なあに、つぎの赤羽《あかばね》駅で降りればいいさ。

「で、コーラを買ったのはどこですか」

「八王子です。相模湖のちょっと手前ですわ」

八王子は山梨県境にもっとも近い織物の町である。人口は二十九万だから、都会といってもいい。

「しかし、コーラを買うのに七分も八分もかかったというのは変じゃないですか」

刑事の訊き方もゆっくりとしたものになった。

「お財布からお金をこぼしたので拾い集めていたんです。小銭はいいけど、記念にもらった銅貨が惜しいとおっしゃって……」

記念の銅貨というからには現在の十円玉なんかではなく、大正か明治の貨幣なのだろう。

「そうなんです。大正時代の二銭銅貨なんです。いつか見せて下さいましたけど、いまの一円玉よりもずっと大きくてうんと重たくて、水に入れたら絶対に沈んでしまいそうなお金です。一円玉をペンダントにしてたら笑われますけど、二銭銅貨をペンダントにしたらば立派だろうなあって思いました」

「見つかったのですか」

「いいえ。ですから残念がっていましたわ」

「あたしたちが買ってお返ししようとしたら、いらないって……。値段はそんなに高くないんだけど、思い出の品だから惜しいのだとおっしゃいました」

「そのスタンドは八王子のどの辺です？」

「さあ……。地図は持ってましたけど、町名みたいな、そんな小さなことは書いてなかったんです」

車内のざわざわした空気も尾久《おく》駅を通過する頃にはすっかりおさまってしまい、気のはやい客は駅弁をひろげておそい昼食をとっていた。しかし刑事たちにはそうした様子は眼に入らない。赤羽駅に着くまでには、赤羽駅がだめならつぎの大宮駅に到着するまでには用件をすましてしまいたい。

「世間には音痴というのがおりますな。わたしなんかも酷《ひど》い音痴で、八木節《やぎぶし》を歌ったつもりが、まわりの人はかっぽれだと思っていたりします。わたしは同時に味覚音痴ですから、一流の調理師がつくった刺身もうちの家内がつくった刺身も、同じ味がするんです。しかし、考えてみるとこれは幸福なことですね、高いかねを払って外で喰う気がおこらない」

「結構ですわ、家庭円満で……」

「でしょう？　ところであなたはなに音痴ですか。運動音痴とか、方角音痴だとか……方角音痴だと、ロンドンを目指したつもりでパリに着いちまうといいますが」

丸顔の女子大生は声を殺して笑った。

「あら、それを訊きたかったんですか」

「つまり、まあ、そうです」

「方向感覚はわりかしいいほうですね。ですから、西へ向ってドライブしたことは間違いないんです。いまもいいましたように地図がありましたし——」

「コンパスも持っていたんですもの」

と、楽天家の辰美も口をそえた。

「こちらにも動機のあるやつが三人ばかり見つかっている。一人は無宿者だが、川崎市内でかっ払いをやって逮捕された前歴がある。二人目は近所に住むサラリーマン夫婦で、これが武沢家と犬猿の仲なんだな。殊に細君同士が牙をむき合っている。亭主のほうは出張中だからやったとすれば細君のほうだがね」

6

井戸たちが赤羽駅のフォームから国電を乗り継いで藤沢の署までもどってくると、県警の警部は労をねぎらっておいて、留守中の捜査の進行状況をそう説明してくれた。

「三人目は八百屋の小僧なんだ。これも武沢夫人にちょっとしたことから出入りをさし止められている。あの奥さんのヒステリーにも困ったもんですなどとこぼしていたら、それをまた告げ口するかみさんがいて、小僧は路のまんなかでとっ捕まると、武沢夫人にコテンパンにどやされたという。まあ、こんなことが殺人の動機になるとも思えないが、一方ではなんでもないようなことで殺したり殺されたりする殺伐な世の中だからな、無視するわけにはいかない」

「無宿者のほうは盗みに入って居直ったとみていいのですか」

「そういうことになる。しかし本命はなんといっても武沢だよ、これはおれの勘だ。勘だから理由をいえといわれても無理な話だ。とにかく、徹底的に洗ってみてくれ。徹底的にだ」

井戸も県警から来ている。警部の口調がざっくばらんなのは、いままでにも何度となく一緒に仕事をしてきたからである。

「その後の調査でわかったことだが、殺された夫人というのは長野県の大地主の娘だそうで、持参金目当てに結婚したらしいんだ。ところがこれが我儘《わがまま》一杯に育ったじゃじゃ馬だから持て余すようになった。まして近頃の武沢は収入もかなりあるから、細君の金銭的な援助を必要としない状態にあったんだ。つまり、細君がお荷物になってきた。別れれば問題は解決するわけだが、こういう女に限っておいそれとは別れてくれない。特にここ一年は、夫婦の間が冷却しきっていたそうだ」

刑事は黙って頷いた。武沢に同情する気はないが、彼が女房殺しをしたくなる気持はわかる。

「武沢がクロならば、女子大生は揃って嘘をついていることになる。だからもっと客観性のある証言が欲しい。暑いところをすまないが、相模湖ドライブをもっと洗ってウラをとって貰《もら》いたいんだ」

「わかりました。二銭銅貨をおとした自動スタンドですね？」

「ああ。八王子のどの辺かを訊いて直行してくれ。銅貨が落ちているかどうか、そいつを確かめたい。尤《もっと》も、近所の子供が拾ってしまったかもしれないが」

そこは運にまかせることにして、井戸は早速八王子へ向うことになった。

まず喪家《そうか》の主人に電話口にでて貰って、コーラを買った自動販売機の在り場所を訊ねた。まるでバックミュージックみたいに武沢の声の背後から読経が聞えてくる。が、刑事商売と鴉とは元来死体に縁があるものなのだ。井戸にしてみれば、お経が聞えたからといってべつに何ということもない、毎度のことなのである。

「八王子ということは覚えてますが、国道20号線を走ったのははじめてですからね、町の名前まではどうも……」

自信なさそうに語尾がかすれた。刑事には、この助教授が真実を語っているようにも思えたし、逃げを打っているようにも見えた。

「八王子のどの辺です？」

「西八王子駅を少し通りすぎた地点です。右側のパン屋の前に立っている機械でした」

「コーラでしたね？」

「正確にいうと国産の清涼飲料水です。『スノウ・ドロップ』という名の……。缶入りです」

その飲み物なら刑事も知っている。喉がかわけば水を飲むけれども、どこにも水道を見かけないといったよくよくの場合に、小銭を投げ入れて飲む。暑い最中《さなか》には文字どおりの甘露だと思う。しょっちゅう飲まないのは経済的な問題があるからである。

地図をひらいて見ると、そのあたり一帯は千人町《せんにんちょう》といい、東京のほうから数えて一丁目、二丁目……と並んでいる。二人は眼で頷き合い、杉田がたたんだ地図をポケットに押し込んだ。

　藤沢市と八王子市の間とは直線距離にすればわずか四十キロにしか過ぎない。だが、茅ケ《ち　が》崎《さき》駅までいって相模線に乗り替え、橋本《はしもと》駅で横浜線に乗り替え、さらに終点の八王子駅で中央線に乗り継いで一つ先の西八王子駅についたときには、五時をとうに廻っていた。帰路のことを思うと、もうそれだけでウンザリとした気持になるのである。

　改札口をぬけて真直ぐにいくと甲州街道にぶつかる。これが国道20号線で、この国道をまんなかに挟んで長くのびた町並みが千人町であった。

「パン屋だといいましたね」

「相模湖の方角へむかって右側だそうだ」

　交叉点で向う側の歩道にわたると、パン屋とは限らず自動販売機が眼につくと一個一個入念にチェックして歩いた。彼等が飲んだという「スノウ・ドロップ」は売り出されてまだ日が浅いせいか、シェアが伸びていない。

　七つ目の販売機の前に立って二人はおでこの汗を拭いた。

「日暮れて道遠しといった感じですね」

「そうでもないさ。ここは千人町の四丁目だ。千人町は四丁目までしかないのだからね。あと一軒か二軒だ」

「わたしはないほうに賭けますね」

と杉田がいった。だが、もし彼が賭をしたら大損をするところであった。つぎの店が目指すパン屋だったからである。

赤と緑のだんだら模様の日覆《ひおお》いをしたその店は見るからに洒落た感じで、ガラスのケースに並べられたパンやケーキはいかにもうまそうだった。ちょうど腹がすいていたときでもあり、これが執務中でなかったら頭から齧《かじ》りつきたいところである。

「そうしたわけですが、今朝掃除をするときに、二銭銅貨が落ちていたことに気づかなかったですか」

「気づきましたね。ほかに百円玉が三つ落ちていたもんですから、おかしいなと思って販売機の下を覗いてみたら、十円玉がもう一つと、大きな銅貨が転がっていたんです。お客さんが名乗って出るまで保管してありますけど」

パン屋の女主人はこともなげに答えた。彼女は、その銅貨がどんな意味を持っているかを知る由もなかったのである。

7

「被害者は背後から心臓を刺されているんだが、それが逃げようとして刺されたというんではない。室内はほとんど乱れてはいないし、争った痕《あと》もないんだな。結局、被害者は安心しきって犯人に背中を向けていた、もしくは、犯人が背後に廻っても、被害者はまるきり警戒心を起こさなかったものと解釈できる。こうしたことから、ホンボシは夫の武沢に違いないと睨《にら》んでいるのだよ」

その夜の八時過ぎに、八王子から戻った井戸たちの報告を聞いた後で、警部はそう語った。彼もまた無駄肉のないひきしまった顔をしている。陽焼けして色の黒いところも武沢に似ていたが、助教授の中年男性の魅力というものを、この警部は持っていなかった。若い女性に対しても無愛想で、県警の女子職員の間では、いまだかつて笑顔をみせたことがないといわれている。

その警部の表情が、いまは一層けわしいものになっていた。

「きみ等が出ていった後で、わたしはこういうことを考えた。まあ聞いてくれ」

「はあ」

「武沢がクロだとすると、相模湖へ往復したという深夜のドライブはアリバイ偽造が目的だったことになる。そしてその間《かん》に七、八分程度の下車をしているんだが、わたしはこの七、八分間を細君殺しに投入したのではないかと思うのだ」

「はあ」

「つまり、八王子の自動販売機でコーラを買ったというのは女子大生がそう信じ込まされているだけで、車は、現場のごく近くに停められていたのではないか」

「ですが、パン屋のおばさんは——」

「だからさ、銅貨はドライブの後でわざわざ八王子まで行って投げ込んで来たのだろう。銅貨ばかりでは不自然だと考えて、ほかに百円玉を二、三枚落しておいたのかもしれないがね」

「…………」

「いいかね井戸君、あの男がホテルで学生をおろしたのが一時二十分頃、そして藤沢の自宅に帰ったのが四時だ。東京から真直ぐに戻ったにしては時間がかかりすぎるとは思わんのか」

指摘されるまでもなく、うすうす妙だなとは感じていたのである。そして助教授のいうがままに、深夜のドライブをさらに楽しんだという説明を信じていたのだ。

「そういわれてみますと——」

「だからさ、ホテルで女子大生を降ろした彼は八王子へつっ走って、かねて下見をしておいたあの店の自動販売機の下に、二銭銅貨と百円玉とをほうり込んだのだよ。といって、日中にやったのでは人眼に立つからね」

「……すると、彼女たちが飲まされたコーラは……」

「まあ待て。わたしの考えた武沢の筋書《すじがき》を先に聞いてもらおう。事件当夜、東京を出発した車は西ではなくて南の方角へ向って出発したんだ。甲州街道ではなくて東海道を走ったんだよ。コーラを飲むために停車したのは八王子ではなくて藤沢だ。東京からの走行距離もほぼ等しいいし、八王子の人口は二十九万で藤沢は二十五万五千だから、都会としての規模もほぼ等しい。錯覚させるには持って来いの条件をそなえているんだ」

「…………」

「つまり彼が車を停めたのは女子学生が信じているような国道20号線の八王子市千人町ではなくて、国道1号線上の藤沢市西富だったことになる。そして学生を車のなかに残したまま、自分はコーラを買いにいくと称して自宅に帰ると、手早く細君を殺害する。そして冷蔵庫に入れておいたコーラの缶を三個持って車に戻ったわけなんだ」

「でも、留守中に女の子たちが車外にでたらばアウトじゃないですか。近くに自動販売機もないでしょうし……」

「そう。だから彼は多分こういったのだと思うよ。冷房中だから車のドアは開けないでくれ、とね。乗っているほうにしてみれば、わざわざ蒸し風呂みたいな外気にふれようとするわけもない。そうした乗客の心理を、武沢は計算に入れていたのだろう」

「そこまではよくわかりましたが」

井戸刑事はまだ全面的には承服できかねるといった面持《おももち》だ。

「相模湖はどうなるんです？」

「藤沢市街をぬけて134号線に入ればいい。これが相模湾沿いに走る道であることは、杉田君には説明するまでもないが、真夜中にここをドライブすれば、大きな湖だと錯覚しても不思議はないだろう。といって、端から端までつっ走っていると湖と海の違いに気づかれる心配がある。彼が中途で引き返したのは、それを恐れてのことだと思うんだがね」

「わかりました。しかしもう一つ疑問があります」

と、平素は口下手の杉田が口をはさんだ。警部は珍しそうに彼の顔をみた。

「彼はコンパスを持っているんです。それを女子学生に預けて、地図と首っぴきでドライブしたというのですよ。ですから、西と南とをとり違えるとも思えないのですが……」

口調が遠慮気味になっている。

「それなんだよ、わたしもそれで頭を悩ました。が、彼が東海道をドライブしたのが事実である以上、地図が間違っていたかコンパスが狂っていたか、さもなければ何等かの方法でコンパスを狂わせたに違いないのだ」

「といいますと、針が指していたそのコンパスの西の方角は、じつは南であったということですか」

「そう。たまたま所持しているコンパスが狂っていたから、それをベースにしてこのアリバイ偽造計画を思いついたのかもしれない。しかし、針が都合よく一直角も狂った方角をさすコンパスがあるわけもあるまいだろう。だから、正常なコンパスを狂わせたものと解釈するほうが妥当だと思う」

「そうだ！　あの助教授は手先が器用で七宝焼をこさえるのが趣味だなんていうくらいですからね、コンパスの文字を、つまり東西南北をさす文字をですね、九十度ばかり移動して改《かい》竄《ざん》したんじゃないですか」

「名案だ、といいたいが、それは無理だよ」

「…………」

杉田刑事はなぜ無理だといわれたのか、その理由がわからずに、小さく口をあけていた。

「なぜかというとだね、コンパスの文字盤にどう書き入れたところで、磁石の針のさす方角は依然として北なんだ。たとえ文字を消してしまっても、針のさす方角は一定している」

口をかるくあけて、杉田刑事は呑み込みかねた表情である。

「つまりさ、あの男の狙いは針自体が西をさすことにあるんだ。文字の上で西をさしていても、針そのものが依然として北をさしていたのでは無意味なんだよ」

「…………」

まだ呑み込めない顔つきをしている。

「では、運転席の背後に強力な電磁石を隠しておいた、という考え方はどうでしょう？」

と、代って井戸刑事が威勢よく口をだした。

「その考えのほうが合理的だけどね、そうなるとコンパスの針はコケの一念みたいに一点をさしつづけることになる。道は曲りくねっているのだから、それに応じて針もゆれるのが当然だろう」

「なるほど」

「だから少し離れた何処かに小型の磁石を吊《つ》っていたのではないかと思うんだ。それだと磁力も弱いから、針は不安定にゆれつづけている」

「わかった！　あの学生たちの話によると妙なところにマスコット人形が吊してあったというんですが、それに仕込んであったんではないでしょうか」

刑事が同時に興奮した声で叫んだ。

こうなると、助教授の偽アリバイを壊わすためにはその人形を入手するほかはない。

「武沢にはその人形を破棄するチャンスがない。なにしろ葬式でそれどころではあるまいからね。それに、彼の行動は集った人たちの注視のまとになっている。妙な動作をすればすぐに人眼についてしまうのだよ」

警部はそういって話をしめくくった。

8

杉田を連れた井戸刑事は、おそい夕食をすませるとその足で西富の武沢家へ向った。バスを利用するほかはないから、ちょっと不便である。

彼の家の所在は、葬儀社が電柱に貼りつけた案内図をたよりにして行くと、すぐにわかった。それは二階建ての和洋を折衷《せっちゅう》した瀟洒《しょうしゃ》たるもので、まず三千万円はするだろう。大学の助教授あたりの収入ではちょっと無理ではないか、と井戸は思う。

玄関のドアは開放されていて、そこに吊りさげられたすだれには忌中札《きちゅうふだ》が貼られてあった。線香のかおりと、ひそひそと囁《ささや》き合う人声が聞えてくる。

案内を乞うと、出てきたのは近所の主婦らしい肥《ふと》った四十女であった。これは台所で接待のお茶やお酒の番をしているとみえ、ふだん着のワンピース姿である。

「ご主人は睡眠剤をのんで寝ていますわ。こんなことになった精神的なショックの上に、肉体的にも疲れきっておりますので」

「そりゃ困ったな」

刑事は身分を明かして協力を求めた。

「まだ車のなかにあるんじゃないかと思うんですが、人形を見せて頂きたいのですよ」

「あら、ピエロの……？」

「そうです」

「奥さまのお気に入りの……」

井戸が身を固くした。なんとなく不吉な予感がする。

「あれは亡くなった奥さまのマスコットなんですの。ですから、イヤリングやコンパクトなんかの遺品と一緒に、お棺に入れたんですのよ。やはりねえ、それが夫婦愛というものでしょうねえ。生きているときはいがみ合っていてもねえ……」

「まだ蓋《ふた》に釘は打ってないのでしょうね」

「はい……」

刑事は互いに顔を見合わせた。二人とも、「間に合ってよかった！」という表情をしたきり、しばらくは言葉もでなかった。その顔に、汗がどっと吹き出した。

ワインと版画

1

　これから新橋のキャバレで二次会をやろうということになった。一座がざわざわと騒がしくなったのをしおに、石野《いしの》は手洗いに立つふりをして座敷からでると、背をまるめて階段をおりた。足音を殺して、まるで空巣が退散するみたいな腰つきである。銀座裏の土一升金一升という場所に建てたせいか、階段の幅も削ってある。子供ならともかく、大の男が並んで降りることはできない。石野は瘠《や》せていて決して筋骨たくましい大男ではないが、ここの階段をおりるときはいつも肩身がせまそうに身を縮めた恰好になるのだった。同僚の日田《ひた》はひと足先に出て、外で待っている。

「あら、もうお帰りですの？」

　入口に立っていた仲居がいぶかるような口調でいい、手は機械的に動いて靴ベラをとってくれた。ふた月に一回は鰻を喰いにくるから、互いに顔馴染みである。

「二次会をやろうというんでね、早いとこトンズラしないと」

酒は好きだが強くはない。ビール一本で陶然となる。自分では癖《くせ》のない、いい酒呑みだと信じているのだが、仲間の風当りは必ずしもよくはなかった。男のくせに意気地がないというやつもいる。呑めないのじゃなくて、ケチだから呑まないのだという説を立てるものもいた。だが石野は、同僚の陰口なんぞは気にしない。ビール一本の酒量をまもっている限り、肝臓に負担をかけずにすむのだ。

「足元が危ないですわ。車を呼びましょうか」

女は格子《こうし》戸に手をかけた。

「いや、大丈夫。つい調子にのって呑み過ぎちゃって、といっても一本半ぐらいだがね」

靴をはき、立ち上がって靴ベラを返そうとすると思わず上体がゆらめいた。

「あら」

「大丈夫、大丈夫。じゃ、また」

「ありがとうございました。お気をつけて」

格子をあけて送り出してくれた。送り出すといっても、コンクリートのドブの蓋《ふた》を踏んでひと足あるくと、そこはもう車道である。ともすると体がふらついて千鳥足になりそうだ。石野は前後左右に油断のない目を投げておいて、たよりない足取りで歩き始めた。水みたいなビール一本半でこんなに酔うのははじめてのことである。昨日読み始めた推理小説が面白かったものだから、つい午前三時まで起きていた。その寝不足のせいだろうか。

「おい、待たせたな」

車の陰から声をかけられた。これもトイレにいくふりをしてズラかった日田である。

「おれも苦労したんだぞ。きみが逃げたことに気づいて、みな警戒しだしたからな」

「火遁《かとん》の術でもつかったのか」

「土産《みやげ》の箱をおいてきたんだ。土産をおいて逃げるやつはいないと思うからね、そこがつけ目だ」

土産は、この和風の料理屋には不似合いのクッキーかチョコレートの詰め合せに決っていた。石野は甘い物は嫌いである。しかも半年前から細君と別居しているので、家に持って帰ってもよろこぶものはいない。

「それにしても、やっぱり勿体《もったい》ないことをしたなあ」

家庭持ちの日田は、菓子に目がなかった。わざわざ本郷《ほんごう》の老舗《しにせ》まできみしぐれを買いにいくほどの男なのだ。

ふたりは急ぎ足で大通りに曲り、百メートルばかり先にある地下駐車場の入口をくぐった。どちらもアルコールが廻ったものだから息を切らしている。が、ゲートの前をとおるときだけは苦心して呼吸をととのえた。飲酒運転を咎《とが》められていたのでは、コンサートに遅れてしまう。

うまく関門を突破すると、ふたたび息をはずませながら足を急がせた。さすがは銀座の駐車場だけあって八割方がふさがっている。日田はすでに自分の車を見つけたらしかったが、石野は落着かぬ目であたりを見廻していた。こうした表情をするときの彼は、面長《おもなが》で目がくぼんでいるので、なにかで見た西洋の天文学者の肖像に似ているといわれたことがあった。

「八時二分だ。いまから行けば終楽章には間に合う」

日田は太い声でいいながら、コンクリートの壁の電気時計と自分の腕時計を見比べた。太いのは声ばかりではない。頸《くび》も胴体も太かった。そのずんぐりとした体格にふさわしく、顔が大きくて、造作も大きかった。

コンサートは上野の文化会館で開かれている。日田も石野も、三年前からこのシンホニイ・オーケストラの会員になっていた。キャバレなんかでホステスと馬鹿話をしているよりも、演奏を聴きたかった。その夜のプログラムはブラームスの交響曲一番と、ベートーヴェンの第九というこってりとした内容であり、二人とも前々から楽しみにしていたものだった。それが宴会で潰《つぶ》れることになったのは残念だが、せめて第九の終楽章だけでもいいから聞きたい。そう考えて、宴席の途中から脱け出す計画をたてていたのである。

石野は無言のまま助手席に辷《すべ》り込んだ。喋《しゃべ》ると、その分だけ遅れそうな気がする。今夜の演奏会の目玉商品はウィーンに留学していたバスバリトンが出演することであった。日本人ばなれのした部厚い胸を持つこの歌手は、ヨーロッパの幾つかのコンテストでつねに一位に入選した経歴を持っていた。声に深みがあり、解釈は知的であった。石野も日田も、彼が音大の学生だった時分からその才能を高く評価していただけに、本場で磨《みが》きをかけた成果を聴きたくて、昼間からうずうずしていたのである。

「間に合うかな」

通りに出たときに石野が独語した。心細そうな呟《つぶや》きだった。フロントグラスにぶらさがっている黒人の人形に、そっと問いかけるような言い方だ。日田は返事をするかわりにアクセルを踏み、忽《たちま》ち二台の車を追いぬいた。しかし調子がよかったのはそこまでで、それから後は車の列にはばまれてしまい、新橋のインターチェンジに着くまで十分ちかくかかった。

さすがに高速道路のことだけあって、新橋から上野までは十分とは要しない。が、上野のインターチェンジから出て公園に入るまでに五分あまり無駄にしてしまった。第九の終楽章が始まるまでに、あと五分あるかなしかという切羽《せっぱ》つまった事態に追い込まれ、日田は懸命になっていた。車坂《くるまざか》をのぼって、公園口の改札口の前をとおりすぎた頃は予定の時刻を五分あまり超過しており、石野は肉のそげた頰《ほお》をひくひくと痙攣《けいれん》させた。第九の演奏をする際に、三楽章の前に休憩をおく指揮者とおかない指揮者とがあるが、生憎《あいにく》なことに、この夜の指揮者は後者であった。だから下手をすると、すでに終楽章は始まっているかもしれない。

改札口もそうだったが、公園に入ると人っ子ひとりいなかった。坂を登りきったところで日田はアクセルをふかし、最後のスパートをかけた。ボンネットに強い衝撃を感じ、黒い物体を撥《は》ね上げたのはその瞬間のことであった。それはまるで映画で見た人形《ダミイ》のような恰好でとび上がり、弧をえがいて落ちていった。

2

日田は反射的に舌打ちをし、反射的にブレーキを踏んだ。

「やった！」

酒くさい息がまともに石野の顔に吐きかけられた。彼もまた扉をあけると反射的に転げ出した。街路灯のうすあかりにすかして見ると、被害者は長身の青年で上物の黒い服を着、おなじように黒いアタッシェケースを持っていた。まずセールスマンといったところだろうか。

「おい日田、手を貸してくれ」

中腰になってあたりを見廻している日田に声をかけた。

「どうするんだ」

「まだ息がある。病院へ運ぶんだ。どこかに救急指定病院があるはずだ」

ふたりとも演奏会のことは念頭からけし飛んでいた。力を合わせて抱きかかえると車のバックシートに横たえて、ふたたび発車した。怪我人に苦痛を与えまいとするように、日田はスピードを落し、しかし一刻も早く病院に送り届けようとするかのようにスピードを上げた。

「どこへ行けばいいかな？」

「千束《せんぞく》だ。あそこに公立病院がある」

日田の野太い声のせいか、いやに落着いているように思えた。おれのほうが上わずってい
る。まるでおれが事故を起したみたいではないか。石野はそう考えていた。

車は文化会館の横をとおりぬけて両大師橋《りようだいしばし》までいくと、右におれて国鉄の上をわたり、
さらに左折して下谷《したや》郵便局の前をすぎた。最初の四つ辻を右に曲ると、入谷《いりや》。その先が千束
である。

「この辺は来たことがないんだ」

「鷲《おおとり》神社は知っているだろう。その裏手だ」

日田は一段と落着いた声をだした。上体を半身にかまえ、片目で前方を見、片目でバック
シートの負傷者を監視している。

「その先の交叉点を左折すればすぐだ」

「………」

石野は答えなかった。返事をするだけのゆとりがないのだ。

左に曲ってしばらく走ると、公立病院の建物は目の前にあった。

「おれ、先に受付にいってくる。空いたベッドがあるといいがな」

石野がそういい残してドアを開けようとすると、日田がその肩をギュッと摑《つか》んだ。ずんぐりとした男だけに、力がある。思わず石野はやせた顔をしかめた。

「その必要はないよ」

「え？」

「死んでる。手遅れだ」

「ほんとか」

「見られちゃまずい。走らせるぞ」

乱暴にスタートさせ、石野はそのショックで頸《くび》が折れそうになった。

「どこへ行く」

「知るもんか。なるべく人通りの少ないとこがいい」

「どうする気だ？」

「決ってるじゃないか、捨てるのさ。息があるうちは全快させるためにベストをつくさなくちゃならない。だが、死んだとなれば話はべつだ。屍体を捨てて逃げるんだ」

「おい」

「こうなりゃ一蓮托生《いちれんたくしょう》だ。きみも覚悟を決めたほうがいいぜ」

「おい」

石野の声は悲鳴に近かった。

「どこへ行くんだ?」

「考えているんだ。どっか遠くのほうがいい。そこまで搬《はこ》んでから屍体を捨てるんだ。おれたちが文化会館へいくことは何人かのものが知っている。この近辺に屍体を転がしておけば、おれたちがやったことはすぐにわかってしまうじゃないか」

石野は、この「おれたち」という言い方にひっかかった。おれたちとは何だ、やったのは日田ではないか。

しかし石野が反論する前に、日田は早口で話の先をつづけていった。車はインターチェンジを目指して走っている。

「例えばだな、中野か荻窪か、もっと遠い八王子あたりに転がしておけば、そこが現場だと思われるだろう。誰も、おれたちのしたことだとは気づかない。そこが狙《ねら》いよ」

気が動顚《どうてん》している石野には、そこまで考えることはできなかった。平素の仕事振りもテキパキとしている日田だけれど、それにしても何という頭の切れる男だろうか。石野はただ気を呑まれ、なかば呆然としてシートにうずくまっていた。

車は宮城《きゅうじょう》を半周すると西南へ向けて走りつづけた。渋谷駅のすぐわきをかすめたのを見て、それが高速3号線であることが石野にもわかった。だが、八王子へ行くにしては少し方角がずれている。

「どこへいくんだ」

石野は蒼《あお》ざめた顔で、おなじ文句をくり返した。

「おれに委《まか》せろ。きみは安心して居眠りでもしていればいい」

「途中で検問にひっかかったらどうする気だ？」

「そこは運を天にまかせるより他ないさ。だがね、さっきボディを点検しておいたんだ。うまいことに塗料も剝《は》げていなければバンパーも歪《ゆが》んでいない。多分この男は撥ねられたショックで死んじまったんだろう。そこでおれは思った、屍体さえうまく片づければ、おれたちは疑われずに済むのだってことをね」

「………」

「だから交番の前をとおったって不審に思われることはないんだ。もう一度いうけど、きみは安心して居眠りでもしていればいいのだよ」

　自宅に戻って睡眠剤をのんだところで、たかぶった神経がいやされる筈もなく、仮に眠ったとしても、一晩中いやな夢をみて呻《うな》されつづけるに違いないのである。ましてシートに揺られながら居眠りなんぞができるわけがなかった。

　日田はおれの神経の細さをからかっている。石野はそう考えて腹を立てた。石野が頬をふくらませて黙り込んでいると、日田は退屈になってきたのか口笛を吹きだした。第九の終楽章の冒頭で、バスで〝おお、友よ〟と歌い出すあのメロディである。胸中、人を殺してしまった彼が楽しいわけもあるまいに、見たところは嬉々とした表情をうかべていた。目がほそくなっている。口笛にはずみがついている。

ひょっとすると今夜の日田は薬ものまないでぐっすりと眠れるのかもしれないぞ、と石野は思う。現場に到着するまで眠っていろというのは皮肉や揶揄《やゆ》なんぞではなくて、本人はまじめだったのではなかったか。

車は目黒区に入って大橋を通過すると、すぐに世田谷区に突入した。太子堂《たいしどう》、三軒茶屋《さんげんぢゃや》、駒沢《こまざわ》と走って用賀《ようが》までくると、気が変ったように高速道路をぬけて地上に降りた。賑《にぎ》やかな商店街を横目にみて南下をつづける。

「どこだ」

「二子玉川《ふたこたまがわ》だよ。左手を走っているのが田園都市線だ」

「というと多摩川の近くだな」

「ああ。あと二分もしないうちに二子橋にかかる。橋の上に立って屍体を流れのなかに投げ込もうという作戦なんだ。ちょっと手伝ってくれよな」

「あまり気はすすまないが、乗りかかった舟だ。止《や》むを得まい」

「おいおい、おっとり構えているときじゃないんだぜ。誰もいないときを見計《みはか》らって投げるんだから一人じゃ無理な話なんだ。下手をするとアウトだからな」

話しているうちに橋の袂《たもと》にさしかかった。スピードを落した日田は、フロントグラスやバックミラーをとおして、周囲の様子を用心ぶかくうかがっていた。肉食動物によく見かけるような、荒々しくて敏捷《びんしょう》な目の動きであった。

「……チャンスだ！」

日田が声を殺して叫ぶと、石野は、なかば催眠術にかかった被術者みたいに虚《うつ》ろな表情で行動に移った。バックシートから屍体を引きずりだす。いったん地上に横たえておいて、頭と脚とを分担して抱え、橋の端ちかくに運んでゆき、はずみをつけて多摩川の流れのなかにほうり込んだ。

かすかに水音が聞えたような気がしたが、ふたりはそれを確認することなしに車をスタートさせた。仮に河原の石の上に転落したとしても、屍体を始末するという目的は達したことになる。彼等にとってみればそうしたことを確認するよりも、一刻も早く現場から遠ざかりたかったのだ。

3

その翌朝、日田はふてぶてしい顔つきでテレビの画面に目をやっていた。洗面をすませていたが、まだパジャマを着たままである。テーブルの上にはパンにトースター、インスタント珈琲《コーヒー》を入れたモーニングカップ、それにレンジで焼いたばかりのベーコンエッグスの皿がのせてある。それに二種類の朝刊。

細君の秀子《ひでこ》は編物教室の教師をつとめているので、自分だけ先に朝食をすませると、さっさと家を出ていく。朝の遅い雑誌社勤務の日田は二時間おくれて起きると、いつもこうして一人で食事をすませる習慣であった。家にいるのは彼だけだから、朝のテレビニュースを異常な熱心さで聞いていても怪しまれることはなかった。

男の屍体は、その日の早朝、多摩川大橋の下で発見された。見つけたのは犬をつれて散歩中の若者であったという。多摩川大橋は二子橋のすぐ下流にある橋だから、屍体は投げ込まれて一、二時間後には橋脚にひっかかっていたことになる。もう少し下流に漂着することを予想していた日田にとって、これはちょっと意外なことだったが、だからといって彼の犯罪工作に影響をあたえるほどのものではなかった。アナウンサーが話題を替えたのをしおにスイッチを切ると、彼は充《み》ちたりた表情でポットの湯を珈琲茶碗にそそぎ込み、好きな生クリームをたっぷりと入れて、ゆっくりとすすり始めた。

まだ解剖の結果もでていないのでニュースの内容はあっさりとしたものだった。所持していた名刺から、吉村賢一《よしむらけんいち》というベッド会社のセールスマンであることが判明した程度である。パンを齧《かじ》りながら朝刊をひろげてみたが、こちらには一行も報道されてはいない。日田は朝刊をおりたたんでマガジンラックに投げ入れると、ベーコンエッグスをつっついた。先週買ったベーコンは豚がわるかったせいか味が劣り、食べるたびに腹を立てたものだったが、今度のベーコンはうまく、ついトーストを一枚余分に焼いてしまうのだった。四枚目のパンにたっぷりとバターをぬりながら、今夜入浴するときに体重を計ってみようと思っていた。彼が心配するのは轢《ひき》逃げ事件のことではなく、自分の体重がふえることなのだ。

朝食がおそいから、昼食をとるのはいつも午後の三時頃になる。だがその日は正午になるのを待ちかねたように出版社を出て、近くのそば屋に入った。テレビニュースが気にかかる。彼は空席を見つけて坐ると、喰いたくもない狐うどんを注文した。

アナウンサーはロッキード事件のあらたな発展について熱っぽく語っている。日田はそれには耳を貸さずに、満員の店内をぐるりと見渡した。そしてなかば予期していた石野の瘠せた姿を、レジスターに近いテーブルで発見した。一足おくれて入って来た彼は、ちょうど女店員に注文を伝えたところだった。石野もまたテレビニュースを聞きに来たことは間違いない。

運ばれたうどんに箸をつけたとき、ローカルニュースに切り替えられた。一瞬、日田の箸の動きが止った。淡々とした口調でアナウンサーは原稿を読みつづけていく。最初に小学校が放火で全焼した事件が報じられ、多摩川大橋の屍体漂着事件は二番目に取り上げられた。日田は口を動かすことを止めて、さり気ない表情のうちに緊張感をみなぎらせ、じっと耳をすませた。あたらしく来た客が席につこうとしてイスの音を立てると、思わずその男を睨《にら》みつけた。

朝のニュースとは違い、時間がたっているのでかなり精《くわ》しいことが判明していた。被害者は死んだ後で川のなかに投げ込まれたこと、腰にかなりの打撲傷を受けているので交通事故にあったらしいこと、上流の二子橋にも多摩川ガス橋にも事故を起した痕跡が残っていない点からみて、第一現場から搬んで来たらしいこと等々であった。しかし日田は、そうしたニュースを聞いても精神的な動揺は全く受けることがなかった。幸運なことに、わずかにボディの一部に小さな凹みができた程度で、車の損傷はゼロといってよい。仮にその凹みに気づかれたとしても、言い訳はいくらでも出来ることだった。塗料が剝げたわけでもなければヘッドライトのガラスが割れたわけでもないのである。

ただ彼が気がかりだったのは、被害者の吉村賢一が事故発生当時上野にいるのを見かけたという証人があらわれることで、もしそれがはっきりすれば、第一現場がつきとめられないとは限らなかった。

後で会社の手洗いで石野と顔を合わせたときに、彼もその点が心配だったとみえ、先方から言及してきた。

「だからさ、演奏会には間に合わないことがわかっていたので上野へは行かなかったといえばいい。そうだな、ふたりで湘南海岸をドライブしたことにしよう。もし刑事に訊《き》かれたら、途中でおれがタバコを切らしたものだから、横浜駅の自動販売機でピースを買ったことにする。リアリティがあるから本当らしく聞えるぜ」

並んで手をゴシゴシと入念に洗いながら、そうしたことを相談し合った。

「しかしね、そうした心配はないと思うんだ。セールスマンというのは同僚がすべてライバルなのだから、いつ誰々を訪問するかなどということは口にださない。売り込む先を横取りされてはつまらないからね。したがって一切の行動が隠密的になる。大塚へ行ってくると称して会社をでたくせに、目指すおとくいの家は川崎にあったりするといった按配《あんばい》だ。だから さ、彼があの晩に上野をうろついていたことも、誰一人として知ったものはいないのかもしれないよ」

いささか虫のいい話ではあった。が、一両日がすぎるにつれて、その希望的な観測は必ずしもはずれていないことがわかってきた。第一現場を発見しようとして当局がやっきになっているにもかかわらず、彼等は大凡《おおよそ》の見当をつけることすら出来なかった。被害者の吉村賢一が会社でトップにあるベテランのセールスマンだっただけに、彼は徹底した秘密主義者であった。今日はどの方面を開拓するかということは社内の誰にも洩らさなかったばかりでなく、唯一の肉親である母親にさえも語っていなかったのである。日田の側からすれば、ふたりは徹頭徹尾ついていたことになるのだった。

ついていたことは他にもある。二子橋上の屍体を投下した地点は県境を越えた神奈川県側であったのだが、漂着した橋脚もまた神奈川県側だった。当然だが神奈川県警の管轄内で起った事件ということになり、捜査は彼等の手によって行われるのである。いかに刑事がベテラン揃いであっても、他県に捜査の手を伸ばそうとすると、どうしても遠慮勝ちになる。日田にしてみればわが身に火の粉がふりかかる恐れはなさそうであった。対岸の火事を眺めているような気安さで、捜査の成行きを見守っていればよかったのである。

「きみには黙っていたが、あのときのおれは、ちゃんと県界線を越えたところまで渡ってから車を停めたんだぜ」

石野に会うたびに、日田はいっぱしの悪党気取りで豪快に笑ってみせた。気のせいか瘠せた共犯者はなんとなく精気を欠いている。彼の不安を吹っ飛ばしてやるためにも豪傑笑いをすることが必要なのだった。

4

一週間もたたぬうちに、世間はこの事件を忘れてしまったようだった。わずか数日の間に似たような轢逃げ事件がまた発生して、日田をおやッと思わせたが、つぎの日の朝刊には、犯人が女房につき添われて自首したことが報じられていた。

「女房に連れられて自首したとは意気地のない男もいるもんだな」

石野と顔を合わせたときに、日田はそういって嘲笑《わら》った。これも、ともすると意気消沈し勝ちな友人を励ますためであった。

社のなかでもこの両名は入社した時期も同じであり、なにかと気の合う仲だった。だからひそひそと囁《ささや》き合う姿を見られたからといって、べつに怪しまれる筋はないのである。だが石野にすれば疑心暗鬼を生じるせいか、あの事件以来、日田と顔を合わせることを敬遠する気味があった。一方日田にしてみると、周囲のものの目にはそれがかえって不自然に映るのではないかという気がする。

このときも、石野は上野駅の構内にある小さな喫茶店を指定して、べつべつに社を出た後で落ち合ったのである。

日田が幅のせまい急な階段を上がっていくと、石野は先に来て、奥まったテーブルに坐っていた。そこは窓越しに、東北本線の改札口が見おろせる位置であった。ちょうど急行列車の改札が始まったところで、長い列ができていた。東京駅で見かける風景とは違って、見るからに素朴な風体をした老人の姿が多かった。石野は、日田がイスに掛けるまで気づかずに、ぼんやりとした視線を改札口に投げていた。珈琲カップの茶色の液体には口をつけた様子がない。

「……こうして旅行者の姿をみていると、おれも遠い土地へ旅してみたいとしきりに思うね。こんなごたごたした都会には未練はない。むかしの仙人みたいに霞《かすみ》を喰って生きていることが可能だったら、いますぐにでも東京を脱出したい」

「気のよわいのがきみの欠点だ。東京の生活に疲れたというんじゃなくて、あの一件がストレスの原因になっているんだよ。しかしこの世界というのは弱肉強食なんだ、どこへ行ってもね。図太く構えなくちゃ生きていけないことを知るべきだと思うな」

日田はそういって、あの女房に連れられて自首した弱気の亭主のことを嗤《わら》ったのである。

だが、この陰気な男は目を伏せたきりで同調しようとはしなかった。そして、日田の予期しないことをいい出した。

「おれ、自首しようかと思うんだよ」

「ばかな！」

思わず声が大きくなった。隣りのテーブルで部厚いトーストを齧《かじ》っていた若者が、びっくりした顔でふり向いた。

「おい、しっかりしろよ。南京豆を喰った政治家のことを考えてみろ。あんなやつ等に比べれば人間ひとり撥ねたぐらいは問題じゃない。世間にゃもっと悪いやつがうんといるんだぞ」

声を殺して力説した。まさか石野がこんなことを発言するとは思わなかったから、日田もしどろもどろである。

「悪徳な政治家を撥ねたとでもいうのならおれも誇らし気に胸を張るよ。でもな、あのセールスマンは親ひとり子ひとりで、それも評判の親孝行な息子だったそうじゃないか。それを思うと寝覚めがわるくてなあ」

「そいつは文学青年的な発想だよ。いまの世の中では、すべての人間が交通事故に遭《あ》うものと覚悟していなくてはならない。きみにしてもおれにしても、今夜轢き殺されるか明日撥ねとばされるか知れたもんじゃないんだぜ。宝くじというのは、クジを買わないやつには絶対あたらない仕組みだが、交通事故はそうじゃない。生きとし生けるすべてのものが撥ねられる可能性を持っている。人間ばかりじゃないんだよ、犬だって猫だって鼠《ねずみ》だって例外ではないんだ。あのセールスマンはきみ、たまたまそのチャンスにぶち当ったに過ぎないのじゃないか。われわれは、現代文明のしわ寄せを苦にしちゃ生きていられないのだぜ」

「………」

石野の瘠せた顔には釈然としない表情がうかんでいた。喋っている日田にしてからが、それが詭弁《きべん》にすぎぬことは承知の上なのだった。が、非論理的であろうとなかろうと、いまは相手を折伏《しゃくぶく》しなくてはならなかった。彼の自首は、即この日田義盛《よしもり》の破滅へとつながっているのである。

「いいか、よく聞いてくれ。きみはあまりに良心的にすぎる。自首したからといって死んだ人間が生き返るわけでもないんだ。もし残された母親に対して罪のつぐないをしたいと思うなら、匿名で生活費を送るとかなんとかすればいいじゃないか。きみがその気なら、おれも一緒に送金させてもらうよ」

「………」

「いいか、自首して刑期をつとめたきみが社会に復帰したときのことを考えてみろ。編集者となるよりほかに才能のないきみを、出版社がこころよく迎えてくれると思うかい？　といってプライドの高いきみが、いくら儲かるからといわれても鯛焼き屋の親爺《おやじ》になれるわけがない。失礼ながらその体格では力仕事もできまい。そうなるときみは野垂れ死にをすることになるんだぜ」

「…………」

「心情的にはわかるけど、軽挙妄動はつつしんだほうがいいな」

「…………」

「それにさ、きみの大切なレコードと版画の蒐集はどうなるんだ？」

石野はギクリとなった。はじめて反応を見せたのである。世間一般の男性とは違って、彼は女にも関心をみせなかったし麻雀《マージャン》や競馬といったギャンブルにも興味を持たなかった。細君が別居という挙にでたのも、石野があまりに淡泊すぎて、それが不満なのではないかと囁かれているほどであった。だがその石野も、ワインと新作版画とレコードの蒐集となると目の色を変えた。つい先年もS画伯の新作版画集「東海道五十三次」の続き絵五十五枚を七十万という大金を投じて購入したし、ソビエトのLPを入手するためにわざわざモスクワまで出かけたこともあるほどだった。ブルガリヤとかユーゴといった共産圏諸国のレコードは日本にいても取り寄せることができるけれど、肝心のソ連のLPは容易なことでは入手できない。それを求めたいという一念で何日間もシベリヤ鉄道に揺られてモスクワへ向った。それほどの凝《こ》りようなのだ。

「でもねえ……」

「デモも春闘もあるものか、しっかりしてくれなくちゃ困る。きみが自首するとおれも逮捕されてしまう。おれの家庭まで破壊されてしまうんだぜ。ここんとこをよく聞いて貰いたいんだが、きみにはおれの家庭まで犠牲にする権利はない筈だ。おれの女房まで不幸にすることは許されないのだよ」

　声をセーブしてはいるが、日田は必死だった。この弱気な男の気まぐれな行動に巻き込まれて、せっかく築き上げた幸福な家庭をゆすぶられてはかなわない。

　日田の耳もとで悪魔の囁きが聞えたのはその瞬間であった。日田が声を殺して語ったように、悪魔もまた小さな声で、石野を殺すことをそそのかした。この馬鹿な同僚が、いつまた自首する気になるかわかったものではないのである。今日は前以《まえも》って日田に相談したからいいようなものの、次回もそうだとは限らない。日田に邪魔されまいとして、独断で敢行する可能性も大きかった。悪魔はそれを理由にして、邪魔者を消すべく執拗にすすめるのであった。

「おい、珈琲が冷えてしまうぞ。どうだ、今夜は景気づけに呑もうじゃないか。うまい朝鮮料理の店を知っているんだ」

　胸中の想いを悟られまいとするかのように、日田はことさら朗《ほが》らかな口調でいった。

轢逃げの一件は早くも迷宮入りの様相を呈していた。テレビや週刊誌は勿論《もちろん》のこと、新聞の記事にされることもなくなった。

日田にとってそれはそれで慶賀《けいが》すべきことであったが、だからといって彼がこのトラブルから解放されたことにはならなかった。日田はくる日もくる日も、石野をいかにして始末するかについて案を練りつづけていた。人殺しという大罪を犯すに当ってさほど抵抗感を持たなかったのは、すでに一人を殺害することによって免疫《めんえき》になっていたからであろうか。彼の胸底に、「毒をくらわば皿まで」といった考え方が沈着していたことを見逃すわけにはいかないのである。

5

日田の殺人計画の基本をなすものは、石野を殺して、その死を自殺に見せかけることであった。彼もまた所詮は蒼白きインテリに過ぎなかったから、たとい自殺をよそおわせるにしても、心臓にナイフを突き立てたり、拳銃のタマを相手の頭にぶち込むような殺伐《さつばつ》なことは出来かねた。血に対する本能的な恐怖は、人一倍に強烈なたちだったからである。

では、血を流させずにすむ方法は何であるのか。日田は指をおって思いつくままに一つずつ数えたてていった。自由を奪っておいて梁《はり》のロープにぶらさげ、首吊りに見せかけるやり方。睡眠剤をのませて睡ったところをベッドに運び込み、都市ガスを放出させるやり方。おなじく薬で眠らせておいて、タイムスイッチ応用の感電死をとげさせるやり方。こっそり毒をのませて、服毒自殺に偽装するやり方……。どれも日田には名案のように思えたが、一つ一つチェックしてみると必ずしもうまくいくとは限らなかった。石野の家は洋風だから梁もなければ鴨居《かもい》もなく、首吊りをやるには適していないのである。ガス自殺を遂げさせるのはうまい手だけれど、なにかの拍子で充満したガスに引火するおそれがあった。爆発が起れば家具は滅茶苦茶にこわれてしまうのは当然だが、それが日田には困るのだ。彼は、石野が集めているレコードの大半を安値で自分のものにしたかったからである。

検討した結果、最後に残った殺しの手段は、毒をのませて自殺に偽装することであった。日田はこの線に沿って計画を煮つめていくことにした。毒物は何がいちばん効果的か。即効性にするか遅効性にするか。気づかれずにのませるには、どうすればいいのか。社で雑誌の割りつけをしているときも、赤インクでゲラの校正をしているときも、頭を離れないのはそのことだった。

仕事をしていてもそんな有様だから、退社して家に帰ってからはひたすら計画を練ることに没頭した。細君に怪しまれるといけないので、懸賞小説の下読みをしなくてはならないから、という説明をこころみて書斎にひきこもった。社のロッカーには、昨年度の短編コンテストに応募したものの、力足らずして落選した原稿が五百本ちかくぶち込んである。それを家に持ち帰って机に積んでおけば、細君も日田のいうことを真《ま》に受けてしまうのであった。

「大変ですわね。いい作品があって？」

消化のいい夜食を運んできては、夫の労苦を慰めてくれる。そして細君が寝室へ引っ込んでしまうと、机上にひろげた箸にも棒にもかからぬような愚作をわきに押しやって、ノートをひろげるのだった。

石野の死を自殺らしくするためには、まず死ななければならぬ事情を設定する必要があるわけだが、これは簡単に思いつくことができた。あのセールスマンを轢いたのが石野であり、良心の苛責《かしやく》に耐えられなくなって自殺をしたというふうにすればよい。

係官に対して、日田は身をちぢめ、さも申しわけなさそうに述懐してみせる。

「あの晩、石野君はおれに運転させろといってきかなかったんです。免許証は持っているし、そんなに運転したけりゃ代ってくれといってハンドルを握らせたのですが、酔っているとは思わなかった。責任逃れをするように聞えるかもしれませんけど、酔っているとは思わなかったんです。根が小心で、慎重運転をすることでは定評のある男ですからね。小心で正直者であるがゆえに、悩んでおりましたよ。殊に被害者の青年が親ひとり子ひとりの家庭で、いまどき珍しい孝行息子だということを知ってからというものは、神経衰弱になっていたといってもいいでしょうね。じつは自殺をほのめかしたことも一度や二度ではないのですよ。でもわたしは本気にしなかった。本当に自殺しようと覚悟したやつは、決して予告なんかはしないものだということを、通俗雑誌で読んだ記憶があるからです。だから知らせを聞いたときは信じられなかった……」

上手に、というよりも自然に演技をしてみせれば、刑事は本気にしてくれるだろう。日田にはその自信があった。もし学生時代に演劇部員にでもなっていたなら、当時の経験が顔をのぞかせてつい演技過剰ということにもなりかねないが、日田はズブの素人だった。それが逆に作用してこの告白はいかにも本当らしく聞える筈であった。

動機の問題はそれで解決したとして、石野を殺害してその死を自殺と誤認させるためにも、もう一つ必要なことがあった。遺書を用意することである。だが、石野の自筆の遺書があれば完璧であることはわかっていても、日田がいかになけなしの知恵を絞ってみたところで、相手に気取られることなしに遺書をしたためさせる名案は思いうかばなかった。それどころか、下手をすればこちらの真意を悟られて、とり返しのつかぬ事態を招くことにもなりかねない。

数日間にわたる苦慮の結果ようやく彼が思いついたものは、いささか消極的な手段ではあったけれども、石野が自殺を覚悟していたのではないかと判断するに足る状況を作成することだった。

もし石野が白無垢《むく》の装束《しょうぞく》を誂《あつら》えていたとするならば、その一事に依って人々は彼の死が自殺であると判断するに相違ないのである。だがこれは例えばの話であって、彼に白装束を注文させるわけにはいかない。それは遺書を書かせると同程度に困難な、というよりも不可能なことだからだ。

さんざん考えぬいた揚句《あげく》に、ようやくのことで絞り出したのは、石野が秘蔵する絵の何枚かを画商なり古本屋に処分させることであった。コレクターがコレクションを手放すのは急な換金の必要に迫られた場合か、さもなくば死を覚悟したとき以外にはない。そして石野の場合には、急いで金を用立てねばならぬ必要性はないのだから、これは自殺を念頭においたものの行為だと見なされるのである。

これある哉《かな》！　そう思って日田は机をペタンと叩いた。その机を叩く音に触発されたように、彼は豁然《かつぜん》としてもう一つのアイディアを思いついた。石野が売った絵の代金を、匿名でセールスマンの母親に送金させれば効果は満点ではないか。いうまでもないことだが、石野自身には絵画を売却する気は毛頭ないのだから、表面上そうしたように見せかければいいのである。

石野のコレクションの対象がＬＰと版画であることが好都合だった。というよりも、石野の趣味がレコードと版画に限定されていることから、日田の計画が生れたのである。仮に石野の所持するのが坂本繁二郎《さかもとはんじろう》の馬の油絵であったとしたら、日田の案は成立しない。だが、油絵とは違ってレコードも版画も一つのマザーから幾枚もの製品がプレスされる点に、このトリックの旨味があるのだ。

彼はまずレコード店へいって、石野が所有しているのと同じタイトルの盤を買ってくる。

そして石野に扮してこれを古レコード屋に売りにゆき、その代金をそっくりセールスマンの母親のところに送金する。さらに石野が「自殺」をとげた後で、彼のレコードキャビネットのなかから、売却したものと同じ盤を引き抜いておけば、この間のカラクリに気づくものはいない筈である。版画についても同じことがいえるのだ。

こいつはわれながら名案だ。日田はこの思いつきに酔ったように浮きうきとしていたが、気が落着いてくるにつれて、細部をもっと練り上げる必要のあることに気づいていった。石野が死を覚悟して売却するならば、対象となる品物はかなり値の張る作品でなくてはならない。小品一点などといったみみっちいことでは効果があがらないのである。したがってLPを売るとしたら、ワーグナーの「ワルキューレ」一揃いだとか、「バッハ大全集」の揃いだとか、ワンセットで何万円もするものでなくてはならない。いや、数万円などといったケチな額ではなくて、数十万円にものぼる金額でなくては意味がなかった。この点、レコードは安価に過ぎて日田の狙いにはほど遠かった。

あれこれと考えた揚句にようやく到達したのは、石野が所蔵するS画伯の「東海道五十三次」であった。いつだったかデパートの展覧会で陳列されているのを見て、売価が七十万円としてあることを知って胆《きも》を潰したものだが、犯行を成就させるためには、これはまず手頃の値段のような気がした。日田は計画を実行に移す第一歩として、デパートなり画商を尋《たず》ねてこの作品を購入することに決めた。

プランを変更した第二の点は、この「五十三次」の組物を抱え「石野に変装して」売りにいく個所であった。戦前に書かれた探偵小説の世界であればともかく、現実の世の中で変装が見抜かれずにまかりとおるわけもない。体格だけを取り上げてみても、石野は貧相な瘠せた男であるのに反して、こっちは猪頸《いくび》のズングリ型ときている。刑事が石野の写真を持って調べにくれば、忽《たちま》ち化けの皮がはがれてしまうのである。

ここでまた、日田はいぎたない恰好で机に向い、頬杖をついて考え込んでしまった。人を殺しておいてその罪をまぬかれようとするのだから、骨のおれる仕事であることは承知の上である。それにしても、すぐれたプランを発見することは予想以上にしんどい作業だった。

一時間におよぶ長考のあとで、ようやく無難な方法を発見することができた。それは適当な口実をもうけて、日田の「五十三次」を石野に売ってもらうことであった。勿論、それが友人の所蔵する版画であるなどと喋《しゃべ》られてはぶち壊しになるから、その点は充分に念をおして口止めしておく。

これに限る！　日田は脂《あぶら》ぎった顔を興奮させ、満足気にくすくすと笑いながら膝を叩いた。「五十三次」五十五枚の組物となるとかなりの重量がある。それを抱えて出かけるのは大仕事だから、石野は古本屋の親爺なり番頭なりを自宅に呼びつけるに違いなかった。そうすることによって、石野自身が画集を処分したという印象はいよいよ確固たるものとなっていくのである。

6

作家に原稿を依頼にいったついでに、銀座にでた。画廊なりデパートなりへ行けば「五十三次」は容易に入手できるものと思っていたのだが、これが案に相違してどの店を尋ねてもおいていなかった。結局、日本橋まで歩いて、七軒目にゆきあたった画商を通じて取り寄せてもらうことになった。

そこは小さな店で、ガラスの陳列ケースのなかと周囲の白い壁とに、近代版画がずらりと並べてあった。正面の店主の机には版画のパンフレットが十冊ばかり積んであり、その隣りにソロバンと電話機がおかれていた。店内には一人の先客がいて、額入りの静物画をためつすがめつ眺めている。ちらっと見たところでは、真っ赤なリンゴを描いただけの、なんの変哲もない絵であった。こんなものを、買おうか買うまいか迷っている客の心理が不可解だった。

「いま店にはないですがね。欲しけりゃ電話をかけるが」

「早く欲しいんだがな」

日田がそういうと、主人はいやな目つきで相手をみた。

「注文したって画家が家にいるとは限らない。スケッチ旅行にいってることもあるし、新作と取り組んでることもあるからね、そう急に揃うわけにはいきませんや。ストックがあってくれると文句はないんだが、あらたに刷るとなると大変でね。なんてったって五十五枚もあるんだから」

禿《は》げた初老の画商は高価な絵の取り引きには慣れっこになっているとみえ、七十万円の注文を受けたからといってべつに有難そうな顔もしない。むしろ、その横柄《おうへい》な口のききようから、素人の日田を小馬鹿にしている素振りがうかがえた。

彼は受話器をとると空《くう》でダイアルを回転させ、打って変った低姿勢の口調で「五十三次」のオーダーを伝えた。

「運がよかったですよ、あんたは」

通話がすむと、画商は恩着せがましくいった。

「前に刷ったやつがワンセットだけ残っているそうだから。明後日には入ると思うが、どうします？」

「取りに来ることにしよう。手付金はどのくらい払えばいいのかね？」

「いいですよ。但《ただ》し一週間たっても来ない場合はほかの客に売ってしまいます」

主人の高《たか》っ飛車《びしゃ》な態度から、この作家の作品の人気のほどがうかがわれた。

その翌々日、彼は車を駆って版画をとって来ると、胸おどらせて包装紙をほどいた。黒い立派な帙《ちつ》に入った五十五枚の版画は、どれもこれも目をみはるほどの素晴らしい出来だった。

広重《ひろしげ》の傑作は保永堂《ほえいどう》版の蒲原《かんばら》と庄野《しょうの》の二枚とされている。S画伯もそのことを念頭において制作したのであろうか、蒲原の雪景と庄野の時雨《しぐれ》の場面が一段とすぐれているようだった。こうして一枚一枚を見ていると、後顧《こうこ》のうれいを絶つための投資であることはわかっていても、手放すのが惜しい気がする。彼は指紋をつけぬよう用心をしながら、夜が更《ふ》けるのも忘れてS画伯の作品に見入っていた。彼としては、せめて二、三日間をこうして楽しんでいたいのだけれど、石野がいつ自首するかわからないことを思うと、のんびりと構えてはいられない。

その翌日、会社で話をつけておいてから、改めて夕食をすませた後で石野の自宅を訪ねた。この場合の行動はべつに人目を避ける必要はなく、堂々と車で乗りつけたのである。

細君の好みで設計したというその家はトイレと浴室と炊事場が独立しているのを除けば、大きな一室から成り立っていた。来客があったりしたときには、アコーディオンカーテンを引いて、互いのプライバシイを守るのである。その細君に去られたいま、石野は広い部屋をもて余したように、ひっそりと片隅で暮していた。仕事机もソファもステレオのセットも、すべてが東南に集められている。以前はたしか西側の壁によせてあった書棚も、いまは南側に移されていた。その上の一段は、自慢のワインの瓶がずらりと横に臥《ね》かしてあった。

「一杯すすめたいところだが、お互いに飲酒運転には懲《こ》りているからな」

「全くだ。今度は電車で来るから、そのときはとっておきのやつを呑ませてくれよ」

「きみ向きのがあるんだ。スペイン産のプリメロというシェリイだがね？」

「ほう、なぜおれ向きなんだね？」

「きみはポオの小説が好きだったじゃないか。とすれば《アモンチラードオの樽《たる》》を読んでいない筈がない。プリメロ・シェリイはアモンチラードオなんだよ」

「そいつは楽しみだな」

と日田は目尻をさげて笑った。

「ところで本題に入らせてもらうけど、電話でもいったように急にまとまった金が必要になってね、惜しいけどこれを売りたいんだ。といって自分で古物屋へ持ち込んだんでは二束三文に買い叩かれるのがおちだ。その点きみはセミプロ級だから、顔を知った商人がいるだろう。その人と交渉してもらえれば有難いんだがな。こちらとしては千円でも高く売りたいのだよ」

「いいよ、心当りがあるからその男に持ち込んでみよう。そんなことよか、きみが『五十三次』を持っていたとは意外だね。一度も話にでなかったじゃないか」

日田は肥った顔にてれた笑いをうかべて見せた。

「きみのやつを見せて貰ったら欲しくなってね、スキーに行く費用をこちらへ廻して、やっと買ったんだ。しかし、きみの真似をしたみたいで、われながら子供っぽい気がしたもんだから、きまりが悪くて話せなかったのさ」

「何いってんだい。いい物は誰でも欲しくなる。当然の話じゃないか」

金が必要になった理由については訊いてこなかった。そうした点では、たしなみのある男なのである。

「土曜日に交渉をしようと思っている。ことがうまく運べば、日曜日には金を払うことができるだろうな」

「すまないな、世話をやかせて」

「なに、お互いさまだ、構うものか」

日田がくるまでにブドウ酒を呑んでいたせいだろうか、今夜の石野はいつになく陽気に見えた。平素もこんなに朗らかな男であれば自首などということも考えないだろうし、ひいては殺されずにすむのである。日田は目尻をさげて愛想笑いをうかべながら、胸中ではそうしたことを考えていた。

「ところでこれも電話でいったことなんだが、おれはいいとして女房のほうが体面だとか体裁だとかを気にするたちでね、絵を手放したなんてことは知られたくないんだよ。そこのとこを理解してもらえると――」

「心配するなよ。売るときは、ぼくのコレクションを手放すといった顔で交渉するさ。おれの品だといえば少しは高い値で引き取るだろうからね」

「すまん」

彼は殊勝気にぺこりと頭をさげ、心のなかで赤い舌をだした。

7

話はスムースに運んだらしく、石野から電話があったのは土曜日の夜のことだった。四十五万で売れたから、明日とりに来るようにという。

「いや有難う。救《たす》かったよ。月曜日には耳を揃えて払わなくちゃならん金なんだ」

細君に聞えぬように答えた。もし自分で売りに行ったら買い叩かれることは決っていた。よくいって三十万ぐらいと見当をつけていただけに、四十五万で売ってくれたことは有難かったのである。差引き二十五万の損失になるが、未来に対する投資だと考えれば安いものであった。彼はほくほくした気持で机をあけると、用意しておいた毒物の小瓶をとりだして、電灯の光にかざしてみた。

翌日の夕食のあと、パチンコをやりにいくといって、ジーパンに上衣をひっかけた恰好で家を出ると、駅前の店に入って十五分ばかりタマをはじいた。万一、刑事にその夜の行動を訊かれたときには、パチンコ屋にいたと答えるのがいちばん無難なのだ。大勢の客が夢中でタマをころがしているから、日田がいたことにも気づかぬかわりに、いなかったことも気づかない。彼がアリバイを立証できないのと同様に、警察側はそれを否定することができないのである。

気に入った器械をさがすふりをして店内を移動しながら、何くわぬ顔ですっと外にでた。

石野の家は私鉄で二十分ほどいったところにある。新興住宅のあいだに麦や大根の畑が残されていた。

「よく来たな。まあ上がれよ」

「ついでにワインをご馳走になろうと思ってね」

独り暮しの石野は人が恋しくてならぬようだった。日田は引っ張られるようにして部屋にとおされた。

「先に金を渡しておこう。酔っ払って忘れてしまうといけないからな」

机のなかから洋封筒を取りだすと、あたらしい四十五枚の一万円札を数えて日田の前においた。

「神保町《じんぼうちょう》の緋文堂という古本屋に売った。おれが学生時代からの知り合いだからね、我儘《わがまま》を聞いてくれたんだ」

日田は一万円札を三枚ひきぬいて相手の前においた。

「感謝するよ。少なくてわるいが、これを取っておいてくれないか。本当はもっとお礼をしなくちゃならないんだけど、目下のところピンチに追い込まれているもんでね」

無理に押しつけると、石野は不愛想な顔で受け取って読みさしの雑誌にはさんだ。元来が金銭に執着しないたちだから、謝礼をもらっても逆に迷惑そうな様子をしている。

「催促するようで気がひけるが、そのアモンチラードオってやつを呑ませてくれないか」

「いいとも」

石野はいそいそとした様子で立ち上がると二個の腰立のシェリイグラスをテーブルにのせ、棚の上から肩のいかった瓶を取ってきた。栓をぬいてグラスに注ぐとなんともいえぬかぐわしい香りが鼻をくすぐった。

「冷やして呑んでもいいんだが、そうするとこの匂いが薄くなるもんでね。何といっても香りが大事なんだ」

そういいながらキルクの栓を半分ほど押し込んだ。

「酒の肴《さかな》はないのかい？　チーズかスモークド・サーモンか……」

「うっかりしていた。サラミのうまいのがある」

客を接待するのが楽しいのだろうか、気軽に立って炊事場へ入っていった。冷蔵庫を開ける音が聞えてくる。日田はこの瞬間を待っていたように素早く行動し、相手が小皿にソーセージを載せて戻って来たときには退屈そうに欠伸《あくび》を嚙み殺していた。

「乾盃といこうか」

先にグラスを取り上げた。服毒自殺をとげた筈の男の胃のなかから、サラミソーセージが発見されたのでは話がおかしくなる。ここは何としてでも毒入りワインだけを呑んでくれなくては困るのである。

「面倒をかけて悪かった」

ふたりは目で頷《うなず》き合うと、同時にグラスの中味を呑み干した。日田は相手の様子をじっと見詰め、石野は見詰められたことをいぶかしむように目を見開いた。そして微笑をうかべ、問いかける表情で唇を動かそうとした途端、表情が一変して仮面のようになった。こみ上げてくる苦痛に、彼はようやく謀《はか》られたことを悟ったらしかった。

「やりやがったな！」

悲鳴に近い叫びを上げ、アモンチラードオの瓶を握るとそれを振りかぶって、真向うからテーブル越しに襲いかかろうとした。万事に控え目で消極的な石野が、こんなすさまじい形相をしたのは日田にとってはじめて見ることであり、彼は恐怖に顔を歪めると飛び上がって後退した。が、逃げる必要はなかったのだ。石野はもうひと声みじかく絶叫すると同時にイスに腰をおとして、机の上につんのめってしまったからだ。ワインの瓶が絨毯《じゅうたん》の上にころがった。

一、二分間は呆然と立ちすくんでいたが、われに還《かえ》った日田はロボットみたいに正確な行動を起した。机上のサラミの皿をキチンに持っていくと、ディスポーザーのスイッチを入れて砕いてしまった。皿と、彼が呑んだシェリーグラスは洗剤をつけて洗い、水を拭《ぬぐ》ってから食器棚の所定の位置にのせておいた。指紋を残すことは致命的だから、用意してきた炊事用の手袋をはめてやったことは勿論である。おなじようにして酒瓶を拾い上げると、石野の位置からみて右手の机上に立てた。右利きの彼が左側に瓶をおいていたら、疑われるもとにもなりかねない。これには触れていないので、指紋を拭きとる必要はなかった。つぎに毒薬の小瓶の表面を手袋でぬぐい、あらためて石野の右手の指紋をつけてから机上においた。

こうして万事にぬかりなくチェックをすませた後、最後に書棚からS画伯の「東海道五十三次」のセットを取り出して持参した風呂敷につつみ、小脇にかかえた。これは自宅に持ち帰れない。女房に怪しまれないよう、駅のロッカーに入れるつもりでいた。

8

ふたりの刑事が社に訪ねてきたのは、「自殺した」石野の葬儀がとり行われた翌《あく》る日のことである。訊かれるままに、気の弱い石野がセールスマンを轢いてしまい、いったんは犯行をごま化そうとしたものの良心に責められ悩んでいたことを語って聞かせた。

聞き終った刑事は互いに視線を交わした。その意味あり気な動作が日田にいやな予感を与えた。

「じつは訝《おか》しなことがあるんです。一応は自他殺を疑ってかかるのが捜査の常識なのですが、瓶についた指紋をしらべてみますとね……」

反応をうかがうつもりか言葉を切った。日田はポーカーフェイスである。その手にのってたまるものかと思っている。手袋をはめて触れたのだから、おれの指紋がついているわけがないのだ。

「ひとり静かに毒酒をそそいで覚悟の自殺をとげたとは思えないのですよ。石野さんの指紋が逆についているんです」

「逆？」

「ちょうど瓶をさかさに振りかぶったみたいにね」

日田は黙っていた。

「刑事のなかには想像力の発達したものがおりまして、被害者は毒殺されたのではないか、毒入りワインを呑まされたことに気づいて犯人に打ってかかろうとしたのではないか、などと空想するものもいる有様です……」

また言葉を切ると、日田の肉づきのいい顔をじっと見た。日田は表情をおし殺すことに努めていた。すっとぼけるに限るのだ。

「もう一つ妙なことがあるのです。あの日の夕方、石野さんはふらりと散歩にでると、近所の書店で雑誌を買っているんですよ。自殺を覚悟した人にしてはちょっと肯《うなず》けない行動だと思うのですが……」

机にのせてあった新しい雑誌のことは覚えている。畜生、面倒なことになりやがった。日田は心のなかで苦い顔をした。

「ところで上野公園で石野さんが人を撥ねたといわれましたが、あれは話が逆で、ハンドルを握っていたのはあなたのほうではないですかな」

「馬鹿なことをいわないで下さい、失敬な」

「石野さんが口を割ると困る。そこで自殺に見せかけて殺した、という推理はどうです」

「不愉快だ。答える必要はない」

「じゃもう一つうかがうが、あの晩に石野氏を訪ねませんでしたか」

「話があれば会社でします。なにもわざわざ自宅を訪ねる必要はない」

憤然として答えた。刑事はそれを無視した。

「じつはね、その雑誌の間にまあたらしい一万円札が三枚はさんであったんです。どういう事情によるものかはわからんのですが、あるいは犯人が持って来たのかもしれない。その表面に、非常に鮮明な指紋がついているのですよ。いまいったとおり新しい札でしたから」

日田は色を失った。完全に追い詰められたことを悟った。落着きのない視線を、応接室の左右の白い壁に投げた。

「ところで指紋をとらせて頂きたいのです。潔白ならべつに反対することはないじゃありませんか」

刑事の目は嗤《わら》っているようだった。

詩人の死

リコピーだとかゼロックスなどという複写機ができたことで喜んでいるものに、雑誌の編集者がいる。

作家が締切ぎりぎりになって持ち込んできた原稿を、いったん画家にまわして読んでもらい、その後で工場へ送るのが従来のやり方だったが、いまでは生原稿を複写して、そちらを画家にわたせばいいようになった。お陰で編集者も楽になれたし、画家もまたじっくりと落着いて原稿を読み、それをよく消化した上で挿絵の場面設定をすることができるのだ。

1

複写した推理作家の原稿を吉川《よしかわ》画伯にまわしてから三日目に、高野英子《たかのえいこ》は絵をとりに東中野の画室を訪ねた。梅雨《つゆ》が明けたばかりの、陽ざしのつよいわりには爽《さわ》かな日だった。

「やあご苦労さん。絵は昨日書き上げたよ。いつもながらあの推理作家は字がへたで閉口だね。それに誤字が多い。柿さん柿さんと書いてあるから猿蟹《さるかに》合戦でも始まったのかなと思って読んでいくと、これが姉という字の書き違いだとくる」

「でも忙しい方ですから」

一緒になってけなすわけにもいかないので、英子は微笑をうかべながらそう弁解した。

「もっと量産している推理作家を知ってるけど、その人の原稿はきれいなもんだよ。ところでどうかね、三十分ばかりゆっくりしていかないか？」

明日から出張校正だが、今月はめずらしく原稿の集まりがよく、三十分ぐらいなら雑談をすることもできた。英子は、この挿絵画家の話を聞くのが楽しみでもあった。

「お邪魔させて頂きますわ」

といっても、この画家の応接間は玄関と兼用になっていて、たたきの上にイスとテーブルがおいてある。テーブルは、大きな欅《けやき》の切り株を利用した立派なものだった。

「単刀直入だが、じつはあなたをお嫁にもらいたいという人がいてね。すでに婚約者がいるのならともかく、そうでなかったら是非この話を聞いて欲しいのだが」

いきなり縁談を持ち出された英子は、咄嗟《とっさ》に返事ができなかった。

「どうだね？」

老成趣味の持主だけあって口調も老人じみているが、まだ三十をすぎたばかりの青年画家である。宗匠頭巾《そうしょうずきん》をかぶり甚兵衛を着用におよんで、俳句でもひねりそうにみえる。

「婚約者なんておりませんわ。でも、あたくしにも理想はございますから、じっくり考えさせて頂かなくては——」

「それはそうとも。しかしね、話を聞いたらあなたもウンというに違いない。とてもいい縁談なんだよ」

勿体ぶる傾向はあるが、根は親切な画家なのである。英子はそっといずまいを正して、洋封筒から写真をとりだそうとする画家の手許を見つめていた。

従業員が五百人という大手の出版社だから、結婚の相手を見つけようとすれば幾らでもいる。だが英子としては、帰宅時刻の一定していない編集者の妻になる気はなかった。男性の同僚をみていると、たまに仕事が早く片づいた夜は作家に誘われて呑み歩くといった按配《あんばい》で、妻子とともに夕食をとるのは土曜日か日曜日ぐらいしかないのだ。嫁にいくなら会社勤めのサラリーマンがいい、と英子は心に決めていた。

そのことを話すと、画家は長い顔に満足気な笑いをうかべた。

「それそれ、ぼくがすすめる相手もサラリーマンでね、ここんとこ土地や南瓜《かぼちゃ》の買い占めなんかでえらく評判のわるい商社なんだが、そこの前途を嘱望されている青年社員でね。いま写真をみせるけど、新潟県の素封家《そほうか》のひとり息子で、長谷《はせ》の大仏さんに似た美男子だよ。美人のあなたとは似合いの一対になるんじゃないかと思うんだ」

見せられた写真は白黒のキャビネだった。三十一、二歳の、ふっくらとした頬と切れ長のやさしい目つきをした、きわめてハンサムな男性である。品がいいばかりでなく、どことなくおっとりとしている。

「困ったわ。お見合い用の写真なんてないんですもの」

「いや、その必要はない。いまだからいうけどね、桜井重人《さくらいしげと》さん、というのがご当人なんだが、桜井さんはこのあいだのぼくの個展であなたと顔を合わせているんだ」

「あら」

「ぼくが仕組んだんじゃない。あちらさんも絵を見にきて偶然あなたとすれ違ったわけさ。俗に一目惚れというけれど、この人の場合がそれでね、寝ては夢、さめてはうつつという有様になってしまった。そこで親御さんがうちに見えて、これこれこういうお嬢さんだがご存知ないでしょうかと訊ねられるんだな。話を聞いてみるとどうやらあなたのことらしい。そこでわが家にあるあなたのスナップ写真をお見せしたら、果してこのお嬢さんだということになった」

「…………」

「どうかね、会ってみる気はないかい？」

「……そうですわね。一度お会いしてみようかしら」

「そうそう、それがいい」

若い画家は酸《す》いも甘いも嚙みわけた苦労人みたいにてきぱきとことを運んでくれ、それから五日後には見合いをする段取りになった。先方の両親は新潟に帰ってしまったし、英子の父母は岡山にいる。結局、当事者だけで会うということに話が決った。

その夜、約束の時刻に指定されたホテルのバーに入っていくと、桜井はひと足先に来ていて、丁重にスツールにかけさせてくれた。

「吉川先生からOKの電話をもらったときは正直の話バンザイを叫びましたよ」

「だってまだ求婚をお受けしたわけではありませんのよ」

笑って応じると、仲よくヴァイオレットフィズを口へもっていった。

その後で十三階のグリルに昇り、東京の夜景を眺めながら時間をかけて食事をした。

「来年はメルボルンへ転勤させられる予定ですが、あの国の牛肉は味がよくないという話ですね。どうですか、まずいステーキで我慢できますか」

早くも縁談がまとまったような話しぶりである。しかし桜井のその態度は少しも嫌らしくはなく、むしろおおらかで好感が持てた。第一印象からすれば、この男性とは生涯うまくやってゆけそうな気がする。

「あたし勝気で強情なところがありますの」

たしかに英子は美人ではあるが、テレビの悪女役にぴったりと冗談をいう仲間もいるくらいだから、楚々《そそ》とした、あるいは憂《うれ》いに沈んだ、もしくは可愛らしいというような美女ではない。

「駐在員の妻ともなるとおとなしい女性ではつとまりません。その点、あなたみたいに綺麗で積極性にとんだ女性が理想的なんです。ついでにぼくのほうの希望条件をいいますと、これはぼくの両親の希望でもあって決して難しいことではないのですが、あなたの家族に犯罪者のいないこと、健康であること、過去において他の男性と交渉がなかったこと、以上の三項目なのです」

「三つとも問題なくパスしましたわ」

少しのためらいもみせずに即答した。しかしその瞬間から、彼女の胸には一人の男の影が重くのしかかってきたのである。

2

九時すぎにホテルの前で別れた。車で送ろうという申し出を、夜の空気にあたりたいからという口実で辞退すると、渋谷行の地下鉄にのった。

彼女の独身者専用のアパートは虎ノ門にあるが、この夜の英子はひと駅先の赤坂見附《みつけ》までいって下車した。いまは町名が変ってしまったけれども、そのあたりが赤坂丹後町《たんごちょう》と呼ばれていた頃に、英子は一年ちかくこの町で暮したことがあった。正確にいえば、詩人の竹花《たけはな》勝彦《かつひこ》と同棲生活を送ったのである。そしていまでも竹花は当時の家に住んでいる。

夜更《よふか》しをするくせのあるこの詩人はようやく夕食をすませたところで、汚れた食器を洗っている最中だった。

「電話をくれれば喰わずに待っていたのに」

浴衣の上にピンクの女物のエプロンをかけ、ぬれた手をふきながら、竹花はまぶしそうに英子の白いワンピースの胸のあたりを盗み見た。炊事場のほうからディスポーザーの回転する音が聞えてくる。

「食事はすませたわ」

「ゆっくりしていけよ。校了《こうりょう》明けなんだろう?」

一緒に暮していた頃に知識として得た月刊誌編集の進行状況を、この詩人はいまだに記憶しているようだった。

「用があって寄ったのよ」

「すぐにすむから入って待ってろよ」

ひとしきり台所で水をながす音がつづいた。

この家は、アコーディオンプリーツのカーテンで仕切って使う形式の大きなフロアと、キチン及びベッドルームからなっている。英子がいた時分とは違ってカーテンも家具もすっかり替えてあり、以前とおなじなのは竹花ぐらいのものだった。

「待たせたな」

エプロンをはずしてイスにかけると、久し振りの訪問を歓迎するように抱擁《ほうよう》し、英子は顔をそむけてそれを受けた。目の細い頬のこけたこの男は、狐みたいな顔から想像されるように狡猾《こうかつ》で意地がわるく、天邪鬼《あまのじゃく》であった。さからって機嫌を損じてはならないのだ。

「少しやつれたような気がするな」

「そんなことないわよ」

彼のねばりつくような視線をうとましく感じながら、しいて穏やかな返事をした。

英子がこの男と別れたのは、勝彦の嫉妬深い性質に嫌気がさしたからであった。その後の彼は二人の女性と同棲しており、そして噂によればいずれも長つづきしなかったという。そのような話を耳にする度に、英子は当然なことだと思い、そして同棲期間が一年ちかくつづいた自分の忍耐強さに、あらためて感心したり呆《あき》れたりした。

「なにか呑ませてくれない？」

アルコールの力でも借りぬことには舌がうまく廻りそうにない。

出されたダブルのウイスキーをストレートで胃のなかにほうり込むと、ようやく頬に赤味がさしてきた。英子は思い切って問題点にふれた。

「あなたとあたしのこと、忘れて頂きたいのよ。早くいえば、同棲なんかしなかったことにして欲しいの」

「そりゃ無理だな。おれの人生であれほど充実した期間はなかったからな。あらゆる意味で充実していた。別れ話がでたときおれは必死で引き止めた。だのにきみは出ていった」

「今更なにをいってるのよ。他人にもどってから三年たっているじゃない」

「歳月の勘定はおれにだってできるさ。だが、忘れる忘れないはおれの勝手だ」

話の切り出し方がまずかったことを英子は直感した。詩人はほそい目を見開くと、英子の真意がどこにあるかを探るようにじっと見つめている。

「なぜそんなことをいうんだね？」

「結婚するからよ」

「そいつはおめでとう」

つきでた頬骨のあたりに皮肉っぽい笑いをうかべている。

「相手はどんな人だい？」

「平凡なサラリーマンだわ」

こともなげに答えた。ほんとうのことを語ったら、この男はますます焼き餅をやき、意地のわるい態度にでるだろう。

「そいつは結構だ。きみみたいな美人がいつまでも独身でいることはよくないね。まわりの男性の目の毒だからな」

詩人は本気だか嫌味だかわからぬことをいうと、ちぢれた赤い髪をしきりにかき上げた。

「堅気《かたぎ》の会社員ということになると、おれと同棲していたことが知れてはまずかろうな？」

「そうなのよ」

「じゃ、おれが嫌だといったらどうなる？」

いきなり口調が変った。

「え？」

「きみにはまだ愛情を抱いている。そのきみからこういう話を聞かされると、正直のところ妬《や》けてくるね。他の男の妻になるのを、指をくわえて見ているわけにはいかないよ」

「だからどうだっていうのよ」

英子は呆《あき》れ返ってまじまじと相手を見つめた。この三年間、会ったこともなければ電話で話をしたこともない男である。英子にとって竹花が完全に路傍の人となってしまったいま、彼の自分に対する愛情も跡形なく消滅しているものと考えていたのだ。

「だからさ、条件つきで沈黙をまもることにしたい」

「どんな条件よ」

「ときどきおれとデートすることだ」

思わず吹き出した。

「冗談をいわないで」

「本気だよ」

「あたしはことわるわ。夫を裏切るなんてできない」

「そんなことに気をつかう必要はないさ。世間の夫はみな細君を裏切っている。だからこそアベック旅館の経営が成り立つんだ。成り立つどころじゃない、彼らは大儲けしている。だから、女房が少しばかりよろめいたって何ていうことはないのさ」

細い目をにやにやさせている。英子は、拒否されると意地になって嫌がらせをするこの男の執念深い性格を思い、絶望的な気持になった。脳貧血でも起したようにかるい眩《めま》いを感じた。室内の照明がすうっと暗くなってきた。

「その手始めにどうだい。偶然だが、今朝シーツを取り替えたばかりなんだぜ」

いきなり腕をつかまれた。詩人といえば非力なものと相場が決っているのに、彼は俗物詩人のせいか指の力がつよく、英子の抵抗はなんの役にも立たなかった。

3

見合いをすませた桜井重人は、もう英子の承諾を得たとでもいうように、四日に一度は電話をかけてきて食事や映画に誘った。重人には、いわゆるエリート社員に共通した打算性や冷酷さといったものがなく、話し方にも物腰にも裕福な旧家に育ったもの特有の悠揚迫《ゆうようせま》らぬところがあって、それが英子の共感を呼んだ。会うたびに、いっそう愛情が深まっていった。

だが彼女は、それと並行して竹花からのデートにも応じなければならなかった。多くの場合は仕事が忙しいことを理由にことわるが、何回かに一度はこの飢えた狐に餌をあたえておく必要がある。

女日照りの彼にしてみれば、予期せぬ英子の出現は、平凡なたとえ方をすれば干天《かんてん》の慈雨《じう》といったところだった。捉《とら》えたら離そうとはしない。

このままではやがて破局がくることは明らかだ。なんとかしなくてはならない。そうは思うものの、ではどうすればいいのかということになると、英子には解決すべき手段が見つからなかった。婚約者と食事をしたり音楽を聞いたりしているときでも、ふっと竹花のことを心に思い泛《うか》べると、忽《たちま》ち興がさめてしまうのである。

竹花との関係が復活してから一カ月あまり過ぎた頃、しつこい愛撫の合間にさり気ない調子でいったことが、英子をどきりとさせた。

「詩人のおれが探偵の真似をしてみたんだが、尾行ってのは案外やさしいもんだな。尤《もつと》もこれは、相手がつけられてるってことをまるきり意識してない場合のことだがね」

「………」

「近頃ちょいと暇なもんだから、きみの会社の前の喫茶店に坐ってさ、表を眺めていたんだ。退社時刻になるときみが出てきた。そこで尾行を始めたのだよ」

「酷《ひど》い。卑劣だわよ」

「最初の日は失敗した。きみはお花の稽古にいったからね」

「………」

「二日目にようやくデートの現場を目撃したよ。きみらが豪華な食事をしているのに、こつちは隣りの喫茶室でアイスクリームをなめていなくちゃならん。なかなか探偵もつらい商売だ」

　彼は思わせぶりに言葉を切ると、英子の反応をみるようにそっと表情をうかがった。内心の動揺を押しかくして、英子はとりすました顔をしている。

「きみらが別れた後は、もっぱら背《せ》の君《きみ》のほうに尾行を切り替えた。経堂《きょうどう》のマンションに帰りつくまで追っていったんだが、いや驚いたね。平凡なサラリーマンでございというからその気になっていたけども、きみの狙っているのは大した玉の輿《こし》じゃないか」

「狙ってるなんて、そんな品のないいい方は止《よ》してよ」

「止しますともさ。しかし驚いたねえ」

　竹花は驚いたを連発するきりでそれ以上は何もいわなかった。が、英子は事態が一段と悪化したことを直感的に悟った。もう愚図愚図している段階ではない。ここで強力な手を打たないと一生を後悔しながら送るようになる。

「どうした？　黙り込んでしまって」

　相手にあたえたショックの大きさを計ろうとするかのように、横目で英子の表情の変化を観察していた。

「ところで、出版記念会のことを聞いたかね？」

　だしぬけに話題が変った。

詩人としての竹花勝彦は二流であって人間としても俗物中の俗物だが、詩の評論を書かせるとかなりいいものができる。尤《もっと》も、彼の場合の執筆の原動力となるものは憎しみの感情で、仲の悪い、もしくは気に喰わぬ詩人の作品に矛先《ほこさき》を向けるときに、その筆は一層の鋭さをみせた。

竹花勝彦の四冊目の評論集が上梓《じょうし》されたのを機に、出版記念パーティを開こうという案が持ち上ったものの、なにしろ名打ての拗《す》ね者だから好意をみせる詩人仲間はひとりもなく、義理で出席を申し出たのはすべて出版関係の人間ばかりであった。だが困ったことに、会場を借りられるほどのまとまった人数ではない。この問題について三人の発起人が小首をかしげていたときに、そのなかの知恵者が、竹花の家を会場にするという案を思いついたのである。カクテルパーティだから贅沢な料理はいらない。サンドイッチ程度のものを近所のレストランから取り寄せればすむ。会場の賃貸費が要らないので、その分だけ会費も安くあがる仕組みであった。

「どうだい、きみも出席しないか」

「ホステスがわりにこき使われるのは真っ平だわよ」

「そうじゃない。当日は一人のホステスに来てもらうことになっているんだ。だからおれはきみを大切なお客さんとしてご招待申し上げているんだぜ」

祝われる当人にしてみれば少しでも人数をふやして盛会にしたいらしいのだ。口にはださないけれど、総勢八人ではいかにも淋しすぎる。雰囲気が盛り上らない。

「そんなら出て上げてもいいわ」

「ついでに泊っていけよ。シーツを取り替えておくからさ」

そういって含み笑いをしている。

「調子にのらないでよ！」

思わず声をたかめて男の手を払いのけた。彼女の胸中にあの計画がひらめいたのは、くすくす笑いつづけている竹花の小憎《こにく》らしい横顔を睨《にら》みつけたときであった。

それは最初のうちは漠然としたものだったが、ベッドからでて時間をかけてシャワーを浴びているうちに、かなりはっきりとした形をとってきた。竹花を殺して、しかもそれを自殺に見せかけてやるのだ。そうすれば自分は疑われずにすむ。

ずる賢くて用心深くて、竹花はめったに隙をみせない男である。だから彼女の殺人計画は事前に見抜かれてしまう可能性が多かった。しかし、パーティが散会となった後はべつだ。俗物であるだけに出版記念会を開いてもらったことが嬉しく、会が果てた後の彼は興奮状態にあるに違いない。あるいは、感情の起伏のはげしい男だから、ぼんやりとした虚脱状態に陥るかもしれない。いずれにしてもその虚を突けば、攻撃はかならず成功するはずであった。

英子は、記念パーティの後で彼を殺すことに決めた。

自殺の動機についてはお節介な世間がいろいろ想像してくれることだろう。曰《いわ》く、創作のゆきづまり。曰く、厭世観《えんせいかん》が昂《こう》じた結果……。

俗物根性の持主であるだけに、彼は好んでポーズをとりたがった。憂鬱《ゆううつ》な詩人のポーズを、である。午前中に電話を受けたときは世俗的な冗談をいってへらへらと笑っていた彼が、午後になると別人のような鬱々《うつうつ》たる口調で応答をする。おれは憂鬱なんだ、というのがこの男の口癖であった。

口癖といえば、竹花は好んでマイアホーファーの名を口にし、四十九歳にして身を投げたこの厭世的な詩人の死を賛美していた。竹花が自殺をとげたとなると、世人がその動機を厭世観に求めることは容易に予想できるのであった。

それにしても、書くことを商売にしていた男が、たった一通の遺書ものこさずに自殺するということは不自然である。竹花にそれと悟られることなしに遺書をしたためさせるには、どうすればいいのか。これがこの計画のポイントであり、同時にネックでもあった。

4

出版記念会がひらかれるのは八月第一週の土曜日の夜である。

桜井重人からその夜のデートを申し込まれると断わりにくくなるので、英子のほうで先手を打って、パーティに出なければならぬことを話しておいた。

「原稿をおねがいすることのある詩人なの。会社を代表していくみたいなもんでしょ、出席しないわけにはいかないのよ」

「仕事が第一だ。デートはいつでもできるからね。遠慮なく出たまえ」

「解って下さってうれしいわ」

英子は無理につくった笑顔でいった。うまく笑おうとすればするほど、ひきつった微笑になりそうだった。

そのささやかな出版記念会は出席者が少なかったことが逆に作用して、アトホームな空気のなかで開催された。

編集者というものは、勤める会社が違っていても、流行作家の家で顔をあわせたり、記者の溜り場になっているバーで一緒になったりするものだから、今夜の客もほとんどが知った仲だった。

男の客は全くの下戸《げこ》が一人いるきりで、あとはウイスキー党がそろい、竹花だけがビールを呑んでいる。わざわざ横浜の元町《もとまち》まで出掛けて仕入れてきたピルゼンビールはアルコール分が強く、いかにもビールらしい濃厚な味がする。だから竹花は、愛飲するこの酒を決して他人にはすすめない。当夜も、ホステスが栓をぬくと瓶を自分の前においたきり、だれの手もふれさせようとはしなかった。

尤も、竹花が独占したのはピルゼンビールだけではなく、十時までという約束で出張してもらったホステスを隣りに侍《はべ》らせて、片手を女の腰にまわすと、最後まで放そうとはしなかった。この夜の主客は白絣《しろがすり》の単衣《ひとえ》に錦紗《きんしゃ》の絞りの帯をきちんとしめ、馬子《まご》にも衣裳のたとえのとおり、ちょっと見にはなかなか立派だった。

「このひとは亭主持ちでね。そのご亭主から身柄を預った以上は責任がある。だからこうして監視をしているわけだ」

詩人はそういうと大口をあけて笑い、左手で女を抱いたまま、あいているほうの手でアスパラガスを喰い、からのコップにビールを注ぎ、口へもっていった。

二十畳ほどの洋間だが、十名の男女が入ると手ぜまになる。出席者はテーブルを囲んで思い思いのイスに腰をおろすと、目の前の皿に盛られた料理をつまみながら談笑するといった形なので、見たところパーティというよりも座談会でもやっているようであった。竹花を中心にして陽気に雑談がはずみ、ときどきホステスの見当違いの発言が混る。と、それがまた爆笑をさそって一座の雰囲気をあおりたてるのだった。肉感的なこの女性は、生まれてこのかた、詩なんぞ一篇も読んだことはなさそうだった。

ビール一本が適量だという詩人ははやくも顔をてらてらと光らせている。英子は英子で、胸中の秘密を悟られまいとして、つとめて屈託なげにふるまった。誰かが気のきいたウイットをとばせたときはじかれたように声をたてて笑い、両隣りの男性からオードヴルをすすめられると遠慮なくおかわりをした。

十時が鳴ったとき、ホステスはほっとしたように詩人の手を払って口紅をぬりなおした。竹花が紅のおちるようなことをしたわけではなく、サンドイッチを喰っているうちに剝《は》げてしまったのだ。

「じゃ失礼するわ。うちの宿六《やどろく》うるさいんだから」

そそくさと化粧をなおして帰っていくのを見ると、参会者たちもつられたように腰を上げた。

「いいじゃないか、もう少し……」

と詩人は押しとどめたが、これも形式的なゼスチュアのようであった。男の編集者たちはこれから席をかえて、盛大に呑みなおすつもりでいる。

英子もいとまを告げて一緒に帰途についた。そしてタクシーを拾おうとする彼らと別れると、一人で地下鉄にのるといって反対の方角に歩いていった。竹花とのあいだに、一泊する約束ができているのだ。

まもなく彼女は、一ブロックをぐるりと廻ってふたたび竹花の家の前に立った。

「入れよ。鍵はかけてない」

英子は背後でドアを閉じると、念入りに施錠した。これからやることを覗かれでもしたら、すべてはおしまいだ。家のなかにはタバコの煙が充満しており、そのあたりから今夜の客の朗かな笑い声がまだ聞えてくるような気がした。

予期したとおり、竹花はかるい興奮状態にあるみたいだった。先程のソファに腰をおろしてテレビを見ていたが、何がおかしいのか、わずかの間に二度までも腹をかかえて笑いころげた。そのくせに、英子が入っていくとあっさり画像を消してしまった。

「坐れよ」

「いやよ、ホステスなんかが坐った場所は！」

「なんだ、きみもなかなか妬《や》くじゃないか」

と、詩人はおのれの嫉妬ぶかい性格を自認しているようにいった。

「しかし、おれの芝居は巧かったろう？　ああすれば、まさかその後できみと寝るとは誰も思うまい」

「結構楽しんでいたくせに、なにさ」

わざと口を尖《とが》らせてみせた。嫉妬するように思わせて、相手を油断させようという作戦だ。

「呑みなおしましょうよ。ここは散らかってるから、あなたの仕事机で」

「それもそうだな」

彼が台所へいって冷蔵庫の扉を開けているあいだに、英子は立って仕事部屋のカーテンを引いた。灰皿や料理の皿が散らばった広間はこれで遮断されてしまい、彼女のいるところは落着いた感じの独立した小部屋になった。

英子はさらに広間から一脚のイスを持ってきて、仕事机をはさんだ位置においた。これでさし向いで話ができる。

詩人は盆に一本のピルゼンビールと二個のコップをのせて戻ってくると、机の上の読みさしの訳詩集をとじて書棚に返した。

「おれは余りいけないたちだが、きみの酒量はあがったろう」

「そうでもないわ」

「まあ呑んでくれ。但しこれはほんの寝酒だからね、べろんべろんになってくれては困るよ」

左手に瓶を握り、竹花は居合い抜きでもするような恰好でスポンと王冠をぬいた。

「あたしが注ぎます」

「酌はタボにかぎるというからな。場末のバーにはダボハゼみたいなのもいるがね」

細い目をさらにほそめて上機嫌である。そうしたときの表情を、英子はお能の老媼《おうな》の面に似ていると思う。

ビールを自分のコップに注いでから、英子はちょっと不服そうに訴えた。

「おつまみないの？　チーズかなにか」

「あっちの部屋にうんと残ってるぜ」

「いやだ、不潔じゃないの」

コップに投毒するためには、なんとか口実をつけて竹花を追い払わなくてはならない。

「はて、チーズがあったっけかな？」

呟きながら立っていった後で、英子は用意した小瓶の白い粉末をそっと落し込んだ。水に溶解するがアルコールにはもっと早く溶ける、と専門書にしるされてある。無味無臭。三分から四分で効き目があらわれ、さらに一分たつと確実に死に至るという猛毒だ。しかも、その気になれば誰でも容易に入手することができる。

気分がうきうきしてくるとフランス語のざれ唄をうたうのが癖だが、このときも竹花は右手にチーズの小皿を持ち、左手でなにやら踊りの所作みたいなことをやりながら、フランス語らしきものを口ずさんでいた。

「到来物《とうらいもの》なんだ。ただしおれはチーズが嫌いでね。こんなもののどこが旨いのかな」

「悪いわね」

少しピントのはずれた返事になった。のっぴきならぬ立場に追いつめられたとはいえ、これからすることを思うと、やはり冷静ではいられない。膝が小刻みにふるえる。口のなかはからからに渇いていた。へたに口をきけば調子のはずれた声がでそうだった。

「どうした？」

「ちょっと疲れたの。すぐになおるわ」

こめかみに指をあてて顔をうつむけた。その視野のはずれのほうで、竹花が手にとったコップを口へもっていくのが見えた。

がたんという音におどろいて目を上げると、彼は両手で机のふちをつかみ、目を宙にすえて激痛と闘っているふうだった。くいしばった歯のあいだから唸《うな》りとも呻《うめ》きともつかぬ声が洩れてくる。

「やったな？」

あらぬ方角を見詰めたままでいった。語調は意外なほどはっきりしていた。

「やったわよ」

「畜生」

「詩人ってそんな汚い言葉を使うもんじゃないわ」

「このあま！」

両手を上げてつかみかかろうとしたが、その途中でゼンマイが切れたみたいに動きが停ると、机の上に音をたてて倒れ込んだ。そのショックでコップが引っくり返る。ビール瓶は机の下にころげ落ちた。

5

それから後の英子は敏速に、スケジュールどおり正確に行動した。まず手袋をはめ、自分のコップとチーズの小皿を盆にのせて台所にもっていった。盆とコップは入念に洗って食器棚にもどし、チーズはディスポーザーで砕いてから水で流した。小皿はほとんど汚れていなかったが、洗い物のボールのなかへ突っ込んでおいた。これだけのことで彼女が訪問した痕跡は完全に消去できたことになる。

仕事部屋にもどると、今度は便箋を一枚ちぎって机の上にキチンとのせた。この紙片に詩人は遺書をしたためた、ということになるのだ。

この偽装自殺計画のなかで英子が苦慮したのは、いうまでもなく竹花自身に遺書をしるさせることだったが、こればかりはどう知恵を絞ってみてもいい思いつきが泛《うか》ばなかった。さんざん考えた末に、窮余《きゆうよ》の一策として思いついたのが、竹花は遺書をしたためたものの、屍体《したい》が発見されたときは判読不能になっていた、という案だった。いま彼女は、そのプランを実行に移そうとしていた。

仕事机の上には素焼の酒瓶に似たインク壺がおいてある。手袋をはめた指先でコルクの栓をぬいておくと、屍体の肩に左手をかけてぐいと引き起しておいて、インク壺を倒した。小さな口からあふれでたインクは電気スタンドの底をひたし、そこにおかれた便箋と万年筆をひたしていった。気がせいているせいかインクの拡まる速度がひどくのろいように思えたが、彼女は急ぐことをせずに、便箋が充分にインクを吸い込んで真っ蒼に染まるまでじっと待っていた。そしてこれでよしという処までできたときに、肩にかけていた手を放した。屍体は小さな音をたててインクの上につんのめっていった。

だが、これで一切がすんだわけではない。英子には、床にころがったビール瓶を始末するという仕事が残されていた。この瓶の表面には、酌をしてやった際に英子の指紋がついている。それを消し忘れて帰ったなら、自分の名刺をおいていったようなものだった。いや、現場で名刺が発見されたとしても、帝銀事件における松井《まつい》名刺のように、犯人に悪用されたのだという言いぬけができる。だがことが指紋となると、これはもう絶対的な決め手だ。逃げ道はない。

英子はかがんでビール瓶をとり上げると、ハンカチで丹念に表面をこすって指紋を拭き消してから、あらためて竹花の指紋をつけようとした。だが、机におおいかぶさった屍体に目をやった途端に、色を失って棒立ちになった。詩人の両手がとっぷりとインクにひたっている！

瓶にこの青い指紋をつけたらどうなるのか。彼女は無理に気をしずめると、物事を順序立てて考えてみた。このインク壺は竹花が絶息して倒れた拍子に引っくり返ったのである。そしてそのインクによって彼の指は青く染められたのだ。つまり、指が汚れた時点ではすでに当人は死亡しているのだから、ブルウの指紋が付着していたなら、死んだ人間がビール瓶を摑んだという矛盾した結論となる。その結果、偽装自殺であることは忽《たちま》ち露見してしまうのだ。

では、瓶の指紋をぬぐったままで机の下にころがしておいたのではどうか。しかしこれはもう考えるまでもないことだった。自殺する人間が、なぜ瓶についた自分の指紋を消す必要があるだろう。

右することも左することもできなくなった英子は顔をゆがめ、泣き出しそうになっていた。ビールを注いでやるという些細な行為が、これまで不利な立場に自分を追い込むとは……。

だが、頭にのぼった血がさがっていくにつれ、少しずつ思考力をとり戻すことができた。彼女の心にそのアイディアがひらめいたとき、なぜこんな簡単な解決策に気づかなかったのかと、自分の愚かさに苦笑したくなった。苦笑するということは自分を客観視し得た結果である。すでに英子はそれだけの落着きをとり戻していた。

このとき英子が思いついたのは、パーティの席で竹花が呑んでいたピルゼンビールのあき瓶を持ってきて、そちらのほうを仕事机の下にころがしておく、ということだった。厳密にいえば、その瓶にはホステスの指紋もついている。さらにまた、酒屋の店員の指紋までついているかもしれない。だが店の従業員の指紋やホステスの指紋がついていようがいまいが、それは別に問題とはならない。大切なのは、そのビール瓶の胴体に竹花の指紋がついているということであった。

竹花が坐っていたソファの前のテーブルには、彼が独酌で呑んでいたピルゼンビールのかわりに瓶がちょこんと立っている。英子はためらうことなくそれを手にすると、かわりに、指紋を拭きとったほうのあき瓶をのせた。

尤《もっと》も、この指紋のない瓶をおいておくことに躊躇を感じないわけではない。だが、竹花の死が自殺だとみなされれば、パーティの席にとり散らかされた瓶やグラス類が調査の対象になるはずはないのだし、まして、そのなかのたった一本のビール瓶が注目されるわけもなかろう。いわんや、指紋が拭い去られていることに気づかれる恐れはないのである。

取り替えた瓶を仕事机の下にころがしておくと、これですべては完璧なものとなる。英子はもう一度あたりに注意深い視線をなげてから、満足気な面持で現場を立ち去った。

6

詩人の屍体は、翌日の十時頃に料理の皿をとりにきたレストランの店員によって発見された。そしてそのニュースは正午のテレビで流され、忽ちのうちに編集部全体に知れわたった。

当然のことだが、前夜のパーティに出席した英子は同僚の質問攻めにあった。

「そんな気配はちっともなかったわ。ホステスを独り占めにしてとても楽しそうにみえたのよ。人の心のなかって本当に解らないものだわね」

声をおとしてしんみりとした口調になったのも演技である。

「動機はなにかしら。詩作にゆきづまったのかもしれないわね」

「もともと竹花先生は躁鬱《そううつ》質だったでしょう？　パーティのあとで急に反動がきたんじゃな

いかと思うの。ジキル博士がハイドになったみたいに、ほんものの鬱病になってしまったのかもよ」

詩人の自殺を妙な目でみるものはひとりもなく、胸中英子はほっとした思いだった。

「高野君」

と、瘠《や》せた編集長が声をかけた。

「お通夜にはぼくもいくが、きみも出たほうがいいね」

「はい。そのつもりでいますわ」

「司法解剖ということになると遺体が返されるのは遅くなるだろうな。何時から始まるのか、確かめておいてくれよ」

「はい」

死者をいたむように重々しく頷《うなず》いた。

午後の三時すぎに、新聞社の文芸部にいる吉田《よしだ》という男から電話がかかってきた。昨晩のパーティの発起人でもある。

「竹花さんのことだがね」

「驚いたわ。あんなに朗かだったのに……」

「いや、もっと驚くことがあるんだ」

彼は女性に対してもぞんざいな言葉遣いをするたちだった。しかしその本質は親切で、女性編集者のあいだの評判もいいのである。

それにしても、驚くこととは何だろうか。

「いま刑事がやってきた。昨夜のメンバーの名を教えてくれというので、勤務先と名前をメモして渡してやった」

「刑事さんがなぜ——」

「ちょっと妙なことがあって自殺とは認められないというんだ。つまり、自殺にみせかけた殺人だと考えているんだな」

「まあ……」

「この犯人ってやつはなかなか頭がいいぜ」

英子の受けたショックは大きかった。これが平素なら「どうして頭がいいの？」と反問するところだが、そのときは心の余裕を失っていた。

「殺人ということがどうして解ったのかしら？」

途端に編集部の空気が緊張した。居合わせた五、六人がいっせいに仕事の手を休めて英子をみた。

完全犯罪をなしとげた筈なのに、どこから偽装自殺であることを見抜かれたのだろう。英子は早くそれを知りたい。

さてまた挑戦です。詩人のなかにも嫌なやつがいることは他の世界と変りません。当局は詩人の自殺が偽装であったことをどうして知ったのか、英子の計画のどこにミスがあったのか、というのが今回の設問です。今回はかなりの難問ですが、あなたの才能をもってすれば解けないわけはありません。頑張ってね。

「ああした場合、警察としては一応疑ってかかるんだそうだがね。そこで屍体のわきに転っている瓶の指紋をしらべてみると、奇妙なことが発見された。栓抜きの指紋は右手のものだった。これはまあ、誰でもやることだから問題にはならない。だがおかしいのはビール瓶についている指紋でね、これもまた右手のものだったんだ。いいかね、右手で瓶を握って右手で栓をぬくなんて芸当はできるもんじゃない」

頭をぶん撲《なぐ》られたような衝撃を英子は受けた。指摘されてはじめて気づいたのだけれど、パーティの席における竹花は終始左手でホステスを抱いていたのである。ビールを注ぐにもコップを持つにも、あの場合は右手でやるほかはない。あき瓶に右手の指紋がついていたのは当然のことなのだ。おろかにも英子は、その空瓶を持ってきて屍体のわきに転しておいたのである。

「マイナー・ポエットのあの男のことだから、せめて死ぬ前に一世一代の珍芸を演じて人々の喝采を博そうとした。その気持は解らんでもないがね」

吉田のいうことを英子はぼんやりと聞いていた。灰汁《あく》のつよい個性的なマスクが、いまは腑《ふ》ぬけのようにしまりのないものとなっている。

「そっちへも刑事がいくと思うけど、変な疑いを持たれると迷惑だ、訊問には正直に答えておいたほうがいいぜ」

「お話し中でわるいが」

と、離れた席で編集長が声をかけた。

「受付から電話があってね、一階の応接室に警察の人がみえてるそうだ」

皮肉な運命

1

午後の三時といえば最もすいている時間だが、内廻りの山ノ手線はかなりの混みようだった。前の電車がモーターの過熱とかで運転を打ち切ったために、途中の駅で乗客がこちらに移ってきた。それがときならぬラッシュの原因となった。

生駒一《いこまはじめ》の隣りには小柄で小肥りの中年男が吊り革にぶらさがっていて、振動のたびに、むきだしの腕と腕とが触れ合った。その、少しばかり汗ばんだ、それでいて妙にかさかさと乾いた感じの相手の肌が、さして神経質でもない生駒の気持を不快にさせていた。先方が故意にするのではないことは解っている。だがいったん不愉快になると、まるでわざと触れてくるように、ちょっとゆれただけで互いの腕はぺたりと接触をくり返すのだった。それを避けようとして身をよじってみるが、混んだ車内では思うように自由がきかず、そのうちにまた嫌な気持を味わわされるのである。

生駒は、昔のえらい坊さんが心頭《しんとう》ヲ滅却《めつきやく》スレバ火モマタ涼シといったことを思い出していた。その伝でいけば隣りの男をむくつけき男性だと思うからいけないのであって、ノースリーブの若い女性なのだと信じれば、度々の接触もまた楽しみになる筈《はず》だった。生駒はおもむろに目をとじて実行にとりかかってみたが、どう懸命に念じてみても相手を美女だと錯覚するのは不可能であった。改めていま気づいたのだけれど、小男のくせに酷《ひど》く毛深いのだ。熊を想像しろというなら解る。だがこの毛虫みたいな毛むくじゃらの腕から女性を連想しようというのは、どだい無理な話であった。生駒があきらめて目を開くと電車は高田馬場をでたところだった。

乗り換え駅の新宿が近づいてくるにつれて、生駒は生き返った思いになり、無駄肉のない、スポーツマンタイプの引きしまった顔にほっとした表情をうかべた。新宿で京王電車に乗り換えるのが毎度のことだが、こう暑くてはビヤホールに寄って冷たい生ビールを呑まないと体が参ってしまいそうな気がした。

近頃なんとなく気分がだれ気味で、やたらに喉がかわく。ことによると糖尿病にかかったのではあるまいかと思い、通俗医書をよんでみると、そこに列挙してある症状のことごとくが該当するような気がして、会社を早退して診察をうけた帰りなのである。医師は糖尿の気はまるきりないと断言し、健康を保証してくれた。大ジョッキでビールを呑むことは、生駒にとって祝盃をあげる意味でもあった。

車掌のアナウンスをうわの空で聞きながら、生駒は、棚にのせた上衣をとろうとして手を伸ばした。踵《かかと》をあげてつま先立った不安定な恰好《かっこう》をしたのと、電車が速度をおとしたのがたまたま一緒になったので、生駒は思わずよろめきかかって男の足を踏みそうになった。

「失礼」

「いや」

ふたりは、顔を見合わせると目礼をかわし、ついでどちらも視線をもとに戻した。生駒は上衣をとると小脇にかかえ、停車するのを待ちかねて真っ先にフォームに降りた。むらがる乗車客のあいだをかきわけて反対側の端までいくと、上衣を抱えなおして扇子《せんす》をひろげ、上気した顔に風をおくりつづけた。階段口はいまの降車客であふれそうになっている。なにも慌《あわ》てることはない。彼等の後からゆっくりと地下道におりて、改札口をぬけるつもりだった。生駒はなおもその場にたたずみながら扇子を使いつづけていた。

山ノ手線の電車が発車するのをぼんやり眺めていた彼は、側面から誰かに見つめられている気配を感じて反射的にそちらを振り返った。

新宿駅のこのフォームは片側から山ノ手線の内廻り電車が、そして反対側から中央線の上り電車が発着する。いま生駒が立っている周囲にも、上りを待つ乗車客の姿が次第にふえてきた。男女の学生の群れにまじって人妻がおりサラリーマンがいる。どれもこれも見知らぬ人間ばかりであった。そのゆきずりの乗車客が彼に興味を示すわけがない。瞬間的な感覚だからはっきりとしたことはいえぬにしても、彼が受けた凝視はかなり強烈なものであった。単なる好奇心で見られたのでは断じてない。

生駒は執拗に凝視者の正体をさがしもとめた。そして、駅のアナウンスが上り電車の到着を告げはじめた頃に、ようやくそれらしい男の存在に気がついた。小柄で小肥りの中年の男。まぎれもなく先程の山ノ手線の車内で隣り合わせた乗客である。

今度は逆に自分が視線をあびせられていることを意識したとみえ、ちらとこちらを見返したが生駒と目が合うと、いそいでそっぽを向いてとぼけてしまった。だが生駒は、そのわずかの間に、相手のやや斜視気味の目と鼻の左わきの大きなホクロとをはっきりと見てとった。……思い出したぞ。あいつだ、あの男だ。十年前のあのときの男に間違いない。生駒は胸のなかで叫び、昂《たかぶ》る心を押えかねてフォームの上を歩きだした。

先方が生駒の存在を気にするのと同じ理由で、彼もまた相手を無視することが出来かねた。上りの東京駅行きが入ってきたとき、生駒はジョッキのことも京王電車に乗り換えることも全く忘れて、小男と隣り合わせた車輛に乗り込んだ。徹底的に尾行をつづけて彼の正体を把握しておきたいと思う。せめて相手の名前と職場ぐらいははっきりと知っておく必要がある。さもないと、怯《おび》えと不安から不眠症になるかもしれなかった。

2

刑事でもなければ探偵でもないのに、生駒の追跡は案外たやすく成功した。

男は千駄《せんだ》ヶ谷《や》駅で下車すると、鳩の森の連れ込み旅館街の先にある高級マンションに入っていった。それを見届けておいてから、生駒は近くの酒屋に寄ってビールの券を贈りたいのだがという口実で、必要以上の情報を訊き出したのである。劇画家の檜垣豪輔《ひがきごうすけ》、三十五歳。独身。ビール嫌いの洋酒党で最上階の一〇〇五号室に住んでいる。そこはマンションで最も豪華な3LDKであった。月収は噂によると二百万を越えるとか、そのくせ女性関係は地味で、浮いた話を聞いたことがなく、ときどき銀座のホステスだというグラマー美人が一泊していく程度。趣味は切手の蒐集と音楽のレコードを聞くこと。それもクラシックが専門である、等々……。

つくらせたウイスキーのギフト券をポケットに入れて、いまきた道を駅へもどった。そしてフォームのベンチに腰をおろすと、酒屋の主人から聞かされた話を胸のなかで反芻《はんすう》してみた。なんといってもショッキングなのは月の収入が二百万ということであった。話半分に割り引いてみても、あの男が一カ月で稼ぎだす金額を得るためには、生駒は半年以上も働きつづけねばならぬ計算になる。一流商社マンとしての自分をいままでエリート社員だと信じていたが、これだけの差を見せつけられると、自信も誇りも急に色あせてしまい、上司の命令でモチ米を買い占めたりキャベツを買い漁ったりする仕事がなんとも馬鹿気たものに思えてくるのだった。

それにしても、十年前に遭ったときの檜垣は何の役にもたちそうにない、貧相な小柄の青年に過ぎなかったのに……。隣りにパンタロンの美人が腰をおろしたことにも気づかずに、生駒は十年前のあの夜のことを回想していた。

その時分、大阪支社に勤務していた生駒は、ちょっとしたゆき違いから詐欺《さぎ》に似たことをした。その程度の背徳的な行為は、ある種の有名人ならば大目にみられる筈のものであったが、一流商社員ともなると話はべつである。職を失うほどの大袈裟なことにはならぬとしても、出世コースからはずれて、一生を飼い殺しにされることは明らかだった。事実、支社の先輩社員にもそうした例が一、二あり、彼等はうだつのあがらぬ月給取りになりさがって、意欲もなければ野心もない凡々たるサラリーマン生活を送っているのだ。野心家の生駒にとって忍耐できるものではなかった。

強請屋《ゆすりや》の篠《しの》はそれに目をつけ、「沈黙」を売り込みにやってきた。上司に知られたくないと思うなら給料の三分の一にあたる額を今後五年間にわたって払いつづけろ、というのが条件である。この場合の五年は、時効になるまでの期間であった。

生駒としては応じないわけにはいかない。それに当時は妻子もない気楽な生活を送っていたことでもあるし、洋々たる人生からみれば五年というのはきわめて短い時間でしかなかった。生駒が相手の条件をともかくすんなりと呑んだのは、そうした考え方をしたからだともいえる。

篠は、船場《せんば》の旧家の実直な手代《てだい》を思わせる男で、痩《や》せ気味で少し猫背で皮膚が蒼白く、スポーツで鍛え上げた生駒と並んでいるところを第三者がみれば、まず大抵のものが篠のほうを被害者だと判断するに違いなかった。

ゆする場合のセリフにしても、映画にでてくる悪党のように凄《すご》むのではなく、関西弁でやんわりと持ちかけてくる。そして別れしなには頭を何回もペコペコとさげ「おおけに。ほなサイナラ」といって帰っていくのだ。それがこの男のテクニックだったのかもしれないが、結果において生駒は篠を甘くみることになった。

生駒がふと疑問を抱くようになったのはゆすられ始めて三カ月ほどした頃である。篠の慇《いん》懃《ぎん》な態度は以前と少しも変わるところがなかったけれど、いくら相手が腰をひくくしてみせたところで所詮《しょせん》は強請屋である。その彼が、約束の五年がすぎたからといって、カモをそう簡単に手放そうとするであろうか。たしかに時効になれば司直の追及をうけることなしに大手をふって歩くことはできる。が、五年たとうが十年たとうが、それが上司の耳に入った場合、懲罰として左遷されることには変わりがないのだ。つまり篠にとってみれば、生駒は停年退職するまで絞りつづけられる乳牛みたいなものであった。どう考えてみても篠が五年で放免するわけがない。

生駒は、蛇みたいな男に見込まれた自分の不運を嘆いた。会社の帰りに呑み屋に寄って憂《う》さをはらす習慣がつき、事情を知らない同僚が健康を案じて忠告してくれることが再三あった。だが何といわれようと、希望のない将来を思うと呑まずにいられないのだ。急ピッチで酒量があがっていった。

そうした彼にとってはかない慰めとなったのは、篠の死を空想することであった。誰もが輪禍《りんか》の危険にさらされている昨今、あの男だけが安泰でいられることはあり得ない。そのような空想から、篠がダンプにはねられて即死する光景を胸にえがいて逃避の世界に遊ぶのである。その当時の生駒は社員寮に住んでいたのだけれど、酔って帰るときの彼は一つ手前の駅で降りると、人影もなく静まり返った児童公園のベンチに腰をかけて、その空想をさまざまに発展させ、楽しんだものだった。

彼が篠殺しを決意するに至ったきっかけは、皮肉なことに篠自身がつくりだした。やがて一年になろうとする晩秋の夜、例のように生駒が呑み屋で一杯やっているところに、どこからともなく現れたこのおとなしい強請屋が、くたびれたハンチングを手にとって、おずおずとした口調で五パーセントの値上げを申し入れてきた。

「物価が高うおましてな、こうでもして貰わんことには暮らしていけまへんのや」

生駒が盃を宙にとめて三十秒ほど思案したのち、おもむろに承知してみせると、篠はふかぶかと頭をさげて卑屈な追従《ついしょう》をいい、インフレの元凶は政府の無策であるといったことを述べて、当時の首相をこきおろした。

「へ、おおけに。恨《うら》むなら総理を恨んでもらいまっさ。ほなサイナラ」

篠は相手が酒をすすめてくれるかと期待してしばらく坐っていたが、その気のないことを知ると、ペコリとおじぎをして角刈りの頭に鳥打ち帽をのせ、もう一度お世辞笑いをして出ていった。

まわりの客は下卑た冗談をいって笑い合ったり、歌詞を間違えた軍歌をがなりたてたりしている。生駒たちのやりとりに聞き耳をたてるようなものは誰もいなかった。彼はそうした喧騒が耳に入らぬように、タバコに火をつけると、黙々としてふかしつづけていた。

生駒は、篠殺しのことを考えていたのである。

3

その当時の篠は近鉄上六《うえろく》（上本町）駅に近い裏通りに、ビルの住み込み守衛として勤めていた。地階のボイラー室の隣りに所帯道具を持ち込んでの自炊生活だった。近所の話を綜合すると妻も持たず、ただせっせと小金を溜めるのが唯一の道楽とされており、着る物といえばカーキ色の兵隊服一点張りであった。このような地味な日常生活に瞞着《まんちやく》されたせいか、彼が裏面でゆすりをやっていることに気づいたものは一人としていなかった。

そうした情報をさぐった生駒は、篠の小金を狙った泥棒が居直って凶行におよんだ、というふうに見せかけることにした。室内を荒らして現金や貯金通帳のたぐいを盗み出しておけば、当局は強盗の仕業だと考えるに相違ない。そう彼は考えた。

侵入あるいは逃走の際に人目にふれぬためには、夜間をえらぶほかはない。だが篠は用心ぶかい性格らしく、夜は地階の入口にあつい樫《かし》の扉をしめて、内側から施錠するのが常である。といって、予告もなしに出掛けていってノックしたのでは逆に警戒されてしまう。この関所をどう突破するかというのが彼に課せられた命題となった。

　しかしこの問題も、いつだったか篠と雑談をしていたときにポータブルラジオが欲しいといったことを思い出した途端に、あっさりと解消した。

　その翌日、早速ビルに電話をして守衛を呼び出すと、生駒はせいいっぱいの猫なで声でいった。

「いつか聞いたポータブルラジオのことですがね。電池式でよければ友達がゆずってあげるというんです。そう、勿論ただですよ、一年ちかく使った品ですからね。それでいいならついでのときに届けます。何時ってことははっきりいえないけど……」

　少なくとも表面からみた限りでは、ゆする者とゆすられる者とのあいだに、世間的な常識から考えられるような険悪な雰囲気はなかった。したがって篠も相手の深謀遠慮は気づくはずもなかっただろう、ほくほくして生駒の好意をうけた。

　その小さなビルは、崩れかかった外観にふさわしく、怪し気な連中が部屋を借りていた。彼等は折り込み広告で客をだますことを商売にしている土地屋であったり、予想が当ったためしのない競馬新聞社であったり、大人のおもちゃの通信販売部だったりした。この社員たちの勤務ぶりはルーズそのもので定時に出社したり定刻に退社するようなことはなく、怠《なま》け放題なまけているかと思うと、夜の十一時まで居残ったり、日曜日に出勤したりする。しかし、三週間におよぶ観察をつづけた結果、その苦労が報いられて、日曜日の夜はどの部屋も完全な無人になることが判った。

　こうして生駒は、躊躇することなくつぎの日曜の夜を犯行の日に決めたのである。

　独身寮で夕食をすませると、映画をみるという口実で外出した。そしてそれから後のことは予想したよりはるかにスムースに運び、誰からも見られることなく地階におりると、例の通行許可証でなんなく篠の部屋に入ることができた。手にした紙包みの内容は一冊の古本にしかすぎないのだけれど、篠のほうで勝手にポータブルラジオだと錯覚してくれた。

「えろ済んまへんな」

「なあに、この先の友人のところで碁《ご》を打ったもんだからね、いいチャンスだと思って」

「おぶうでも入れまひょか」

「その前に包みを開けてくれないかな。気に入って貰えればぼくとしてもうれしい」

「あ、さよか」

　表面が疵《きず》だらけの、ニスの剝げかけた机をはさんで向き合って坐った。篠は兵隊服の腰にはさんでいた手拭いをとると指先の汚れをぬぐっておいて、そそくさと包みを開きにかかった。

「生駒はん、なんでんね、これは？」

　なかから古本が転がり出たのをみて騙《だま》されたと知った篠が、表情を変えて立ち上がろうとしたのと、隠し持った棍棒が真っ向からふりおろされたのとが殆ど同時だった。強請屋はみじかいうめき声を上げたきり、机に伏してしまった。生駒の耳に、地上から降りてくる靴音が聞えたのはそのときである。

狼狽《ろうばい》した彼はどうしてよいのか解らずにただうろうろしていた。地下には篠しか住んでいないのだから、訪問者がやってくるのはこの部屋に決っている。まさかこんなことになるとは思いもしなかったので、入口の樫の扉はただ押しつけたままだった。客がノブを廻せば簡単に開いてしまう。逃げたくとも逃げ道はそのドア以外にないのだ。進退きわまった生駒は観念してつっ立っていた。

だが観念すると同時に心にゆとりが生じたようである。彼はすばやい動作で篠の前に古本をひろげると、その上体に手をかけて、読書に飽きて居眠りをしているふうな恰好にした。訪問客に背を向けているので、入口に立ってみると本当に眠っているようにしか思えない。声をかけている隙をみて、足音を忍ばせて逃げ出そうという計画だった。咄嗟《とつさ》の場合だからそれ以上の知恵はでないのである。若いエリート社員は入口のわきの壁際に立つと、息をつめていた。

靴音が止まり、これも若い男の声が篠の名を呼んだ。二、三度ノックが繰り返されたが返事がない。これであきらめて帰っていくかと思っていると、ドアがゆっくりと押しあけられて男が入ってきた。扉が開いたままになっているので、生駒の体はその陰に隠されてしまった。視界が限定された彼としては壁とドアの隙間に目を押しつけて男の動作を観察するほかはなかった。

生駒は、男が相手の肩に手をかけてゆすぶることを予期していた。そして篠が死んでいることに気づいた彼が仰天して飛び出していくことを期待していた。逃げるチャンスはそのとき以外にはないのだ。

背中を生駒のほうに向けているために、彼が何をしているのか判断がつかめない。眸《ひとみ》をこらしてあらためて覗いたとき、男は髪をふり乱して篠の背後からのしかかっていた。彼の口から呻《うめ》きとも怒りとも知れぬ声が洩れた。よく聞くと、畜生、畜生といって篠を罵《ののし》りつづけているのだった。それが一、二分間つづいてから、ようやく男は篠から離れた。強請屋の頸《くび》に、桃色のビニールロープが喰い込んで後ろ側でかたく結ばれているのがはっきりと見えた。

てっきり強盗かと思ったが、そうではなさそうであった。男は、篠を殺すことだけが目的だったとみえ、赤く上気した顔にさばさばした表情をうかべて、篠の口元に懐中鏡をあてて絶息したことを確かめていた。

扉の背後に傍観者がいることには全く気づいた様子がなかった。多分、間もなく引き上げていくことだろう。それから一、二分おいておれも逃げ出すのだ。そう考えているうちに、生駒の心も次第に落着きをとりもどしてきた。だが、その安心感もしくは気のゆるみが、最後のどたん場でとんでもない失敗を招いた。生駒が盛大なくしゃみをしてしまったのである。

「誰が！」

誰何《すいか》された生駒は落着いた様子でドアの陰からでていった。彼の手には棍棒という武器がある。だが、男の武器はロープだけであり、しかもそれは篠の頸部にかたく捲きついている。事態は自分のほうが有利なのだ。

「慌てるな。ひと足先に、おれも篠を殺しに来たんだ。髪の毛をかきわけてみれば判るが、この棒で頭がへこむくらいにぶん撲《なぐ》ってやった。そのまま放っておけば間もなくたばるところだったのさ、そこへきみが入ってきてくびったんだ。だから、きみもおれも殺人犯なんだ、公平にみるとね」

男は小柄だが肉づきのいい体つきをしていた。髪が濃くひたいの生えぎわが狭く、かすかに斜視の目が興奮のためにギラギラとかがやいている。

「篠みたいな悪党はぶち殺したほうが世の中のためになる。おれは良心の呵責《かしやく》なんてちっとも感じないね。その点はきみも同じことじゃないのかね？」

生駒はしきりに唇をなめていた。司会者からいきなりスピーチを指名されたパーティの客みたいに、ともすれば話の内容がちぐはぐになりそうだった。

「要約すればだ、おれ達には前途があり未来がある。こんな悪党のために刑務所にぶち込まれるなんて真っ平だ。そこで提案するんだが、お互いに今夜のことは忘れることにしようじゃないか。おれは篠をぶん撲ったことはなかったし、きみという男に会ったこともない。そしてきみも同じことなのだ」

「解った。要するにきみもおれも赤の他人で、それ以外の何者でもないというわけだ。広い大阪だからきみと遭うことはあるまいと思うが、もしどこかで出会ったとしても、互いに知らん顔をしていればいい。大して難しいことじゃないからね」

遺留品のないことを確かめ合って地上にでると、そこで左右に別れた。それから三カ月後の春の異動で生駒は東京本社に呼び戻され、以来あの男のことは殆ど忘れかけていたのだった。

4

二日おいたつぎの日のことである。レストランで昼食をすませて戻ってくると、受付の女の子が呼び止めて留守中に刑事がきたことを告げた。商社の買い占めが問題になっているときでもあり、彼女も赤い唇をきゅっと結び、深刻な面持をしている。

「待たせてあるのかね？」

生駒は余裕のある口調でそう訊き返した。キャベツ買い占めの直接責任者は自分だから、そのことで二課の刑事が来ることは予期している。しかし、相手に尻尾をつかまれるようなヘマな真似はしない。証拠は完全に隠滅してあるのだ。

「いいえ。また来るといって帰られましたけど……」

「ふむ」

軽蔑したときの癖で、片頬をひきつらせるようにして笑った。

「めしの時間にやって来るなんて馬鹿な刑事だな」

「はい。それに変わったことをする刑事さんでしたわ」

生駒の自信ありげな様子をみた女の子は、その頃から急に多弁になってきた。

「どうしてだい？」

「写真を見せるかわりに似顔絵をだすんですもの」

「ぼくの似顔を？」

「ええ、ペンで書いてあるんです。そっくりでしたわ」

似顔絵を持ち歩く刑事の話なんて聞いたことがない。彼女のいうとおり、たしかに変わった刑事だと思った。

「もっと具体的に話してくれないか」

「はい。入ってくると絵をみせて、本庁のものだが社員のなかにこんな顔つきの男がいるだろうって訊くんです」

「ふむ」

「そして住所氏名と農産部の課長であることを訊いただけで、また訪ねるからといって帰られたんです」

「また来るというのは、自分も食事をすませて来るという意味かね？」

「いえ、二、三日中に来るというのです」

「刑事ってのは二人連れのコンビを組んで歩くもんだが、その点はどう？」

「あら、ひとりでしたわ」

ようやく彼女も不審に思い始めたらしく、声をたかめた。

たしかに奇妙な刑事だ。昼食時に来訪するというのも非常識だし、住所氏名を質《ただ》しただけで帰っていくというのは子供の使いみたいではないか。

「ひょっとするとそいつは――」

偽刑事ではないかといいかけて口をつぐんだ。生駒の頭のなかに、だしぬけに一昨日遭った檜垣豪輔の小柄ながらがっしりとした姿がうかんできたからである。劇画のことはよく知らないけれど、劇画家である以上は似顔絵ぐらい容易に描けるだろう。生駒の勤務先をどうやってつきとめたかが不思議に思えたが、多分、上衣の衿につけているバッジから知ったのではないか。

「どんなタイプの刑事だった？」

「小肥りの中年のひとでしたわ」

「目に特色はなかった？」

「知りません。黒のサングラスをかけていましたから」

「よし、解った。今度来るときは前以って電話をして貰いたいもんだね」

顎《あご》をひいて頷《うなず》いてみせるとエレベーターに乗り込んだ。綺麗にみがかれたスチールのその函《はこ》は職場にもどる社員たちで満員だった。生駒は顔見知りの誰彼と笑顔で挨拶をかわしながら、胸のなかではしきりに檜垣のことを考えていた。

あの劇画家の訪問は、生駒の身辺調査のためであり、だから故意に留守中を狙ってやってきたのだろう。相手の身辺についてひととおりの情報をつかんでおかないと気分的に落着けないことは、生駒自身が経験ずみであった。

劇画家は、自分が生駒にゆすられることを懸念したのではなかったか。もし生駒がエリートコースからはずれて人生の敗残者としてうらぶれた生活を送っているならば、十年前のあの夜のことをネタに、成功した劇画家に対してゆすりを働くおそれがあるからである。が、今日の訪問によって相手が社会人として立派にやっていることを、檜垣もはっきりと認識した筈である。これでよかったのではないか、これで劇画家も安心したことだろう。エレベーターが農産部の部屋のある十二階に到着するまで、生駒はそうしたことを考えていた。

生駒のそのような見方は、しかし甘かったようである。そしてそのことを、それからまる一日とたたぬうちに、少々漠然とした形ではあったが、生駒は思い知らされた。

子供のない彼は妻との二人暮らしをしている。京王電車で三十分ほどの郊外にある家はちんまりとした小造りではあったが、南欧風のしゃれた外観を持っていた。細君は病父を見舞うために急に大阪へ帰ってしまい、ここ当分はやもめ暮らしをしなくてはならない。

世の亭主族は結婚して三年もたつと、女房が交通事故かなにかでポックリいってくれることを希《ねが》っているという。生駒にしてもその点では例外ではなかったので、小うるさい細君がいないと何となく気分がうきうきとなり、家事をしていても思わず鼻唄をうたってしまうのだった。

その翌朝も、聞き覚えの流行歌をうたいながら朝食の仕度にとりかかった。仕度といっても大袈裟なものではなく、厚切りのパンを狐色に焼いてバターをたっぷりつけ、更にマーマレードをこってり塗ったのが好物なのだから、至極簡単であった。それに比べると、細君のペットの仔猫にミルクを飲ませることのほうが、はるかに面倒だ。そう思うのは、生まれつき彼が猫嫌いだったせいもある。

「さあミルクだ。皿をひっくり返したらぶん撲るぞ」

ホーローびきの赤い皿をテーブルの下におくと、仔猫を足で引きよせた。

食事をすませて食器を台所へはこぼうとした彼は、何気なく、テーブルの下に目をやった。猫に関心のないたちだから、仔猫の存在をすっかり忘れていたのである。だが、その生き物は脱ぎ捨てられた毛糸の白手袋かなんぞのように、緑色の床の上に横たわって動かなかった。

奇妙なことだが、初めに彼をおそったのは「女房に怒られる！」という怯《おび》えに似た感情であった。彼もまた世間並みの恐妻家のひとりだったからである。それから更に何分かすぎて、ようやく猫の死の原因を検討する気が起こった。仔猫が毒死したことは明らかであり、その毒がミルクのなかに入っていたことも間違いない。とするならば毒は、牛乳が配達され、彼がその牛乳瓶を台所に持ち込むまでの二、三時間のうちに、何者かによって投入されたことが想像されるのだ。

その時点における生駒は、頭の切れる男にしては滑稽《こっけい》なことだけれど、猫が狙われたものとばかり思っていた。金魚を喰うとか花壇を荒らすという苦情が持ち込まれており、猫嫌いの生駒には相手の立腹する気持がよく理解できるのである。そしてその猫を殺すには、牛乳に毒を入れることがもっとも手っ取り早い方法であった。生駒夫婦が牛乳アレルギーの体質であることも、ただ猫のために配達させていることも、近所の人達はよく知っているからであった。

それにしても陰険なことをするやつがいるものだ。生駒は怒るよりも、相手の突飛な行動にただ呆《あき》れ返っていた。そして、さしあたって彼の頭を悩ました問題は、これをどうやって妻に知らせるかということと、猫の屍骸《しがい》をどう処分するかということだった。市役所の保健課あたりに電話をすれば引き取りにきてくれるが、ひょっとすると細君が剝製《はくせい》にしたいと言い出すかもしれない。出勤する電車のなかでも、そうしたことを考えていた。

この好人物が、狙われているのは自分自身であることを知って愕然《がくぜん》としたのは、さらに一日おいた翌々日であった。当日は緊急会議がひらかれて帰りが遅くなり、人影のなくなった歩道を歩いて東京駅へむかった。そして同じ並びの保険会社の前をとおりかかったとき、足元に音をたてて転がり落ちたものがあった。外灯の光にすかしてよくみると、それは採光用に壁にはめ込むガラスのブロックだった。もし頭に落下したならば即死はまぬかれなかったろう。その時点でも、彼はそれを単なる事故だと考えた。ビルの上部の壁から剝《は》がれて脱落したものと解釈していた。そして、ともかく管理人か責任者に注意しておこうと思って、ブロックを手に保険会社に入っていった。

守衛の詰所にいたのはガードマンだったが、営繕《えいぜん》課に居残りをしている社員がいて、それが応対にでてくれた。

「待って下さいよ。おかしいな、うちではこの種の採光ガラスは使っておりません。もっぱら蛍光灯に頼っているのです。停電の場合は自家発電に切り換えることにしていますから……」

「しかし、現実に降ってきたのですからね。屋上で工事をやっているんじゃないですか」

「工事はやっていません。それにしても奇妙な話ですな」

「すると考えられるのは誰かがブロックを持って屋上にのぼると、故意か過失かはべつとして、そいつを路上に落したということですね？」

「そう解釈するほかはありませんな。ちょっとお待ち下さい。そいつを見掛けたものがあるかもしれない、いまガードマンに訊いてみます」

その場で裏口と表口の詰所に電話をしてみると、即座に後者から反応があった。つい四、五分前に書類鞄をさげ、片方の肩に上衣をかついだ中年男がでていった。狎《な》れなれしい口調で挨拶するので、てっきり社員だとばかり思っていたという。

「どんな人相でした？」

「小肥りの中年男で黒い眼鏡をかけていたそうです。わが社にはそんなタイプの男はいませんから、やはり外部の人間でしょうな。しかし、なにが目的でそうしたいたずらをやったんだろう……」

営繕課員はポマードでかためた黒い頭をかしげて考え込むふうである。一方、勘のにぶい生駒にも、自分の命が狙われていたこと、そして敵の正体が檜垣豪輔であることがようやく解ってきた。今夜の彼は、屋上で生駒が退社するのを辛抱づよく待ちつづけていて、頭上めがけて凶器を落したのだろう。幸い今回も無事であり得たが、檜垣がこれで諦めるとは思えない。そして三回目の攻撃が失敗におわるという保証はどこにもないのである。そうかといって、警察に訴えることもできないのだ。

「お騒がせして、どうも」

唐突に生駒は頭をさげると、呆気にとられた相手をあとに外へでた。

5

「檜垣さんですね？　先日電車のなかでお会いした生駒です。重大な話があります」

強引に相手の室内に入り込んだ。入口の関門さえ突破すれば、彼の計画の九十パーセントは成功したものとみていい。

渋々とおされたのは客間と仕事部屋をかねたような場所だった。が、さすがは売れっ児の住居だけあって広さにしても装飾にしても、一介のサラリーマンの及ぶところではない。すべてが華美で豪奢である。

「話ってのはなんだね？」

「きみは過去一週間に二度までもぼくの命を奪おうとした。しかしぼくはそんな闇討ちみたいなことは嫌いだ。正々堂々と勝負をしようと思うのだよ」

接待用のイスに向き合って坐ると、生駒は淡々とした調子で語りはじめた。テーブルの上にはＬＰのジャケットがのっており、大型の二つのスピーカーボックスからクラシック音楽が聞えていた。鑑賞の邪魔をされた檜垣は、不機嫌を隠そうとはせずに、黒いサングラスを真っ向からこちらにむけて、挑むようなポーズをとっていた。

「まあこれを見てもらいたいね」

生駒は一通の封書をとりだすと、折りたたんだ一枚の便箋をひらひらと振ってみせた。

「いいかね、見るとおりの白紙のレターペーパーだ。これからぼくは簡単にして要を得た遺書をかく」

万年筆のキャップを口にくわえ、相手の思惑《おもわく》を頭から無視してみじかい文章をしるし、さらに日付と署名をそえた。

「きみの指紋がつくとまずい結果になる、ぼくが持っているから読んでみたまえ」

「……自殺をする。私の精神は健全である。動機は何とでも想像してくれ……。おい、気は確かか」

「ああ確かだとも。きみも同じ内容の遺書をかくのさ。お互いそれを密封してポケットに入れた上で、決闘をするんだ。法的に禁止されている決闘だからね、生き残ったほうに迷惑がかからないように遺書を用意しておくという寸法さ」

一瞬だが相手は納得のいかぬような、怯えたような様子をみせた。

「西洋の決闘は、サーベルを用いるにしても拳銃を用いるにしても、上手なほうが勝つ。それに比べるとぼくのやり方は遥かに合理的なんだ。勝ち目は数学的にいってまったく同率なのだからね」

落着いた口調でその方法を説明すると、檜垣は一言も口をはさまずに、最後まで黙って聞いていたが、やがて話が終わると皮肉な調子で反問してきた。

「取り越し苦労みたいだが、きみがおれの部屋で死んだら、おれは警察でなんと弁明したらいいのかね。見ず知らずの男が、おれがレコードを聞いているうちに服毒死したなんて話を、まともに信じてくれると思うかね？」

「そのときはぼくの屍体を車にのっけて適当な場所へ捨ててくるんだな。二度までぼくを殺しそこねたんだから、そのくらいの代償は払ってくれてもいいだろう。ただし、あまり妙なところに転がしておくと怪しまれるぜ。ま、公園のベンチとか海岸の砂浜とかが無難じゃないかい？」

「しかし、この決闘をおれが拒否したらどうなるんだ？」

「この期《ご》に及んでそんな卑劣なことをいうきみではないさ。世間に知られた劇画家ともなれば、プライドもあろうじゃないか」

「よし、解った。勝負が五分々々というのが気に入った。おれも命を賭けることにするよ」

横をむいてサイドテーブルからメモとボールペンを手にすると、先程見せられた文句とおなじことをややきまじめな筆蹟でしたためて、生駒のほうに向けてみせた。

「おれは封筒に入れる必要もなければポケットに入れる必要もない。このまま剝《む》き出しにしといたほうが自然にみえるだろう」

確かにそれは彼のいうとおりなので生駒はただちに同意した。

ついで檜垣は大型冷蔵庫の扉をあけると二個の罐ビールを持ってきた。

「これが自殺用の飲み物になるとは思ってもみなかったな」

「弱気なことをいうなよ。罐をあけたらこの薬を片方にだけ入れてくれ。致死量は三分の一で充分だ、あまり入れすぎると苦くなるからね」

罐の横に茶色の小瓶をのせると、生駒は立ち上がって後ろを向いた。

「見るなよ」

「見やしないさ。信用してくれないなら眼隠しをしてくれよ」

そういわれて思い出したらしく、檜垣は小肥りの体をこまめに動かして寝室からスリープシェイドを持ってくると、それを生駒に着用させ、見えぬことを確認しておいて、片方の罐に白い粉末を落し込んだ。

この段階で決闘の準備はおわったのだから、目をあけた生駒が二つの罐のうちどちらかを選択し、残されたほうを檜垣が手にとって、同時に呑めばいいわけである。だがこの場合、投毒した当の檜垣にしてみれば死のカードをひいたものが生駒であるか自分であるかが解っていることになる。そうした不均衡をふせぐために、生駒が考案した手段は、今度は檜垣に目隠しをさせておいて、生駒が罐の位置を変えるというものだった。

「よし、目をあけろ」

生駒のひくい声で檜垣はくるりと向き直った。テーブルの上の二つの罐はごく無造作に、投げやりといってもいいくらい乱雑な並べ方をされている。生駒が罐に手を触れたことは確かだが、毒入りの罐がすり替えてあるのか元のままなのか、檜垣には判断がつかない。一方、生駒のほうはどれをどう移動したかは知っているけれど、粉末が投入された罐がどちらであるかは解っていないのだ。

「さ、これで条件は公平になった。乾杯といこうぜ」

「しかし考えてみれば、十年前にあの運命的な鉢合わせをしなければ決闘なんてしないでも済んだのにな」

「いや、電車のなかで遭わなければよかったのさ。だが老人の愚痴みたいな感想はそのへんで止めて、決着をつけようじゃないか」

「おお、いいとも」

小肥りの男は虚勢をはったように応じた。

「好きなほうを先にとっていいぜ」

そういわれて檜垣はしばらく迷っていたが、やがて思い切ったように片方をとり、生駒は残った罐を手にした。

「さ」

うながされた檜垣は観念した面持ちでひとくち含み、上目づかいで相手の様子をうかがっていたが、生駒がひと息で半分ちかくをあけてしまったのを見ると釣られたように呑みほした。

「効き目は三分であらわれるといったな？」

檜垣はサングラスをはずして卓上にのせると前かがみの姿勢になり、恐れと怯《おび》えの入りまじった、そのくせどこか投げやりな表情をうかべてじっと目をつぶっていた。それと向き合った生駒は薄い唇のあたりに皮肉っぽいうす笑いをみせ、相手の様子を眺めつづけた。

二分がすぎ三分がすぎ、やがて四分あまりたった頃になると、劇画家の丸い顔が次第に血色をとりもどして明るさを増してきた。そして不意に目をあけ「勝ったぞ」と叫んで立ち上がったが、生駒がにやにや笑いをうかべているのを見た途端に、口をつぐんで再び腰をおとしてしまった。

「なにがおかしい」

「驚かせてわるかったが、これは毒でもなんでもない。ぼくが愛用している強壮剤でね。これを忘れて帰ると明日から困っちまう」

小瓶をかたわらの鞄に入れながら生駒は含み笑いをした。

「冗談ですませる気か！」

「ぼくだって二度もひやりとさせられたじゃないか。そのお返しだと思えばいい」

「貴様――」

いきなり立ち上がったかと思うとテーブル越しに摸りかかってきた。よけそこねた生駒は顔をしたたか叩かれてイスごと絨毯《じゅうたん》の上にひっくり返りそうになった。そこを狙って飛びかかろうとした劇画家は、生駒の手に小さな拳銃がにぎられているのを見ると棒立になった。

「十年前にあの守衛を殺すとき、これを使おうと思っていたんだ。十年ぶりに役に立つとは考えてもみなかった。つっ立ってないでソファに坐れよ」

生駒は冷淡にいって相手の肩をついた。

「きみを殺して自殺にみせかけるのがぼくの計画だが、自殺には遺書がつきものだ。その遺書をどうやってきみに書かせるかが、頭の切れ味のみせどころなのさ」

満足気に声を殺して笑うと、生駒は先をつづけた。

「きみがこのメモに『服毒自殺をする』と書いたならぼくの計画は成立しなかった。だがきみは単に『自殺する』と書いただけだった。その瞬間に、きみは運命の神からみはなされてしまったんだよ」

「止せ、おい、止めろ——」

劇画家の声がたかまって悲鳴のようにふるえたとき、生駒は銃口をその胸につきつけておいて発射した。厚い壁で仕切られたこの高級マンションでは、室内の音が外部にもれることはなく、生駒は落着いて後始末をした。ハンカチで凶器の指紋をぬぐい去ると、改めて檜垣の手ににぎらせる。ついで自分が呑んだビールの罐を鞄に入れる。後始末といってもただそれだけのことであった。機械的に腕の時計に目をやった。十時半。訪ねてきたときが九時四十分だったから、五十分を費《ついや》したことになる。

部屋を去る前にもう一度テーブルの上のメモを覗き込もうとして、生駒は、にわかに鼻の奥にむずがゆさを感じた。鼻血だ。そう直感してポケットからハンカチを引き出したとき、したたり落ちた赤い液体はレコードのジャケットの上に二点のしみをつくっていた。彼はあわてて天井を仰いでハンカチで鼻孔を押え、そのまま二分ちかく立ちつづけて止血するのを待った。

血が絨毯に散っていたらまずいことになるところだったが、運のいいことに、汚れたのはジャケットだけである。手早くそれを二つ折りにして鞄につっ込むと、屍骸とメモを残して廊下にでた。

6

檜垣のレコードのジャケットが、それも生駒の血のついたジャケットが彼の手元にあることを当局に知られたら、何とも弁明のしようがない。帰宅した生駒はただちに風呂に火をつけると、炊き口のなかにジャケットを投げ入れた。これで証拠は隠滅する。これで完全犯罪が成立したのだ。そう考えたときにはりつめていた緊張が急にゆるんで、全身から力がぬけてゆき、コンクリートの床にぺたりと坐り込んでしまった。

それにしても妻の不在はもっけの幸いだ、と思う。夜おそくただならぬ様子で帰宅したり、ジャケットを焼却したりすれば、口うるさい彼女が黙っている筈がなく、詰問された彼は返事に窮《きゅう》してしまうのである。義父もいいときに病気になってくれたものだ……。

ぼんやりとした目でジャケットに燃えうつった炎を眺めながら、檜垣の屍体が発見されるときのことを想像していた。変死だから当然のことだが、係官がきて調べるだろう。

そして——。ターンテーブルにはレコードがのせてあり、卓上には紙の中袋とビニールの外袋がおいてあるのに、ジャケットだけが見当たらないことを発見した刑事は、たちどころに第三者の存在に気づくだろう。自殺説は忽ち他殺説に切り換えられて、やがて鞄を抱えて出ていった見知らぬ中年男が泛び上がるであろう。

生駒は、千駄ヶ谷駅からのった中央線の車輛に、町内の顔見知りの大学生が坐っていたことを思い出して絶望的な気持になった。場合が場合なのでとぼけていたのだが、先方が彼に気づかなかったとは言い切れないのである。

慌ててジャケットを取り出して火を叩き消したものの、あらかたは燃えつきていた。こんなジャケットを現場に戻したなら、かえって怪しまれるばかりだ。といって血のついたものを置いてくることはできず、彼はタタキの上にうずくまって溜息をもらしていた。完全犯罪だなどとうそぶいていただけに、ショックが大きすぎた。

だが生駒はどんな逆境にあってもかならず脱出口を見つけだす男だった。そのときも、同じレコードを買ってジャケットだけ現場に持ち込めばいいではないかということを思いつくまでに、大した時間はかからなかった。ただ問題は曲名が解らぬことである。ジャケットから判断しようにも大半が焼けてしまっているので、見当もつかなかった。それでも、辛うじて『……ーヴ……作曲、交響曲第五番《……命》……短調、作品……十七』ということだけは判読できた。バーンスタ……指揮、ニューヨークフィ……演奏』としてあるから、これが指揮者とオーケストラの名前なのだろう。

入浴して汗をながしているうちに気分が落ちついてくると、また一つ知恵が泛んできた。

大学時代の音楽好きな友人に訊けば簡単に解るのではないか。そう考えるとじっと湯に入っていることができなくなり、バスタオルをシャボンだらけの腰に巻きつけて座敷にとって返した。

「姪《めい》にプレゼントする約束だったんだが、メモを水のなかに落したもんだから、殆ど文字が消えてしまったんだよ」

と、彼は言い訳をした。高校教師の友人は頭からそれを信じたらしく、明るい笑い声をたてた。

「それを知らないとは呆れたもんだな。ベートーヴェン作曲の《運命》だよ、最近はニックネームで呼ぶことを止めて『交響曲第五番、ハ短調、作品六十七』という言い方をする傾向がでてきた。指揮者はバーンスタインでオーケストラはニューヨークフィルハーモニィだ。ぼくはバーンスタインもカラヤンも嫌いだけどもね」

クラシックの好きなやつは誰でも暗記しているものなのだろうか。それとも数学教師だから数字に強いのだろうか。彼はけむに巻かれたような気分で受話器をおいた。

だが、ほっとしたのも束の間だった。これからレコードを買いにゆき、今夜中に現場へもどってジャケットを返しておかねばならないのである。入浴をあきらめてタオルで石鹼を拭きとると、ふたたびシャツを着、ズボンをはいた。時刻は十二時半をまわっている。いまどき営業している店といえば深夜族の町のレコード店のほかはないのだが、六本木や原宿をあそび廻っているプレイボーイ共が聞く音楽といえばビートルズぐらいのものだった。売れもせぬクラシックが店頭にならべてあるとは思われないのである。

職業別の電話帳で六本木のレコード店をみつけ、早速ダイヤルを回転させてみたが、予期したとおり、ジャズとロックンロールが専門だといわれた。つづいて原宿の店に訊《たず》ねて在庫があるという返事を聞いたときには、強気の男がへなへなとくずおれそうになった。

戸締まりをしてタクシーを拾うために甲州街道に立っているうちに、彼はまたつぎの難問に逢着《ほうちゃく》して色を失ってしまった。檜垣の部屋の扉はボタン錠がついている。廊下にでてドアを閉じれば自動的に施錠されるのだ。そして彼自身、ノブを廻して錠がかかったことを確認した上で逃走してきたのである。ぴったりと閉まった鋼鉄の扉を、どうすれば開けることができるというのか。

7

その翌朝、少し早目に家をでた生駒は千駄ヶ谷駅で途中下車すると、ハトマンションへ向かった。片手に四角くて偏平な風呂敷包みをさげ、今朝は肩をはって堂々たる訪問である。

風呂敷包みの中身は一シートの記念切手をおさめた額縁《がくぶち》であった。切手趣味のある檜垣に《見返り美人》を所望《しょもう》され、それを届けにきて自殺を発見したという筋書なのだ。同時に、額縁と重ねてジャケットを持ち込む作戦でもあった。こうでもしないことには、人目にふれずに問題のジャケットを戻す方法はない。

贅沢《ぜいたく》なマンションだがサラリーマンも住んでいるとみえて、エレベーターから降りてくる住人のうち二人か三人は会社員タイプの男達だ。生駒は無人になったエレベーターで十階まで上がると、檜垣の部屋のドアの前に立って何回かノックをし、声をかけ、それから怪訝《けげん》そうな面持ちで小首をかしげながら階下におりて、管理人室をたずねた。

「訝《おか》しいですな。檜垣先生は五時に起きて午前中に仕事をすませる人ですから、眠っている筈はないのです。それとも病気かな？」

管理人も気がかりになったとみえてマスターキイを持って十階へ上がった。合鍵でドアを開けた彼は屍体を発見して悲鳴をあげると、こけつまろびつという表現そのままの恰好で飛び出していった。後に残った生駒は用心ぶかくあたりを見廻わしておいてから、おもむろに風呂敷包みのなかのジャケットを卓上に移動させ、死者の指紋を付着させておいた。

冷や汗をかいたりデスペレートな線まで追い込まれたりしたけれど、ようやくこれで万事がうまくおさまった。誰もいない部屋のなかに立ちつくした彼は、こみ上げてくる喜びに頰を紅潮させていた。この歓喜がわずか一日後に根底から崩されてしまうとは、知る筈もなかったのである。

その翌日、出勤すると間もなく二人連れの刑事が訪ねてきた。完全犯罪を自任していただけに、刑事の訪問を受ける覚えはなく、とまどった表情をみせて応接室に入った。

「やあ、昨日《きのう》は……」

「お邪魔します」

自殺した檜垣の部屋で参考人として事情を聴取したのがこの刑事達であった。どちらも四十年輩で切れ者という感じがする。そしてどちらも没個性的な顔をしていた。

「ちょっと確かめたいことがありまして」

と、そのなかの一人が前置きした。

「表面上、檜垣さんはこの世の思い出に好きな音楽をたっぷりと聞いた上で、思い残すこともなく自殺を決行したとみられていたのですが、その後、テーブルの上にあったジャケットは後から持ち込まれた別の物であることが判ったのです」

ギクリとした。ここを突かれてはひとたまりもない。彼は表情を殺すことによって辛うじて胸中の動揺をかくしていた。

「べつの物といいますと……?」

「全然違った曲のジャケットなのです。この事実から出発してわれわれは幾つかの仮説を立てました。そのなかの一つは、檜垣さんは自殺にみせかけて殺されたのではないか、ということです。檜垣さんがこっそりとジャケットに犯人の名を書いたことを犯人は見てとった。あるいは、犯人の指先がインクで汚れて、指紋がジャケットについてしまったのかもしれません。そこでジャケットを持ち帰って処分したのはいいが、冷静になってくるにつれ、現場からジャケットが紛失していると、せっかく自殺にみせかけようとした計画が崩れてしまうおそれのあることに気がついたのです」

生駒の膝ががくがくと震えている。それを悟られまいとして脚を組み、そっと深呼吸をくり返した。

「といって指紋のついた、あるいは犯人の名が書き込まれたジャケットを返しておくわけにはいかない。バラバラに切り刻んでしまったなら、なおさら戻すことはできかねる。そこでレコード屋で同じレコードを買ってジャケットだけ返しておくことを考えたのですよ。ところが犯人はクラシックレコードに興味がなかった。そのために同じ曲目、同じ演奏のレコードを買ったつもりで全くべつのレコードを買ってしまった。しかもなおそのことには気づかずに、間違ったジャケットを戻しておいたのです」

「面白い仮説ですな」

なんとか相槌《あいづち》を打たねば怪しまれると思い、無理に声をしぼりだした。しわがれた別人の声のようだった。

「面白いかつまらぬかはべつにして、これは飽くまで仮定の話です。で、この仮説によりますと、われわれが駆けつける前に現場に入った人は、あなたと管理人のふたりきりなのです。つまり、ジャケットを返すチャンスがあったのはあなた方以外にはいないのです」

「仮説ですから何とでもいって下さい」

「ところでその時分にレコード屋はまだ開店していません。ですから、どうしても深夜営業の店で買うほかはない。深夜開店しているレコード屋も限られていますし、真夜中にバーンスタイン指揮の《運命》を買いにきたお客もそんなに数多くはいません。というよりも、東京中で一人しかいなかった。レコード屋の店員は至極あっさりあなたがそのお客であることを認めましたよ」

生駒は、仮説がすでに仮説でなくなったことを知った。こうなれば降伏するのが男らしいというものだ。

「敗けましたよ。しかし、あの曲が《運命》でなかったら何だったんだろう」

「回転盤にのせてあったレコードはショスタコーヴィチの『交響曲第五番、ニ短調、作品四十七』でした。バーンスタインの盤はわたしも持っていますからよく聞きます」

この刑事も音楽が好きのようだった。

「そのショスタコなにがしの交響曲も《運命》というニックネームなのですか」

ちょっとのあいだ、刑事はびっくりしたように口をあけてエリート社員の顔を見つめていたが、やがて首をふるとぽつりと答えた。

「いや、《革命》です」

水のなかの目

1

インターチェンジから高速道路に入ると、和彦《かずひこ》は片手を助手席のシートの上にのせてヒロミの横顔に話しかけてきた。

「用って何だい？」

「千秋《ちあき》さんを殺す方法を考えついたのよ。へたをすれば和彦さんもあたしも疑ぐられてしまうけど、しかもなお警察側は手も足もでないという名案なの」

正面を見つめたままで、まるでハイキングの相談でもしているような淡々とした口調でいった。

ヒロミは色白で目が大きく、一見したところではひ弱そうな感じをうけるが、しんはなかなかしっかりしていた。行動力よりも思考力にまさるタイプである。一方、和彦は面長ののびした顔にも似ず、テキパキと動き回るのが好きであった。そのかわり、思考の面ではヒロミにかなわない。和彦は彼女に一目も二目もおいていた。

「どんな名案だい？」

「あたしと千秋さんとを比べてご覧なさい、似ているところなんてちっともないでしょう？　ところが同じ服を着ておなじ帽子をかぶって、それに同じ靴をはいておんなじバッグを持ったらどうかしら」

「でも顔が違う。それに体つきも違うからね」

「顔の印象を左右するのは目なのよ。サングラスをかけてしまえば誤魔化しがきくわ。口の形にしたってルージュの塗り方でどうにでもなるし。体の線だってそうなのよ、コルセットやパッドを上手に使えばどんなふうにも化けられるわ。どちらも中肉中背ですものね」

　ヒロミが千秋の替玉になろうと考えていることはどうやら想像することができた。しかし、彼女に化けてどうしようというのだろう。

「きみと千秋とでは歩くときの癖が違うね。どこが違うかと訊かれても具体的に説明できないが……」

「あたしと千秋さんの両方を知っているひとから見ればそういうこともいえるわよ。でもね、千秋さんを知らないものにとってそんな発言はノンセンスだわ」

「うむ」

「声や喋り方にしてもおなじことがいえるわよ。学院のなかでこそ千秋院長を知らないひとはいないけど、山のホテルの従業員や泊り客が千秋さんを知っている筈はまずないと思うの。

ね、千秋さんはレイクサイドホテルへいったことあって？」

「いや」

みじかく答えて首をふった。相手の意図するものを計《はか》りかねて、ながい顔には困惑に似た表情がうかんでいる。護国寺《ごこくじ》のインターチェンジから入ったコンテッサは、やがて環状線に合流しようとしていた。ヒロミはちょっと速度をおとして一台の車を先行させると、辷《すべ》るようにその後についていった。

「最初からお話しすればこういうことになるの。五月の連休には、千秋さんはお家に引きこもって原稿書きをする予定だわね？」

「ああ」

「五月の二日に、その千秋院長に化けたあたしが箱根のホテルに泊るのよ。千秋さんとおなじアタッシェケースを抱えて、原稿書きにきたというのが口実なの。ほかのお客は観光や保養が目的だから散歩したり談笑したりするでしょうけど、あたしはお仕事できたんだから一日中お部屋に入っていても怪しまれやしないわ。したがってボロをだす機会も少ないというわけ」

「なるほど。しかし宿帳に署名するときにきみの筆蹟が残るぜ」

和彦も、彼女の案なるものを身を入れて傾聴する気になっていた。ヒロミは正面を向いたままでちらと白い歯をみせた。そんな問題はとうに解決ずみだというふうな、自信のある微笑であった。

「ですから第一日目はあなたと一緒よ。夫婦でツインのお部屋を予約しておいて出掛けるの。こうしたときにチェックインカードにサインするのはご主人に決ってるわ。あたしはそばで見ているだけでいいの」

「なるほど」

「お昼の食事をすませたら急に用事を思い出したとかなんとかいって、あなただけが帰京するわけよ」

「そいつは勿体《もったい》ないな。せっかくのチャンスなんだから、ひと晩ぐらいは同室したいね」

と、和彦はのっぺりした顔に冗談とも本気ともつかぬうす笑いをうかべた。

「それは結婚してからのお楽しみよ、いまは我慢して頂かなくっちゃ。東京に帰ったあなたには重要なお仕事があるんだから」

「うむ」

「あたしがホテルに泊るのはその晩とあくる晩なの。つまりあなたがおひるを喰べただけで帰っていくというのは五月二日のことになるわけね。ところで帰宅したあなたは、その夜とつぎの夜とをひとりで過ごすことになるのよ。奥さんは箱根にいるわけだから。そこんとこを上手にやって頂かなくては困るの」

「うむ」

「べつにお芝居をやれというわけじゃないんだけど、自宅に電話がかかってきたら、なんとしても自分で電話口にでて頂きたいのよ。一度でも千秋さんが受話器をとったら、ただそれだけのことであたし達の計画は滅茶滅茶になってしまうんですから」

うかぬ顔で和彦は頷《うなず》いた。トイレに入っているときにベルが鳴るということもあり得るのである。

「でもそんなに心配しなくてもいいわよ。連休ですからね、出版社のひとも出勤していないし、まずお仕事の電話はかかってこないと思うの。でも、もしかかってきたら、『家内は留守です、箱根にいっています』と答えるのよ」

「ホテルの名を教えろといわれたら？」

「原稿書きのためにいってるんだから邪魔しないで欲しい、と答えればいいじゃない？」

「なるほど」

つづけて二度こっくりをした。どこか動作が子供染みており、大人と少年が同居しているといった頼りなさがうかがえる。女性のなかにはこうした子供っぽい男を愛するものもいるけれど、逆に、いわゆる女史タイプの女は、このような頼り甲斐のない男を徹底的に軽蔑することが多い。千秋は後者であり、したがって和彦との結婚生活がうまくいく筈もなかったのだ。

「二泊したつぎの日、早目におひるのお食事をすませてからホテルを出るわ。正午ジャストにチェックアウトするわね」

「うむ」

「正午にホテルを発《た》った千秋さんが自宅に帰りつくのは何時頃になると思う？　まず小田原までが三十分でしょ。新幹線を利用したとして東京駅までが四十五分。中央線にのりかえて国立《くにたち》駅までが快速電車で四十分かかるのよ。連絡がスムーズにいって待ち時間をゼロとみても、お宅につくのが午後二時だわね。へたをすれば三時頃になりかねないけど」

和彦は数字によわい。ただこれだけのことを並べただけで、早くも彼の頭脳は息切れをするのである。

「そうなるかね」

「あなたとあたしの愛を結実させるために、お願いだからしっかり聞いて頂戴ね」

「聞いてるよ」

これから先の話の段取りを考えるように、ヒロミはちょっと沈黙した。和彦は話のつづきを待ちながら、白いひたいと、そこにたれさがってかすかにゆれている黒い髪とのあざやかな色の対比に見とれていた。

2

「死亡推定時刻というのは、少なくとも二時間の幅があるのが普通だわ。ですから仮にあなたが午後の一時に千秋さんを殺したとしても、犯行時刻は正午だったとも考えられるし、また午後の二時だとも考えられるわけ。あたし達の計画はそこをうまく利用してやろうということなの」

例によって和彦は一方的にながい顔を頷かせるだけである。

「あなたはその足でお家を出ると、できるだけ遠くまで東京を離れるのよ。ぐずぐずしているとあなたのアリバイが一秒刻みにすりへってしまうんですからね、できるだけテキパキして頂きたいわ」

「解ってきたぞ。千秋が箱根から帰宅するのは午後二時以降ということになる。だから殺されたのはその後だと推測されるわけだ。ぼくはすでに東京を離れた場所にいるんだから、犯人ではあり得ないんだ」

「そういうことよ。ですから東京にいなかったことを証明してくれるひとが要《い》るわね。適当なお友達と約束をしといて、釣りかゴルフにでもいくといいわ」

「そうだな、天城《あまぎ》の温泉にでもいくとするか」

「駄目。あそこはあたしと新婚旅行するんじゃないの」

和彦がどきりとしたほどに鋭い声だった。彼ははじかれたように助手席のシートから手をはずすと、体の向きをかえて正面をみた。すでに芝をすぎ、霞ヶ関の手前まできている。ふたりのランデヴーはいつもこの高速道路を走る車のなかでおこなわれるのだった。予定された時刻がすぎるまで、何回となく環状線をぐるぐる回りつづけるのである。人目を避けるためにも、睦言《むつごと》を他人から聞かれぬためにも、これが最高の方法だと信じていた。

「じゃ大洗《おおあらい》の海岸で魚料理でも喰うとしよう。喰い気の旺盛なやつを誘うから、アリバイの点は心配いらない」

「いい旅館に泊ることね。早目に予約しておきなさいね」

「解った」

「それじゃもう少し細かいことを検討するわ。あなたの体や服に血がついていたらアウトですものね、ナイフやピストルは使わないで頂きたいの。空巣《あきす》狙いが居直ってやったように見せかけるんですから、撲殺するか絞殺するかのどちらかだわね」

朱《あか》い可愛らしい唇から残酷な言葉がポンポンと飛びだすのを、和彦はうっとりした眼差しで聞いていた。我儘《わがまま》で意地のわるい妻から解放される喜びと、愛するヒロミと結婚できるうれしさとで、和彦の胸はいっぱいなのだ。

「千秋さんは箱根から帰って服を着替えて、お茶でもいれようかなっていうところに空巣が入ってきたという設定よ。ですからお玄関には靴をぬいだままにしておいたほうがいいし、居間の乱れ箱には外出着を脱ぎすてたままにするの」

「うむ」

「さっきもいったように、あたしと千秋さんが同じ服装をすることが大前提ですからね、そのためには乱れ箱に投げ入れておく洋服とあたしが着ている洋服とは、よく似ていることが必要条件になるわけよ。いままでに何年となく千秋さんを眺めてきたから知ってるんですけど、あのひとの洋服だんすに白のツウピースが入ってる筈だわ。それを着てホテルへ泊ったことにしたいの」

「うむ。すると、きみも白のツウピースを持ってるってわけか」

「そうよ。服が白ならパンプスも白がいいわ。ですから玄関に脱ぎ捨てておく靴も白のパンプスにしてね」

「いいとも」

「忘れずに白の手袋も出しておいて頂戴。ホテルに指紋を残さないために、あたし白い手袋をはめつづけていますから」

環状線を三回まわりながら、ふたりは微細な点まで打ち合わせをした。千秋を殺害し、いざ乱れ箱に外出着を入れようとしたときになって手袋が見当たらないなどといったハプニングが生じぬように、千秋の目を盗んで洋服だんすのなかを充分にチェックしておくことだとか、旅行やちょっとした遠出をするときのアクセサリーを調べておくことなど、検討する問題は沢山あった。

「ところで、ぼくのアリバイは成立するとして、きみのほうはどうなるんだ？」

「あたしの心配はしないで頂戴。ホテルをでたらその足で新幹線にのって京都へいっちゃうから。アタッシェケースのなかに赤いカーディガンを入れとくの。サングラスをはずしてそれを着れば印象がガラリと変わってしまうわ。まるきり別人になれるのよ」

なるほどと思った。千秋が殺された頃のヒロミは京都に到着していないまでも〝こだま〟の車中にはあるのだからアリバイは完璧だ。和彦はそこではじめて安堵《あんど》の吐息をすると、急にタバコが吸いたくなった。

3

増田《ますだ》千秋と和彦は彼女が二十二歳のときに結ばれた。夫とは七歳の違いである。和彦が大学の二年生だった頃にあるパーティで顔を合わせたのが機縁で知り合ったのだけれど、その時分の千秋はあどけない少女の面影をのこしており、人差指でつつきたくなるようなふくよかな頬をした、おとなしそうな女性にみえた。

当時の増田和彦は至極平凡な商社マンであった。その和彦との結婚をよろこんでいたのだから、彼女もまたサラリーマンの妻として凡々たる一生を送るつもりでいたのだろう。

結婚しても子供ができなかったせいもあり、暇をもてあまし気味だった彼女は、ほんの偶然のきっかけから、そのころ料理学校の経営者として知られた天野《あまの》くめよ女史の仕事を手伝うことになった。天野女史がテレビの料理教室の講師を担当したときに、カメラの外に立っていて鍋をわたしたり布巾《ふきん》をさしだしたりするのが役目であった。そのときの千秋のタイミングのいい呼吸を心得たやり方に天野女史はすっかり感心してしまい、やがて千秋を料理学校の助手に迎えることになった。

ごくありふれた家庭の主婦にすぎなかった千秋は、天野女史の薫陶《くんとう》よろしきを得て才能ゆたかな料理教師に成長してゆき、二年後には三年間にわたるパリ留学を命じられて、フランス料理の基礎から学ぶことになった。フランスのコックは化学調味料を絶対につかわないというけれど、千秋がもっとも力を入れたのは本物のルウの造り方をマスターすることであった。その三年間、故国にいる和彦は浮気ひとつせずに、膝小僧を抱いてひたすら孤独に耐えていたのである。

わずか三年の滞在で千秋が流暢《りゅうちょう》にフランス語を喋れるようになったことからみても、彼女が決して凡庸《ぼんよう》な人妻でないことはわかるのだが、羽田に迎えにいった和彦は、妻が別人のように変わってしまったことを知って喜びとも失望ともつかぬものを味わわされた。はなやかな歓迎陣にもみくちゃにされた千秋は、凡夫につめたい一瞥《いちべつ》をあたえたきりで言葉もかわそうとはしなかった。料理術を会得した彼女は、同時にまた能のない亭主を軽蔑することも覚えてきたのである。

それから十年間が経過した。死去した天野女史の遺志をついで二代目の経営者となった彼女は、さらに野心を燃やして発展につとめ、有力なスポンサーをバックに綜合的な花嫁学校をつくり上げることに成功した。音羽《おとわ》の高台に江戸川橋を見おろす恰好で聳《そび》え立つ白亜の校舎はなにかと区民の話題になるものであり、昨今では観光バスが停車して紹介するほどに有名な存在となっている。と同時に、丸いふくよかな顔はそのままだけれども、夫の目から見る院長の千秋は、ますます人間味を失った女傑になっていた。もう数年も前から、あらゆる意味で妻とは呼べなかった。

彼女にしても世間体を無視することはできかねたのだろう、夫の和彦は一室をあたえられて、大きなテーブルにひとり坐って学校の経営に睨《にら》みをきかす理事長ということになった。が、実際にはなんの権力もない名目的なイスにしかすぎなかった。だから出勤した彼は、机にむかうと鞄のなかから翻訳物の推理小説をとりだして、ゆっくりと時間をかけて読みふけることを日課としていた。

そのくせ、自分が飾り物にされていることを第三者に知られるのは耐え難い屈辱であった。そうしたわけで会議の席ではなんとか発言するように努めたものだが、すると家で顔を合わせたときに必ず嫌味《いやみ》をいわれるのだった。ときには、ふたりいるお手伝いの前で叱りつけられることもある。

「変なこと喋らないで貰いたいものね。いつもピントはずれなことをいうんだから、こっちまで赤面するじゃないの」

「そうかい、悪かった。これから気をつけるよ」

「もっと学校のことを勉強してくれないと困るわ。名目だけにせよ、あなたは理事長さまなのよ」

千秋は紅がとれた唇をひん曲げて眉のあいだにしわをよせ、軽蔑しきった目つきで夫をみる。そのときは和彦も女房のいうことを尤もだと受け取るのだけれど、翌日になって机の前に坐ると、またもや推理小説のなかに身を沈めるのだった。近頃では新刊だけでは足りなくなって、古本屋を漁《あさ》ったりSFにまで手を伸ばしたりしている。

ときどき和彦は、ヒロミと初めて口をきいたのはいつだったろうかと考えてみることがあるが、それがどうもはっきりしない。経理部長のイスにある彼女とは、おなじ学院に勤務する職員として、ここ数年来毎日のように会っているからだ。

昨年の夏のある夜、結婚式からの帰り途のことであった。和彦は仲間とわかれるとレストランの屋上のビヤガーデンに上がって、ひとりテーブルに坐って生ビールを呑んでいた。暑さを避けるためもあったが、式場で千秋とちょっとしたいさかいをやり、気分を転換したかったからでもあった。屋上はさすがにひやりとしている。都心では珍しいことに星さえみえていた。一杯目のジョッキをあけていい気持になった彼が、二杯目を注文しようとしたときに、そっとテーブルに坐ったのがヒロミだった。

「あら、偶然ね。坐ってもいいかしら」

目が合ったときにヒロミはぎごちない微笑をみせていったが、あとで語ったところによると、以前からこういう機会を狙っていたのだという。

小ジョッキを半分ほど呑んだヒロミは、そのジョッキ越しに和彦をとろんとした眸《ひとみ》で見詰めながら、ふと呟くように、「可哀相なかたね」といった。

「誰が？」

「あなたがよ」

「なぜ？」

「院長先生のロボットみたいじゃないの。はたで見ていて、よく我慢してらっしゃると感服してますわ」

「ぼくがロボットねえ……」

酔いが回っているので、和彦のながい顔はふだんにもまして締まりがなくなっていた。

「ぼくがロボット……」

千秋の学院には服飾デザイナー、ギリシア語の講師、画家、調理師、元オリンピックの水泳選手までさまざまな職業のひとが教壇に立っているのだが、そのすべてのものが理事長の和彦に対して表面だけでも敬意をみせて接してくれる。その彼を、憐みの目でみつめる女性がいるとは考えてもみないことであった。

「もしあのときにぼくが気をわるくしたらどうなんだ？」

後日、そう訊ねたことがある。

「怒って院長先生に告げ口したでしょうね。そしたら即座にクビになるわ。サラリーはいいしお仕事は楽だし、坐り心地のいいイスを棒にふったことは間違いないわよ」

「それなのになぜあんなことを喋った？　冒険だと思うがな」

「賭けたのよ。以前からあなたが好きだったの。好きなひとのために職を賭けたとしても、そんなに驚くことないと思うけどな」

ヒロミは笑みを含んだ目で正面から見つめながら、あっさりとした口調で答えた。その瞬間から和彦はヒロミを忘れることができなくなった。

ふたりのランデヴーは最初から高速道路の上でなされた。ときにはモテルで休息することもあったけれど、料理学院の生徒や卒業生は東京中にあまねく散らばっており、いつ何処で彼女等の目にふれないものでもない。和彦は身震いするほどヒロミが欲しかったが、千秋に知られることのほうが更に恐ろしかった。彼女の激怒を買って離婚沙汰になるのはむしろ歓迎することである。だが、あの莫大な財産を棒にふって裸同然で追い出されるのは何としても嫌であった。それやこれやで、踏ん切りのわるい状態のまま、ひそやかに情事はつづいていたのである。

和彦が妻殺しを思いたったのは、彼等ときわめてよく似たシチュエイションの推理小説を読んだことがきっかけになっていた。そして、たまたまヒロミが同じ長編を読んでいると聞いたとき、その偶然を天啓だと考えた。

「あのアメリカ青年の主人公はつまるところ頭が悪かったんだ。日本ふうにいえば二十円切手一枚はればいいところを十円切手二枚はった、その不注意から営々としてきずき上げた完全犯罪があっという間に崩れてしまったのだ」

「そうね。でもあたし達ならあんな馬鹿なことはしないわね」

「そうとも」

思わず相槌を打ち、つぎの瞬間、互いに相手の腹の底をさぐろうとするかのように、じっと目を見つめ合っていた。

4

ふたりのお手伝いには連休に入ると同時に休暇をあたえることにしていた。ひとりは北海道の両親のもとに飛んでゆき、もうひとりは九州の雲仙《うんぜん》から天草《あまくさ》にかけて五泊の旅をするために、これもよろこんで羽田を飛びたつことになった。これは毎年の慣例みたいなものだったから、べつに問題はない。

しかし、いざ実行に移すにあたって和彦が直面した難問は、彼がヒロミと手をとり合ってホテルにチェックインしている頃に、東京の自宅に電話がかかってきて千秋が通話をしたら、あるいはセールスマンのベルに応じて玄関の扉をあけたら、せっかく練り上げた苦心のアリバイ工作が忽ち崩壊してしまうということだった。これをどう解決するか。

最初に思いついたのは、千秋を車にのせて箱根へドライヴすることである。そして芦ノ湖《あしこ》あたりで口実をもうけて車からおりると和彦はホテルへ直行し、待ちかねていたヒロミと手をとり合ってチェックインする。そのあとは筋書きどおり昼食を一緒にとってから、急に用事を思いついたと称してホテルを飛び出すと、ふたたび千秋の車に同乗して東京へ引き返すのだ。

だが考えるまでもなく、千秋がおとなしく車のなかで待っている筈がなかった。それに幾ら頭をひねってみても、車から脱け出る口実がうかんでこないのである。更にまた、原稿の締切りに追われていらいらしている彼女が、半日を無駄にしてドライヴに出掛けるわけもなかった。そうした彼の窮状をみて名案を考えてくれたのは、やはりヒロミだった。推理小説を読みなれているくせに、和彦のほうはみずから独創的な案を思いつくという才能には欠けているのである。

いよいよ明日は箱根へいくという五月一日の夜のこと、和彦は執筆につかれた千秋のために、ソーダクラッカーとチーズ、それに珈琲という夜食をつくって出した。仕事中の妻にサービスするのはこれまた毎度のことだから、べつにどうということもない。ただ平素は寝つきのよくない千秋のためを思ってカフェインぬきの珈琲を用いることになっていたが、その夜に限って純粋のモカをいれた。当然のことながら千秋の眠気はとんでしまい、窓の外が白みかけても寝ようとはしなかった。

「もういい加減によしたらどうだい。根をつめて体をこわしたら一大事だよ」

「この程度でこわれるような体じゃないわよ」

一応は反対したものの疲れぬ筈もなくて、肩がこったの背中が痛いのと言いだした。こうした場合、和彦は忠実な従僕のように肩をもんでやるのである。

「珈琲のせいだわ、きっと。カフェインをぬいたとはいっても、百パーセントぬくことはできないのね」

「疲れているときには何でも効くものだよ。ぼくが旅にでると最初の晩は三本のビールを呑んでしまうが、三日目頃になると小瓶をもてあますくらいになるからね」

モカを飲まされたことに気づかれてはならない。咄嗟《とっさ》にそうしたことを語って調子を合わせておいたが、旅行にでると酒が弱くなるのは事実であった。

按摩《あんま》がすむと、齢にしては派手すぎる真っ赤なネグリジェに着替えてベッドに入った。和彦はコップに入れた水と、三錠の睡眠剤をもっていってすすめた。

「ぐっすり眠れるからのんでご覧。二十分から三十分で眠くなるよ」

「そうかしら」

ふだんは睡眠剤を敬遠している千秋だが、このときは素直に手をだした。それだけに効き目はあらたかである。加えて一錠で充分なところを三錠もあたえたのだから、いったん眠りにおちたが最後、地震があっても目覚めることはない。階下で電話のベルが鳴ろうが玄関でチャイムが鳴ろうが、聞える筈がないのだ。和彦は妻がかるい寝息をたてるまで待ってから、寝室をでて箱根にいく仕度にとりかかった。

表面上は千秋とふたり連れで泊ることになっている。その彼が単身ででていく姿を目撃されるのは賢明ではない。それを考慮して、夜が明けきらぬうちに家をでることにしていた。戸締まりをしてから庭に立って、満開の紅《あか》いサツキに目をやりながら、早起きをするのは何年ぶりだろうかと考えてみた。

小田急線で小田原に降りた頃に八時になった。とおりかかった一膳めし屋で味噌汁とノリ、納豆で朝食をとる。家庭でも学院でもパン食ばかりだから、久し振りの米のめしが非常にうまい。ヒロミと世帯を持ったら心ゆくまで日本食をくいたいと思った。

バスで芦ノ湖畔にのぼった。まだ早いせいか観光客の姿はなくて、宿の丹前《たんぜん》をはおった男女をときおり見掛けるくらいだった。ここでしばらく湖水を眺めているうちに、緑の木のあいだからサングラスをかけたヒロミが忽然と現れた。黒いアタッシェケースを小脇にかかえた恰好は、一瞬ドキリとしたほど千秋に似ていた。

「そっくりだ。じつにそっくりだよ」

「一つ一つチェックすれば違うでしょうけど、ひとを騙《だま》すにはこれで充分だと思うわ」

和彦が寝不足であかい目をしているのに対して、彼女はぐっすりと眠ったとみえ、グラスをはずした眸はすずしげだった。そしてこれからの冒険を楽しむように、なにかというと白い喉をみせて明るい笑い声をたてた。休憩に立ち寄ったレストハウスでも、彼女は終始屈託なげに振舞った。

「うれしいのは当然だわよ。ほんのちょっとの間《ま》にせよ、あなたと夫婦になれるんですものね」

店のネーム入りのマッチをバッグにおさめながら、彼女は本当に幸福そうに声をたてて笑い、それを見た和彦は、何としても今度の計画を成功させなくてはならぬと心に誓った。

「あとでこのマッチを渡しますからね、指紋をつけないように持って帰って、屍体のそばに転がしておくといいわ」

「ああ」

と反射的に同意したが、内心ヒロミの抜け目のなさに和彦は驚倒していた。

「ホテルにいるあいだは出来るだけ千秋らしく行動してみせるわ」

「どんなふうにだい？」

「従業員に対してても泊り客に対してもツンとした態度をおしとおすのよ。そして、コックを軽蔑するみたいにまずそうな顔つきでお食事するの」

「そいつはいい。効果満点だ」

と、和彦も声をたてて笑った。誰がみてもそれは仲むつまじい中年の夫婦者の姿であった。

5

計画どおり昼食をすませた和彦は、急用を思いついたという口実でホテルを出ると、小田原から新幹線で帰路についた。千秋が目をさまさぬうちに到着しなくてはならない。そう思うと〝こだま〟の速度が旧東海道線なみに遅くみえてくる。

しかし、今回は「千秋」を箱根のホテルに残して単独の帰宅だから、近所のひとの目を心配する必要はない。自宅の手前で買い物にいく隣家の細君とバッタリ顔を合わせたときも、和彦は落着きはらって挨拶をかわした。

「あら、朝から雨戸がしまっているのでどうなさったのかと思いましたわ」

「箱根に出掛けたのはいいんですが急用を思い出しましてね、わたしだけ戻ってきました」

「まあ、それはお生憎《あいにく》さまでしたわね」

「枕がかわると眠れないたちですからな、家内には内証ですが、ほっとしているのですよ」

笑ってわかれた。

家は静まり返っており、外から一見しただけでも千秋の眠っていることが判った。しかし彼は音をたてぬよう気遣いながら鍵をさし入れて扉をあけると、そっと家のなかに忍び込んだ。もし彼女が起きてきて咎《とが》めだてをしたらどう答えればいいのか。そのことを想像すると脚がふるえてくる。

急いで部屋着に着替えてから、そっと二階に上がって千秋の寝室を覗《のぞ》いてみた。そしてベッドのあたりからかすかな寝息が聞えてくるのを確かめると、思わず溜息をもらした。このぶんだと留守中に電話がかかったとしても、目をさますことはなかったろう。

階下におりて雨戸をあけ、よどんだ空気を入れ換えてから、居間のソファに横になった。新幹線のなかで三十分ばかりまどろんだきりだから欲も得もないほどに眠たい。しかし、多忙を理由に帰宅した以上、パジャマに着替えてベッドに入るわけにはいかなかった。誰かが尋ねてきたときにはすぐに飛び起きなくてはならないのだ。

和彦が目をあけたときは五時になろうとする頃だった。起き上がって耳をすませてみたが、二階の千秋は依然として眠りつづけているとみえ、物音ひとつしない。和彦の面長な顔いちめんに、満足そうな、にんまりとした笑いがひろがっていった。

目覚めるまで寝かせておくというのが最初からの方針なのだ。眠るだけ眠って夜に入って目がさめれば、生活のリズムが壊れて昼と夜とをとりちがえてしまう。千秋は明日もまた日中は眠って夜になって起きだすことになるだろうし、したがって来客があっても御用聞きがきても彼女の姿を目撃される心配はないのである。和彦を叱りつけるあのヒステリカルな声を、近所のひとに聞かれるおそれもない。彼は安心して雨戸をあけ窓を開き、独身生活をそれとなく見せびらかした。

その日、千秋が目をさましたのは午後五時のテレビニュースが終ったときであった。和彦が様子を見に上がっていくと、彼女は布団をはねのけ、ベッドに起き上がった恰好で大欠伸《あくび》をしていた。

「いま何時？」

「五時をちょっと過ぎたところだ。よく眠ったね」

彼女は落着いた動作でサイドテーブルの置き時計を手にとり、針の位置をたしかめた。元来が夫のいうことをすなおに信じないたちなのである。

「あらほんと。なぜ起こしてくれなかったのよ」

「睡眠不足ではいい原稿が書けないからさ」

「だってもう十二時間も眠ってるのよ。いくら何でも眠りすぎるじゃないの。頭のなかがとろけたみたい」

フックがはずれて片方の乳房がのぞいているが、それを隠そうともしない。頭から亭主をなめ切っていた。

「昼と夜をとりちがえたら困るわよ」

「学校へいくわけではないし、困ることはないさ。作家の大半が昼間ねむって夜中に仕事をするという話だからね。静かな夜中のほうが精神力が集中する、したがっていい作品がかけるんだ」

作家扱いされたことが満更でもないらしく、まんまと和彦の策にのって夜型の作家に転向してしまった。

和彦は時間がくると軽い夜食をこしらえたり、机のかたわらに坐って鉛筆を削ったりしなくてはならない。やがて彼女が眠気をおぼえて寝室に引っ込んだ後も、和彦は眠るわけにはいかなかった。朝がくると雨戸をあけ、べつに食欲もないのにベーコンを焼いたり珈琲をいれたりして、独身生活を送っていることのデモンストレーションをやらねばならない。睡気におそわれると、電話機のそばに座布団をおいて短い仮眠をとった。そしてその合間に広い庭に水を打ったり、ゴルフの素振りをやったりした。

この日かかってきた電話は三件である。午前中に北海道に帰省したお手伝いからかかったのが最初で、冷蔵庫のなかに到来物の洋菓子が入れてあるから早目にたべるように、という内容のものだった。

「わざわざありがとう。しかし先生は箱根だしわたしは甘い物は苦手だし、きみ達がいないのは残念だな」

と、和彦は鷹揚《おうよう》に笑ってみせた。

正午すぎの電話は箱根からの市外通話であった。いうまでもなくヒロミである。

「あなたお元気？　かわりない？」

「ああ元気だ。たまには独り暮らしもいいものだよ。ところで原稿のほうはどうなってるね？」

「うまくいってるわ。たまには気分を換えたほうがいいみたい」

交換手が聞いていることを計算に入れた上での芝居をした。しかし、原稿の進行状態を訊ねたのに対してうまくいっていると答えたのは、彼女が替玉であることを見破られずにいるという意味であり、変わったことはないかという質問に元気でいると答えたのも、和彦側に破綻《はたん》のないことを報じた暗号であった。和彦はひとり頷きながら満足気に受話器をおくと、毛布を胸までかき上げてふたたび横になった。

ヒロミが予言したとおり出版社からの電話は一度もかかってこない。和彦はこれで解放されたものと信じて、昼食をすませた後もひきつづきごろ寝をすると、眠るともなしにまどろんでいた。そうしたときでもあったので、三度目にひびいたベルは脳髄につき刺さるように鋭く感じた。

男の声であった。

「増田千秋先生のお宅ですね？　先生はおいででしょうか」

「生憎ですが箱根へいっております」

編集者だな、と直感した。口調に横柄《おうへい》なひびきがある。

「ほんとですか」

「嘘をついたって仕方がない。家内は嘘をついて逃げるほど流行作家じゃないです」

「ほんとに不在ですか」

「くどいな。ぼくが留守だといったのが聞えないんですか」

押しつけがましい訊き方が不快でもあり、敬語をぬきにした喋り方が腹立たしくもあり、思わず皮肉な口調になった。

「しかし――」

「箱根のホテルにいます。昨日はぼくも正午まで一緒にいたんだから間違いないよ」

誰がこんなやつのために原稿を書いてやるものか。

「それは失礼」

相手は意外なほど率直に詫びて通話を切った。受話器をかけふたたび横になったものの、彼はまだ腹を立てていた。自分の名も出版社の名も告げずに、ただ一方的に訊きたいことだけを訊いて、しかも先方が先に受話器をおくという失敬な編集者なのである。気が昂《たかぶ》ったせいか和彦の睡気はすっかりさめてしまった。

千秋が起床したのは昨日とおなじように暮れ方のことである。やがてふたりは食堂でさし向かいになると一方が夕食、他方が朝食をとった。そのちぐはぐな食事が性格の合わない結婚生活を端的に象徴しているように思え、ポークソテーを嚙みしめながら和彦はそのことばかり考えていた。疲れているせいか起きぬけのせいか、千秋もあまり食欲がないらしく、これも黙々と口を動かしていた。

食後の飲物はココアにした。珈琲や紅茶とちがってカフェインを含んでいないからである。

明日はいよいよ決行の日だというのに、肝心の千秋に夕方まで眠りこけていられたのではどうにもならない。少なくとも午前十時頃には目をさまして貰い、化粧をさせねばならなかった。そしてそのためには、今夜は早目にベッドに入らせる必要があるのだ。

「たまにはココアもいいわ」

夫の意図するものを知らない彼女はひとくちずつ味わうようにして飲み、クリームの入れ方が少ないと文句をいった。

妻が食後の休息をしているあいだに和彦は二階の書斎に上がって、机の上を拭いたり原稿用紙をキチンとそろえておいたりする。後から入ってくる千秋はべつに礼をいうでもなく、そうされることが当然であるような顔つきで、真っ赤な友禅《ゆうぜん》の座布団にすわるのだった。

近頃は一流の月刊誌からもしばしば随筆や短文の依頼がくるけれども、目下彼女が執筆しているのは、学院の機関誌に連載中の天野女史の伝記なのだ。恩義をうけた手前ことわることもならず引き受けたものの、遅筆な彼女はひと晩かかって二枚か三枚書くのがやっとのことであった。毎月締切り日が迫ってくるにつけヒステリカルになり、些細なことで和彦に喰ってかかる。それをなだめすかしてどうやら無事に四回目までの連載をつづけてきた。そしていま、第五回目を書き綴《つづ》っているのである。

夜中の一時をすぎて小憩に入ったときに、和彦は氷片をうかべたレモンスカッシュをつくってすすめた。前回とおなじ睡眠薬が一錠だけ溶け込んでいるのだが、レモンの酸味に誤魔化されて千秋は少しも気づかずに飲みほしてしまった。しずかな書斎のなかでコップに触れる氷の音がすずしげだった。彼は無心な表情でストローを吸いながら、妻が睡気をもよおしてくるのをじっと待っていた。

6

あくる四日も朝から快晴であった。窓をあけると、連日の寝不足の目に空の青さがいたいほどしみた。和彦はヒゲをそりながら鏡の顔をじっと見つめる。自分でも意外に思うほど落着きはらった表情をしていた。事実、妻殺しを決意して以来、途中で遅疑《ちぎ》することもなかったし、千秋の寝顔をみて憐憫《れんびん》の情をもよおしたこともない。和彦にとって、この独裁的で我儘な女房から解放されるよろこびは何にもまして強烈なものであった。

洗面をすませて顔に化粧水をぬっているときに電話が鳴った。ヒロミだなと思って受話器を耳にあてると、聞えてきたのは果たして彼女の声だった。

「お早よう。変わったことない？」

「ああ。そっちはどう？」

「退屈なくらい平穏無事だわ。あたしね、早目におひるたべてからホテルを出ます」

「ひるめしなら何か用意しておくぜ。帰ってから喰ったらどうだい？」

「ホテルのステーキがすばらしくおいしいのよ。肉が上等だし、つけあわせのおジャガもクレソンも味がいいの。悪いけどすませて帰ることにするわ」

「好きなようにしなさい。するとホテルを発つのは何時頃になるかね？」

「朝のお食事をぬいたのよ。だから十一時頃に食堂へいくつもり。チェックアウトするのは正午になるわね」

「了解」

食事が十一時、出発が十二時、と心のなかで繰り返した。時刻をとり違えたら大変なことになる。そう思うと和彦も神経質にならぬわけにはいかなかった。もっとリラックスすることだ、と自分で自分にいいきかせる。固くなりすぎると思わぬ失敗をしがちだ。のんびりしろ、のんびりするんだ……。

十時前に千秋の寝室に入っていくと、そっと優しくゆり起こした。

「なによ、なにするのよ」

「いま電話があったんだが、午後にお客さんがくるというんだ。ぼくのじゃない、きみのお客さんだ。そろそろ起きてお化粧をしたほうがいいんじゃないかね」

「あたし忙しいのよ。べつの日にしてくれればいいのに」

寝足りない千秋は不平そうに口をとがらせた。頭を枕につけたままである。

「同窓会のことでちょっと相談があるんだそうだ」

「なんて方？」

「忘れたね」

「大学？　高校？　それとも中学校？」

「それは訊かなかった。少し電話が遠くてね」

むっくりと千秋は起き上がった。

「あんたっていつもそうなんだから。それでよくも理事長の職責が果たせるわね」

起きる早々の嫌味だった。だが和彦はいつものように腹を立てることもしなかった。予定している犯行時刻は午後一時である。あと三時間のいのちということをこの女が知ったら、どんなに怒りわめくだろうか。そのことを想像すると、どれほど口汚なく罵《ののし》られようと一向に腹が立たない。立腹するどころか、逆に腹をかかえて笑い出したかった。

「朝食には少し栄養のあるものを喰べて貰おうと思ってね、ステーキの肉を用意してある。そろそろ焼き始めるぜ」

返事を待たずに廊下にでた。

箱根のヒロミは筋書《すじがき》どおりステーキを、それも千秋好みのミディアムに焼いたものを十一時に喰べ、正午にホテルを出る。そのスケジュールに変更のないことは、先程の電話で確認ずみである。

この「千秋」女史が帰宅するのは、いつかもヒロミが計算したように、電車の連絡がうまくいったとして午後の二時になる。したがって犯行は二時もしくはそれ以降のことだと推定されるのである。言い換えれば、千秋は午前十一時に昼食をとって三時間のちに殺されたことになるのだった。

一方、本物の千秋は午後一時に殺される。予期せぬハプニングでもあればともかく、いまのところ和彦はこの時刻を一分たりとも変更する意志は持っていなかった。とすると、本物の千秋がステーキをとる時刻は、それから逆算して三時間前の午前十時ということになる。ヒロミが案出したこのステーキの一件はアリバイ工作を補強するための補助手段なのだった。屍体が解剖されることはいうまでもないし、そうなれば千秋が殺される三時間前に食事をしたことが判明する。その千秋が箱根のホテルで午前十一時にステーキを喰べたことが明らかになれば、兇行時刻が午後二時であることは自動的に割り出されるのである。同時に、和彦とヒロミのアリバイはいよいよ確然とした形をとることになるのだった。食事を遅らせることはマイナスに作用するばかりだ。千秋が洗面所に入るのを待って電子レンジのスイッチをオンにした。フライパンで焼くと階下中に肉のにおいが漂ってしまい、その臭気を完全に追い出すことは難しくなる。だが電子レンジはその点も便利なのだ。

クレソンは肉を買うついでに吉祥寺《きちじょうじ》まで足をのばして求めておいたものである。ステーキのつけ合わせにするにはほんの僅かですむのだけれど、八百屋で売っているのはかなり大きな束だった。といって余った分を台所に残しておいたのでは怪しまれるもとになりかねないから、千秋が眠っているあいだにマヨネーズをつけて喰べてしまった。

「朝から胃に負担をかけさせるわね」

テーブルについた途端に吐言《こごと》をいう。和彦は逆らわずに、おだやかな笑顔で頷いた。

「だいぶ消耗してるようだから栄養を補給して貰いたいと思ってさ。ミディアムに焼いたつもりだが、そこは素人コックのやることだ。焼き加減がへただったら大目にみて欲しいな」

こんなまずい肉は喰べられないなどとゴテられては大変だ。ここは何としても胃袋におさめてくれなくては困る。和彦は機嫌をそこなうまいとしてひたすら下手《したで》にでた。

だが心配するほどのことはなかった。焼肉のいいにおいに千秋が抵抗できる筈もなく、フォークで一切れを口に入れぶつぶつ不平をいっていたが、二切れが三切れになり、やがて馬鈴薯《ばれいしょ》とクレソンまできれいにたいらげてしまった。教壇に立って栄養のバランスの必要性を説いている彼女が、つけ合わせの野菜を残すとは思えなかったのである。

食事をすませた彼女は、昔のクラスメートが訪ねてくるというので念入りに化粧しなおした。この一、二年来少し小じわがふえたとはいえ、きれいに眉をひきルージュをぬると、丸顔だから実際の年齢よりも三つは若くみえる。その日も、おつくりをした顔は目に険のある点をのぞくと、ヒロミに比べて遜色《そんしょく》がなかった。

「何時にくるといっていたの？」

「午後、ということだけだった」

「馬鹿ね。肝心のことを確かめてくれなくちゃ困るじゃないの」

「すまない」

「多忙だといってくれたのね？」

「そのことは忘れずにいったさ。おかまいできなくて失礼になるから後日にして貰えないかといったんだがね、急いでいるのだそうだ。玄関でほんの五分ばかり話をすれば充分だという。まさか、それでも困るとはいえないしね」

「それなら電話ですむじゃないの」

「そ、それなんだよ」

思わずどもってしまった。

「ぼ、ぼくもそういったら、卒業写真のなかに名が判らないひとがいる、奥さまとわりあい親しかったようだから、ひとつそれを見て頂きたい、というんだ」

咄嗟《とっさ》の場合に、よくもうまい遁辞《とんじ》がうかんだものだと内心胸をそらせていた。

化粧をすませた千秋は、部屋着のなかでいちばん派手なブルウのワンピースを身につけ、鏡の前に立って五分間ちかく自分の映像をながめていた。彼女が好きな服であった。和彦はちょっと離れたところでそれを見やりながら、死出の衣裳にピッタリじゃないかと思っていた。

一時になる前に赤い色のポロシャツに茶色のズボン姿に着替えると、押入れから古い革靴をとりだしてはいた。空巣に入る男が靴をぬぐとは考えられないからである。仮に鑑識班が完全な靴の跡を採取したとしても、空巣狙いの正体をつきとめることは絶対に不可能であった。あらかじめ夢の島のゴミ捨て場で拾ってきた古靴なのである。

服装ばかりではなかった。小旅行にでるための小さな鞄も鰐革(わにがわ)の財布も、玄関のホールにそろえておいた。かつてヒロミから注意されたように、用をすませたらできるだけ速やかに現場から離れなくてはならない。そのためには前もって外出の仕度をしておいたほうがいいと考えたからだった。

はやる心を押えつけていたが、一時を打つと同時に行動に移った。居間にいた千秋はテレビのチャンネルを回そうとしていたが、聞きなれぬ足音をいぶかるように急に振り向き、夫が古靴をはいて立っているのを見ると、目くじらをたててきびしい目つきをした。

「なによ、どうしちゃったの！」

「正気だよ」

近づきながらゆっくりといった。手に古いストッキングを持っている。

「なにするのよ」

「このストッキングが目に入らないか。おれがこのストッキングでお前の車をみがくとでも思っているのか」

「馬鹿な冗談をすると承知しないから」

「これが冗談かね？」

壁際まで後退した千秋はパクリと大口をあけると悲鳴をあげようとし、和彦はその上にのしかかって夢中でしめつけた。

凶器のシームレスは彼女の洋服だんすから持ち出したものだが、対のストッキングは居間の乱れ箱に投げ入れた。箱根から帰宅した千秋が服や靴下をぬぎ、ほっとひと息ついてさてお茶でもいれようかと思っているところを襲われたという演出だから、空巣がその場にあった手近のストッキングを用いたことはきわめて自然な行動だった。

つぎに千秋の白いツウピースを持ち出すと同様に乱れ箱に投げ落しておき、座卓の上には白の手袋と、箱根のレストハウスのマッチをのせた。勿論、自分の指紋をのこさぬよう十二分の注意を払っている。

それがすむと書きかけの原稿を現場に散らして、その上にふたを開けたアタッシェケースを投げ出した。金品を探し求めた泥棒がケースのなかを覗いたものの、一文にもならぬ原稿用紙が入っているだけなのに腹を立てて叩きつけた、という思い入れである。引きつづき金目のものがありそうな場所を手当たり次第にかきまわした。プロの空巣はたんすの引き出しをあけるのに際して下から順にやる、という話を聞いたことがあるので、和彦もそのやり方を踏襲した。

空巣は千秋の帰宅よりもほんのひと足はやく、裏口から侵入したということにしてある。和彦が外出するときは扉も窓も固く施錠していったのだが、そこはその道のベテランだ、針金一本で苦もなく錠をはずしてしまったのである。そう見せかけるために、前もって裏口のドアの鍵孔に針金をさし込んで、犯人が掻《か》きまわした痕をつけておいた。

結局この犯人は何を盗んで逃げたのか。高額の現金は家におかない主義だから、奪おうとすれば普通預金の銀行通帳にハンドバッグに入っていた七万円と小銭を少々、それに五百万円はするという千秋自慢のダイヤの指輪ぐらいのものでしかない。

それだけのものをポケットに入れると、古靴をしまい込んだボストンバッグをさげて家を出た。一時十五分。

国立駅で待っていた友人と一緒になったのがその十分後であり、それ以後は終始行動を共にしていたのだからアリバイは完全無欠なものとなった。その夜、大洗海岸の舟宿で呑んだ地酒の味を、彼は生涯わすれることができなかった。

7

葬儀、納骨式とあわただしく過ぎて、身辺に落着きがもどってきたのは五月の末であった。街にでると、サラリーマン達のホンコンシャツの白さが目にしみた。

ふたりのお手伝いは殺人のあった家に住むのはこわいと言い出し、それぞれの親元に帰ってしまったので、家の広さもてあました恰好で小さなアパートに移った。

周施屋をつうじて売りに出すとすぐに買い手がついたが、上物《うわもの》は壊してそのあとに内科医院を建てるという話であった。和彦自身は手に入った金で都心のマンションに部屋を買う予定でいる。

「ねえ、あたし達の仲をどんなふうにして公表したらいいのかしら」

頭のいいヒロミもそこまでは具体的に考えていなかったとみえ、一カ月ぶりで逢ったとき最初に口にしたのがそのことだった。例によって高速道路を走る車のなかである。

「まず半年間はじっとしていなくちゃなるまいね。これは私案だけど秋の運動会でね、職員レースのときにきみと組んで二人三脚をやるんだ。それが馴れ初《そ》めでさ、末はめでたくなるというのはどうだい？」

「いかすじゃないの、それ。あたしが転んで捻挫《ねんざ》したふりをするのはどう？　あなたがお見舞いに来て下すって、お互いが好いて好かれてという仲になっちゃうのよ」

「ロマンチックだな」

「ところで逢ったら訊きたいと思っていたんだけど、あの古靴はどう処分したの？」

「大洗の沖で石のおもりをつけて沈めたよ。誰も見ていないときにね」

捜査本部は空巣の目撃者探しに懸命になっているが、事件発生以来一カ月になるというのに、まだ何の手掛りもつかめていないのである。

「ダイヤの指輪は？」

「これは機会をみて駅のロッカーの奥にほうり込んでおこうと思う。いずれ誰かが発見して警察にとどけるだろうし、警察は警察で犯人が処分しかねて捨てたものと解釈するだろう。そして結局はぼくの手に戻ってくるさ」

「見つけたのが悪いやつで猫ババしたら？」

「その場合は諦めるほか仕様がない。欲張ると身をほろぼすことになるからな」

「つまんない」

と、ヒロミは拗《す》ねた声をだした。

「しかしね、小悪党にとってあんなものは猫に小判だ。いずれは古道具屋に持ち込んで売りつけようとする、そこは専門家だから一見しただけでピンとくるね。とどのつまりはぼくのところに帰ってくると思うんだ。そんなことよりも、お互いに自戒してなるべく逢わないようにしようよ」

「そうだわね。あと半年の辛抱だし、学校では毎日のように顔を合わせているんですもの」

ヒロミの冷たい手がハンドルを握る和彦の手に重なった……。

その電話は、和彦が車を有料駐車場においてアパートに帰り、自室のドアを開けたときにかかってきた。

ヒロミが何か言い忘れたのかな。そう思って急いで受話器をとると、低い男の声がつたわってきた。

「院長代理の増田君だね？」

和彦は正規の選挙がおこなわれるまで代理をつとめている。そして無競争で院長に当選することは間違いないものとされていた。男は、その辺の事情に精通しているような、落着き払った口調であった。

「なに！」

「世間ではきみの奥さんが箱根に泊っていたように信じているが、あれは偽者だね」

「きみ！」

「替玉だよ。その証拠を持っている」

「黙って聞け。この証拠を警察に送ったらどうなると思う。それがいやなら口止め料として五千万円だすんだな。金銭授受の場所や期日についてはまた連絡する。待ってろよ」

プツンと通話が切れた。テーブルにタバコの灰が落ちたことにも気づかずに、和彦は蒼白な顔で立ちつづけていた。いまのいままで完全犯罪だと確信し、甘い夢に酔いしれていたときだったので、受けたショックは強烈だった。混乱しきった頭のなかでいたずらに思考は空転するばかりである。それでいながら、耳の奥がキーンと鳴りつづけていることは明白に意識していた。

眠れぬ一夜を送った彼は、登校するとすぐ院長室にヒロミを呼び入れた。四月と五月の経理の面で知りたいことがあるから帳簿を持参するように、というこわもての申し入れである。

　ふたりは院長の大きなデスクをあいだにおいて向かい合った。机上には二冊の帳簿がひろげてあり、どちらもきびしい顔つきをしているから、外から見ただけでは経理の問題を検討しているとしか思えない。

「起きてからずうっと考えていたんだが、やっと思い出した。きみが箱根に一泊したあくる日のことなんだが、ぼくのところに電話をかけてきたやつがいる。その男なんだよ」

「よく相手の声を覚えていたわね」

「アクセントがちょっと違うんだ。東京の人間じゃないね」

「どんなことを話したの？」

「だしぬけに先生は在宅かと訊くんだ。箱根にいると答えると、どうも信用しない口吻《くちぶり》なんだな。ぼくも少しむっとしたから、昨日の正午まで一緒にいたから間違いないと怒鳴ってやった」

「……………」

　ヒロミの顔が蒼くみえるのは窓の外のプラタナスの葉が反映しているからだろうか。

「いま思うと、やつはきみが偽者であることを確認する目的で電話をよこしたんだ。ところが亭主であるぼくが偽者をカバーするような発言をしたものだから、こいつは怪しいと勘づいたわけだ」

「……………」

「そこできみに思い出して貰いたいんだが、ホテルで妙なやつに会わなかったか」

「それなのよ。お話の途中からいろいろ考えてみたんだけど、ホテルの泊り客のなかに心当たりがひとりだけいるの。三十四、五のカストロ髭を生やした男で、ベレかぶって火の消えたマドロスパイプくわえてるのよ。見るからにインチキ臭い男だわ」

「ふむ」

「そうだわ、いま思いついたんだけど、あいつが証拠というのはあたしの指紋のことよ」

「指紋？」

「ホテルにいるあいだ、用心のために手袋をはめつづけていたんだけど、お食事のときに仕方ないからぬぐでしょう。それを狙ったんだわ」

自分で喋り、自分で頷いている。

「二日目の夕食のときよ。ということは、あなたのところに電話して、あたし達の共謀であるってことを見抜いた夜なんだけど、あの男が隣りのテーブルに坐ったの。あたしは千秋さんですからね、いつも離れたテーブルにツンとすました顔で坐ることにしていたのよ。だからあの男は故意にあたしに接近したことになるわ」

「ふむ」

「カセットレコーダーをわきにおいて、お珈琲をのみながら、イヤホーンで何か聞いてるの。お前なんかに関心はないぞ、って顔して」

「ふむ」

「食後はあたしのほうが先に席を立ったのよ。だからその後ですばやくスプーンなりナイフをポケットに入れたに違いないわ」

なるほど、彼のいう証拠は指紋のことかもしれない。ヒロミのテーブルから一本のスプーンが紛失していたからといって、ボーイなりマネージャーなりがヒロミに賠償を求める筈もない。

「しかし替玉であることをどうして見破ったかな」

「問題はそれよ。これも想像だけど、あの日お昼をたべた後で、地階にある売店をひやかしていたの。べつに買う気はなかったけど、レコード売り場をみているうちに、千秋さんがモーツァルト好きだってことを思い出したものだから、ここでモーツァルトのLPを買ったらいよいよ千秋さんらしく見えるだろうなって考えたの」

「ふむ」

「そこで手近にあった一枚をとって『このホウトボイス協奏曲を頂戴』といったのよ、ツンとすました顔をして」

「ホウトボイス協奏曲？」

「ええ、聞き覚えのないコンチェルトだなあと思って。たしかこんなスペルだったわ」

メモにCONCERTO POUR HAUTBOIS ET ORCH. と書いてみせた。

「東京に帰ってから鳴らしてみたらオーボエ協奏曲なのよ。フランスの輸入盤だからジャケットの曲名もフランス語で書いてあったわけですけど、いくら何でもパリ帰りを鼻の先にぶらさげている千秋さんがホウトボイスなんて発音する筈がないでしょ」

「そうだな」

「そのときシャンソンのレコードを漁《あさ》っていた男がじろりとこっちを見た気配がしたわ。パイプをくわえたカストロ髭の男が……」

ちょっと沈黙がつづいた。

「……で、どうしたらいいのかな」

「まず正体をつきとめることね」

「うむ」

「そして殺してしまうのよ。毒くわば皿までっていうじゃない」

ひやりとするような冷たい口調になっていった。

「うむ」

「アリバイ工作はこちらにまかせて頂きますわ」

8

相手の容貌は判っているのだから、正体をつきとめるのはそれほど困難ではなさそうだ。暇をみて校門をでると江戸川橋のそばの赤電話で箱根のホテルを呼びだした。

「はい、わたくしがマネージャーで。お悔みがおくれまして申し訳ございませんが、この度はご愁傷《しゅうしょう》さまでございます」

「ありがとう。じつはその件でお電話したのですがね、家内の葬儀のときに近所まできたからといって焼香して下さった方がいたのです。ホテルで一緒だったといって。ところが受付の女の子が不馴《ふな》れなもので記帳して頂かなかった。それで香典返しができなくて困惑しているんですよ」

「それはどうも」

「女の子の話ではメンデルスゾーンの肖像みたいな頬髭を生やしていたといいます」

パイプのことも告げようとしたが、弔問にくるときにはポケットにおさめているだろうと思いなおして黙っていた。ちょっとお待ちを、といって先方はチェックインカードを調べているふうだった。

「お待たせ致しました。あの頃ご一緒だったとしますと、段《だん》さんでございましょうね」

段聖十郎《せいじゅうろう》、千代田区紀尾井町《きおいちょう》、ソフィアマンションという返事をメモにとると、礼をのべて通話を切った。そのマンションなら和彦も知っている。彼がいま仮寓する四谷一丁目のアパートとは堀をへだてて建っているのだ。

恐喝者が段であるかどうかは声を聞いてみればはっきりする。段が部屋にいるとは限らないが、手をこまねいて待つ気にはなれなかった。その場で電話帳のページをくり、十円玉を投げ入れた。

信号音が鳴りおわらぬうちに先方がでた。

「一二一一番さんでしょうか」

「そう」

「わたくし岡野《おかの》と申しますが、先日は息子のことでいろいろご心配をおかけ致しました。お蔭さまで無事ベルリンに――」

「岡野さん？　岡野だけじゃ解らんな。なんていう名です？」

間違いなくあの恐喝者の声である。和彦は鼻声でつづけた。

「岡野ヤスシでございますが」

「何番にかけたんですか？」

「一二一一番ですが……」

「局番は？」

「二六六ですけど……」

「ここは二六五だ。回し違いだね」

小馬鹿にしたようにみじかく笑い、切られてしまった。好きなだけ笑うがいい。そのうちに笑えなくしてやるから、と和彦は思う。

三日おいた四日目の夜、ふたたびヒロミの車に乗って環状線を走った。助手席に坐った和彦は膝の上に小型の手帳をひろげ、数日間の調査の結果を報告した。ルームライトを暗くしている上にサングラスをかけているので、眸をこらさなくては読めない。

「かなり収穫があった。まず敵の正体だが段という声優あがりの男だ。広島訛《なまり》を克服できなくて、その後プロダクションを経営したがこれも失敗、目下は遊んでいる。ぼくのアパートから歩いて五分ばかりのマンションに住んでいるが独身でね。女漁りが大好きで、箱根にいったのも金持ちの未亡人かなにかをハントするつもりだったのだろう」

ヒロミは一語も聞きもらさぬよう黙りこくっている。

「三十六歳、最終学歴は……、いや、そんなことはどうでもいい。趣味はいまいったとおり女を騙《だま》すこととジャズやシャンソンを聞くこと、スポーツカーでぶっ飛ばすことなどだ。気分転換のために深夜にドライヴしたりする」

「…………」

「マンションに出入りしている商人に聞いてみたんだが、段に限って現金払いでなくてはいやだという店が多いというから、経済的にはかなり困っているな。ぼく等をゆする気になったのも無理ないね」

「冗談をいってる場合じゃないことよ」

かるく抗議をするとヒロミはまた口をとざしてしまい、和彦は彼女の邪魔をしまいとして、これも黙りこくっていた。

ふたたびヒロミが語りだしたのはほぼ半周して飯倉《いいくら》の手前にかかった頃だった。その間、和彦は五本のピースを灰にしていた。

「あたしが以前から考えていたことといまのレポートから、こんな計画をたててみたの」

「窓をあけようか、煙だらけだ」

三角窓から夜気が吹き込んできた。大都会の汚れきった空気だが、それでも生き返ったように爽やかな気分になる。

「あたしの考えはこうなのよ。段を訪ねていって殺すと、屍体を彼のスポーツカーに隠しておいて、何事もなかったような顔でお友達のところへいって談笑するの。つまり犯行時刻にあなたは東京にいたってことの証人をつくるわけ」

「ふむ」

「その後であなたがスポーツカーを運転してどこか淋しい場所に乗り捨ててくるの。この場合、段が自分で運転してきたように見せるのが肝心なのよ。段がドライヴしてそこまで走ってきたときに、犯罪者に襲われて殺されたわけよ」

「なるほど。殺人現場は東京をはるか離れた山の中というわけか。したがって犯行時刻に東京にいたぼくは犯人たり得ないことになる」

「そうなの。今度もアリバイは完璧よ」

「待ってくれよ。ぼくはその山の中からテクテク歩いて戻るのかい？」

「ですから距離をおいてあたしがついていくわよ。帰りはあたしの車に乗ればいいの」

「よし、それに決めた。今夜はいっそ横浜あたりまで遠出してみるか」

にわかに元気づいたように、和彦は明るい声をだした。

9

ソフィアマンションは上智大学に近く、堀をバックにした十階建てで地下に駐車場がある。マンションブームの初期につくられたものにしては住み心地よくできている、という評判だった。

段の部屋は一階の西側にあって地階の入口と並んでいる。段からは金銭受け渡しを指定する連絡がくる筈だった。しかし彼との通話も四回目となると、先方は和彦の喋り方の特徴にも慣れるだろう。その結果、前回の間違い電話をかけてよこした男もじつは和彦だったと気づくかもしれない。気づかれただけではどうということもないけれど、警戒心を起されればそれだけ仕事がやりにくくなる。そう考えて、和彦はあれ以来自室の電話には一切でないことにしていた。ヒロミとは学院で毎日のように顔を合わせているし、緊急の場合には特定のベルの鳴らし方を教えてあるので不自由はしない。

夜毎三日つづけて偵察をつづけた。が、いつも女を引き入れているので機会がなく、和彦は舌打ちをして実行を延期していた。といって、これ以上居留守を使っていると、業を煮やした段が学院に電話してくるようになるだろう。和彦としても交換台に聞かれては工合がわるいので、早く始末をつけてしまいたかった。それに、五千万円の見せ金は高利で借りている。一日遅れるだけで莫大な利息をとられるのだ。

そして今度が四度目である。部屋に明かりがついていてクーラーが唸っている。耳をすませるとかすかにシャンソンが聞えてくる。和彦も好きなジルベエル・ベコオの唄だ。カーテンの隙間《すきま》から覗いてみたが、女の姿はなく、段ひとりがソファに坐って聞き入っている。しめた、と思った。


入口に回って廊下を歩くと扉の前まできた。しかし背後に足音がしたのでそのまま通り過ぎ、ひと回りしてから、誰もいないのを見届けておいてドアをノックする。野太い声が応じ、扉は内側にあいた。

初めてみる段は和彦よりもうわ背があって、酒焼けのしたあから顔が髭に埋まっている感じだ。連日女といちゃついていたせいだろうか、睡眠不足みたいなぼうっとした目である。

「誰？」

「増田和彦です。全面降伏をして約束のものを持ってきました」

「きみか！」

さげているボストンバッグにちらっと目をやった。

「入れよ」

「失礼します」

「何度も電話をかけたんだぜ」

レコードの回転をとめた。

「それは知りませんでしたな。昼も夜も金繰りに歩き回っていたもので。あなたはあっさり五千万というが、こっちの身にもなって頂きたいですな」

「呑むかね？」

「いえ、結構。それよりも金額を確認して下さい。わたしも数えてみたが五千万円となると大金でしてね、一時間かかりました」

ボストンバッグを逆さにすると一万円紙幣の束がテーブルの上に転がって山になり、あふれた分が絨毯《じゅうたん》をしいた床に落ちた。

「おいおい、勿体ないことするなよ」

「わたしは単なる紙切れだと思ってます。そうでも思わぬことには……」

段は四つん這《ば》いになって札束を掻き集めている。チャンスだ！　和彦は隠し持ったゴムホースをしっかりと握りしめ、ちぢれ毛の頭めがけて振りおろした。ホースのなかに入っている鉄の棒に比べると、恐喝者の頭はやわらかすぎた。腕をまくって時刻を確かめる。十時二分。

彼は敏速に行動した。手袋をはめた手で屍体に靴をはかせ上衣を着せる。更にそのポケットに財布を入れ、机にのせてあった葉巻のロバートバーンズを箱ごと突っ込んだ。ついで札束を拾い集めてふたたびボストンバッグにつめ、窓をあけてあたりの様子をうかがってておいてから、重たい屍骸をそっと地上に横たえた。

和彦は一段とすばしこく動いた。人影のないことを確かめておいて廊下に飛びだす、窓の下まで回って屍体をかつぎ、地下へ運ぶ。そして段の車のバックシートに恐喝者を投げ入れて毛布をかけ、施錠をしておく。駐車場の収容能力は二十台前後だけれど、住人専用だからそう頻繁に出入りがあるわけではなく、人に遭《あ》う確率はきわめて小さいのである。

橋を渡ればそこは新宿区であり和彦の縄張りだった。成功した旨を婚約者に電話しておいてから、アパートの近くのゆきつけのバーに顔を出すと、ヒロミにいわれたとおり自分の存在を印象づけることにつとめた。ギムレットを何杯もおかわりし（カクテルというとギムレットしか知らないのである）、その大半をそ知らぬふうをして植木鉢にこぼした。酔ったように見せかけるために三人のホステスにプロポーズをしたり、何度も時刻を訊ねて腰をうかし、その度に「ああ、女房はいないのだっけ」といって胸をなでおろしたりした。

十二時をすぎた頃にようやく立ち上がった。

「お気をつけてね」

「ああ、またくるぞ」

千鳥足とまではいかなかったがふらふらと歩きだし、酔ったわりには古いボストンバッグをしっかりと小脇に抱きしめていた。強請屋《ゆすりや》が昇天してから二時間を経過している。

もときた道をもどって上智大学の前あたりまでくると急にしゃんとした足取りになり、あたりに警戒の目を投げておいてマンションの段の部屋に忍び込んだ。先刻は時間がなかったから心ならずも後回しにしたが、証拠の食器を探しださなくてはならない。

「あなたがあの男に変身したと仮定してみるのよ。声優あがりで女道楽で道義心がマヒした男になる。そうした上で、さて段ならば何処に隠すだろうなって考えればいいの。案外簡単に判るものなのよ」

ヒロミはあっさりとそう語ったのだけれど、いくら想像力をたくましゅうしてみても、隠し場所を発見することができない。時間がたつにつれてあせり気味になってくる。いよいよ諦めるほかないと心に決めたとき、ふと気づいたことがあった。書棚にならんだ本の半分ちかくが推理小説であることからみて、段もまたかなりの推理小説通であることが判るのだ。とするとポーやチェスタートンの作品は当然読んでいるだろうし、木の葉を隠すのにもっとも見つけにくい場所は森のなかだという故智も知っていたに違いない。とするならば、食器をどこに隠したかという問題も自然に解けてくるのだった。和彦は目をかがやかせて食器棚を覗くと、手袋をはめた手でナイフやスプーンを手当たり次第にチェックしていった。そして間もなく箱根のホテルのマークが刻み込まれた一本のフォークを発見することができた。

彼はふかい溜息をつくと手袋をしたままの手でおでこに吹き出た汗のつぶをこすった。

ぐずぐずしている場合ではない。われに還った和彦はクーラーのスイッチをオフにして部屋をでた。深夜ドライヴをするときの段がクーラーを回転したままにしておくとは想像できなかったからだ。彼はその足で地下の駐車場に直行すると、段のスポーツカーのバックシートに身をのり入れて、毛布の端をそっと持ち上げてみた。屍体が別人にかわっていたり、殺したはずの段がニタリと笑って起き上がったりしたらショックだ。そう思いながらルームライトにすかしてみたけれど、それは和彦の妄想にしかすぎなかった。

スタートさせるまでに三度も腕時計に目をおとし、みずから少し神経質になりすぎているなと反省した。彼が心すべきは慎重に運転すべきことなのだ。事故を起こすことは論外だが、スピードを出しすぎて白バイに追いかけられるような愚は絶対に避けなくてはならない。目標は千葉の先の四街道《よつかいどう》である。町はずれの本道から左に入ったところに手頃な淋しい場所があり、車をそこに停めて屍体を引きずり出すと、改めて運転席に坐らせる。車に乗り込んだ小悪党どもは段を脅してそこまで運転させると、背後から頭を撲《なぐ》って殺し、金を奪って逃走したという設定にする計画になっていた。

秋葉原を過ぎるときにバックミラーを覗いてみると、いつの間にかコンテッサが追尾していた。和彦は急に心強くなってきた。

10

　つぎの日の昼食時間のことであった。職員食堂で「偶然」におなじテーブルについた院長代理と婦人経理部長とは、他人行儀な話をかわしながらテレビニュースを見ていた。アナウンサーは昨夜の十時頃に千葉県四街道で発生した殺人事件について報じた後で、捜査本部では靴跡から判断して犯人は三人組の男とみている、という見解を披瀝《ひれき》した。

「もと声優の段聖十郎さんは深夜ドライヴをする習慣がありましたが、この夜もスポーツカーを走らせていてこの災難に遭ったものとみられています。つぎ……」

　院長代理が経理部長のふっくらした顔に目をやった。

「全く油断のならぬ世の中になったものですね」

「うっかりドライヴにも出られませんわ」

「しかし靴跡が判れば捜査は進展しますな」

「その点、犯人も馬鹿な証拠をのこしたものですわね」

　ふたりは他人行儀な会話をし、上品に笑い合った。食堂は満員にちかい。職員やタイピスト、電話の交換手、それに十人あまりの毛色の変わった講師達が安価で一流レストラン並みの味のする料理を喰べ、楽しそうに語り合っている。

和彦は声を殺した。

「きみの知恵にはつくづく敬服するよ。ぼくが三種類の短靴をはいて歩き回ったとは誰も気づくまいからね」

「褒められるほどのこともないわ。前のときのヴァリエイションに過ぎませんもの」

ふたりはまたお上品に声をあげて笑った。

一日おいたつぎの朝出勤すると、院長室には意外な人物が待っていて、四谷署の刑事であると自己紹介した。テレビドラマの刑事は二人組で歩くものと決っているのに、この刑事はひとりだった。場合に応じて穏やかにもなれるし峻烈にもなれそうな、融通無礙《ゆうずうむげ》な顔をしている。

刑事は挨拶がすむとすぐ用談に入っていった。キビキビした態度の、みるからに有能そうな警察官であった。が、和彦は平然としていた。面長な顔に微笑をたたえ、頷き方一つみても余裕があった。

「段聖十郎という男の屍体が千葉県下で発見されたニュースはお聞きのことと思いますが、彼の部屋からこんなものが出てきたのですよ」

中年の刑事はいかにもベテランらしい落着いた仕草で鞄をあけると、カセットレコーダーを取り出し、慣れた手つきで音をだした。

「……あたしは料理学院を経営してるでしょ。だからお味にはうるさいほうだけど、この鱒《ます》のムニエルには感心したわ。やはり芦ノ湖でとれるの」

「はい。これはブラウントラウトでございまして……」

まぎれもなくヒロミの声である。ヒロミの隣りのテーブルについたのは、食器を盗むためばかりではなく、声をとるためでもあったのか。内心ギクリとしながら、和彦は冷静をよそおっていた。

「段がなぜこんなテープを大切そうに保存していたか解らんのです。とにかく調べてみようというわけで、話のなかに芦ノ湖というのが出てきますから箱根のホテルを当たってみますと、これは五月二日と三日に泊られた増田千秋院長の声であるという。しかし、いまも申したとおりなんの変哲もない会話を後生《ごしょう》大事に保管している理由がないので、念のために学院のひとに聞かせてみたのです。すると、これは院長先生とは似ても似つかぬ別人の声だと証言するのですな」

和彦の耳の奥で金属的な音がキーンと鳴りだした。指紋のついたフォークを処分しただけで安心していた自分を心のなかで罵りつづけていた。

「犯行時刻はあの夜の十時前後とみられるのですが、その十時頃に、あなたは被害者の部屋の前におられたそうですな。目撃者はあなたのアパートにも配達にいくラーメン屋の店員です。あなたのところにも何回か出前をした少年ですから、見間違いをしたとは思えません」

「だがそれと殺人事件とは関係ない筈です。あの男は千葉県で殺されたんだ。その頃のわたしにはアリバイがある」

刑事の顔が一瞬ひきしまったようだ。少なくともその口調は、はっきりと判るほどきびしくなった。

「彼は強度の近眼でね、眼鏡なしでは階段をおりることもできぬくらいです。しかし室内でくつろいでいるときはレンズをはずして目を休ませていました。わたしがいうのは直接眼球の表面にあてるコンタクトレンズのことですがね」

胸のポケットからマッチ箱ほどもない小型のビニールケースをつまみだすと、開いてみせた。小指の爪ぐらいの無色透明なレンズがふたつ、つややかに光っている。

「これがコンタクトレンズです。目にはめていても他人には判らない。言い換えれば、はずしていても判らないのです。ところで増田さん、このレンズは彼の机の上にのせてあったのですよ。眼鏡なしでは盲人同然の男が、どうやって千葉県まで車を運転できたというのですか」

「…………」

耳鳴りは一段とはげしくなった。もう諦めるほかはない、おれの敗けだ。そう思う一方では、逃げ路をもとめて必死に模索をつづけていた。だが、どう努力をしても逃げる道がないことが解ったときに、彼の脳裡にはノックに応えてドアを開けた段の髭づらが忽然として浮かび上がってきた。そのときの段の目が、水のなかで見開いたように茫漠としていた理由に、和彦は初めて思い当たったのである。

ポルノ作家殺人事件

1

伊藤一郎《いとういちろう》は当年とって二十八歳。ずんぐりとした毛深い男である。朝の八時にヒゲを剃るが、午後の四時二十五分頃になると、はやくも剃り痕が蒼々《あおあお》としてくる。男同士が眺めたかぎりではべつにどうってことはない。だが女性の目にはセックスアピールとして映るらしく、たまさかバーへ行ったりするとひどくホステスにもてる。彼が師匠にあたる益田夏人《ますだなつと》の夫人良子《りょうこ》とわりなき仲になったのも、もとはといえば、夫人がこの真っ蒼《さお》な剃り痕に魅かれたためであった。

「だいじょうぶよ、気がつくものですか」

「でも、先生に悪いなあ」

「バカなこといわないで。悪いのはあっちのほうじゃないの。なにさ、紺屋《こうや》の白袴《しろばかま》が……」

良子は肉感的な厚い唇をきりりとねじ曲げると、軽蔑したようにいった。

師匠の益田夏人は、日本ではじめての本格的ポルノ作家として知られた存在であった。登場したのは三十五歳を過ぎてからだが、濃厚な性描写をふんだんに盛り込んだその作品は江《こう》湖《こ》の絶賛を浴び、たちまちにしてポルノ作家の第一人者としての地位を占むるにいたった。いまは月産かるく千枚を越え、版権を独占する出版社は刷っても刷っても需要に追いつくことができず、印刷所では二台の印刷機がガタガタになってしまったという。益田夏人の収入が天文学的数字であることはいうまでもないことだが、会社の儲けも同様で、お茶くみの女の子までが家を改築したほどであった。

世間では、とかく作品の内容から作者の人間像を描きがちなものである。ふしだらな小説を書く作家はふしだらな人間に想像されるものだが、この世界では虚像と実像とがまるきり逆の場合が少なくないのだ。あの謹厳な作風から推《お》してさぞかし身持ちがよさそうに思われる鮎川哲也氏が、じつはとんでもない女好きの男で、彼が訪ねてくると、仲間の作家はあわてふためいて奥さんを押入れに隠すとまでいわれているくらいだが、ポルノ専門の益田夏人もまたその例にもれず、女性とナメクジが大嫌い。バーへ行ってホステスに囲まれても、彼女たちのむっちりとした腰をなでまわすといった趣味は、これっぽっちも持ち合わせてはいなかった。

「淡泊なんですね」

ホテルのベッドで一郎がいった。

「淡泊なんてものじゃないわ。淡々泊々よ。そのパクパクたる亭主と久し振りに同衾《どうきん》したら、いざというときになって痛風の発作を起こしてヒイヒイ泣くじゃない。横っつら張りたおしたくなったわ」

よろめきたくなるのも当然ではないか、というのであった。

「だからね、書斎で主人が、ない知恵をしぼってテープに吹き込んでいるときに、あなたとこうして寝ていることを思うと、胸がすうっとするのよ」

そういって、作家夫人は満足そうに喉《のど》の奥で笑った。

益田夏人は流行作家だから、原稿用紙の枡目《ますめ》を一つ一つ埋めていくようなまどろっこしいことはしていられない。カセットレコーダーを回転させ、小説を書くかわりに内蔵されたマイクに向かって吹き込む。

「ハナコハ……ポツ……ヨシオノ……ズボンノ……ファスナーヲ……ポツ……ヒトイキニ……サゲタ……マル」

このテープを受け取って自分の部屋に持ち帰り、原稿用紙にしかるべき漢字をまじえて清書をするのが、一郎の仕事であった。ポツとかマルとかいうのは、句読点のことである。

益田夏人は年中レコーダーの前に坐りっきりだから、当然の結果として運動不足になり、次第に肥ってきた。赤い半袖シャツを着て、不精ヒゲを生やしているので、面壁九年《めんぺきくねん》の達磨《だるま》大師そっくりになった。口述筆記中にハーハーという息づかいが頻繁に入るが、ときどき自分でそれに気づくと「いまの〝ハーハー〟は、おれの呼吸音だ。登場人物の〝ハーハー〟ではないぞ」なんて注意が添えられていたりする。

2

最初のうちはほんの火遊びのつもりだったのが、やがて情が移り、ぬきさしならぬところまでになった。三日も会わずにいると、いても立ってもいられなくなる。そのくせ、益田の書斎で顔を合わせるときには、つとめて他人行儀に振舞わなくてはならなかった。

一年たった。ポルノ作家は、来る日も来る日も孜々《しし》として仕事に打ち込み、他をかえりみる余裕がないのであろうか、細君と弟子との仲には少しも気づいていないようだった。

「家庭サービスがおろそかになって済まんな。そのうち世界一周旅行かなにかにつれてってやるからな」

良子の顔を見ると、しみじみとした調子でそんなことをいったりする。ポルノ作家は、心底からこの肉体美人の細君を愛しているのだった。そしてそれが、いまの良子にとってはいささか重荷になってきたのである。

「わたしって悪い女なのかしら」

ベッドの上で良子が、もの憂い声でいった。

「それは今更いうまでもないですよ。先生というりっぱな旦那さんがあるのに、それを裏切ってぼくとこんなことをしてるんだから」

「そんな意味じゃないのよ。わたしが悪い女だっていってるのは、この頃、主人がぽっくり死んでくれたら万事がうまく解決するんだがなあって空想するからよ」

良子は、一郎の密生した胸毛をまさぐりながらいった。一郎は即答をためらい、黙って相手の話のつづきを待っていた。

「主人は、わたしに首ったけなのよ。だから離婚してくれといったって承知しやしないわ。それに、わたしだって五百や千の手切れ金を貰ったってつまらないじゃないの。主人の全財産をそっくり受けついだうえで、あなたと晴れて夫婦になりたいのよ」

「奥さん、なんのことをいってるんです？」

「また奥さんという！」

「失礼。良子さん、いったいなんのことですか、それ？」

「わかっているくせに」

「…………」

返事をせずに、彼女の凝視から逃れるように目をはずした。益田を殺すなんて、考えただけで身震いがする。しかし、デートの度毎《たびごと》にその話を繰り返されると、彼の良心は次第に麻痺してくるのだった。この肉体美の女性と莫大な財産を手中におさめることを思えば、益田の生命を犠牲にするくらいは止むを得ぬではないか。

「難しいことじゃないのよ。主人の油断しているところを狙って、後ろから絞めちゃえばいいんだもの。簡単だわ」

良子は豊満な胸乳《むなぢ》をポルノ作家の助手に押しつけて、睦言《むつごと》のように甘く囁《ささや》いた。

「ほんとよ。ゴキブリに殺虫剤をかけるよりもやさしいのよ。ゴキブリってすばしこいでしょ。うちの主人たら、机の前にでんと腰かけたきりなんだもの、いってみれば動かざる標的ね」

「しかし、もしばれたら――」

「ばかね、わたしが何の考えもなしにこんな仕事を頼むと思うの？　ちゃんとアリバイを用意するのよ」

ポルノ作家の助手は、女体の名称こそ余すところなく知っているけれど、推理小説なんて読んだことがないから、アリバイの意味がよくわからない。

「なんですか、それ？」

「ほんとにおばかさんね。主人は伊豆の別荘で仕事をしている最中に殺されるの。ところが、わたしたちは、その頃東京にいたってことになるのよ。東京にいた人間が、伊豆で人殺しをするなんて不可能でしょ」

「よくわからないですけど――」

「つまり、こういうことなの。主人を東京の家のなかで殺しておいて、屍体《したい》を伊豆へ運ぶのよ。そして、いかにも伊豆でお仕事をしていたように見せかければいいわけ」

「うまくいくかな？」

「ばかね、そんな弱気でどうするのよ」

叱咤され、激励され、とうとう一郎はその片棒を担ぐことを約束した。

それ以来、情事の部屋は謀議の部屋へと一変し、二人はホテルやモーテルでデートを重ねながら、殺人計画を微《び》に入《い》り細《さい》をうがち練り上げていった。

家のなかで殺すということになると、年がら年中机の前に坐りつづけている男が相手なのだから、殺人現場は書斎の、それもテーブルの前に限定されてくる。執筆中に襲いかかるのだ。もっとも、彼の場合はペンを持つのではなくて、マイクを前に置いて吹き込むのだから、正確にいえば執筆中ではなくて、録音中ということになる。そして、屍体を別荘に運搬する際に、カセットレコーダーを持っていき、向こうのテーブルの上にセットしてくればいいわけである。

話がそこまで進んだ頃に、良子がなにかを思いついたように目をかがやかせた。

「名案があるわ。あなた知らないかしら、あっちの仕事部屋に壺《つぼ》が飾ってあったことを？」

「覚えてます、たしか永仁《えいにん》の壺……」

「あれをあらかじめ東京に持ってきておいてガチャンと割るのよ。破片には主人の血がつくわ」

「それが、どうして名案なのですか？」

「そうすることによって、いやが上にも犯行現場が伊豆であったように見せかけることができるの。血がついているから凶器が壺であることは明らかな事実なのよ。あそこに永仁の壺があるってことは作家仲間も知ってるし、編集者もよく知ってるわ。そこがつけ目なんだから……」

一郎の耳に口を寄せると、彼女はその名案なるものを説いて聞かせるのだった。

3

決行の日が四月五日ということになったのは単に当日がよく晴れていたからで、べつに深い意味はない。雨の日はなんとなく億劫《おっくう》なのだ。

書斎は二階にある。益田夏人は、ゆで卵にトーストと珈琲《コーヒー》という軽い朝食を済ませたあと、九時からその仕事部屋に引きこもって、口述筆記という仕事にとりかかっていた。彼はマイクの前に腰をおろしさえすれば、奔放な空想力がはばたいて、脳裡には労せずして男女のいつくしみ合うさまざまな姿態が浮かび上がるらしかった。それを、訓練されたアナウンサーが実況放送をするときのような要領で、マイクに向かって語りつづけるのである。益田と不仲の、ある作家が、あいつは文士じゃなくてアナウンサーだと評したのも、ある意味では的を射たものといってよかった。

テープを途中で交換すると興がそがれるといい、どんな短い枚数の仕事をする時でも、片面が三時間の収容能力をもつものを使用していた。三時間喋りつづければいい加減に喉も疲れてくるから、頃合をみてお茶を飲んだり昼飯を喰べたりする。その間《かん》に、助手の一郎がテープを逆回転の位置にセットしなおしておくしきたりであった。

多くの作家がそうであるように、益田も仕事中に邪魔をされると不機嫌になる。だから一郎は壺を手に、抜き足さし足で階段を上がり、書斎に入っていった。緊張のあまり、ドアのノブを握ったときに指先がふるえ、扉が音をたてかかった。一郎は足を止めて大きく呼吸をしてから、ふたたびドアをそうっと開けていった。

ポルノ作家は仕事に熱中しているらしく、気づく気配はなかった。やや前こごみになり、殺されるとも知らずに「アア……モウダメ……アア……」なんてやっている。

一郎は音もなく接近すると、伊豆の別荘から持って来た例の壺を振り上げておいて、力をこめて相手の頭を一撃した。咄嗟《とっさ》の出来事に益田は声をあげる暇もない。良子がいったとおり、それは呆気《あっけ》ないほど簡単なことであった。

殺人ののち、犯人は回転しつづけているテープをそのままにしておくだろうか、それとも手をのばしてスイッチを切るであろうかということが、ホテルのベッドの上で大きな問題になった。犯人がもしレコーダーをいじり慣れた人間であるならば、反射的に回転を止めるかもしれない。しかし、仮に慣れた男だとしても、スイッチに手を触れて指紋を残すような愚かな真似は避けるかもしれなかった。とどのつまり、どちらにしても自然な行為であり、そこから怪しまれるようなことにはなるまいという結論になったのである。

回転しつづける器械を前にして、一郎は足音を忍ばせてなおも室内を歩き廻っていた。この仕事部屋も、そして伊豆の仕事部屋も床には分厚い絨毯《じゆうたん》が敷いてあるから、足音の違いによって気づかれるという心配はないのだが、用心するに越したことはあるまい。

部屋の入口には良子が立っていた。片手に唐草の風呂敷を持ち、仕事机に身を投げかけるようにしている夫の屍体を眼にしても、顔色も変えなかった。二人は無言のまま、床に散った壺の破片を拾い集めて、それをまとめて風呂敷にくるんだ。

時刻は十時を九分過ぎている。テープは、あと二時間近く回転をつづける筈であった。良子と一郎は、足音をたてぬよう階段を降り、階下の居間に入ると、イスの上にへなへなと腰をおとしてしまった。しばらくのあいだ互いに口もきかずに、ただ黙々として坐りつづけていた。

「……とうとうやったわね」

やがて、押し殺したような声で良子がいった。

「でも、これからが大変よ。しっかりしてちょうだい」

「大丈夫です」

「あらっ」

なにに驚いたか、急に良子が悲鳴をあげた。セーヴした、ささやくような悲鳴である。

「誰か来るわ」

「いいじゃないですか。冷静に対応して追い帰すんです。間違っても家に上げたらだめですよ」

良子は、血の気のうせた顔をこわばらせて立ち上がり、すばやく鏡の前で身づくろいをした。

「急いでください。チャイムを鳴らされないうちに……」

いわれた良子は、小走りに玄関におりると、草履《ぞうり》をつっかけて扉を開けた。訪問客は『週刊ポルノ』の編集長大川与作《おおかわよさく》であった。長い顔にベレー帽をかぶり、いつも薄笑いを浮かべている四十男である。

「あら、主人は昨日から伊豆へ行ってますのよ」

「知りませんでしたな」

「上がっていただいて、お茶でもお出ししたいんだけど、宅はああみえても嫉妬ぶかいの。留守中男性が家に上がったことが知れたら、あなたもタダじゃすまないわ、オホホ」

「そいつは大変だ。ご機嫌を損じて書いていただけなくなったら一大事ですからな」

にやにや笑いが顔中に広がった。

「次の連載のことでうかがったのですが、お留守じゃしようがない。午後の湘南電車でお訪ねしてみようかな」

訪ねられたらそれこそ一大事である。良子は慌てた様子はおくびにも出さずに、肉感的な唇から白い歯をみせて微笑した。

「今日は、およしになったら？　二、三日してお仕事が上がってから訪ねたほうが利巧ですわよ」

「それもそうですな。奥さんのおっしゃるとおりにしましょう。叱られて原稿をいただけなくなったらわが社は潰《つぶ》れてしまいます。他の先生にお願いしたのでは、どうも肝心のシーンのパンチに欠けるもんだから、読者が喜んでくれないのですよ」

「わるいわね、お茶もさしあげなくて……」

ベレー帽を撃退して居間に戻ってくると、一郎はスリーキャッスルをふかしていた。わずかの間《ま》に灰皿の吸殻は三本になっている。気をしずめようとして、たてつづけに吸ったことがわかるのだった。

「うまくいったわよ」

「それはよかったです。奥さんは、いや、良子さんは、これでアリバイの証人ができたことになります。ぼくは、これから外に出て、学生時代の友人を訪ねます。正午になったらいっしょに飯を喰うことにするつもりです」

「そうね、うんとご馳走してあげるといいわ。そのほうが記憶に残るもの。これを持っていきなさいよ」

へそくりのなかから三枚の一万円札を抜くと、それを男の手に渡した。

「いいこと？　食事を済ませたらすぐ帰るのよ。夕方までにはあっちへ着かなくちゃならないんだから」

4

屍体《したい》とカセットレコーダー一式、それに風呂敷にくるんだ壺の破片、食パン一本にバター、珈琲などをのせた車が伊豆に着いたのは、午後の五時に少し前のことであった。正確にいうとそこは天城山《あまぎさん》の太洋ゴルフ場の向こう側で、丘の陰にバンガローが点在しているところである。避寒のシーズンではなし、ウィークエンドでもなかったので他の別荘には人影もなかった。しかも益田夏人の建物は木立に囲まれているので、窓が開いていようが閉じられていようが、誰の目にも触れることがない。いいかえれば、ポルノ作家がいつから別荘に来ているかを知るものはないのである。

屍体を搬入するといった力仕事は一郎がやり、バターやパンを台所の棚に並べたりするこまごまとした仕事は良子がした。屍体が解剖されれば、夏人が朝食にパンを喰べたことがわかる。それに備えて益田夏人愛用の銘柄の食パンやバターを用意してきたのである。トースターは、この伊豆の家にも置いてあるから、これを用いたことにすればいいわけだけれど、万一、ニクロム線が切れていたらおかしなことになる。良子は、そうした点を一つ一つチェックしたうえで、夫が触れた筈の器具にはすべて夫の指紋をつけておくことを忘れなかった。

一方、一郎のほうも多忙をきわめていた。屍体を仕事部屋のテーブルのすぐ下に横たえておくと、その傍にイスを転がした。次に、予備の新品のテープ三巻とカセットレコーダーをテーブルの適当な位置にすえ、灰皿のほこりを払って、そのなかに自宅の灰皿から持ってきたピースの吸殻を入れ、中身の半分ほど減ったピースの箱とライターをそっと置く。そうした品々には益田夏人の指紋がついているので、それを消さぬよう、そして、一郎の指紋をつけぬよう、充分な注意をはらわなくてはならなかった。

ついで車のなかから風呂敷包みを持ってくると、割れた壺を取り出して屍体の周囲に撒き、さらに風呂敷をはたいて細かな破片をそのあたりにふるい落した。大きなものばかり転がしておいたのでは、他の場所で割ったことがたちどころにばれてしまう。

テープはすっかり巻きとられた状態になっている。当局がこれを再生するのは決りきったことだが、そうするとスピーカーからは犯行時のなまなましい音が聞えてくる。壺の割れる音も入っている。そして、書棚の下には事実、その壺がこわれているのだ、誰が見てもここが凶行現場だということになる。

一郎は、その後でもう一度机の上に目をやり、テープの空箱や電話、灰皿とライターの位置を少しずつ訂正しておいてから、プラグを壁のコンセントにさし込んで、レコーダーに電流を通じた。あらためて二人の目で万事に遺漏《いろう》のないことを確認したうえで、いま、東京から到着して屍体を発見した旨を、息をはずませて一一〇番したのである。

解剖の結果、殺されたのは九時半から十一時にかけてのことという結論が出たが、この犯行時間の幅は、予期しないことからさらに三十分間せばめられた。情報を提供してきたのは『週刊ポルノ』の大川編集長で、益田邸を出た直後、通りかかった酒屋の店先の赤電話を借りて別荘にダイヤルを廻したが、二度かけなおしたにもかかわらず応答がなかったというのである。

「先生は、居留守をつかうようなかたではありません。その先生が受話器をとらなかったというのは、すでに殺されていたからに違いないです」

この編集長が東京の益田邸を訪問したのは十時二十分頃のことだったから、伊豆に電話をしたのは十時半前後になる。このことから凶行があったのは九時半から十時半にかけての一時間のあいだである、と推測された。しかしこれは、良子と一郎の東京におけるアリバイをいよいよ明確かつ強固なものにするうえで役立つ歓迎すべきハプニングであり、二人は顔を見合わせてほくそえんだ。

5

葬儀には各出版社の花輪が並び、うちひしがれた喪服姿の未亡人は参列者の哀れを誘った。ところが、葬式が済んで二日目に、一郎と良子は参考人という名目で当局に拉致《らち》されてしまったのである。

「隠してもむだです。あなたとあの奥さんが人目を忍んで会っていたことはわかっているんだから。その結果、ご亭主が邪魔になった」

「嘘です。外で会ったことなんてない！」

「あなた方らしき男女が入ったホテルの部屋を調べるとね、ベッドの枠などに二人の指紋が発見されたのです。悪知恵の発達したあんたたちも、この指紋を消すことまでは気づかなかったとみえる。これは決定的な情事の証拠だな」

寸詰まりの顔つきの、目の鋭い刑事がうそぶくようにいうと、一郎は、泡をくって反問した。

「し、しかし、仮にぼくらがデートしていたとしても、先生を殺したのはぼくじゃない。あの日の午前中は東京にいたんだ」

刑事は陽に灼けた顔に憫笑《びんしょう》を浮かべた。

「そんなアリバイは無意味ですな。益田さんが伊豆の別荘で殺されたのでないことは、ちょいと頭を働かせれば簡単にわかることなのだがね」

刑事は、容疑者の勘の鈍さを嗤《わら》うように、にやっとした。


さて、ここで作者はあなたに挑戦するわけですが、果してあなたの頭脳は二人の共犯者のそれと同程度に過ぎないのか、それとも、かく申す作者をはるかに凌《しの》いでいるのか？　データはすべてそろっています。ご健闘を！

6

「益田氏が朝の何時に仕事を始めたか、それはわからない。だが、犯行のあと二時間近くテープが廻りつづけていたことは、間違いのない事実です」

頭の悪い生徒に説教する教師のように、刑事はゆっくりと語っていった。テープを再生してストップウオッチで計ればいいのだから、なにも難しそうな顔をしなくてもよさそうなものだ。

「つまりだな、殺人が九時半にあったとすれば、テープが廻り終えたのは二時間後の十一時半までのことだし、凶行が十一時だったとするならば、テープはそれから二時間後の、午後一時頃に回転し終えたことになる。いいね？」

機械的にこっくりをした。

「すると、よろしいか、いずれの場合でもだ、東京の益田家を辞去した大川編集長がこの別荘に電話をかけたときには、テープは廻っていたことになるんだよ」

「…………」

「まだわからんとみえるな。もし、あの別荘が犯行現場であるならば、テーブルの上の電話のベルの音がテープに録音されている筈ではないか……」

勝ち誇ったように刑事は早口にいい、一郎は、放心状態でその黒い顔を見つめていた。

ドン・ホアンの死

1

その年の秋は不順な天候がつづき、気象庁の予報がはずれどおしだったが、わたしたちの旅行期間中は奇跡的に好天気にめぐまれた。

その朝、わたしが横須賀の先の久里浜《くりはま》港に着いたとき、大半のメンバーはすでに集まっており、遠足にいく小学生みたいにはしゃいでいた。いちばん年長の高野《たかの》将兵《しょうへい》課長代理ですら、仕事をしているときの気むずかしげな彼とは別人のように、ヤニに染まった黄色い歯をむきだしにして、声高に永島《ながしま》と冗談をいっていた。

バスケット部のキャプテンをつとめる永島は筋肉質のすらりとした長身で、目尻のさがった浅黒い顔をしている。この男のちょっと鼻にかかった声で囁《ささや》かれると、奇妙なことに、ほとんどの女性が骨ぬき同様になってしまうのだった。総務課のドン・ホァン的な存在である。

千葉県の金谷《かなや》行のフェリーボートのなかへ、二台の観光バスが乗り込もうとしている。車窓に渋紙色の顔が並んでいるところから判断すると、いわゆるノーキョーさんの団体旅行などであろうか。

「お早うございます」

「やあ、お早う」

「冷えますね」

「冷えるね。十一月の気候やいうからなあ」

高野は一同を代表して答えた。それがきっかけで温かいお茶でも飲もうではないかということになり、わたしたちはタラップを踏んで甲板にあがった。わずか三十五分間で東京湾を横断するにしては贅沢すぎるほど大きな、そして清潔な船であった。

「ティールームはこっちだ」

スポーツカーで駆けまわっている永島は、このフェリーとは顔なじみらしく、先頭にたってわたしたちを船尾に近い喫茶室に案内した。窓の大きな明るい大きな部屋で、ビニールのクロスをかけた丸テーブルが十脚ちかく並べてある。だが、いまは時刻が早すぎるせいか、ほとんど客の姿はなかった。わずかにトラックの運転手らしい二人組が紅茶を飲んでいるきりであった。

わたしたちもその真似をしたわけではなかったが、レモンティーを注文した。温かい飲物でさえあれば、何でもよかったのだ。

喫茶室のなかはほどよく暖房がきいており、紅茶を半分ほど飲んだ頃には、冷えた体もすっかり暖かくなっていた。三人の女性もたちまち元気をとりもどして、甲高《かん》い調子でお喋《しゃべ》りを始めた。なにが話題になったかよく覚えていないが、一つだけ記憶に残っているのは暮れのボーナスのことであった。そのボーナスの何割かをさいて、永島計吉《けいきち》にクリスマスプレゼントでもしようと考えているに違いなく、ドン・ホァンに血道をあげる三人の女性を、わたしは批判的な目で眺めていた。

「しまった！」

と、その永島がいきなり叫んだので、女たちはびっくりして口をつぐんだ。大きな食堂のなかが、たちまちしーんとしずまり返ったように思えた。

「どうしたの？」

「忘れ物をした。カメラだよ」

「どこ？　電車のなか？」

「そうじゃない、友だちの家だ」

「そんなら心配ないわよ」

三人の女が交互に口を出した。黙っていると、それだけライバルに遅れをとるとでも思っているようにみえた。

「紅葉を撮ろうと思ってカラーフィルムを詰めておいたんだ」

永島が口惜《くや》しそうに答えたとき、入口のほうで黄色い女の声がした。

「あら、ここだったの？　ずいぶん探したのよ」

多分に甘ったるい、その甘さを誇示するような口調であった。三人の女性はもとより、ほかの男たちもいっせいに声の主を振り返った。会ったのはそのとき限りだからはっきりと覚えてはいないけれども、ずばぬけた美人であることは確かであった。三人の女たちが一様に髪を短目に刈っているのに対して、この闖入者《ちんにゅうしゃ》はそれを肩までたらし、女優のようなあでやかさだった。永島と同様、この女も長身で、腰がきゅっとくびれている。

「カメラを忘れたじゃないの」

「すまんな。いま、そのことを話していたところだ」

なれなれしい二人の会話から、彼らの仲が尋常なものでないことは察しがつく。好江《よしえ》も和子《かずこ》も、気をのまれたようにこの男女を交互に見つめていた。ミハルは、ぽかんと口を開け、そこから小さな白い歯がのぞけて見えた。

「そうだ、紹介しよう。ぼくのフィアンセの山辺昭子《やまべあきこ》くんです。こちらは職場の同僚諸君だ」

「お噂はかねがねうけたまわっておりますわ」

喉《のど》の穴をまるめたような例の甘ったるい声でいい、気取った様子で小首をかしげてみせた。

男性たちは腰を浮かせて挨拶をし、三人の女性は屈辱と驚愕《きょうがく》と憤怒《ふんぬ》とをないまぜにした複雑な表情で、ただデクノボウのようにこっくりをするだけだった。お噂をうかがうというのは、こうした場合のきまり文句でもあるけれど、解釈のしようによっては、総務課のおろかな三人の女がそうした事情を知らずにせっせと貢《みつ》いでいることを肴《さかな》にして、二人でさんざん笑い合っていたようにも思われるのである。和子たちが言い合わせたように灰色な顔をしているのを見て、わたしは、自分のこの判断がはずれていないことを察した。

山辺昭子は、勝者の立場を明らかに楽しんでいるようだった。唇の一端を皮肉っぽく吊り上げて三人の女の顔をひと渡り眺めまわすと、愛人とひとしきり甘い会話をかわしたのち、人前もはばからず永島の頰っぺたに赤い唇をおしつけて出ていった。

しばらくの間、毒気にあてられたようにものをいうものはなかった。

「すごい美人やな。フィアンセいうとったが、結婚する気かね?」

高野将兵が、うらやましそうな声を出した。この顔色の悪い、痩《や》せて風采のあがらぬ課長代理は、四十三歳になるというのに独身だった。出世コースから脱落したような男には魅力がないのか、職場結婚の盛んな社内でも彼だけは別扱いされている。相手にしてくれる女子社員は一人もいない。そればかりでなく、バーに行ってもキャバレーに行っても、もてた例《ためし》がないのである。そう思って聞くせいか、いまの高野の言葉には羨望というよりも、ねたましさが含まれているように感じた。

「来年の六月に式をあげる予定です。ほら、ジューンブライドというじゃないですか」

相手が先輩だから一応言葉つきは丁重だが、うすら笑いを浮かべ、このもてない課長代理をばかにしきったように答えた。

窓の外がさわがしくなったようだ。時計を見ると出港時刻の八時に三分前である。この喫茶室のテーブルもいつしか大半がふさがっていた。客は先程見かけた農協団体であり、若い男女であり、バスやトラックの運転手たちであった。

「なんだ、こんなとこにいたのかい」

大きな声がした。異動で都落ちをする須田徳三《すだとくぞう》であった。つややかな赭顔《あからがお》の髪の薄くなった三十男で、彼が一枚加わるとお通夜でさえ陽気になるといわれている。人見知りをしないたちだから、初対面の者にも気やすく声をかける社交性の持主だが、反面うすっぺらで軽薄なところがある。

「乗り遅れるのやないか思うてハラハラしとったわ。主賓《しゆひん》がいてはらへんと、今夜の宴も意味がないさかいにな」

と、高野将兵が遅刻を非難するように言った。須田とともに赴任する四谷《よつや》晃《あきら》は仕事の都合で不参ということに決っているのだから、須田がいなくては、高野課長代理が言うとおり送別会が送別会でなくなってしまうのである。

「いや、すまん。疲れてたもので、つい寝坊してしまったんです」

この三日間ずっと北海道へ出張していて、昨夜帰宅したばかりなのである。

ボーイが持って来た紅茶に、ポケット瓶のウイスキーをしこたま落し入れて、ゆっくりとかきまぜた。

気がついてみると、船はすでに岸壁を離れかけていた。

2

浜金谷に上陸すると、久留里《くるり》線で終着の上総《かずさ》亀山駅まで約一時間。駅前から養老《ようろう》渓谷行のバスに乗って碧水荘に着いたのが正午過ぎであった。日本式の、外観はあまりぱっとしない旅館だが、宿泊費がやすいのだから文句はいえない。建物は、こうした温泉旅館によくある、後からつぎ足した部分が多くて、へたをすると自分の部屋がどこにあるのだかわからなくなりそうな気がした。ウィークデーで他にあまり客がいなかったせいか、めずらしく全員がそれぞれ個室をあてがわれた。六畳の狭い小部屋ながら、二畳の次の間つきで、ドアには内側から差込み錠がかかるようになっている。ここに荷物を置くと、手打ちそばを喰《く》わされ、釣りに出かけることになった。宿の主人がそば打ちの名人だというので、そば好きのわたしは秘かに楽しみにして来たのだけれど、こうせき立てられて喰ったのではろくろく味わうこともできなかった。

旅館が建っているところがすでに養老渓谷なのだが、わたしたちが釣りをしたのはそこからさらに一キロほど上流に入ったところで、両側にせばまった崖が一面の紅葉でおおわれたさまは、見事の一語につきた。わたしはイワナ釣りはそっちのけにして、ひたすら美しい眺めを観賞していた。殺生《せっしょう》は大嫌い、というとなにやら悟りをひらいた坊主みたいに聞えるかもしれないが、わたしは何をやっても不器用なたちだから、イワナ釣りなど最初からあきらめていたのである。

少し離れた場所で、流れのなかの岩にもたれたような格好でドン・ホァンの永島がカメラをかまえている。紅葉と蒼空を一枚の写真におさめるつもりらしい。

好江も和子もミハルも黙りこくって糸をたれていた。ときたまイワナが引っかかると面倒くさそうに鉤《はり》からはずしてビクに入れ、また餌をつけて糸をたれる。本来ならば釣れるたびに黄色い歓声をあげる女が、無言でいる姿は異様であり、不気味ですらあった。

「どうしたんだい、彼女たちは？」

須田徳三の声がした。暢気《のんき》で他人の思惑などてんから気にかけぬ男だが、三人の女性のいつになく変わった様子には無関心でいられなかったとみえる。

「なんや、知らんかったんかいな。永島君に嫁はん決ったいうて、ずうっとヒステリー状態なんや」

「へえ、そらショックだ。三人とも夢中で熱をあげていたですからね、ヒスを起こすのも無理ないな。それにしても、永島君てのはドライだな」

「永島君だけやない、いまの若いやつはみなドライや」

「そうだとすると、女の方もドライに割り切りそうなもんですな」

「そこが男と女の違いやな。いくら割り切ろう思うても、女性いうもんは根が執念ぶかい生き物やさかい、こら、ただではすまんで」

「そうでしょうか？」

「そのうちに何か起こるような予感がするんや。ま、気をなごうして待っているこっちゃな」

「エヘヘ、そいつは楽しみだ」

勝手なことをほざいている。当人に聞えたらそれこそ唯《ただ》ではすむまいと思って、あたりを見回したが、永島は噂されているとも知らずに、まだアングルを決めかねたようにファインダーをのぞき込んでいた。一方、三人の女たちは少し離れているので、須田や高野の声は渓流の音にかき消されてとどかないようだ。ともかく、われわれは表面上はさしたることもなく夕方になるまで釣りを楽しんで、あたりが暗くなりかけた頃に宿に戻ったのである。

送別会と銘打ったものの、あらたまって一席設けるわけでもない。先程と同様に十二畳の座敷に膳を並べて、女性はジュースとかコーラを飲み、男たちは地酒をくみかわす。二十匹ほど釣ったイワナが、フライと塩焼となって食卓を賑わしてくれたので、それが肴になった。

「東京生まれの人間にとって、九州というとこは住みにくいんじゃないのかね」

「まあ、なんとかやってみるよ。西も東もわからないとこへ単身赴任というのは心細いが、今度は四谷君といっしょだからね。気心が合った仲だ」

「合いすぎてるよ。あっちの焼酎はえらくうまいそうだが、ほどほどにするんだな。奥さんを残していくんだから、大いに自重してもらいたい」

課長代理が先輩ぶった忠告をしていた。

二本目の銚子がからになった頃、いきなり須田が立ち上がると、得意の泥鰌《どじょう》すくいを踊りだし、それを皮切りに、心臓のつよい連中がこもごも立ってあやしげな喉を披露した。永島が、「あなたと呼べば」を歌い始めると、それを当てつけだと思ったらしい女たちは、一様にそっぽを向いた。そして、歌い終わるのを待っていたように、勝気な深堀《ふかぼり》ミハルが、「卑怯者、さらばされ」を歌いだした。送別の宴席に場違いなこの歌を聞くと、全員がびっくりして手の動きを止め、彼女のほそおもての顔を見つめていた。高野課長代理はとがめるような目つきになり、主賓の須田は不快そうに眉をひそめた。わたしは興味を感じて席を見回してみたが、反応はさまざまだった。おとなしい若尾《わかお》好江は、ミハルのスカートを引いて歌を止めさせようとする。楽天家の諸岡《もろおか》和子はもっとやれというふうに手を叩く。ドン・ホァンの永島は我不関焉《われかんせずえん》といった顔つきで、からになった銚子を耳のそばで振り、仲居さんに追加を命じていた。事情が呑み込めぬ仲居さんたちは、各自が示したまちまちな表情をいぶかしそうに眺めていたが、銚子を受け取るとすり足で部屋を出ていった。

こうした些細な波乱はあったけれども、宴会もぶじに終わって、八時半にはおひらきになったのである。酔いすぎたドン・ホァンは仲居さんの肩を借りると、ふらつく足で自分の部屋に帰っていった。さすがの彼も女性たちと顔を合わせていることが気づまりになってきたのかもしれない。わたしも自室に戻ると窓辺に坐って、酔った頰を冷たい夜風にさらしながら、この小旅行が妙な雲ゆきになってきたことを思っていた。多情な永島のことだから、いずれはミハルたちが捨てられることは予想されぬでもなかったが、といって楽しい一泊の旅をフイにしてよかろう筈がない。わたしは、今朝の船の喫茶室で生じたハプニングに腹をたてていたのである。

酔いがさめたところで浴室に降りると、冷えた体をあたためた。初めはわたし一人だったが、間もなく高野課長代理が来、少し遅れて須田が赤い顔をてらてらと光らせて入ってきた。

「まだ酔っているんやないか」

「銚子の二本や三本でそういつまでも酔っちゃいませんよ。顔の赤いのは生まれつきで。しかし、課長がわたしの健康をそんなにまで心配してくれるとは思いませんでしたな」

と、須田は乱杭歯《らんぐいば》をむきだしにしてにやにやした。

「そらそうや、あんたはんは大事なお人やさかいにな」

高野も負けずににやにやした。

「新しい職場でたんと気張ってもらわなあかん。期待しとるで。なあ」

と、課長代理は、わたしの同意を求めるようにこちらを向いた。わたしは、彼の皮肉っぽい口調をいぶかしく感じたから、黙って頷《うなず》いた。須田がそれほどの手腕家でないことは課員一同がひとしく認めているのである。期待するというのは大袈裟すぎていた。果たして須田はてれたらしく、タオルを湯に突っ込むとぶるんと顔を洗い、そのタオルをおでこにのっけると、小声で安来節《やすぎ》をうなりはじめた。

「お先に」

わたしは浴室を出てほっかりとした体を丹前《たんぜん》でつつみ、腕時計をはめた。まだ九時を過ぎたばかりの宵の口であった。これから床に入るまでの二時間をどうやって潰《つぶ》そうかと考えて、ちょっと憂鬱《ゆううつ》になった。本来ならば、女子社員がいろいろな遊びに誘ってくれ、互いに楽しく騒いでいるうちに時間がたってしまうのだ。彼女たちは、どこでこんなゲームを仕込んでくるのかと小首をかしげたくなるような奇想天外なことを知っており、われわれ男性たちは少年にもどったように目をかがやかせてその遊び方を教わるのだった。一泊旅行のいちばんの楽しさがそこにあった。……だが、今夜のように肝心の女性たちが沈み勝ちでは、ゲームどころではない。こんなことになるのだったら小説本でも持ってくるべきであった。あの永島のやつがカメラを忘れさえしなければ愉快な旅が楽しめたのに……。わたしはまた、今朝のハプニングに腹をたてていた。

わたしはタオルを片手に浴室を出た。人気《ひとけ》のない調理場の前を通り、土産物を並べたコーナーを曲がって階段の下まで来たときに、いきなりミハルから声をかけられた。

「なんだ、びっくりするじゃないか」

「気がくさくさするからポーカーでもしようってことになったの。あなたもどう？」

「いいとも」

渡りに舟とばかり、部屋に戻ってタオルをかけると、タバコを持って娯楽室と記された扉を押した。そこは二十畳ほどの洋間で、壁ぎわに大型のカラーテレビがすえてあり、布張りのソファ、テーブル、ピンポン台などが無統制に並べられていた。奥まったところは畳が何枚か敷いてあって、座卓をかこんでマージャンができるようになっている。紅葉のシーズンだから日曜休日は混み合って殺人的になるという話だが、ウィークデーのいまは団体の泊り客はわれわれのほかになく、そのせいか娯楽室は閑散としている。メラミン樹脂仕上げのテーブルにはすでに好江と和子が坐っていて、好江が細い指でしきりにカードを切っていた。

「永島君は？」

「知らないわよ、あんなひと！」

わたしのうっかりした発言をたしなめるようにミハルはぴしりと言った。

「断わっておきますけどね、今後はあたしたちの前であのひとの噂なんかしないでいただきますわ」

「わかった、わかったよ」

と、わたしは閉口して手を振った。失言したわたしも悪いが、彼女たちの立腹も尋常ではない。わたしはポーカーをやりながら、来年の六月にあげられる結婚披露のパーティーに、この三人の女が揃って喪服姿で出席する光景を心にえがいていた。この調子では、そうしたいやがらせもやりかねないのである。

「やっぱり面白くないわね」

「気がのらないわ。止めましょうよ」

ひとゲーム終わると、女たちはそうしたことを囁き合い、さっさとカードをまとめて箱におさめてしまった。ポーカーは止めたものの、すぐに引き揚げる気にもならず、わたしたち四人はソファに席を移して、お喋りに時間をつぶしていた。といっても、わたしは男だからもっぱら聞き役である。

彼女たちの話題は、やがて永島計吉のことになり、彼がいかに横暴で自己中心的な男であるかを示すエピソードが述べられていった。発言したのは小柄な諸岡和子とミハルの二人だけで、若尾好江は頷いて同意するほかは、ほとんど口をきかなかった。おとなしい彼女は、また寡黙なたちでもあった。会社にいるときでも、必要以外のことは口にしないのである。だから、あえて悪くいえば陰にこもるたちなのだ。もし永島にいやがらせをするならば……、とわたしは考えた。三人のなかでこの女がいちばん陰険な復讐をするのではないだろうか。

「恥を言うようだけど、あたし、あのひとの子を始末させられたことがあるのよ。去年の夏だったわ」

無口な好江がほそおもての顔をあげると、不意にそうしたことを語りだした。

「そういえば、海に行くからといって休暇をとったことがあったわね」

「あたしも覚えてる。出社したときちっとも陽やけしてなかったでしょ、おかしいなと思ったのよ」

「そうだわ、貧血したみたいな蒼い顔してたわね」

ミハルと和子が交互にいい、ようやく合点がいったように頷き合った。

「一万円札を三枚なげだすと、これで処理してこいよとあっさり言うのよ。あたし口惜《くや》しくて二、三日は眠れなかったわ」

好江がそういいかけたときに須田が赭顔に愛想笑いを浮かべながら入ってきた。高野課長代理もいっしょだった。

「お邪魔じゃないかね?」

須田の丹前の胸がふくらみ、ウイスキーのポケット瓶が頭をのぞかせていた。

3

むかしの旅人は、宿を発《た》とうとして草鞋《わらじ》をはくときに、それが足にぴったりと合ってくれることを願ったという。わたしは何よりもまず、熟睡できる枕が欲しかった。パンヤを詰めたものはまあまあとして、スポンジゴムとかポリウレタンを詰めた枕を出されるのは悲劇である。外見は枕らしくふくらんでいるが、いざ寝ようとして頭をのせると凹《へこ》んでしまう。わたしは取り立てて神経質ではないけれども、低い枕をすると眠ることができないのだ。

この旅館は、枕に関するかぎり満点だった。そばがらをたっぷり入れ、カバーも大きくして清潔そのものである。わたしはたちまちぐっすりと眠ってしまい、爽やかな気持で朝を迎えることができた。時計を見ると七時前だが、熟睡したので頭がすっきりとしている。

床の上に腹這いになってタバコの箱を手にとると、一本もない。娯楽室でお喋りをしながらすっかり吸ってしまったことを思い出して、舌打ちをした。起きぬけの一服のうまいことは愛煙家のみが知る醍醐味《だいごみ》だが、そのタバコが吸えないとなると、一日中損をしたような不快な気持がするものだ。わたしはもう一度舌打ちをすると起き上がって丹前を着た。売店を叩き起こして買ってこようと思ったのである。

「お早うございます。朝刊がきましたわ」

階段を降りたところで、昨夜の宴会でサービスをしてくれた仲居さんとぱったりゆき逢った。

「ありがとう。タバコを切らしてしまったんだが――」

「ピースでよかったら帳場にございますわよ」

後について玄関わきの帳場まで行くと、一箱のタバコにありつけた。わたしはそこに立ったまま火をつけてふかぶかと吸い込み、ニコチンのうまさを肺の細胞の一つ一つで味わっていた。すでに玄関のたたきには水が打たれ、きれいに掃除がされてあった。昨夜は無人だった調理場からも、食器の触れあう音にまじって調理人の話声が聞えてきた。わたしは吸殻を灰皿に捨ててから、朝刊を貰って自分の部屋へ戻ることにした。

土産物のコーナーを曲がって一歩踏みだしたわたしは、反射的に身を引いて、廊下の角に身を隠してしまった。階段の手前に昨夜お喋りをした娯楽室があるのだが、その扉を開けて、諸岡和子がひょっこり首を突き出したところだった。それだけならどうということもなく、昨晩の忘れ物かなにかを取りにきたのだろうぐらいですむのだけれど、わたしの気をひいたのは彼女の奇妙な動作であった。

あたりの様子をうかがうさまが、まるでひと仕事すませて逃げ出そうとするコソ泥みたいに思えたからである。わたしには他人の行動を監視するようなさもしい根性はない。だが、ここで声をかけると和子が非常に気まずい思いをするに違いない、ということはわかっていた。

それにしても、忘れ物を取りにきたなら、なぜこそこそする必要があるのだろうか。わたしは、ガラスのショーケースに並べられた土産物を眺めるふりをして、その場につっ立っていた。それから一分もたっただろうか、次に目をむけたときには、すでに彼女の姿はなかった。わたしは、この同僚の意外な素振りにすっかり気をうばわれてしまい、ぼうっとして二階の部屋に戻ってきた。

朝食は九時ということになっている。仲居さんの知らせで十二畳の座敷に入っていくと、もうそこはきれいに片づけられ、二つ並べた大きな食卓の上には、朝食にしては贅沢すぎるほどの皿や小鉢が並べられていた。豪華な有田焼かなにかの蓋を開けてみると、納豆が七、八粒鎮座ましましているといった寸法だったから、いささか鬼面《きめん》人をおどろかす嫌《きら》いがなかったでもないけれど、山菜の漬物や鮎の飴煮《あめに》なんかは結構うまそうに思えた。

「えろ遅うなってすまんな」

高野課長代理が、薄くなった髪をぺったりなでつけて入って来た。温泉に入ったとみえ、濡れたタオルをさげ、肉の薄い長い顔をつやつやとさせている。彼と、転勤していく須田とは床柱を背にした上席である。

好江とミハルは板の間のデッキチェアに腰をおろしている。好江のほうは頸《くび》を直角にねじって、対岸の紅葉を喰い入るように眺めているが、ミハルは景色には食傷したと言いたげに、朝刊を広げ、しきりに株価を気にしていた。蓄財の才にたけているというか、彼女は株でかなりの金をため、すでに熱海の一角に大きな土地を購入しているという噂がもっぱらであった。

「あたしたちのなかで高野さんのお世話にならないのはミハルだけだわね」

いつだったか、諸岡和子が職場をひとわたり見回してから述懐したことがある。万年課長代理の高野は、自分の前途の限界を悟ったからであろうか、もう二年も前から、課の誰彼に小金を貸すというサイドワークを始めていた。街のサラリーマン相手の金融をサラ金と略称するが、このサラ金から借金するにしても身元調べがなかなかうるさくて、早急の場合に間に合わぬことが少なくない。だが、高野の場合は気心のわかった社員が相手だから、そうした面倒なこともなく、簡単に必要な金額がそろうのだった。サラ金に比べて利息が多少たかくつくのが欠点ではあったけれど、それなりに好評をはくしていたのである。

ただ、これは下衆《げす》の勘ぐりかもしれないのだけれど、勝負事の好きな彼は、部屋の誰彼をつかまえてはマージャンやドボンや花札の面白さを説き、ルールを教え込んで、実戦におよぶことがしばしばであった。だから昨今では、大半の同僚が賭事に凝ってしまい、わずかな金額を賭けて楽しむうちはよかったが、高野から借金をしてまで賭金をつくるようになると、あっちこっちで家庭の不和が生じてきた。高野課長代理はサラ金の鴨《かも》にするのが狙いで、まじめな主人にマージャンを教えたという不平が、細君連中の間で囁かれるようになった。

かくいうわたしも、ただの一度だったが、五万ほど借りてオリベッティのタイプライターの出物を買った。もっとも、返済するのに冷や汗をかかされ、それに懲《こ》りて以後は絶対に借金をしないことにしているが……。こうした総務課のなかで、高野に頭をさげたことのないのが深堀ミハルだったのである。われわれは内心それを羨望の目で眺め、真似をしてときたま株を買ったりしたことがあったけれど、損をして手を引くのがつねだった。永島が異性をたぶらかすことについて天賦《てんぷ》の才を持っているように、ミハルが株でしこたま儲けるのも彼女にそなわった才能のしからしむところであり、凡俗のわれわれには、真似のできることではない。手痛い失敗を二、三度繰り返しているうちに、一同はようやくそうした悟りに到達した。だから昨今では、誰一人として株に関心をみせるものはいなかった。

「遅いなあ、永島君はどうしたんだい？」

いらいらした高野の声でわれに返った。彼は、課のなかでいちばんの喰いしん坊として知られていた。阿弥陀クジで菓子を買ったりすると、真っ先に手を出すのが高野であった。

「遅いですわね。昨日はあんなに早くお部屋に帰ったのに……」

と、小柄な諸岡和子が新聞から頭を上げて応じた。先程の妙な振舞などとうに忘れてしまったような、すました顔つきである。

「誰か行って起こさなあかんでえ。味噌汁がさめてしまうやないか」

「あたくし参ります。楓《かえで》の間でございましたわね？」

先程わたしに朝刊をわたしてくれた仲居さんが、すぐ立ち上がった。昨夜はお仕着せの和服姿だったけれど、いまは膝がしらをむきだしにしたミニスカートである。そのかわり、立居振舞が敏捷であった。

床の間の白黒のテレビはニュースを終えて幼児番組に移っていった。テレビを見ることにも飽きたわたしは、仕方なく茶を飲み、赤い小梅の漬物を口に入れた。どんな染料を使ったのか知らないが、毒々しいほどの赤い色をした小梅であった。

不意に廊下のあたりで乱れた足音がしたかと思うと、仲居さんが草履《ぞうり》をはいたままで駆け込んできた。高野がその無礼をとがめようとして口を開きかけたが、それよりも先に仲居さんが、呂律《ろれつ》の回らぬうわずった声でなにやら叫んだ。

「なに？　はっきり言いなさい、はっきりと！」

「楓の間のお客さまが――」

「どうした？」

「殺されて……」

誰かが箸をとりおとした。仲居さんはその場に坐り込むと、肩であらい息をしていた。いつもおとなしくて控え目の若尾好江が湯呑に茶をそそぎ、仲居さんの手にわたした。

「これを飲むと気分が落着くわ。熱いからやけどをしないようにね」

人々がショックのあまり口もきけずにいるなかで、好江のこうした動作はひどく印象的であった。次の瞬間、わたしを含めた三人の男性は席を蹴って廊下にとびだすと、楓の間へむけて走っていった。

4

わたしたちは、丹前姿のまま、のべられた夜具の上に大の字になってひっくり返っている永島を発見して息をのみ、棒立ちになった。左の胸をやられたらしく、吹きだした血はすでにどす黒く変色している。その血は丹前ばかりでなく白いシーツの上にもとび散っており、思わず目をそむけたくなるような凄惨な光景だった。

「帳場に知らせるんだ」

「いや、ここの電話は使わぬほうがいい。現場を保存しておかないと、後で警察から文句をいわれるからな」

わたしたちは蒼白になった顔を見合わせると、ふたたび廊下に出て座敷に戻り、そこから帳場に椿事《ちんじ》の発生を連絡したのである。そのときまでわたしは、永島が押込み強盗によって殺されたものとばかり思っていた。その考えが否定されたのは、新品のカメラが無事だという話を聞いたからであった。大体近頃は、どの宿屋でも貴重品を帳場が預かるシステムになっているから、宿泊客を脅したところで金目のものは持っていない。強盗の目的で侵入する泥棒は、まずいないというのが当局の解釈でもあった。

もう朝めしどころではない。知らせを受けた土地の警察から刑事連中が駆けつけて現場保存につとめる一方、正午前に千葉県警から捜査一課の係官が到着して、ただちに調査が開始された。泊り客はほかに数組あったが、われわれともども出発を延期するように要請されて、不承不承それぞれの部屋にひきこもったまま、調べが進むのを待っていた。外部から侵入した痕がないというので、疑惑は、従業員および宿泊者にむけられていたのである。

しかし、金銭強奪が目当ての殺人でなかったことが明らかになるにつれ、ほかの客は帰宅することを許可されて、この不吉な旅館から足早に去っていった。残されたわたしどもはひとりひとり取調室にあてられた客室に呼び込まれ、被害者と全員との関係を執拗《しつよう》に追及された。彼らの態度は紳士的で、尋問する口調は丁重だったけれども、なんとも不快なのは、ひやりとするような、相手の心の底まで見すかそうとするような刑事の鋭い目であった。

誰の口から洩れたのかはわからぬけれど、三人の女性と被害者の特殊な事情が明るみに出るとともに、彼女たちはふたたび刑事の前に呼び出されて、容赦のない取調べをうけた。なかでも最もきびしくいじめられたのは深堀ミハルだった。彼女に限って時間がかかり、戻ってきた時は精神的な疲労でくたくたになっていた。

「いやに長かったな。どうしたんだい？」

「あたしが永島さんの部屋に入るのを目撃したものがいるんですって。ここの従業員らしいの。だから警察はてっきりあたしがやったものと思っているのよ」

「人違いってこともあるからな」

「そうじゃないの。昨夜、娯楽室を出てから楓の間に入ったことは確かなのよ。むしゃくしゃしてたでしょ、罵《ののし》ってやったら胸がすうっとするだろうと思うと、矢も楯《たて》もたまらなくなってあの人のとこへ行ったの」

「………」

誰もが固唾《かたず》をのんでミハルの顔を見つめていた。

「で、きみがやったのか？」

「そうじゃないの、もう殺されていたのよ」

ミハルは引きつったような目つきをした。

「何時頃のことなの？」

「十時過ぎだったかしら。寝る前に温泉に入って帰りがけに廊下の窓から見上げると明かりがついているもんだから、てっきりまだ起きていると思ったわけ」

「ドアは開いていたのかい？」

「閉まってたわ。だけど差込み錠はかかっていなかったの。ノックしても返事しないから、『入るわよ』って声をかけて、ドアを押したの。そしたら簡単に開いちゃって……」

「犯人の姿は見えなかったのか？」

「殺されてから少し時間がたっていたらしいわ。血なんか出つくしてしまっていたから」

「なぜ黙っていたんだい？」

「発見者を疑ぐるのが警察の常道だっていうじゃないの。死んでからまで永島さんに迷惑かけられるなんてまっぴらだわ。それに、あたしがあの人のお部屋に入る姿を見られたなんて夢にも知らなかったもの、知らない顔をしていればそれでうまくいくと思っていたのよ」

「なるほどね、その気持わからんでもないね。で、彼が殺されたときのきみのアリバイはないの？」

「それがあやふやだから困るのよ。あたしたちが娯楽室にいたときの犯行だったら明白なアリバイがあるわけだけど、あたしが温泉に入っているときに殺されたんだとすると、あたしには証人なんていないわ。一人きりだったんだもの」

「そいつはまずいな」

須田が眉をよせた。

「きみたち二人はどうだったんだね？」

と、課長代理が貧乏ゆすりをしながら訊いた。

「ミハルさんと似たようなものだわ。温泉には入らなかったけど、自分のお部屋に帰って日記をつけたり、和子さんのお部屋を訪ねたりしたもの。刑事さんが言ってたけど、永島さんを殺すのに二分とはかからなかっただろうって。だから、あたしだって和子さんだって、やろうと思えばできたというのよ」

「そりゃ、できたかもしれない。だが、犯人は返り血を浴びただろう？」

「いや、そうとは限らんのや。これも刑事の受売りやが、凶器を引きぬく際に枕を押し当てといて抜いとるねん。そやさかい、血を浴びるちゅうことはなかったらしいんやて」

そんな会話をしているうちにも若い刑事が通路にやってきて、今度は諸岡和子さんにおでねがいたいといい、小柄な彼女の腕をとらんばかりにして連れ去っていった。こうしてわたしたちは、夕方ちかくまで禁足を喰わされた。その間、永島計吉に対して動機がまったくない男性はただのほほんと坐っていればよかったのだが、女子社員のほうは、峻烈な尋問を繰り返されるのだからたまったものではない。おとなしい好江はぐったりとなって畳の上にのびてしまうし、朗らかさが売物の和子はむっつりと黙り込んでしまう。ふと気がついてみると、警察側が本命とみている深堀ミハルの両方の目のまわりには、うっすらと黒く隈《くま》ができているのだった。

ミハルを除いて出発していいという許可が出たのは、夕食前のことである。が、いくら勝気なたちであるにせよ、彼女一人を残していくことは気がかりで、友情としても忍びなかった。わたし自身にしてからが、胸中五〇パーセントは彼女の犯行を信じていたけれど、それにもかかわらずミハルに同情を感じていたのは、べつにわたしが彼女に特殊な感情をいだいているわけでもなく、ただ、永島に対する反動にしかすぎなかった。この、社の内外に艶名をとどろかせたドン・ホァンの傍若無人な振舞について、わたしはかねがね批判的であり、眉をひそめつづけてきた。だからこうして無残な死をとげても、心底からそれを悼《いた》む気持にはなれないのである。

「そりゃそうやな。こういうてはホトケに悪いかもしれへんのやけど、自業自得いうても言いすぎやあらへんがな」

と、課長代理もいった。そして結局、その夜はふたたび旅館に泊ることになり、われわれは長い夜を迎えたのだった。もちろん、ゲームをする気にはなれない。いや、温泉に身をひたす気持にさえなれず、ただひと部屋に集まって、話すこともなくぼんやりと過ごしていた。

旅館にとっては迷惑この上ないことだったろうが、廊下には夜がふけるまで刑事が往来する足音が断続していた。彼らは、凶器としての刃物の発見に全力を尽くしている様子であった。

「課長」

十時を過ぎ、そろそろ各自の部屋に引き上げようという時に、須田がそっと高野の丹前の袖に触れた。

「なんや？」

「予感があたりましたな」

須田は半ばまじめ、半ば皮肉っぽい目つきだった。

「しっ、声が大きいやないか」

高野は肉の薄い黄色い顔に、露骨にいやな表情を浮かべた。

「こうも早く実現するとは思てなかったんやがな。そうかて、こんなこと誰にも喋ったらあかへんで」

「わかっとります」

「刑事の耳に入ったら大変やで。うるそう尋問されるよってにな」

「心配いらんですよ。じゃ、お休みなさい」

「ほな、お休み」

5

深堀ミハルが禁足を解かれたのは、翌日の正午前のことであった。犯行にあたって手袋をはめたのだろうか、指紋の検出にも失敗し、凶器は依然として発見できなかったので、これ以上引き止めておくと人権問題になりかねない。養老渓谷の警部派出所におかれた捜査本部では、そう考えたらしかった。

われわれは、重たい足取りで帰路についた。来るときだってああしたハプニングがあった後だから女の子たちが押し黙ってしまい、決して愉快な旅ではなかったけれど、帰るときの陰鬱な気分は、それ以上であった。予定では、帰途は木原《きはら》線で大原駅に出て、ここから外房線に乗り換えて千葉に出るコースをとることにしていた。久留里線も木原線も、近い将来に廃線になることを誰かが聞いてきたので、いまのうちに乗っておこうという意見が採択されたのである。だが、事情がこうなっては木原線どころではない。上総中野駅から小湊《こみなと》鐵道の電車で五井《ごい》経由千葉に出ると、そこから総武線で帰京することになった。千葉まで行くには、時間的にも距離的にもこれがいちばん近いのである。

始発駅から乗車したので、車両の中程にまとまって坐ることができた。養老渓谷へ来るときはただ一人で陽気に喋りまくっていた男が、いまは物言わぬむくろと化して、千葉医大の屍体置場に横たわっているのである。あるいは、すでに解剖が終わって自宅へ引き取られる途中であるかもしれない。そうしたことを考えると、わたしの気持も滅入ってきて、口をきくのが億劫《おっくう》になってくる。いや、それは単にわたしだけのことではなく、誰しも同じ思いなのだろうか、電車が走りだしてからも話をするものがいなかった。それに話題もないのだ。

三十分も過ぎた頃だったろうか、農家の庭先にあかく色づいている柿の木を眺めていたわたしは、ドサリという音でわれに返った。棚の鞄《かばん》をおろそうとした好江の手が滑って、通路の上にとり落してしまったのである。はっとして見ると、鞄の錠がはずれてぱっくりと口が開いている。

「あら」

好江は小声で叫んだ。そして、車内の乗客の視線が集中したことを意識すると頰をあからめて、慌てて腰をかがめ、蓋を閉じた。だがわたしは、一瞬の差で、鞄の内側がべっとりと赤黒く汚れているのを見てしまった。明らかにそれは変色した血痕であった。血痕だと断定することはできぬにしても、あのような色彩を呈するものは、少なくともわたしのいままでの経験によると血痕以外には考えられなかった。そそくさと鞄を棚にもどすと、好江はドスンとシートに腰をおろした。はげしい息づかいが、並んで坐っているわたしにも伝わってくる。彼女が、いまの失敗でなみなみならぬ衝撃をうけたことがよくわかった。

それとなく周囲の様子をうかがったが、位置の関係で鞄のなかが目に入らなかったのだろうか、誰もが何事もなかったように窓外の風景に眺め入っていた。わたしもまた、彼らと同様に、なにも気づかなかったふうをして、ふたたび農村風景に目をむけた。一瞥《いちべつ》したきりだから何ともいえぬけれど、いまの血痕は変色していたとはいえ、そう古いものではない。あのドン・ホァンの血管から流れ出た血だと解釈しても、まず間違いではなさそうだった。だがわたしは、昨日の朝に諸岡和子の奇怪な行動を見かけたときと同様、敢えて追及することをせずに目をつぶっていた。被害者が蕩児《とうじ》だとなると、わたしは自分でも妙に思うほど冷淡になってしまうのであった。

帰京したわれわれは、その足で会社へ行った。ニュースはとうに伝わっていたから当然のことだが、社員八十名の会社全体が一種の興奮状態にあった。われわれ六人が入っていくと、いつもは笑顔をみせる受付嬢がバチルスでも見るように、恐怖の表情を浮かべた。エレベーターの前に居合わせた組合の委員長は挨拶の言葉が見つからぬままに、曖昧な歯切れの悪い言葉を残して、逃げるように階段を駆け上がっていった。

上司に報告をする間じゅう、部長も例外ではなく、落着きを欠いた目でわたしたちを見回していた。犯人がこの三人の女子社員のなかにいることは、すでに誰もが知っているのである。しかも、その正体がいっこうにはっきりしないものだから、なんとなく不安でならないらしいのだ。

「ま、ああした事件があった後だからショックだろう、一週間ばかり休養することだな。有給休暇も余っていることだし」

部長は、あらかじめ打合せをしておいたように、三人の女性に向かって言った。休養しろというのはちょっと見にはあたたかい親心のようであるけれど、本当のところは薄気味のわるい殺人犯を社内から追い払っておこうというのが狙いなのだ。一週間もあれば、警察も真犯人をつきとめてくれるに違いない、というのである。

「きみらは、明日から出社してくれ。どうも会社全体が事件の話で持ちきりでね、仕事が手につかんのだよ。ドルショックのとき以上だ」

わたしたち男性社員を見回すと、部長はそう嘆いてみせた。

しかし、この恐怖状態も三日たち四日たつうちに元のようにしずまってゆき、わたしも何事もなかったように自分の仕事に打ち込んだ。永島の葬儀はその間に行われたが、ミハルも和子もそして好江も参列することがなかった。遺族にしても、参列されたら挨拶のしようがなかっただろうし、三人の女子社員にとってみれば自分を捨て去ったドン・ホァンの葬式にのこのこ出かけていくほど好人物ではなかったことになる。ただ、われわれ仲間うちで話題になったのは、永島のフィアンセまでが顔を見せないことだった。

それから一ヵ月ほどたってからの話だが、彼女がべつのボーイフレンドと手を組み、マキシスタイルとか称する妙ちきりんな格好で銀座通りをのし歩いているという噂を聞かされたとき、われわれは顔を見合わせたきり、呆《あき》れ返ってしばらくは言葉も出なかった。

「これが近代人の感覚なのかね。おれはまだ青年のつもりでいるんだが、こうした話を聞くと、やっぱり世代の相違ということを痛感するな」

須田が赭顔にふとまじめな表情をみせると、つくづくと述懐した。

「それにしても永島君もバカな男やな。とどのつまりは、あんな女のために命を落す結果になったんやからね」

課長代理が薄い髪に櫛《くし》をあてながら、これもしみじみとした口調で応じた。わたしも、そのとおりだと思う。

現地の捜査は、依然難航をつづけているようであった。ミハルたちは一週間の待機期間が過ぎると、退屈をもて余したみたいな顔つきで出社してきた。尋問でいためつけられたことなどはとうに忘れてしまったような屈託のなさで、従来と少しも変わるところがなく、笑ったりコーラスの一員に加わって歌ったり、石焼芋を買ってきてかぶりついたりした。

転勤の日が近づくにつれ、須田と、彼と同行する四谷晃の両人は多忙になっていった。単なる旅行ではないのだから、身の回りの品を揃えるだけでもなにかと面倒なところへもってきて、つき合いのひろい彼らは、一週間ほとんどぶっつづけで送別会が開かれるのである。

こうして、いよいよ、あの出発の日曜日がやってきた。

「宇宙旅行をやるわけじゃないんだ。見送りは断固断わる！」

痩せて神経質な四谷にきびしい口調で言われ、誰も送りにいくものはなかったが、わたしは大学の二年先輩にあたることもあるので、羽田までタクシーで同道した。物事を気にするたちだからつき合いにくい相手ではあったけれど、一面、親切で後輩思いのところがあり、わたしにも何かと目をかけてくれていたのである。

「永島君もつまらん死に方をしたもんだが、きみも気をつけろよ。女はこわいからね」

「大丈夫です。幸か不幸か、女にもてたことがないんだから」

「おれもその点は心配無用だと思ってるんだがね」

四谷は、女のような声を出して笑った。

「だが、用心するに越したことはない。男女の関係というのは、予測しがたいところで成立するものなんだ。現におれとカミさんがそうなんだから」

「はあ」

「だからさ、できちまったらしようがないとあきらめることだ。それが命をながらえるコツなんだよ」

「はあ」

「世間をみたまえ、たいていの亭主がそうだ。彼らは寝頸《ねくび》をかかれるのが恐ろしくて、ただもう耐えがたきを耐えているんだ。所詮、男なんてつまらんものだね」

とんでもない方向へ話が進んだときに空港に着いた。ダッシュボードの時計は十一時を少し過ぎている。大阪経由福岡行の便は十一時半に飛ぶことになっていた。わたしたちは足を速めた。

「おい、こっちだ、こっちだ」

いきなり声がかかった。ゲートに奥さんと須田の赭顔が並んで立っていた。彼女は空港に来るのは初めてのことらしく、少し上気したように頬を赤らめており、それがこの三十年輩の人妻をうぶなものにみせていた。むかし、同じ会社でタイピストをしていた頃は評判の美人だったそうで、それが須田の強引な求婚戦術に負けて結婚したという噂が、わたしの耳にも入っていた。

彼女はわれわれに挨拶すると、改めて四谷のほうに向きなおった。

「よろしくお願いしますわ」

「いえ、こちらこそ」

「どうか、きびしく監督してくださいまし、特に競馬や競輪などに打ち込まないように。それさえしなければいい主人なんですけど」

心のなかで須田夫人は、夫に賭事の味を教えた課長代理を恨んでいるのかもしれなかった。

6

羽田から新宿へ戻って中華料理で昼食を済ませると、映画を見たり、レコード屋をひやかしたりしてアパートに帰った。その日曜日は、こうして平凡に暮れるかに思われたのだ。胸が少しもたれていたので夕食をつくる気も起こらぬままに、七時になるとテレビのスイッチを入れた。

そして、全国ニュースが終わってローカルニュースに変わったとき、真っ先に報道されたのがマンションの殺人事件であった。殺されたのは会社員の高野将兵さん……と、アナウンサーは淡々とした口調で原稿を読みつづけていった。多分わたしは、呆けた顔つきでそれを聞いていたことと思う。

アナウンサーの語ったことを要約すると、次のようになる。この日の十二時半頃に、養老渓谷の碧水荘に電話がかかって、永島殺しの凶器は発見されたかと訊くので、番頭がまだだと答えると、じつは自分はあのときの団体客の一人だが、犯人の見当がついたように思う。当局もまだ知らぬような情報を持っているから、ぜひ担当者に教えてやりたいのだ、といった。

「捜査本部はまだ解散してへんでっしゃろな?」

「ええ、こちらの警部派出所におかれてありますが……」

「えろ面倒な頼みでっけど、わたしのほうに電話くれるよう伝えてくれまへんか。東西マンション七階の高野でさかいにな。これは重大な情報だっせ。ここの電話は……」

わたしの大阪弁はいささか怪しいが、ともかくこんなやりとりがあって、通話が切れたというのである。

「口調から判断すると高野さんは非常に意気込んでいたらしく、ひどく早口で喋りたてたそうです」

アナウンサーはそんなことをつけ加えた。わたしには、そうしたときに見せる彼の得意そうな表情が目に見えるようだった。東西マンションというのは今春竣工した近代的建物で、かなりの収入がなければ入居できぬ筈のものであった。三流会社の課長代理には過ぎた住居だが、それをみても、彼がサイドビジネスでいかに稼いでいるか想像がつくのである。

番頭が食事をしたり、捜査本部がこの通知をかるく受け取ったせいもあったらしく、担当官が東西マンションのダイヤルを回したときは返事がなかった。何度かけても応答がないものだから、少し妙な気がして、管理人に様子をみてくれるように依頼し、高野の殺されていることが発見されたのであった。テレビは残虐すぎるせいかカットされていたが、翌朝の新聞で読むと、犯人は高野のおせっかいに余程腹を立てたらしく、殺したあとで屍体を踏みにじっているのだが、尖《とが》ったハイヒールのかかとが高野の腹部に突き刺さったらしい孔があいていたという。

凶器は机上にあった真鍮《しんちゆう》製の一輪差しであったが、肝心の指紋はきれいにぬぐいとられていた。さらにまた、靴のかかとが血まみれになっていることに気づいた犯人は、洗面所の水道で入念に洗いおとした形跡があった。二度目の殺人となると落着けるものなのだろうか、現場には遺留品一つ遺《のこ》されていないのであった。

翌朝、わたしは牛乳を飲んだきりで出勤した。すでに大半の同僚は来ていて、机の上には途中で求めたらしい各種の朝刊が散乱しており、前回と同様に総務課はちょっとしたパニック状態に陥っていた。出入りの業者から電話がかかってくると、これがまた高野殺しの噂になってしまう。誰が供えたのだろうか、課長代理の席にカーネーションの花束の置いてあるのが哀れをもよおさせた。

言うまでもなく、台風の目にあたるのは例の三人娘である。台風の目に入ると、あの強い雨風がピタリとおさまって嘘のようなしずけさになるそうだが、好江たちの周囲もまた別世界のように穏やかであった。視線が自分たちに集中していることを充分に意識しながら、ミハルも和子も馬耳東風といった格好でソロバンをはじいたり、鉛筆をけずったりしていた。もっとも、顔色はさすがに蒼白く、胸中の苦悩は隠すべくもなかったけれど、三人のそうした落着いた態度は、二十歳前後という年齢を考えてみると、なかなかりっぱなものだった。わたしがあの立場に置かれたら、果たして彼女たちみたいに冷静でいられるかどうかは疑問である。

昼休みになる前、部長からじきじきの指示があって、三人の女子社員とわたしは早目に食事をすませ、応接室に行くように命令された。係官が待っているから、というのである。

「女性だけでは心細いだろうということで、特に男性であるきみも呼ばれたわけなんだ。残った男性はきみ一人なんだからね」

部長は当局側のそうした思いやりに感謝するような口吻《くちぶり》だったが、わたしにすれば有難迷惑である。しかし、警察側がみせた好意をはねつけるわけにもゆかず、四人で軽い食事をすませると、早々に四階の応接室へ向かった。そこは重役が接待用に使う部屋だからソファ一つ見ても革張りの高価なものであった。そのソファに明らかに刑事とわかる目つきの男が二人並んで腰をおろしていたが、挨拶をしようとして立ち上がった彼らのうちの一人を見たとたんに、わたしたちは言い合わせたようにあっと声をたてた。碧水荘の一室に陣取って、われわれをさんざんにいびった千葉県警の石田《いしだ》刑事だったからである。頸《くび》が太くて見るからに多血質のタイプの男だ。

まず、型通りに三人の女性が、昨日の正午過ぎのアリバイを訊ねられた。しかし、三人が三人とも自宅で家事の手伝いをしていたと答え、刑事たちを満足させるような明確なアリバイを申し立てることはできなかった。当然のことだけれど、親や兄弟が証人というのでは信《しん》憑性《ぴょうせい》はゼロに近いのである。幸いわたしのアリバイは訊ねられなかったからいいようなものの、昨日の午後は一人で過ごしているのだから、刑事を満足させるような返答はできかねただろう。

刑事はこの機会に三人のなかから犯人を割り出そうと決意してやって来たらしく、尋問はさらに厳しさを加えた。千葉県警の石田刑事は、質問されておどおどする女性を見つめながら、ときおり肉づきのいい頰のあたりにふっと冷たい微笑を浮かべる。それを見るたびにわたしは、この刑事はサディストの気味があるのじゃないかと疑ぐりたくなったものである。

東西マンションにおける調査でめぼしい発見のなかった当局側は、碧水荘事件を追及することによって犯人をあぶり出そうとする作戦をとった。東京と千葉の二人の刑事が、交互に、間髪を容《い》れずに斬り込むように質問を浴びせかけてくる。矢面に立たされた女性はたちまちしどろもどろになり、手にしたハンカチをしわだらけにしてしまうのだった。なかでも、犯行現場に出入りしたことが知られている深堀ミハルは、容赦なく痛めつけられた。そのうちに彼女の答え方がとぎれとぎれになると、あとは何を訊かれても返答をしなかった。

「黙秘権を使うわ。もう何を訊かれても答えやしないから」

肩で息をつきながら、彼女は負けん気のつよいところをみせて、挑むように宣言した。

「なぜあたしばかりを苛《いじ》めるのよ。若尾さんだって怪しいところがあるじゃないの」

これは告げ口というよりも、捨て鉢になった彼女の失言だったと思う。その証拠に、ミハルは反射的にはっとした表情を浮かべると、謝るように好江の横顔に目をやった。だが、好江がそれに応じるよりも先に、刑事のほうがこの餌に喰いついてきた。

「怪しいって、どんなことですか？」

「あたし、べつに、そんな――」

「いいから聞かせてください。事件に関係あるかないかは、われわれが判断します」

「困ったわ……困ったわ」

つい先程みせた見幕は忘れたように、彼女は身をちぢめるようにして呟いた。しかし、非情な刑事は追及の手をゆるめようとはせず、ミハルを壁ぎわまで追いつめて、なんとかして口を割らせようとした。

「いいのよ、あたしが話すから」

窮状を見るに忍びなかったのか、好江が口を開いた。そして、いつものおとなしやかな彼女とは別人のように、はきはきした口調で説明した。

「帰りの電車のなかで鞄から本を取り出そうとしたときのことなんです。鞄が床に落ちて蓋が開いた拍子に、なかが血だらけになっているのが見えてしまいました。深堀さんがいったのはこのことなんですわ。ね、そうでしょう？」

ミハルは黙ってこっくりしている。二人の刑事は疑ぐりぶかそうな目を好江に向け、熱心に話を聞いていた。

「なぜ血がついたのですか？」

「血染めのナイフが入っていたからですわ。あの日の朝、顔を洗いにいこうとして鞄を開けると、血だらけの包丁が突っ込んであったんです。気味がわるいやら恐ろしいやらで、ぼうっとなってしまいました。そのうちにわれに返ると、真っ先に諸岡さんのお部屋に行ってこのことを話したんです」

「それから後は、あたしが説明するわ」

と、和子もしっかりとした口調で言った。千葉の刑事も東京の刑事も、いまは女性側のペースに巻き込まれてしまい、もっぱら傾聴する立場にあった。

「そのときは殺人事件があったなんて知りませんわ。でも、刃傷《にんじょう》沙汰というのかしら、なにか、まがまがしいことが起こったに違いないって感じはしました。その犯人が、犯行を若尾さんに転嫁する気で凶器を好江さんの鞄のなかに入れたってことも直感的にわかりました。だって、単に隠すだけが狙いなら、川に放り投げたほうが簡単ですものね」

「ふむ。で？」

「だから、誰にも気づかれないうちに手早く処分しちゃおうってことになったの」

「怪《け》しからんじゃないか。勝手にそんなことをしては……」

「それは立場が違うからよ。刑事さんだって女に生まれて、あたしたちみたいな目にあったら、おんなじことをすると思うけど」

千葉の刑事はいまいましそうに鼻を鳴らした。

「で、どうしたんです？」

「好江さんが脅《おび》えていたから、あたしが処分してあげましたわ」

「なんだって？　どこに捨てたんだ！」

「捨てやしませんわよ、大切な証拠物件になるかもしれない凶器ですもの」

「じゃ、どうしたんだ？」

「隠してあるわ」

「だからどこに隠したかと、訊いているんだ」

「娯楽室よ」

「じれったいひとだな、きみは。娯楽室のどこに隠したのかね？」

「あたしも黙秘権を行使しようかしら」

小柄な和子は、赤くなって唾をとばしている刑事のほうを見てにやりとした。

「諸岡さん、意地悪しないで教えてください」

東京の中年の刑事は、穏やかな調子で頼むように言った。がみがみと怒鳴りつづけられた直後なので、中年刑事の紳士的なものの言い方は、和子のたかぶった感情をしずめるのに効き目があったとみえ、和子はたちまち素直な態度になった。片方が脅してもう一方がなだめ役に回るのは、刑事の常套《じょうとう》的なテクニックなのかもしれないが、もしそうだとすると、彼女はまんまとその作戦にのったわけだった。

「それでは教えてあげますわ。カラーテレビの下にテープで貼りつけておいたの。嘘だと思うなら下からのぞいてごらんなさい」

多血質の刑事が怒った顔で小走りに出ていった。廊下の赤電話で、捜査本部に至急連絡をとりにいくのだろう。

昼休みが終わってさらに三十分ほどたった頃に、千葉側の返事がとどいた。和子が言ったとおりのところに、小型の包丁が発見されたというのだった。

「では、職場におもどりになって結構です。明日、またお会いしたいもんですな」
中年の刑事はランデブーの約束でもするように、さりげない口吻《くちぶり》だった。

7

尋問をうけている間は一種の連帯感とでもいうべきものがあって、和子たちをそれとなく援護してやりたい気持でいる。だが、会社からアパートに戻り、自分の部屋でくつろいで一服つける頃になると、心はもっと現実的な問題に向けられていくのだった。あの三人のなかに、男性を二人まで殺した殺人者がいることは事実なのである。早い話がこのわたしにしても、犯人の側からみて生かしておいて不利な条件がそろっていたらば、遠慮なく消されてしまったことは疑問の余地がなかった。あらためてわたしは鳥肌たつ思いがした。犯人が若尾好江であるか諸岡和子であるかはわからないけれど、もしわたしが和子に向かって娯楽室から逃げ出していった理由を、あるいは好江に対して網棚から落ちた旅行鞄のなかが血で汚れていたわけをかるがるしく質問したならば、おそらく無事ではいられなかっただろう。そう考えて、わたしは自分の慎重な性格をひそかに祝福したのであった。

それはそれとして、では、犯人は誰なのだろうか？　しかもそいつは、殺しただけではあきたらずに屍体を踏みにじるという冒瀆《ぼうとく》まで敢えてしているのである。わたしは、おしろいをはたき、口紅を塗った三人の綺麗な顔を交互に思い浮かべてみたが、少なくとも表面から見たところでは三人が三人とも美しく、あるものは理知的であり、あるものは可憐であり、そのような残虐性をもっているのが誰なのか、いくら考えても答えは出なかった。

わたしは九時過ぎまでそうして坐りつづけ、ニュースの時間がきていることに気づくとスイッチを入れた。すでに全国向けのニュースは終わってローカルニュースになっていたが、その後の進展がないためか、事件についての報道は一分前後の短いもので、碧水荘の娯楽室から発見された刃物は血液鑑定の結果、凶器に間違いないことが判明した、新品だから最近求めたものに相違なく、売った店が判明すれば犯人像も浮かんでくるだろう、という楽観的な内容だった。わたしはすぐに画面を消した。

刑事は、約束どおり翌日の昼休みに会社を訪ねてきた。おかげでわたしは落着いて食事をすることもできずに、ふたたび四階の応接室へ顔を出すことになった。

二人の係官の前には紙に包まれた一五センチほどの長さのものが置かれてあり、石田刑事の隣りに見たこともない女の子が坐っている。入っていったわたしたちは、とまどい気味でイスに坐った。

「早速始めますかな。まず娯楽室で発見された凶器と同じ型のものがこれですが……」

中年の刑事は静かにいいながら紙包みを広げ、なかからよく光った包丁を取り出すと、テーブルの中央にことりと置いた。アジキリという小型の刃物があるが、あれよりもひと回り大きく、みるからによく切れそうだった。これで心臓をひと突きされれば、悲鳴をあげるいとまもなく即死をとげてしまうだろう。三人の女性はそろって細い眉をひそめ、恐ろしそうに眺めている。

「凶器の出所は簡単にわかりました。握りのところにマークが入っていたからです。そこで店員さんに協力を願って、買ったお客の人相を確かめていただくことにしました。タバコ屋がピースを売るのとは違いますからね、一日に何丁もさばけるというものではない。客の、つまり犯人のことですが、その客の人相も服装も、こうして本人を目の前にすると、思い出すことができると思うのです。顔を上げて、店員さんのほうを見てください」

三人は、悪びれた様子もなく店員のほうを見た。みるからに人好きのしない、無愛想な女店員であった。平素からそうなのか、面倒な役目をおおせつかったのが面白くないのか知らないが、薄い唇をひん曲げて、むっとしたふくれっ面をしている。

「さあ、落着いて、ようく考えてください」

言われるままに好江から和子に、和子からミハルに目を移していって彼女は、そこで一段とふてくされた表情を浮かべると、丸くて大きな顔を横に振った。

「わかんないわ」

「もう一度よく見て」

「何度見たっておんなじよ。全然おぼえちゃいないんだから」

「そういわずに――」

「あたしって、わりかし記憶力悪いの。そんなこといったってむりだわよ」

と、彼女は頭の悪さを自慢しているようだった。最後の決め手が失われたことを知ると、二人の刑事は落胆して黙り込んでしまった。

「帰っていいわね？」

「ああ。どうもご苦労さん」

店員はわれわれをいやな目つきで一瞥すると、ふんといった顔つきをして、扉をあらあらしく開けて出ていった。石田刑事がわれわれの耳に聞えるような大きな溜息をついた。

「刑事さん、そうがっかりすることはないでしょう。この深堀君たちは犯人ではないんだから。論理的に推理していけば、犯人が誰であるかは簡単にわかるんです」

と、わたしはいった。わたしは平素から大きな声を出したことがない。このときも格別に声をはり上げたつもりはないのに、二人の刑事はびっくりしたようにわたしを見た。

「説明してもらえませんか」

東京の刑事が気乗りうすな口調でうながした。


さて、データは出揃ったようです。このあたりでページを伏せ、犯人の正体を指摘してみてください。

「事前にちょっと念をおしておきたいんだけど、深堀さん、あなたが永島君から縁切りを宣告されたのは、久里浜港のフェリーボートのときが最初でしたか？」

「きまってるでしょ。婚約者がいるなんて夢にも思ってなかったんですもの」

わたしは、同じ質問をあとの二女性にも繰り返して、ミハルと同様の返答を得た。これは一応の順序であり、あのときに示した彼女たちの表情から、それまでフィアンセの存在を知らなかったことはよくわかっていたのである。

「仮に一歩ゆずってこの人たちのなかの誰かが殺意を持ったとしても、永島君の裏切りを知ったのは出港直前のことですからね、前もって凶器を用意してくる筈がないでしょう？」

「ふむ、すると犯人は、前々から永島君の命を狙っていたことになるな」

と、千葉の刑事が独語した。

「そうです。その前にぼくが問題にしたいのは、犯人が若尾さんの鞄に凶器を突っ込んでおいて、若尾さんに、嫌疑を向けようとしたことです。このことによって、犯人は自分で体をさらけ出してしまったんですから」

「…………」

「いうまでもないことですが、犯人は、若尾さんが永島君を恨んでいる、つまり、この人に永島君殺しの動機があることを知っていたことになります。動機のないものを犯人に仕立てるのは、ナンセンスですから」

「それは説明されるまでもないですが、若尾さんに動機があることはメンバー全員が知っていたではないですか」

東京の刑事は、とりたててわたしが問題にすることが腑《ふ》におちぬ様子だった。

「ぼくが指摘したいのは、犯人がそれを知り得た時点なのですよ。永島君があのフィアンセだという女性を紹介したのは出港する十五分ほど前のことですが、遅れて乗船した須田さんだけはその場に居合わせませんでした。彼がそのいきさつを課長代理から聞いたのは、養老渓谷で釣りをしていたときなのです」

「後から知ろうと、やはり全員が知ったことには変わりがないではないですか」

「まあ、待ってください。そのとき課長代理は、ぼくの記憶によればこういったのです。永島君に嫁さんが決ったというので、三人の女性はずうっとヒステリー状態なのさ、と」

「ふむ」

「課長が〝ずうっと〟と言ったのは、今朝のハプニング以来ひきつづいて……という意味だったのですが、前日まで北海道へ出張していた須田さんは、ここ数日来の若尾さんたちの様子を見ていませんから、課長代理の言葉を、ここ二、三日以来ずうっと……というふうに受け取ったとしても不思議ではないのです」

「なるほど」

「似たようなことがもう一つ重なって起こりました。あの晩、ぼくらは娯楽室で雑談をしていたんです。若尾さんが永島君についてむかしの思い出話を始めて、永島君の怪《け》しからぬ行為に腹が立って二、三日間眠れなかったと言っているところに、須田さんが入ってきた。ですから、若尾さんの二、三日間眠れなかったという部分だけ聞いた須田さんが、この言葉と永島君の結婚話とを結びつけて考えたことは当然でしょう。その結果、永島君が縁切りを宣言したのは二、三日前のことだ、自分が出張している留守中に起こったことなのだ、と解釈してしまったと思うんです」

わたしが言い終わらぬうちに、千葉の刑事がはげしい口調で反論してきた。素人が事件の解釈にタッチしたということは、彼にとって我慢がならぬらしい。

「だがきみ、須田徳三が犯人だとすると、動機はなんだね？　永島が結婚しようが同棲しようが、彼にとってどうでもいいことじゃないか。それとも、この二人は同性愛だったというのか？」

「そんな間柄だったとは思いませんよ。どだい動機なんてないのです。動機のない人間を殺したからこそ、須田さんはただのいっぺんも疑われずにすんだじゃありませんか」

「ばかなことを言っちゃいかん。疑われぬために動機のない殺人をやるなんて非常識なやつがいるものか。本末転倒だ」

嘲《あざけ》るように石田刑事が歯をむきだした。

「そんなことはないです。彼の本当の狙いは高野課長代理を殺すことにあったんだから」

「なんだと？　動機はなんだ？」

「利息の支払いが溜って動きがとれなくなったんだと思いますね。今度の旅行で、課長代理がしきりに須田さんの健康を心配していました。会社にとって大事なおひとだから健康を大切にして欲しいのだと説明していましたが、本当は、利息を返してもらうまでは死なれちゃ困る、という意味だったんですね」

「よし、その点は調べればわかるだろう。だが、あんたの説にはまだ納得できないところがあるな。高野が殺されたとき、彼は九州へ向かう飛行機のなかにいた筈だが、これをどう説明するのかね？　四谷氏という同行者があるんだから、このアリバイは否定できないと思うがね」

犯人を追及するという大目的を、この刑事は忘れてしまったらしい。感情的になってわたしに絡《から》んできた。

「ですから、羽田へ行く前にマンションへ寄って殺したと考えるほかはないでしょう」

「しかしきみ、被害者は少なくとも十二時半までは生きていたんだよ。碧水荘に電話を――」

「だから須田さんがかけたんですよ。十二時半というのは、十一時半に羽田を発《た》った飛行機が大阪空港に着いた時刻ですから、空港の公衆電話で碧水荘を呼びだしたのだと思います。旅館の人は、須田さんの声なんて知っているわけがない。大阪弁を真似して喋れば、簡単に化けられると思うのですが……」

「すると、ハイヒールで屍体を踏みつけたというのも、犯人が女であることをにおわせる目的で故意にやったのですね？」

これは東京の刑事。

「でしょう」

確証はないのだから、わたしの発言はすべて想像でしかないのだけれど、事実とそうかけ離れてはいないだろう。

話が終わると、それまで熱心に聞き入っていた三人の女性の口からこもごもに太い吐息が洩れた。と、次の瞬間、彼女たちはいっせいにわたしのところに駆けよってわたしの論理の冴えをたたえ、握手を求めた。それはいままでに経験したことのないもてようであった。ほんの一分か一分半ほどの間だったが、わたしは自分がドン・ホァンになれたような気がした。ひそかに憧れていたドン・ホァンに……。

猪《しし》喰った報い

1

「あら、もうお帰りになったの？」

客間にいるものとばかり思っていた夫がのっそりと入ってきたのを見て、仲枝《のぶえ》は編物をしていた手をとめた。

「お送りしなくて悪かったんじゃない？」

「なに、かまうものか、あんな男……」

竜一《りゅういち》はうすい眉のあいだに深いたてじわをよせ、不快そうにいった。いつも機嫌のいい夫なのだ、怒ることは滅多にない。

思ったとおりだわ、と仲枝は胸のなかで頷《うなず》いていた。女性特有の敏感さから、小肥りのその客をひと目みたときに、心に漠然とした不快さを感じていたのである。態度が横柄だったというわけでもなく、人相が凶悪だったというのでもない。眼鏡をかけて柔和な顔つきをしているくせに、油断のならぬ、腹黒そうな印象をうけたのだった。

「どなたなの？」

「いいんだ、きみは黙っていなさい」

にべもなく一蹴《いっしゅう》されてしまった。夫が、訪ねてきた客の正体を隠そうとしたのは、これがはじめてのことであった。だが賢明な仲枝は、あえて問いただそうとは思わなかった。竜一がそれに触れたがらぬところをみると、そこにはただならぬ事情の伏在しているに違いなく、余計な質問をして夫の神経をいらだたせるのは、彼女の本意ではないからだ。

「すまないが、客間の片づけをたのむよ」

怒鳴ったことに気がとがめたのか、竜一はやさしい声でいうと、背をまるめて書斎に入っていった。十一月中旬の、よく晴れた日曜日の午後のことだった。

元来が竜一は寡黙なたちの男である。家庭にあっても、世間並みの亭主のように、女房と茶のみ話に興じるということは滅多になかった。アトリエで仕事をしていないときは、書斎で画集をひらいている。仲枝にとって夫に不服があるわけはないが、子供にめぐまれぬ夫婦なのだから、たまには夫と会話を持ちたいものだとつねづね思っていた。

その竜一がいちだんと無口になったのは、考えるまでもなく、肥った訪問客があってからのことだった。べつに元気が失せたわけではないのだが、ときどき長い顎《あご》を胸にうずめて考え込んでいたり、宙を見つめて放心状態になっていたりする。

「あなた変よ、どうかなさったの？」

「いや、べつに」

「心配事でもあるんじゃないの、顔色がよくないわ」

「べつに何ともないがね」

何かがあることは確かだ。だが頑《かたく》なにそれを打ち明けようとはしないのである。

細面の伸枝は、色がくろいという欠点はあるものの、元来がくっきりとした目鼻立ちをしているので、化粧をするとすれ違う男性がふり返るほどの美人になる。だがここ二、三日来の彼女は化粧をする張合いを失くして、黒い顔のままでいた。夫がちっとも反応をみせないからだ。

「ねえ、このあいだのお客さんは誰だったの？　おっしゃって頂戴《ちょうだい》。なにか難しい問題があるとしても、二人で考えれば知恵がわくものよ」

「きみの知らない男だ」

「知らない人なら、納得するまで説明して頂きたいわ。夫婦なんですもの、お互いにあけっぴろげで話し合いたいのよ」

いつになくきびしい口調で詰問すると、竜一はかすかに眉を上げ、無愛想に答えた。

「時がくれば訊《き》かれなくても話すつもりでいる。それまでは心配しないで待っていてくれ」

夫はあくまでも小肥りの男の正体を秘めておきたいのだ。伸枝はこれ以上の追及をあきらめると、黙々として編棒をうごかしていた。小さな赤いセーターは、可愛い姪《めい》のためのものだった。

それから一週間ちかくたった頃のことである。仲枝は、配達された郵便物のなかから夫宛の数通をえらび出し、それを書斎においてきた。竜一はアトリエで裸婦と対決している。仕事場を覗《のぞ》かれることを、夫は極度に嫌っているのだった。

その夜、ひと風呂あびてくつろいだ夕餉《ゆうげ》の膳で、仲枝は何気なく訊いた。

「近藤《こんどう》さんてどんなかた？」

先程の郵便物のなかに必親展とした洋封筒がまじっており、その差出人の名が、新選組の隊長とおなじものだったのである。妻が興味を感じるのは当然のことだった。

「あれか」

夫はそういうと香の物を口へもってゆき、一心にそれを噛みつづけた。明らかに、返答の内容をでっち上げるべく時を稼いでいるのだ。

「……むかしの友人だよ。しかし世の中には変った親もいるもんだね、あんな名前を息子につけるとはねえ」

故意に焦点をぼかそうとしている。

「どんなお友達？」

「うるさいな、きみは。おれはめしを喰っているんだ、つべこべいうもんじゃない」

「でも、あなたのお友達なら、あたしもお話をうかがっておかなくちゃ。訪ねてみえたときに失礼したら悪いわ」

「なに、そんな心配はいらん。いままでは賀状のやりとりもしていない疎遠な仲なんだ、訪ねてくることはない」

夫は、あくまで返答をそらせようとしていた。

「なにか重要なお手紙だったの？」

「なんということもない。まあ、時候の挨拶みたいなもんだ」

だが、仲枝の網膜には、封書のおもてにしるされた必親展の達筆な文字がくっきりと焼きついているのだ。それが夫のいうようなつまらぬ内容のものだとは思えなかった。なぜ、竜一はそれを隠そうとするのだろう。

番茶を夫の湯呑に注ぎながら、ふと彼女は、この手紙もまた先日の小肥りの客と関係があるのではないだろうか、と疑ってみた。

竜一はまた黙り込んでしまった。剃刀《かみそり》のあたった横顔をこちらに向け、白い壁からなにかを読みとろうとするかのように、いつまでもそれを見詰めつづけていた。

2

更に五日ばかりした肌ざむい日であった。裸婦像の筆がうまくすすまぬらしく、夫は少し疲れ気味のようだった。疲労するとてきめんに酒量がおち、わずかの酒で酔いが廻るので、はたで見ていてもよくわかるのである。

「めしにするか」

と、竜一はすぐに盃をおいた。そして伸枝が台所へいって鍋物をあたためなおしているあいだ、食卓の上で夕刊をひろげていた。いまどきの細君にしては珍しい話だが、彼女は自分から先に新聞を読むこともなければ、風呂に入ることもない。嫁入りする前に、亡くなったさとの母親からきびしく仕つけられたからだった。

と、社会面をひろげて一分もしないうちに、夫は立ち上がると裁縫箱からハサミを取ってきて、夕刊を切りぬきはじめた。

「切らせてもらうよ。面白い記事がでている」

「いいわよ」

と彼女は快く応じた。まだ読んでいない新聞を切られることは困るけれど、夫にさからって気まずい思いをさせたくはなかった。何事にせよ伸枝は、竜一に一歩ゆずることを信条としてきた。こうした些細《ささい》なことで家庭の平和がたもてるなら、それに越したものはないと思っている。

「どんな記事ですの？」

ガスの炎を調節しながら、茶の間に声をかけた。

「なに、きみには何てこともないんだ。ぼくが世話になった美校の教授の作品でね、ながいこと行方知れずだった絵が、偶然なことから発見されたというんだ」

その程度の記事ならば、あたしが読んでから切ってもいいじゃないの。仲枝はそう思って夫の顔をみた。彼は切りぬいた紙片を手にすると書斎に入っていったが、間もなく戻って食卓に坐った。いうまでもなく、夫のこうした行動が、仲枝の神経にひっかかるのだ。

竜一はスクラップブックを持っていない。個展の批評が新聞にでたときでさえも、一読したきりで投げ出してしまう。絵をかけぬ美術評論家におれの絵がわかってたまるものか、というのが彼の口癖であったからそれを読み捨てにするのは当然だが、そうした夫にスクラップブックの必要がないのはいうまでもなかった。その竜一が、いまになって急に新聞を切り取ったのはどうしたわけだろう。

読ませたくない記事があったからだ、と仲枝は解釈した。恩師の絵がどうこうしたというのは、咄嗟《とっさ》の場合の見えすいた作り話に決っている。もしそれが夫のいうとおりの内容であるならば、なにも慌《あわ》てて書斎に隠すことはないではないか。

しかし、隠されればますます読みたくなるのが人情であった。仲枝は当然のことながら、おなじ新聞を購読している隣りの主婦をたずねて、その記事を見せてもらおうと考えた。そして夫に胸中の計画を悟られぬために、とってつけたように高値の野菜のことを話題にした。

その翌日、夫がアトリエに入るのを待って裏口からでると、肥った好人物の隣人に、新聞の借覧を申し入れた。

「お茶をいれますわ。どうぞお上がりになって……」

　誘われたのをなんとか口実をもうけてことわり、小走りで家にもどった。そしてサンダルをつっかけたままで社会面をひらく。予想したとおり、そこには美校教授の絵のことなど一行も報道されてはいなかった。仲枝は額にたれる髪をうるさそうに掻き上げながら、夫が切りぬいたと思われるあたりの記事に目を走らせていた。夫が隠そうとつとめる秘密が、いま正にあばかれようとしているのだ、仲枝の呼吸はひとりでに弾《はず》んでくる。

　まもなく彼女の視線をとらえたのは、ある私大の哲学助教授が服毒自殺をはかって未遂におわったという報道だった。一段十行ほどの小さな扱いで、さほど名の知れた学者ではなかったとみえ、顔写真ものってはいない。助教授の名は近藤勇《いさみ》、五十一歳。

　いくら世間はひろいといっても、近藤勇という姓名の持主がそうざらにいるとは思えない。とするならば、先日の必親展の手紙の差出人はこの哲学者だったことになる。封書の内容がどんなものであったかは知るすべもない。だが仲枝は、あれは哲学者が心の悩みを訴えたものではなかったか、と想像してみた。夫がそれに対してどのような返事を書いたかはわからぬけれど、助教授はついに自己に絶望して死をえらんだのではないだろうか。

　哲学者は五十一歳としてあるから、夫とほぼ同年輩であった。自殺の原因については、夫人も心当りがないと語っている。だが、彼を死へと追いやった動機については、竜一が知っているはずだ、と仲枝は直感した。夫と哲学者とのあいだには、なにか妻にすら知られては困る共通した秘密があるのではあるまいか。そしてその秘密を守らんがために夫はあのように考え込み、近藤は近藤で自殺をはかったのではないだろうか。そしてこの二人の男の秘密にゆさぶりをかけたのは、半月ほど前に訪ねてきたあの小肥りの男に相違ない。夫たちの秘密は何なのか。そして彼は、どこでそれを嗅《か》ぎつけたのか。近藤助教授が死を賭《と》してまで隠そうとしたところをみると、それはなみならぬ深刻な内容であることがわかるのだ。

「ちょっとスケッチ旅行にでてくる」

唐突に夫がいいだしたのはそれから三日目のことであった。

「どちらへ？」

「いまの裸婦の制作がゆきづまってね。気分転換に風景を描こうと思うのだよ」

「東北だ、雪をかきたい。無性に描いてみたいんだ」

夫のそのセリフが、伸枝にはなにかそらぞらしく聞えた。スケッチ旅行は口実にすぎず、真の目的はべつのところにあるような気がする。

「出発はいつなの？」

「明日だ」

「あたしも連れていって。ねえ、いいでしょう？」

拒絶されるのを承知の上でわざとせがんでみたが、思ったとおり首を横にふられた。

「止したほうがいい。東北の冬は寒さがきびしいからな。家で炬燵《こたつ》にあたっているほうが利口だよ」

「旅館の予約はすんだの？」

「行けばどうにかなるさ」

「それじゃ宿屋についたら電話を頂戴。不安だもの」

「いいとも、いいとも」

と、竜一は自分の嘘《うそ》がまかりとおったことにほっとしたのか、そのときは珍しくはずんだ声をだした。

竜一が出発したのはうすら寒い曇り陽の日で、仲枝は玄関のポーチに立って見送った。小さなスーツケースをさげ、灰色のオーバーの肩を落した後ろ姿は、心なしか秘密の重圧に押しつぶされているように見えた。だが仲枝は、夫の不可解な旅についてあれこれと思い煩《わずら》うことをしなかった。竜一のいないあいだに、謎を自分で解いてみようと決心していたからである。

3

その日の午後、仲枝は世田谷の自宅から車を駆って、目黒区祐天寺《ゆうてんじ》にある塚田《つかだ》病院に入院中の哲学者を見舞った。いうまでもなく、真の目標は枕頭《ちんとう》につきそっている近藤夫人にある。

三階の清潔な壁にかこまれた個室のなかで、哲学者は眠りつづけていた。大食漢で肥満した哲学者など想像もできないが、近藤助教授は痩身の、立ち上がったらさぞかし上背がありそうに思える人で、蒼白い皮膚と、余分な肉をそぎとったような頬とが、この患者をいかにも哲学の徒らしく見せていた。濃い髪は、すでに半ば以上が白くなっている。

夫人の近藤勲子《いさこ》は四十一、二歳というところか。灰色のツーピースを着た彼女は夫とは反対にむっくりと肥り、顎がまるくて色が白く、顔つきも声も柔和であった。

「どうやら持ちこたえそうだっていわれましたの」

彼女は小さな声で語った。態度にも言葉の調子にも余裕がでている。

「なぜ自殺したのか、いくら考えても原因はわからないんです。でもただ一つだけ、あれがきっかけじゃないかなあっていうことがありますのよ」

旧友の妻ということで心を許したのか、勲子夫人は打ち解けた様子で語っていった。

「もう二週間以上も前のことになりますけど、見たこともない男の人が尋ねてみえまして……。お講義のある日でしたから、大学の研究室にいくよう申したのですけど」

「小肥りの、眼鏡をかけた男でしょう?」

「あら、お宅にも現われましたの?」

「訪ねてきましたわ。たくも、その日から様子が変りましたのよ」

思わず声が大きくなり、伸枝は頸《くび》をすくめると再び小声にもどった。

「でも、主人には何を訊いてもはかばかしい返事をしてくれませんの。おたくさまのご主人は？」

近藤夫人はみじかく断髪した首を、子供がいやいやをするように振った。

「近藤にはとてもショックだったようですわ。あの日は食欲までなくしてしまって、夕食にも箸をつけませんの。あなたのご主人にお手紙をお出ししたのも、そのことについてご相談をしたかったからではないでしょうか。でも矢張り耐えられなかったんですのね。神経質な、物事をくよくよと思いつめる性格ですから」

この哲学者がもとの健康体となって退院しても、根本的な問題が解決しない以上、いつまた自殺をはかるか知れたものではない。伸枝は心のなかでそうしたことを思い、しかしうわべは明るい口調で、未遂におわったのは何よりのことだといった。

「あたくしこう思いますのよ。ご主人とうちの主人とは、過去のどこかで生活なり環境なりが接触していたに違いないって。秘密の根源は、その辺にあるんじゃないでしょうか」

「あら、奥さまもそうお考えになって？」

二人の女性はいちだんと熱心にその問題を検討していった。が、出生地が東京であることをべつにすると、出身校も違えばいまの職業も違い、どう考えてみても共通点は少しもなかった。

「どちらも戦中派というんでしょうか、年齢が似てますわね」

「わかった、軍隊じゃないかしら。ご主人は戦争にでられまして？」

近藤夫人は興奮して声を大きくした。

「出征したそうですわ。二人とも東京出身ですものね、おなじ部隊に入ったことはあり得る話ですわよ」

「それじゃ、秘密はこの軍隊生活のなかで芽生えたんですのね？」

この発見に伸枝も興奮して頬を紅《あか》らめた。二人の人妻は気をしずめようとするかのように、しばらくのあいだ黙りこんでいた。

「……でも、あたくしは秘密の正体を知りたいとは思いませんのよ。主人が命をかけて守りぬこうとしたことですもの。奥さまは？」

「あたくしもそうですの」

伸枝は大きく相槌《あいづち》をうち、しかし胸のなかでは、その謎をつきとめずにはおくものかと思っていた。二人の夫たちが軍隊にいたとなると、その周囲には何人かの戦友がいるはずだ。彼等に会って問いただせば、秘密はおのずと解明されるに違いない。

長居したことを詫びると、伸枝は病室をでた。そして固いビニタイルの廊下を歩きながら、その足で援護局に立ち寄ってみようと考えていた。

4

夫が帰宅するのは何日先かわからないけれど、そうなればもとの主婦業にもどらなくてはならない。自由に行動できるのはいまのうちなのだ。仲枝はそう思って、昨日援護局でしらべ上げたメモを頼りに、近藤助教授や夫とおなじ分隊に所属した戦友を、一人一人たずねて歩くことにした。東京在住のものは五人。その五人で埒《らち》があかなければ、足を近県にのばすつもりでいる。

昨日とおなじようにうす曇った街なかを、仲枝は電車からバスに乗りついでいった。考えてみると、彼女の行動半径は住んでいる世田谷区からデパートのある渋谷もしくは銀座にかけての、極めて限定されたものでしかない。板橋という東京都の北にあるこの区に足を踏み入れるのは、娘時代に友達とハイキングをして以来、ほぼ二十年ぶりなのである。バスに乗っているときもバスを降りてからも、もの珍しげにあたりを見廻しつづけた。ピクニックをしたときの板橋は松の林とススキの丘が果てしなくつらなっていたのに、この蓮沼町《はすぬまちょう》一帯には林も丘もなく、やたらに中小企業の工場が多かった。

メモの最初の男は井上猛夫《いのうえたけお》。終戦当時は二等兵だったが敗戦で一等兵になり、復員してこの町内に住んでいる。仲枝は小川ともドブともつかぬ流れをわたり、鉄の匂いのする小さな工場の入口に立った。該当する番地はここ一個所しかない。

構内いっぱいに敷きつめてあるコークス殻を踏んで、片端の、掘立小屋のような事務室の前にたたずんだ。不景気なのだろうか人の気配もなく、物音ひとつしないので、声をかけるのがはばかられるような気がする。視界にいる人間といえばコンクリートの塀によりかかった幼児がいるきりだった。彼は仲枝には目もくれず、曇った太陽の下で仔猫の頭をなでていた。

思い切って声をかけた。みじかい応答があったのでガラス戸を横に払うと、小さな板ばりの事務室のなかには小型の石油ストーブが据えてあり、貧相な中年男が雑誌を手に脚をあぶっていた。

「いや、井上さんは亡くなりましたよ。過労から風邪をこじらせましてね、気の毒なことをしました。あれは一昨年《おととし》の、二月の初めでしたな」

井上の死を気の毒と感じる前に、出鼻をくじかれた思いで凝然《ぎょうぜん》と立ちつくしていた。レイテ島での戦いは、たべる物もなく正に地獄の苦しみであったと聞いている。その苦しみに耐えぬいた彼が、風邪をこじらせたぐらいで死亡するとは信じられぬような気がした。無事に生還したからには、残りの人生を面白く楽しく送らなくては、苦しんだ甲斐がないではないか。

二人目は荒川区町屋《まちや》に住む尾方正直《おがたまさなお》軍曹だった。当然のことながら仲枝は、地理的に近いものから訪ね歩く予定でいた。いったん国電の巣鴨駅にもどると、そこから山手線で日暮里にでて、京成電車に乗りかえる。

町屋は十分ほどいったところにあった。ここも蓮沼町に似た町工場の多い場所で、工場の周囲にはいい合わせたようにドブ川が流れていた。尾方はこの町のはずれで小さな写真材料店を経営していたが、生憎《あいにく》なことにカメラ会社の招待旅行にでて不在だった。

「タヒチにいったんですの」

と、乳児をかかえて胸のはだけた細君がいった。無駄足をふませた伸枝を気の毒がるよりも、招待されたことを自慢にしているふうに見えた。

「あら羨《うらや》ましい。暖かくていいですわ。あそこはお乳の大きな美人のいる島ですのね」

それを聞くと、細君はたちまち目を吊り上げた。

「まあ知らなかった。主人は嘘をついたんだわ。日本軍の激戦のあとを弔《とむら》ってくる、なんて殊勝なことといって出ていったのよ」

伸枝は自分のお世辞がとんでもない事態になったことに、驚いたり呆《あき》れたりした。タヒチ島で戦闘があったと信じているこの細君も細君だ。

それはともかく、相手がいなくては話を聞けるわけがない。失望を押しかくして店をでると、三人目の熊田半蔵《くまだはんぞう》曹長を墨田区に訪ねることにした。

隅田川をわたった頃すでに初冬の陽はとっぷりと暮れ、町の大通りを吹きぬける風は身にしみて寒かった。これが夫と一緒なら、ゆきずりのレストランに入って温かい夕食でもとることもできる。が、自分ひとりでは何をするのも億劫《おっくう》であった。空き腹をかかえ、オーバーの衿《えり》を立ててむかしの電車通りを東へむかった。

熊田は細君に美容院を経営させ、自分は懐《ふとこ》ろ手をして遊んでいる、見るからに怠け者の五十男であった。暇ならば身辺をきちんとしたらよさそうなものなのに、肉づきのいい大きな顔には無精ヒゲがまばらに生え、歯はみがいたこともないのかヤニでくろく染まっていた。髪は総体的に禿げ上がり、これが店のネオンを浴びて五彩に光ったりかげったりしている。彼は伸枝を招じ入れるかわりに、自分から店の横にでてきたのだった。

「レイテ島で主人とご一緒だったと思うのですけど……。申しおくれましたが、あたし花岡《はなおか》竜一の家内でございます」

いい終らぬうちに、熊田半蔵の態度がたちまち硬化した。大きな顔にみるみるうちに赤みがさし、それはホオズキみたいにふくれ上がった。

「そんな男は知らん。こう見えても忙しいんだ。帰ってくれ」

「たしかおなじ分隊でしたわね？」

「知らんといったら知らん」

「では近藤さんはご存知でしょう？　近藤勇さん……」

「近藤も桂《かつら》も知らん。帰らないとパトカーを呼ぶぞ！」

男は、その風貌からもわかるように粗暴なたちであるらしかった。こんな下士官のもとに配属された兵隊はさぞかし苛《いじ》めぬかれたことであろうと思うと、目の前の男に唾《つば》をかけてやりたい衝動にかられた。

それにしても、熊田のこの様子から判断すると、あの秘密に脅《おび》やかされているのは、単に夫と哲学者の両人だけではないらしいのだ。ひょっとすると、それは分隊全員が抱く秘密なのかもしれない。伸枝は、自分の直面している謎が、意外に大きな間口を持っていることに気づいたのだった。

「帰るわよ。一つだけ訊くけど、レイテ島の名を聞いただけでなぜ怒るの？　あなたもなにか悪いことでもしたみたいだわ」

もっと怒らせて喋《しゃべ》らせようとしたが、伸枝の作戦はうまくいかなかった。髪結いの亭主はただ居丈高《いたけだか》になり、興奮して叫ぶだけだったからだ。

「帰れ、帰れ、帰らんか！」

5

四人目の栗林仙十郎《くりばやしせんじゆうろう》を訪ねあてたのは、翌々日の、これもからっ風が吹きまくる夕方のことであった。彼は江東区で親の代からのそば屋を経営していたが、伸枝がそこにいってみると、すでに経営者がかわっており、がっかりさせられた。根が賭事のすきな仙十郎は競輪と競艇にこって、とうとう身代《しんだい》をつぶしてしまったのだった。

伸枝は刑事のような執念深さで彼の転居先を追い、翌日の午後いっぱいを費やして、ようやくのことで独居している元軍曹の住居を訪ねあてた。そこは横浜の伊勢佐木町《いせざきちよう》からほど遠からぬ寿町《ことぶきちょう》にある空きビルの地下で、おどろいたことに、元軍曹は落魄《らくはく》して物乞いになっていた。彼もまた三日前の熊田とおなじように頬いちめんに無精ヒゲを生やし、垢《あか》じみた作業服をまとって、敵の弾丸がくらいこんでいるという左脚をかすかに引きずっていた。

「レイテ島のことを思えばいまの暮しは極楽だな。あのときは苦しかった。だいいち、喰うものがなかったからね」

現在の境遇を、彼は恥じている様子もなければ苦にしているふうもなかった。煉瓦《れんが》がむきだしになった部屋には電灯がひいていないだけで、あとは一応の文化生活ができるようになっている。テレビはないがニュースはラジオで聞く。流しの下には小型のプロパンガスボンベがおいてあり、煮炊きはそこでするのだった。

「お茶をご馳走したいが飲んではくれんでしょうな。失礼してわたしだけ頂きますよ」

そうことわっておいて、器用にココアをいれた。石油ランプの灯《あか》りをすかして見るとココアはファンホーテンであり、棚の上にはアメリカ製のテーブルソースとドライジンが載せてあった。床にくるくると丸めて捨ててあるのは競馬新聞なのだろうか、騎手らしい男の写真がみえている。

「なかなか優雅な暮しぶりでしょう。フランスのぶどう酒もあるし、ギリシャの漬物もあるんだから」

と、栗林仙十郎はこの生活に満足しきったように笑った。笑うと目尻がさがり、ヒゲづらがなごんで見える。むさくるしい姿ではあるけれども、賭事好きという欠点をべつにすれば、根は善良な男らしかった。三日前の熊田の場合のように、目を剝《む》いて睨《にら》みつけられる恐れは、まずなさそうだ。

「どんな用件ですかね？」

「レイテ島にいたとき、あなた達の分隊にどんなことがあったのでしょうか」

事情をひと息で喋って聞かせると、相手がみせる反応をじっと待っていた。果してこの男は素直にそれを語ってくれるかどうか。緊張すまいと思っていても、仲枝の呼吸は自然にはやくなってくる。

栗林仙十郎は飲み終ったココアの茶碗を背後の流しにのせると、汚れたハンカチで口のまわりをふき、おもむろに吸い殻をつまんでパイプにつめた。

「先日も隣りの分隊にいた横谷《よこたに》という男が訪ねてきたがね。こすっからくて上官のゴマすりばっかりやっていた男だが、いまは小説家になっていると得意そうにふん反《ぞ》りかえっておった。そいつが、敗戦後の日本軍の経験したかずかずの苦しみを、ある中間雑誌に連載しているという。で、近いうちにレイテ島の話を書くことになるが、ひいてはお前達の分隊がレイテ島でやった事柄にも触れなくてはならん、悪《あ》しからず、というんですな」

相手に気づかれぬように、仲枝はふたたび唾液をのみ込んだ。彼の無造作な話しぶりが、逆に仲枝の神経をぴりぴりとさせていた。

「挨拶にきたというのは表面の言い分でね、名前を出されたくなけりゃ沈黙料をよこせ、というのが本音ですよ。あいつとしてはこの栗林からたんまりせしめようという心づもりだったらしいが、わたしにかねがあるわけがない。それに、あの話が世間に知れたところで、地位もなけりゃ名誉もなし、迷惑をこうむる妻子もいないからね、うんと派手に書いてくれといってやった。当てがはずれて苦笑いをしてましたがね」

彼はさもおかしそうに笑いころげ、しまいに激しく咳き込んだ。その秘密を、伸枝は一刻もはやく聞きたくてたまらなかった。栗林の体にとりついてゆさぶってやりたい気がする。

「で、秘密というのは何でしょう」

「旦那は教えてくれなかったですかね？　そうだろうな、ちょっとおおっぴらにはいえねえことだからな」

栗林はヒゲのなかから悪意のない笑顔をみせ、尤《もっと》もだというふうに大きく頷いた。

「終戦の年でしたがね、われわれは喰うものがなくて雑草の根っこから昆虫まで喰っていたんだが、あれは三月の末だったかな、敵兵が偵察にやってきてわが軍の歩哨《ほしょう》に射殺されたことがあったんです。そいつの肉を、われわれは蛋白質を補給するために喰ってしまった。いや、あのときはそんな理屈は考えなかったな。ただもう夢中でがつがつ喰ったね。世の中にこんなうまいものがあるだろうかと思って、舌をならして喰ったものですよ」

人を喰う！

栗林はなんでもないように語っているが、その無神経さが伸枝にはわからない。話の途中で吐き気をもよおした。

「もっとも、平気でいられるわけがありませんや。だから、滋養になるものを喰えば元気がでる、敵とも闘える、つまるところそれは皇国のためである、なんてことを誰かがいい出すと、兵隊もそれに同調してね。人を喰ったという気味わるさと、やましい気持を、無理に誤《ご》魔化《まか》していたんだなあ。いまでもね、夜中に夢をみて冷や汗をかくことがある。うなされることがありますよ」

栗林もさすがに平静ではいられぬとみえ、肩を落すとそんなふうに述懐した。

「それはそうでしょうねえ」

と、伸枝はうなずいてみせながら、心のなかではべつのことを考えていた。あの穏和で紳士的で、何よりも暴力を憎み嫌っている夫が、たといどんな理由があるにせよ人肉を口にしたとは、醜悪きわまりない話だ。

「主人も、その肉を食べたのでしょうか」

せめて竜一だけは食べずにいて欲しかった。

「ええ、分隊全員が喰いましたよ」

と、彼は伸枝のはかない希望を無残にうちくだいた。

「やはり皆さんと同じように夢中になって……」

「いや、最初から人肉であることを知っていたら喰わなかったかもしれないな。われわれの大半はね」

「とおっしゃいますと？」

「あれは東光寺《とうこうじ》という上等兵だと覚えているんですが、当時はそいつが炊事当番兵だったのです。塩水に草の葉っぱをうかべたものが上等のスープだったんですから、そんな料理をつくるのにコックもへちまもなかったんだけれども、ともかくそいつが炊事当番でしてね。みなが喰い終ったあとで、いまのは敵兵のふとももの肉だったんだ、と口をすべらせやがったのです。が、いまもいったとおり喰っちまった後だからどうにもならない。そこで、誰からともなくお国のためだから止むを得んじゃないか、ということになったのです」

人肉と知って食べたのではないことが、仲枝にはただ一つの救いのように思われた。だがそうであろうとなかろうと、人間の肉を喰うという、文字通り鬼畜の行為をした夫であることには変りがないのである。夫という人間が、仲枝にはやりきれぬほど不潔なものに感じられた。と同時に、近藤助教授が自殺をはかった原因も、いっそうはっきりしてきた。この蛮行がおおやけにされれば、社会人としての彼の立場は一瞬にして崩れてしまうのである。そうかといって横谷の要求（おそらくそれは過大な金銭的な要求であったのだろう）に応じることができず、つまるところ服毒するところまで追いつめられてしまったのだ。だがその間《かん》の事情は、仲枝の夫にとっても同じことであった。たまたま彼が哲学者ほどに繊細な神経を持ち合わせていなかっただけのことにすぎない。だが夫の抵抗にも限度があるのはいうまでもない。仲枝は、竜一の自殺が時間の問題であるような、不吉な予感におびやかされた。

　礼をのべてコンクリートの欠けた階段をのぼると、地上にでた仲枝は身をちぢめ、うつむいて京浜急行の駅へむけて歩きだした。秘密が解明されるときは大きな衝撃をうけるものと予想していたが、正直のところ、これほどのショックに遭うとは思わなかったのである。足が、ゴムのクッションを踏んでいるように頼りなかった。

　一時間あまりかかって世田谷の家に帰りついた。ひょっとすると竜一が帰宅しているのではないかと思っていたが、家の窓はどれも暗くて灯のついた部屋はなかった。ポーチも暗く、街路灯の光でほのかにドアの鍵孔《かぎあな》が識別できるくらいだった。仲枝は小さな鉄の門をとじ、扉の前に立ってバッグから鍵を取りだそうとしたときに、目の前にとめてある紙片に気づいた。手にとって玄関に入ると、ただちに電灯のスイッチを押して文字を読んだ。手帳を破ったらしいその紙切れには「約束の日にかならず参上、例の件お忘れなく、横谷」としてある。これが今朝だったら通信文の意味をつかむことは難しかったろう。が、いまでは容易に理解できた。前回やって来た横谷は、夫に沈黙料の支払いを要求し、その支払い日を指定しておいたのだろう。そして今日、更に念をおすために訪ねてきたに相違なかった。あの小肥りの男の自信にみちた、大胆とも図太いともいいようのない態度に、仲枝は歯嚙みをしたい思いで立ちつくしていた。

仙台の竜一から電話があったのは第一日目の晩だけのことで、それ以来なんの音信もない。少し気がかりでもあったので昨夜こちらから宿にかけてみたのだが、番頭は意外な返事を伝えた。竜一が泊ったのはひと晩だけであり、翌朝発っていったというのである。夫は何処へいったのか。

横谷の脅迫をはねのける力が竜一にあるとは思われない。とするならば、夫のとるべき手段が、近藤助教授のそれと似たようなものになることは想像に難くなかった。

6

五日目の夜の七時すぎに、ひょっこりと竜一が帰ってきた。服装には気をつかうたちのくせに、シャツは汚れズボンのプレスは消えて、その旅がかなりの難行であることが知れた。夫の無事な姿をみてほっとすると、それまでの気がかりは跡もなく霧散し、かわりに、人を喰った男に対する嫌悪感がむっくりと頭をもたげてきた。

「どこまでいらしたの？」

黙っているわけにもゆかず、ほんの義務的に訊いた。

「鹿児島県のはずれだ。枕崎《まくらざき》だよ」

夫は旅やつれはしていたが意外に元気で、平素の彼とは別人のように口がかるかった。脱いだベレを、子供が輪投げあそびをするときのように、はなれた帽子掛けにぽいとほうったりした。

　夫とは反対に伸枝は気がおもかった。いつものように多弁にはなれない。ズボンを受けとってハンガーにかけようとすると、折返しからうす黄色い花がぽろりと落ちた。ふくらみかけた菜の花のつぼみだった。南国は、もう春なのだ。

「昨日の晩、仙台の旅館にお電話したのよ」

「事情が変ってね、それで九州へいったんだ。やはり南国はいいな、雪の降ってる地方へいってスキーをやるやつの気が知れん」

　手と顔を洗い、どてらに着替えた。

「風呂は沸いてるか」

「なにおっしゃってるのよ。だしぬけに帰ってきて」

「じゃ先にめしにするか」

「晩御飯の仕度なんかしてないわよ。あなたがお留守のときは、ずっと一汁一菜なんだもの」

「そうか、それじゃ店屋物《てんや》でもとるか」

　伸枝の不機嫌にはまだ気づいていない。卓袱台《ちゃぶだい》のわきにどさりと坐ると、やっぱりわが家がいちばんいいなどといいながら、夕刊をひろげた。

　夫がはしゃげばはしゃぐほど、反対に仲枝の気が滅入り、なんともやりきれぬ思いになる。彼女は、そうした竜一の頭から冷水をひっかけてやるように、横谷の置手紙をさしだした。そして意地のわるい目つきで、夫の表情の変るさまをじっと観察していた。

「横谷さんてこのあいだの日曜にきた小肥りの人だわね？」

「ああ。まあいい、来るというならこさせてやろう」

と、彼は鷹揚《おうよう》に笑った。いやらしい、負け惜しみをいっている。これが暗い顔つきでもすれば可哀想になるのが人情だけれど、けろりとしていると、逆に仲枝は腹が立ってくるのだ。

「久し振りだな、ここへ坐れよ」

　子供のいない家庭のせいもあって、機嫌のいいときの夫は、おおっぴらに仲枝を愛撫することがあった。

「忙しいのよ」

と、つれなく腕をふり払った。従順な彼女としてはいままでにない邪慳《じゃけん》な仕草だった。その動作から竜一は、はじめて妻の異常な様子に気がついたようだった。

「いないうちに何かあったのか」

「あったのよ。あなたの古い戦友をたずね廻って、とうとう秘密を知ってしまったわ。あなたが人肉を食べたとは信じられなかったけど、れっきとした証人がいれば信じないわけにはいかないでしょう。あたし、まだそのショックから脱けられずにいるのよ。ひょっとすると、一生涯いまの状態がつづくのかもしれない。わかるでしょう、このあたしの気持。あたしの目には、あなたが夫としてではなしに、人を喰った鬼みたいな男として映るのよ」

夫はただ目を見はっているきりで、何もいわない。勢い、仲枝ひとりが喋りつづけた。

「誰から聞いた？」

「誰だっていいじゃないの」

「そうじゃない、おれは戦友の消息を知りたいのだ。近藤君からは思いがけなく手紙がきたが、ほかのやつがどうしているか、そいつを知りたいのだよ」

「井上一等兵は亡くなったそうよ、風邪で」

「そうか、元気な男だったが気の毒なことをした」

「尾方軍曹はタヒチに旅行中だったわ。熊田曹長は美容院を奥さんにやらせて、文字どおり典型的な髪結いの亭主よ。軽蔑すべき男性だわ。あたしがレイテ島のことを訊くと、顔色を変えて怒ったわ」

「あいつらしい話だな。でかいつらをしているくせに、あれで臆病な男なんだよ。人間を喰ったという噂がひろまれば店の評判がわるくなる。商売は上がったりだ。そうなると懐ろ手をして遊んでいるわけにはゆかない。熊田は、そうなるのを恐れていたんだろうな。ほかに誰に会った？」

竜一は故意に重大な問題から焦点をぼかそうとしている。そのことに気づくと、仲枝はまたむかむかしてきた。結婚して以来、夫に対して反抗的な言葉をただ一度も口にしたことのなかった彼女は、このときはじめて竜一を批判した。

「話をすり替えるなんて卑怯《ひきよう》だわよ。あたしはあなたの野蛮な行動を非難しているのよ。たとい知らずに食べたとしても――」

「伸枝、きみは誤解をしている。ぼくは人の肉なんぞ喰ったことはない」

冷静に、夫は一語一語をはっきりと発音した。詰問する妻のほうがずっと興奮していた。

「あたしもそう信じたいわ。だけど、真相を知ってしまったいまはもう駄目。あなたを尊敬することも愛することもできないのよ。あなたって人がうす気味わるい獣みたいにしか思えないわ」

「だからさ、いまもいったようにぼくは人間なんて――」

「まだ言い逃れをするつもり？　栗林さんから一切を聞いてしまったのよ。分隊の全員が敵兵の肉を食べたことを。そうでなかったら、横谷みたいなあんな男に脅かされたからといって、しょんぼりすることないじゃないの。断乎としてはね返せたはずよ」

いままでに口答え一つしたことのない女房がいつになく執拗《しつよう》に喰いさがるので、竜一はなかば呆《あき》れ、珍しいものでもみるように伸枝の顔を見つめた。

「きみは亭主のいうことを信じないのか」

「信じられないのよ」

「とにかく話を聞け。あのときぼくが考え込んでいたのは、自分が脅かされたからじゃない。分隊全員の名誉を救えるかどうかということを心配していたんだ」

「……………」

「ぼく等の喰った肉が人肉でないことを知っている唯一の証人は、炊事当番の東光寺上等兵だが、近頃は文通もたえているものだから、消息がわからない。生きていれば問題はないんだけど、井上一等兵のように死亡している戦友の例もあることだ、もし東光寺上等兵が死んでいたら、われわれ全員が人肉を喰ったことにされてしまう。おれはそのことが気がかりでならなかったんだ」

「やましいことがなかったのなら、近藤さんの手紙や新聞記事をかくす必要なんてないじゃないの」

伸枝の口調にはまだ相手をなじるような響きがあった。そう簡単に夫の言い分を信じることはできない。

「きみに余計な心配をさせたくなかったからさ。それに、妙な目で見られたくなかったからでもある。いったん疑惑をいだかれたら、東光寺君が生きていればともかく、もし彼が死んでいた場合には、おれは生涯きみの惑《まど》いをはらせないことになる、丁度いまのようにね。だから、可能なかぎりきみには知られまいとしたのだよ」

なるほど説明されてみれば、確かに夫がいうとおりであった。夫のそうした苦衷《くちゆう》があの時点でなぜ理解できなかったのか、自分でもそれが不思議に感じられた。

「で、東光寺さんは生きていたのね？」

先程の夫のはしゃいだ様子から、万事がうまくいったに違いないという、大体の見当はついている。

「ああ、ちょっと苦労をしたけどね。仙台のうろ覚えの住所をたよりに訪ねたら、主人は鹿児島へいっているといわれてね、がっくりきた。話を聞いてみると彼は養蜂《ようほう》業をやっているんだ。だから冬場は、花の蜜をもとめて南国へ移動するわけさ。さっきもいったとおり、枕崎《まくらざき》の菜の花畑で巣箱の掃除をやっている東光寺君を発見したときは、踊り上がって喜んだものだよ。事情を話すと彼も憤慨して、横谷と対決するために上京する、といってくれた」

「東光寺さんて親切なかたなのね」

と、彼女は感動に声をはずませた。

「だって伸枝、われわれの分隊が人肉を喰ったことになれば、彼にとっても不名誉なのだよ。おなじ分隊にいたんだから」

「あら、そうだったわね」

「同時に、自分の責任も感じているのさ」

「責任？　なんのこと、それ」

「あの肉を人肉だなんていって皆をおどかしたのは、東光寺君自身なんだから」

「まあ」

「ほかのものがあれは人肉だったなんていったって誰も信じやしない。肉を調理した炊事当番自身が告白したものだから、全員が本気にしてしまったんだ」

「呆れた。子供じゃあるまいし、そんな嘘をついて人を騙《だま》すなんて信じられないくらい。悪質だわ」

腹がたち、甲高い声になって非難した。当番兵の心ない嘘のために、あれから二十数年たった今日になって、自殺未遂者まで出したのである。

「いやな人だわね、なぜ出鱈目《でたらめ》をいったのかしら」

「悪意はなかったんだ。皆をかついで、あとで陽気に笑いとばそうとしたのだからね。なにしろあの頃のわれわれは餓鬼みたいになっていたんだ、笑い声なんてものは絶えて久しく聞いたことがなかったのだよ。それに、たまたまその日が四月一日でもあったから、東光寺君があああした嘘を思いついたのも、無理なかったんだな」

「まあ……」

「前の晩に歩哨が敵兵を射殺したという噂がながれていたせいもあって、東光寺上等兵の冗談は本人が期待した以上にすんなり受けとられた。皆はそれを本気にしたばかりでなく、人を喰ったというショックで深刻に考え込んでしまった。だもんだから、彼としてはいまのはホラだとはいえなくなったのだ。あの場合、もし事実を語ったら、殺気だった連中に叩き殺される危険性は充分にあった。敗戦直前のことだから、軍律なんてあってなきが如《ごと》しだったんだ。だから、人肉でないことを知っていたおれも、敢えて黙っていたのだよ。そのかわり、みんなの気分をひき立たせようと思って、エネルギーを蓄積するのも国のためなんだから人肉を喰ったからといってくよくよするな、とハッパをかけてやったんだ」

「あら、あれはあなただったの？」

思わず伸枝は笑いだした。いまや、彼女の心底にあった夫不信の念はあとかたもなくけしとんでいた。目の前にいるのは、むかしと変らぬ敬愛するにたる夫なのだ。

「ねえ、もう二つばかり質問があるんだけど」

「ふむ」

「人肉でなければ何の肉だったの？」

「犬だよ。野犬の肉だ」

「当番兵が犬の肉であることを知っているのは当然だけれど、あなたはどうしてわかったの？」

「犬の味を知っていたからさ。豚には豚の、牛には牛の味があるのとおなじように、犬にも特有の味があってね」

「どうして知ってるの？」

「子供の頃に二、三度くわされたことがあるんだ」

「あら、なぜ？」

　すると竜一はほそい顎をなでながら、照れたように目を細めた。

「ぼくの郷里には、犬の肉を喰うと体があたたまっておねしょする癖《くせ》がなおるという迷信があったんだ」

「イギリス人が聞いたら卒倒しそうな話だわね」

「ああ。そのかわり、ぼくの田舎の人間はね、罪もない狐を狩りだして殺すというような野蛮なことはしないのさ」

　喋りつかれたように大きな欠伸《あくび》をすると、竜一はごろりと畳に横になった。

「すしでもそばでもいい、電話をしてくれないか。それまで少し眠らせてもらうよ」

　いい終えたときは、もう軽い寝息をたてていた。伸枝は夜具をとりだすために押入れのふすまをあけた。

水難の相あり

1

Q大学スキー部の宿舎は、蔵王《ざおう》温泉近くの地蔵山《じぞうさん》中腹にある。スイスのヒュッテを模したとかで、赤い屋根に丸太を並べた壁、それに白く塗った窓枠といった絵ハガキで見かけるようなしゃれた建物だった。一階の半分が吹きぬけ。あとの半分は中二階の寝室にあてられている。寝室といっても、折りたたみ式のキャンバスベッドが並べられたきりの殺風景なものだが、北国だけに暖房には意を用いてあるから、毛布一枚でぬくぬくと熟睡することができる。

この一帯はスキーの理想的な場所だ。初級の、よちよち歩きのスキーヤーに向いたスロープもあれば、プロ級でなくては辷《すべ》れない難しいスロープもある。冬になると、東京方面からのスキー客で、温泉街は年に一度の活気をみせることになる。Q大学の蔵王のヒュッテは、各大学のなかでも最もめぐまれた場所に建てられているのだった。そのわりに優れた選手がそだたない、というのは、やっかみ半分のよその大学の陰口である。

大学は十二月二十日より冬休みに入った。翌二十一日の朝、はやくも東京から夜行列車にのった五人の部員が宿舎に到着した。四年生がひとり、あとの四人は一年生でこのヒュッテははじめての連中である。タクシーから降りた新人たちは、山腹に立っているチョコレートの箱の絵みたいなヒュッテの眺めを、感激の面持で見上げた。

後続部隊は二十二日に着くことになっている。それまでに山荘の内部を掃除し、当分の食糧を買い集めておかねばならない。掃除といってもそれほど大きな建物ではないのだから、なかば遊び半分に、ぼつぼつやれば間に合うのであった。

「いいか、スキー部員たるもの脚と腰をきたえなくてはならん。ロープウエイを利用することは許さんからそのつもりでな。わかったらおれの後についてこい」

新人たちは先輩のあとにつづいて雪の道をのぼり、ロープウエイでいけば五分もかからぬところを四十分ちかく費《ついや》して、ようやくのことでヒュッテに辿《たど》りついた。そして荷物を一個所にまとめておくと、ただちに手分けをして掃除にとりかかったのである。山荘のなかは火の気がなかったけれども、まぶしいほどの晴天なのと、はげしく運動をしたあとなので少しも寒くはない。ハタキをかける、ホウキで掃く、窓をあけてガラスを拭く、キャンバスベッドと毛布を天日にあてる。若者たちはきびきびとはたらいた。

窓をみがいていた青年はふと手を休めると、白一色に埋めつくされた斜面に眼をやった。明日から思いきりこのスロープを滑降することができる。そう考えただけで若いスキーヤーの心がはずんでくるのだ。

「おい、怠けるなよ」

と、見廻りにきた先輩が声をかけた。

「はあ。ところで先輩、この辺に立っている樹氷ですがね、あれは何の木ですか」

「トド松だよ。雪がとけるとこいつが意外に背のたかい木でね、八月頃にナスみたいな形の紫色の実がなるんだ。まあ何事も経験だ、いちど夏休みにきてみることだな」

夏季の山荘はスキー部員に限らず、学校の職員にまで開放されている。尤《もっと》も、長居すると退屈になるので、たいていの学生が二、三日で退散するという話であった。

「どういうわけでトド松というんですか」

「あの実がトドの好物じゃないかと思うんだがな。いまもいったように丸くうす紫色で、うまそうな恰好をしている。焼いて喰うと案外いけるかもしれんからなあ」

この先輩は成績のほうはあまり芳《かんば》しくなく、入社試験を三つ受けてみな辷ったという噂があるが、根が朗《ほが》らかなたちなのでけろりとしている。

「あ、ここでしたか先輩」

と、二階で寝室の片づけをしていた一年生が入ってきた。

「なにか用か」

「ベッドの数が一つ足りないんです。全員で十八人分が必要ですから」

「よし、おれが物置からとってきてやる。お前は掃除をつづけろ」

先輩は肩をゆすぶると、のっそりと熊みたいに立ち上がり、スコップを手に裏口から外にでた。裏庭も一面につもった雪であった。これからは、裏口と物置のあいだの除雪をして道をつけるのが、部員の日課のひとつになるのだ。

物置は石室ふうのもので、山腹をけずった崖下に立っている。夏場はそうでもないが、冬に入ると陽当りがわるく、雪の吹きだまりとなる。そのため、ときには日に二度も雪を掻《か》かないと扉があかなくなるのだった。

先輩は、途中までくると腰をのばしてひと息いれた。額の汗を手の甲でこすり、何気なく前方を見やったとき、雪のなかから突き出している小さな赤い色彩が彼の眼を捉《とら》えた。扉のすぐ前である。はじめ、一輪の花が落ちているのかと思ったが、考えるまでもなく、こうした場所に花を捨てる人間がいるわけもない。色のあざやかさに魅《ひ》かれたように眸《ひとみ》をこらし、ついで雪を踏みしめて近づいてみた。それが手袋をはめた手であることを知った途端、彼は年長者らしからぬ悲鳴をあげていた。

声を聞きつけて若い連中があたふたとびだしてきた。

「先輩、どうしたんですか」

「…………」

先輩はようやくわれをとり戻しかけていた。思わず叫んだことが今更のように恥ずかしくなった。

「先輩」

「あわてるな！」

叱りつけることで辛うじて体面を保持し得た。

「スコップで手前《てめえ》の足をつっついてしまったんだ。いや、痛えの痛くねえの」

「はあ。おや先輩、あれはなんです？」

「どうみても女の手だとしか思えんのだ。まさか、こんな山のなかにマネキン人形を捨てるやつはいないだろうからな」

「すると……」

「屍体が埋まっているのじゃないかな」

「先輩！　すぐ警察に――」

「あわてるなといったら！　もしこれが誰かのいたずらであってみろ、わがスキー部がもの笑いになる。屍体か屍体でないか、もっと確かめる必要がある。おいお前、掘ってみろ。スコップはいかんぞ、手で掻きわけるんだ」

先輩の命令だからいやだと断わるわけにはいかない。しぶしぶと、しかし幾分の好奇心をまじえて雪を掻きのぞいた。あとの四人は声をのんで立ちつづけた。

その沈黙は、雪のなかから女の胴体があらわれることによって破られた。居合わせた五人はそろって押しつぶされたような、はたから見れば滑稽とも思われるような声をだした。

オーバーの色が赤いから若い女だという見当がつく。しかもその生地はいかにも軽そうな、それでいて暖かそうなカシミヤであった。ゆき倒れなどではない。そういえば小さな可愛らしい手袋も、メッシュの上物に違いなかった。

「おい、蔵王温泉の派出所に連絡するんだ。ロープウエイでいってこい。電話は麓《ふもと》の駅にある！」

てきぱきとした声で先輩は命じた。

2

掘り出された屍体は冷凍されていたものと変りがない。いま埋《い》けられたばかりのように新鮮だった。絞殺された屍体のつねとして形相の変っているのが無残だが、それをのぞけば、まるで眠っているようにしかみえない。特に赤いオーバーと赤い靴とが、白い雪の上であざやかな印象をのこした。

一見したところでは二十七、八歳。オーバーに門田《かどた》の縫いとりがあり、臙脂《えんじ》色のバッグのなかにも門田操《みさお》としるした名刺が七枚入っていることから、これが被害者の名前であるものと考えられた。困ったことに住所は刷り込まれていない。

頸《くび》に喰い込んだハンカチは後ろ側でかたく二重に結ばれている。結び目をのこして切断すると、雪の上にひろげてみた。男物のありふれた白麻のハンカチだが、係官の気をひいたのは黒々と捺染《なっせん》された一文銭のデザインと、余白に達筆な、というよりも判読にくるしむような、崩れた字体で書かれた四つの文字であった。

「芸能人やプロ野球の選手のサインみたいだな」

「女だね、これは。四番目は江の字だから」

捜査課長以下が知恵をしぼった結果、やっとのことで春山桃江《はるやまももえ》ではないか、という見当をつけた。

「係長、シャンソン歌手にそんな名前の女がいましたね」

東海林《しょうじ》という部長刑事が同意をもとめるように捜査係長の赭顔《あからがお》をのぞき、係長はそう訊《き》かれて思い出した表情になった。渋紙色《しぶかみいろ》の顔をした額のせまい男で、東北人にはめずらしく歯切れのいい口をきく。

「そうだ、うちの娘がファンだよ、それも熱狂的なファンなのだ。あんな歌のどこがいいのかさっぱりわからんが」

と、係長は嘆くようにいった。彼が好きなのは庄内《しょうない》おばこなのだ。西洋の歌がわかるはずもないのである。

現場検証はかなり長びき、陽が傾くにつれてきびしい寒気がしのびよってきた。課長が胴ぶるいをしたのをきっかけに、人びとはズボンの裾についた雪をはらい落して、ヒュッテのなかに入った。学生たちは暖炉に火をもやしてくれたばかりでなく、いつの間に買ったのか煎餅《せんべい》や饅頭まで用意してすすめてくれ、係官は火のそばで菓子をかじっているうちに、ようやく人心地をとり戻したのだった。

金銭をうばうことが目的の犯行でないことは、ハンドバッグに残された千円札と、左手にはめられた二つの指輪から推察された。石は猫眼石とサファイアで、眼のきく東海林刑事にいわせると、合わせて百五十万円をくだらぬ本物だそうである。

「すると恨みかな？」

「わざわざ山のなかまで誘い出されてきたのですからね、犯人はわりない仲の男であるとみていいですね」

「殺意を悟ったときにはもう遅すぎたことになる。叫んだところで聞えやしないだろうからね」

課長がいったのは、雪が音を吸収することをさしているのだった。

「服装からみてガイシャは都会からきたんだな。多分、東京だろうね」

「今日やって来て今日殺した、といったインスタントなもんじゃないでしょう。温泉に泊ってじっくり話し合ってみたがどうしても解決しない。揚句の果てにやったというケースではないですか」

「まず旅館をしらべることだな」

わかい刑事連中はほとんど意見をはさまずに、上司の発言を手帳にしるしていた。煎餅も饅頭も残り少なになり、皿の底がみえている。遠慮をしてはなれた壁際にしりぞいている学生たちは、ときどき様子を窺《うかが》うようにこちらを眺め、また顔をよせてひそひそ囁《ささや》き合うのだった。

「夫婦気取りで男のほうの名前で泊っている場合が考えられるね。門田操といったところでわかるまい。番頭や女中にあたるときは服装をくわしくのべることだ。それに黒のサングラスをかけていたことも忘れずに……」

いいかけて課長は頭をふった。

「これは役に立たんな。なにしろスキー客はどれもこれも黒眼鏡をしているんだからな」

課長がいっているのは屍体のかたわらから発見された眼鏡のフレームと、度のついた黒いレンズの破片のことであった。眼鏡の枠は白のフォックス型で、明らかに女性用のものである。おそらく、殺意を悟った被害者と犯人とのあいだに、短かい、しかし激しい闘争があったのだろう。

ただ、ここで係官の小首をかしげさせたのは、眼鏡のレンズが徹底的にわられて枠だけになっていることと、犯人が破片の大半を拾って逃げたとみえて、夕方までかかって探しもとめたにもかかわらず、現場に残っていたのはほんの二、三片にすぎぬことだった。この眼鏡の件は、犯人がなぜヒュッテを犯行の場にえらんだかという理由とともに、狙《ねら》いがどこにあるのかさっぱりわからない。その点に、係官は最初からなんとなく納得を欠いたような、不透明なものを感じていた。

「つぎにこのハンカチだが」

司会役の課長がハンカチを手にとって振ってみせた。

「春山桃江が宣伝用にばらまいたものか、さもなければこのハンカチの持主が桃江のファンで、ありあわせのハンカチにサインをして貰ったということになるな」

「わたしは後者だと思いますな。春山桃江がばらまいたハンカチだとすると、女物であるはずです。これは男物ですから、そのファンというのは当然男性ですね。ふつうは手帳かなにかにサインして貰うわけですが、たまたまその場に居合わせてなにも持っていなかった。で、止むなくハンカチを出した、というところではないですかな」

眠そうな顔つきの東海林が、ベテランらしい見解を示した。ずんぐりした背丈でがっしりとした中年男である。彼の緩慢な動作から想像がつくように、忍耐づよいという東北人に共通した性格を持っていた。

「しかしこの一文銭はどういう意味かね。女持ちのハンカチなら刺繍《ししゅう》がしてあったりアップリケで飾ってあったりするのは珍しくないんだが、男がこんな真似をするなんて聞いたことがない」

とにかく疑点が多すぎる。そういった思い入れで一座のものが首をひねっているところに、学生のなかのいちばん年長と思われる男が熊のような歩き方で近づいてきた。ちょっとハンカチを見せて貰えないか、というのである。

「いいですよ、とっくり見て下さい」

課長にしても、薪やお茶のサービスを受けた以上は無下《むげ》にことわることもできかねた。というよりも、この大学生のなにか心当りでもありそうな口吻《くちぶり》に、若干の興味を持ったのである。

学生は、いわれたとおりじっと古銭のデザインを眺めていたが、やがて視線を課長に返した。

「被害者の名前はわかったのですか」

「門田操というらしいのですよ。バッグのなかの名刺にそう書いてある」

青年の質問に、課長はいよいよ関心をふかめた。この男はなにか知っている……。

「思い当るものがあったらなんでも結構です、聞かせて下さい」

課長からそう慫慂《しょうよう》されて、彼はようやく話す決心がついたように、喉を鳴らして唾をのみ込んだ。

「これはカドタではなくてモンデンと読みます。殺された門田操さんは、司会者として知られた真田十郎《さなだじゅうろう》さんの奥さんなのですよ。真田さんは『真田の六文銭』という言葉にひっかけて、一文銭をトレードマークにしています。ネクタイの模様も羽織の紋もそうですし、ライターから便箋からハンカチにいたるまで、一文銭のマークがついているんです」

課長も主任も身をのりだしている。刑事たちは熱っぽい眼つきになり、青年の語る話に耳をかたむけていた。窓の外はすっかり暮れてしまい、はるか斜め下に温泉街の灯火があかくあでやかに輝いてみえた。スキーヤーたちは温泉に入って冷えた体をあたためて、夕餉《ゆうげ》の膳にむかっている頃であった。

「真田十郎……？」

係官はその名に記憶がなかった。どこかで聞いた憶えもあるような気はするけれど、さだかではない。

「五年ばかり前まではテレビの司会者ばかりでなしに、ラジオのディスクジョッキーや記録映画の解説者として引っぱりダコのタレントでした。あの世界は浮き沈みがはげしいといいますね、彼も五年前から急に人気がおちてきて、いまではその頃ためた預金でほそぼそと喰いつないでいるという話です。勿論、真田さん自身はチャンスがありさえすればカムバックしたいと思っているそうですが……」

「いたいた、あの英語だかドイツ語だかのひどく達者な……」

と、東海林も思い出したように声をたかめた。ふとぶちの近眼鏡をかけ、黒い髪をぺったりとなでつけた、ずんぐりした体つきの男だったように記憶している。

「すると真田十郎が細君をやったか、あるいは真田のハンカチを失敬した男がやったか、ということになるね」

課長は誰にともなくつぶやいてから、学生をかえりみた。

「よく知ってますね」

「大学の先輩ですから。それも、スキー部員だったもので……」

「するとこのヒュッテを知っていることになる。土地カンもあるわけじゃないか」

課長は思わず声をあららげた。このヒュッテは建てられてから十五年あまりを経過している。だから真田十郎も、学生時代には毎冬のようにここで練習にはげんだことになるのだ。

「きみ、知っているなら捜査に協力してほしいんだが、真田と奥さんのあいだはうまくいっていたのですか?」

「………」

「いいかね、わたしは先輩を中傷するようにすすめているのではないのですよ。犯人はほかにいるかもしれない。痴漢がけしからぬ振舞いにでようとして奥さんに反抗された。そこでかっとなって殺してしまったということも考えられます。最終的な解決をみるまでわれわれは試行錯誤をかさねなくてはならない。被害者の旦那さんをしらべるのも、いってみればその一つなのだが……」

課長のいうことは多分に詭弁《きべん》の感じがしないでもなかったが、好人物そうな大学生はあっさりそのワナにかかってしまったようだった。彼は顔をあげると、咳払いをして、思い切ったように語りだした。

「……真田先輩は、下着デザイナーの菱沼《ひしぬま》ヨリ子という女性と恋愛関係にあるんです。ところが、奥さんが頑として離婚を承知してくれないもんだから、それやこれやで夫婦仲はすっかり冷たくなってしまって……」

3

東京の春山桃江と連絡がとれたのはその夜の十時をすぎた頃だった。青山のスナックバーで歌っている合間を利用しての、みじかい通話であったけれど、山形県警側は知りたいことのすべてを聞いてしまった。電話の声から判断するかぎり、春山桃江は芸能人にありがちな増上慢《ぞうじょうまん》の感じはなく、あと味のいい通話になった。

係長は、まず問題のハンカチにサインしたことがあるか否《いな》かを訊いた。

「ありますわよ。昨日《きのう》、つまり二十日の午後のことですけど、新宿の喫茶店で歌っていたとき、サインを頼まれました」

歌手らしい澄んだ声が答えた。その喫茶店は実兄が経営しているので、午後はいつもそこで歌うことにしているのだ、という。

「真田さんの一文銭のことはあたしも存じ上げていますでしょ。ですから、ハンカチにサインしようとしてあのしるしを見たとたんにはっとなって顔を上げますと、真田さんが笑って立っていらっしゃったんですの。近頃あまりお仕事がないせいか、ちょっと淋しそうな笑顔でしたけど……」

シャンソン歌手は長距離電話であることを意識して、早口で喋《しゃべ》ってくれた。

「二十日という日付に間違いありませんか」

「ございません。つい昨日のことですもの」

「真田さんにサインされたことはそれがはじめてですか」

「後にも先にもあれきりですわ」

「断言できますか」

「はい。一文銭のトレードマークは芸能界でも有名なんですもの、忘れるわけがありませんわよ」

係長はくどいほど念を押して彼女から確答を得た。

真田十郎は翌二十二日の正午すぎの急行で到着した。屍体認知をすませ、さらに本人の希望で雪のヒュッテをたずねて現場をみたのち、市内の目抜き通りである本町の山形屋旅館に投宿した。係長と部長刑事の東海林が彼を訪問したのは、真田が湯に入って凍てついた体をあたため、どてら姿にくつろいだときであった。

雪の反射ですっかり眼をやられてしまった。真田はそういって話の途中で何度もハンカチで涙をぬぐい、ふたりの係官の視線はその都度《つど》ハンカチに染めぬかれた一文銭の模様に釘づけにされるのだった。

形式的な悔《くや》みをのべてから、妻を殺した犯人についての心当りの有無を訊ねると、真田は即座に黒い頭をふった。

「ありません。旅にでるなんてことは一言も洩らさなかったのです。スキーは下手でしたから……」

「話はかわりますが、噂によると、奥さんとの仲が冷却しておった。奥さんが離婚に応じてくれなかったということですな」

そこまで知られている以上、隠しだてをしても無駄だ。真田はそういった思い入れで頷いてみせた。

「おっしゃるとおりです。喧嘩ばかりしていた妻ですけど、ああした酷い死に方をされてみると、やはり可哀想になりますね」

そうはいうものの、ほかほかと温まった彼の顔はいかにも充ち足りたふうにみえ、悲しみの色は稀薄であった。むかしテレビで見かけたとおり髪をぺったりとなでつけ、ヒゲを丁寧に剃って、身だしなみには一分のすきもない。

この日の正午すぎに、蔵王の温泉旅館をあたった刑事たちから報告が入っている。犯人および被害者に該当するような客は、どの旅館にも泊った様子がないというのだった。おそらく、山形に着いたその足で地蔵山へ直行したのだろうとみなされ、土地カンのある真田の容疑はいちだんと濃いものになっていた。

係長はハンカチにサインをして貰ったいきさつについて訊ねたが、彼の答えは、春山桃江が語ったことと全く同じだった。二十日の午後、新宿をぶらぶら歩きしていると、春山桃江出演という看板のさがった喫茶店があったので、興味を感じて入ってみたというのだ。

「ぼくは中学生の頃からシャンソンが好きでしてね、家にはティーノ・ロッシのSP盤まで集めているのですよ。日本の歌手のなかでは春山さんが群をぬいて巧い。しかもあの日の出来は最高でした。そんなわけでぼくも多少興奮気味になりましてね、ハンカチをひろげてサインをして貰ったようなわけです」

照れたように笑ってみせた。それはともかく、捜査官にとって好運だったのは、このハンカチのお陰で、犯行時間がかなり明確になったことであった。犯人がサインを貰った直後に山形へ向ったとすると、現場到着はその夜の十時以降となる。つまり門田操は二十日の午後十時から、屍体が発見された二十一日の午前十時にいたる十二時間のあいだに、殺されたことになるのだった。

係長は期待に胸をはずませながら、焦点をここに絞って、真田の行動を追及した。

「アリバイですか。まあ、疑ぐられても仕方ないですね。兇器はぼくのハンカチなのだし、ぼくには動機らしきものもあるのですから……」

無理につくったような笑顔になると、あたらしくタバコに火をつけた。

「結論からいうとアリバイはあるんですが、順を追って、喫茶店をでたときから話をはじめます。六本木の家に帰ったのは五時すぎでした。じつは、家内といつまでも牙をむき合っているのもおとな気ないと思いまして、あれの好きなエクレールを土産に買ったのですよ。ところが帰ってみると留守なのです。いまから考えれば犯人と逢って、その男に山形へあそびに行こうと誘われていたものと思うのですが、ぼくにそんなことがわかるわけがない。せっかく好物を買ってきてやったのに、勝手にしやがれという気持になりましてね、むしゃくしゃする気分を発散させようとしてドライブに出たのです。はじめは二、三時間も車をころがしていればそのうちに気もおさまるだろうと思っていたんですが、乗っているうちについ夢中になっちゃって長野県までいってしまったのですよ」

「ちょっと待って。問題のハンカチはどうしたのですか」

と、係長は忘れずにポイントを突いた。

「どうも自分でもだらしがないと反省しているんですけど、そいつがはっきりしないのです。サインして貰ったあと、オーバーのポケットに入れたつもりなんですが……。ドライブに出掛けるときに、オーバーを脱いでスポーティな服に着更えたのですよ」

犯人はそれをこっそり持ち出して山形へ向ったのだ。彼の発言にはそうした含みがあるのである。

「新宿から国道20号線にでて、つまり甲州街道にでてですね、とにかく気分をすかっとさせるのが目的ですから、思い切りとばしました」

係官は東北の人間だから甲州街道などといわれてもよくわからない。番頭から借りた地図をテーブルにひろげて参考にした。

「大月、甲府、小淵沢《こぶちざわ》あたりまでは何回か走ったことがあるんですが、そこから先ははじめてのコースですから記憶が曖昧《あいまい》になります。あれは辰野《たつの》だと思うんですが、なんだか外車の名を屋号にした店に入ると、ラーメンを喰いました。おそい夕食ですが……」

時刻は十時前後、肝心の店の名はどうしても思い出せない、という。

「困りますね、これでは役に立たない」

「小さな都市でしたから、探せばすぐみつかりますよ。フィアットではなかったし……、ひょっとするとポルシェかな？」

「するとドライブインですね？」

中華そば屋が外車の名を店名にするとは考えられない。ドライブインでなければ喫茶店だろう。それも珈琲とラーメンをいっしょに調理しているような場末の貧弱な店に違いあるまい。

「いえ、ラーメン専門の店ですよ。なかなかうまかったです。ラーメンは札幌にかぎるなんていうひとがいるけれど、信州のラーメンも相当なものですね」

「その先をうかがいたいですな」

東海林刑事が喰い物の話を打ち切るように口をはさんだ。

「ラーメン屋で土地の青年と知り合いましてね、彼の案内でバーで呑みなおしたんです。ふたりともかなり酔っていたもんで、彼がこれから家に帰るのも大儀だろうと思って、パークしておいた車に泊めました。ぼくの車はフロリアンですから、シートを倒せば寝ることはできるのです」

「翌朝までいっしょでしたか」

一夜を車のなかで過したのが事実だとすれば、アリバイは完璧なものとなる。門田操が殺されたのはその間《かん》のことなのだから。

「ええ。目覚し時計がないもんだから寝坊してしまって、遅刻だ遅刻だなんていいながら出ていきましたよ。ぼくはそのあとで諏訪《すわ》まで戻ると、大門《だいもん》街道をぬけて上田にでたんです。そして高崎経由で東京に帰りました。家に着いたのは二十一日の午後三時頃だったと思いますね。家内はまだ帰っていない。何処へいきやがったんだろうと中ッ腹になって晩めしを喰っていたところに、あれが蔵王で殺されているという通知が入ったんです。いえ、警察からではなくて、新聞社の芸能部の記者からでした」

彼が語りおえたとき、火をつけたきり一服もしなかったタバコは、灰皿の上ですっかり灰になっていた。

いうまでもなく、捜査本部としては真田のアリバイを確認することが急務となった。仮りにそれが事実であったとしても、相手は日夜客に接しているラーメン屋の従業員なのだから、早くチェックしないと記憶が薄れて混乱をきたすおそれもある。そこで、とりあえず東海林刑事が帰京した真田の後を追うようにして山形を発った。手帳には、宿のロビイでとった真田の写真がはさんである。

4

上野駅に着いたとき、教えられたダイアルを廻して真田に電話をしてみた。ラーメン屋の名を思い出しているかもしれぬ、というあわい期待があったからだ。

「まだ思い出せません、残念ですが」

沈んだ口調が聞えてきた。

「ですから、ぼくも辰野まで同行します。そのほうが早い」

「しかしお葬式やなにかで大変でしょう?」

「ぼくは葬式には参列しないのですよ。家内の両親はてっきりぼくが殺《や》ったものと思い込んでいる。そんな男を許すことはできないというんです。無理ないことだとも思ってますが……」

だから一刻も早くアリバイをはっきりさせたいと語った。

門田操の遺骸を焼き、遺骨を持ち帰ったのは真田ではなく、郷里の岐阜から駆けつけた老いた両親であったことを、刑事は思い出していた。仮りに彼がシロであるならば、胸中の無念さには同情のほかはない。だが東海林は、この元タレントの犯行であることを百パーセント信じていた。辰野までいったところで、真田のアリバイが成立するはずがないのだ。その彼が、刑事と同行したいといい出したのはどういうつもりなのであろうか。東海林は眠そうな眼を大きくあけると一瞬とまどった顔になったが、ついで彼の申し入れを快諾し、新宿駅で落ち合うことにした。

十時十分発、松本行の急行にのった。辰野着は午後一時四十六分だから、ほぼ三時間と三十分の行程になる。真田は不快な気持を発散させようとするゼスチュアなのだろうか、売り子がくるたびにビールやウイスキーを買い、それを東海林にもすすめた。

「刑事さん、これは買収ではないですよ、遠慮しないで呑んで下さい」

周囲の乗客の耳を無視するように、刑事さんを連発した。

「刑事さん、東海の林とかいてショウジと読むのはどうしたわけですか」

そういう邪気のない質問までする始末であった。

甲府で弁当をもとめた。それを喰いながらも、真田は喋ることをやめようとしない。

「ほら、ここが小淵沢です。小海《こうみ》線の岐れ道です。高原列車がナントカしてという流行歌があったでしょう、小海線もその一つで、日本でいちばん高い駅をとおるんですよ」

親切にそんなことまで説明する。茅野《ちの》を通過するときには崖の上を指で示して、竹久夢二《たけひさゆめじ》が死んだ結核病棟はあのへんにあるのだ、と教えてくれるのであった。お陰でこの三時間を、東海林は大いに楽しく過すことができた。が、諏訪湖のほとりを走りぬけ、辰野が近くなるにつれて、真田は故意に明るい態度をよそおっているのか、それともアリバイの証明されることが嬉しくてひとりでに心がはずんでくるのか、彼をクロとする東海林の自信はしだいに揺れてきた。

山形の町を見なれた刑事にとって、辰野は小さな活気のない田舎町に思えた。駅の規模も山形に比べればずっと貧弱だし、その前から右手にのびるメインストリートにしてもさっぱり活気がない。

ふたりは町内案内図の前にたった。この大通りに平行して少しはなれたところを天竜川《てんりゅうがわ》がながれており、蛍の名所などと記入されている。

「ラーメン屋はどの辺でしたか」

「さあ……」

振り返って町の様子を見廻しているが、見当がつきかねる面持ちだった。真昼間にみる町と夜中にみる町とでは、おなじ場所でもまるで印象がちがうものだ。東海林はそう考え、急いで結論をもとめることは止めにした。

「とにかく歩いてみようではないですか」

真田の肩を叩くと、連れだって案内板の前をはなれた。要するに目標はラーメン屋なのだから、探すにしてもそれほどの手間はかからぬはずである。ふたりはのんびりした足取りで大通りの左右に眼をくばりながら歩いていった。

刑事の眸は、民家のひくい軒端にさげられた吊し柿をとらえた。めったに見かけぬ大きな美事な柿だ。気をのまれて顔をよせると、それは茶色の味噌玉なのだった。東海林のくにではピラミッド型にして家のなかの天井からつりさげる。それにひきかえ、大道の埃《ほこり》のなかにぶらさげておくこの土地人の無神経さはどうだろう。彼は足をとめ、呆《あき》れ顔でながめていた。無理のないことだが、身びいきの刑事の眼には、あらゆる点で山形のほうがすぐれているように映るのだった。

辰野の大通りには華美な色彩がとぼしい。曇り日のせいか、医院の玄関前も豆腐屋の店先も、どれもくすんで古惚《ふるぼ》けているようだった。だが見なれると、東海林にはむしろこのほうが落着きがあっていいような気がしてくる。先程ちらりと見かけた新宿駅の狂ったような雑踏を思い泛《うか》べるにつけ、しずかな辰野のほうがずっとおれの性に合っている、と東海林は考えなおした。

メインストリートをふた往復したにもかかわらず、求めるラーメン屋もバーもない。そこで更に天竜川をわたった向う岸にまで足をのばしてみたが、結果に変りはなかった。

「おかしいな、たしかにこの町だと思ったんだけど……」

「車を停めたのはどの辺です」

「…………」

真田はめっきり口数少なになってしまい、口のなかで「おかしい、おかしい」と呟《つぶや》くようにくり返すだけだった。

彼が打ちのめされたように黙り込んでしまったのは、ふたりが町の警察に立ち寄って担当者から食堂営業者の名簿をみせて貰ったときであった。八軒ある中華料理店はいずれも『請来軒』だとか『珍々亭』だとかそれらしい名前ばかりで、バタくさい片仮名の店名はただの一軒もなかったからだ。

「変だな。すると岡谷かもしれないぞ。とにかく外車の名の店は実在しているんです、嘘じゃありません」

「まあいい、岡谷に戻りましょう」

係りに礼をのべて駅までとって返すと、バスで岡谷にもどった。が、ここでも収穫はない。そういえば下諏訪のような気がする。彼はそんなことをいい出し、東海林は黙々としてそれに従った。

こうして上諏訪まで引き返してなお得るものがないと知ったとき、東海林の眠そうな眼に、はじめて怒りの色があらわれた。

「いい加減にしたらどうです、大体ラーメン屋がイスズだのダットサンなんて名前をつけるわけがない。あなたが長野県にいたというアリバイは嘘なんだ、出鱈目《でたらめ》です」

「酷い。ぼくは犠牲者です。だれかに謀《はか》られたんだ。ぼくを憎んでいるやつがぼくを陥れたんです。ぼくは――」

「ではアリバイはどうなのです、ポルシェとかいうラーメン屋はどこにあるんです！」

東海林に決めつけられた真田は絶望的な表情をみせ、沈黙してしまった。ポマードをこってりぬった髪に、どこで落ちてきたのかスズメの綿毛がついていて、夜風に心細そうにふるえていた。午後九時半、温泉客でにぎわう上諏訪駅前の雑踏のなかであった。

5

兇器として用いられたハンカチという物証と、アリバイ立証が不成功におわったことから、それまで慎重を期していた山形県警側はただちに逮捕にふみきった。

殺人犯にされたのだから当然のことだけれども、人気の凋落《ちょうらく》をかこっていた彼は、週刊誌や新聞で完膚《かんぷ》なきまでに叩かれた。平素から真田をこころよく思っていなかった芸能界のライバルたちがここぞとばかり悪口をいい、記者はそれを多分に潤色《じゅんしょく》して報道するといった有様で、わずか二日間のうちに、このタレントは同情の余地のまったくない悪党にされてしまった。彼の肩をもつのは愛人の下着デザイナーただひとりであったが、彼女の「わたしは彼を信じます！」というヒステリカルな叫びもほとんど黙殺されていた。

しかしなかには真田十郎を擁護するものがいないわけではない。ある評論家や、小説家のなかでもとくに推理小説を専門に書いている作家のあいだで、真田の犯行であることを疑問視する説をとなえるものがいた。評論家のほうは何事にも反対論をぶちまくる勇ましい男だったので大して人眼はひかなかった。が、理づめに物事を考える推理作家の場合、彼が犯人であるならば自分のハンカチを犯行に用いるはずがない、というのが主張の根拠になっていた。それはまるで犯行現場に自分の名刺と指紋を残していくようなものであり、電気イスのスイッチを自分で押すような自殺行為でしかない。殺人者の心理構造としてこれは肯《うなず》き得ぬことであり、当局はこの点をどう説明する気か、というものだった。

たしかにこの意見は的《まと》をついている。罪の発覚をおそれるのは犯人に共通した心理なのだから、真田の神経が狂ってでもいない限り、否定することのできぬ決定的な証拠を現場に遺留するはずはないのである。説明せよと開きなおられても、捜査本部としてはどうしようもないのだ。ただ小首をかしげ、ストーブのそばで渋茶をすすりながら苦い顔をするだけであった。青天の霹靂《へきれき》ともいうべきあの情報がもたらされたのは、まさにそうしたときのことである。

手近かにいた若い刑事が受話器をとると、先方は松本警察署だと名乗った。

「松本？」

「ええ、長野県の松本ですよ。中央線で岡谷の少し先にいったところの町です」

いままでは県警本部のほとんど全員が中央線の地理をそらんじている。

「わかりました。ご用件は？」

「真田十郎の一件ですがね、問題の夜のアリバイ証人と称する青年が出頭しまして、あの晩いっしょに車に寝たのは自分だと主張しているのです。ことが重大ですから、ご連絡する前に青年のいうことが事実かどうかウラをとりました」

刑事は文字どおり耳を疑うように、受話器をぐっと押しつけた。

「それで？」

「事実であることが判明しましたよ。ラーメン屋の店員もバーのマダムも、真田らしい人物がきたことを覚えています」

「では、ポルシェというラーメン屋が実在するのですね？」

「ポルシェではありませんが、ドイツの車の名なのです」

山形の刑事は若いだけに車には人一倍の興味がある。子供っぽいと非難されそうな気がするから誰にも喋ったことがないが、給料をさいてはこつこつとミニカーを集めているほどであった。ドイツの車というと、それはオペルかな？

「いや、オペルではない。フォルクスワーゲンですよ」

どういうわけか先方は声をだしてあははと笑い、山形側の刑事は心を見すかされたようで不愉快になった。それにしても、車の名をつけたラーメン屋が実在するとは意外である。そこの主人もカーマニアなのだろうか。

受話器をおいた彼は、いまの通話が持つ重大な意味に気づくと緊張した固い表情になった。報告をうけた課長も係長も狼狽《ろうばい》を隠せない。すぐに顔を合わせて相談していたが、なにはともあれ刑事を出張させて問題の青年から事情の説明を聞こうということになり、前回とおなじく東海林が夜行で出発と決った。明朝上野につき、松本へ直行すれば、その日の正午すぎにはくわしい事情がわかる。ともかく、すべてはその報告を待ってからにしようと意見は一致をみた。

十二時ちかくまで宿直の刑事と将棋をさして暇をつぶすと、東海林刑事は署の車で駅まで送ってもらって、零時半発の夜行にのった。今回は少し旅慣れてもいたから、先日のように上野まではいかないで、赤羽で乗りかえて新宿へ向った。このほうが距離的にも時間的にも無駄がないのである。

特急で松本駅に到着したのは正午前であった。ここは中央、大糸《おおいと》、篠《しの》ノ井《い》線の分岐点であるためか山形駅にくらべると結構は一段と大きかった。昨日電話してくれた柳田《やなぎだ》という刑事と、髪をきれいに刈り上げた、小ざっぱりした若者が迎えにでていた。柳田は東海林と同年輩の中年男で、うすくなった前頭部がてらてらと光っている。物腰に刑事特有のくさみはあるが、親切そうな第一印象をうけた。

「これが証人の小林君です。多忙な公務員ですが特に時間をさいてきて貰いました」

「やあ、そいつはどうも」

「もっと早くお知らせしたかったのですが、出張で山奥に入っていたものですから。電気も新聞もない集落なのですよ」

　青年は笑顔でいった。

「食事はどうですか」

「塩尻《しおじり》で弁当をすませました」

「それは残念ですな。例のラーメン屋で中華そばでも喰おうかと思っていたのですが」

　柳田刑事は黄色い歯をみせ、先に立って駅前広場を横断すると、正面の大通りに入った。道幅がひろいせいか町全体が明るい感じがする。左右にならぶ店舗も大きくて活気があり、先日おとずれた辰野とは比較にならなかった。わるくすると山形が負けるかもしれぬ。例によってそうしたことを考えて歩くうちに、柳田の足がふと止った。

「ここが問題のラーメン屋ですよ」

　立ち止って柳田の指さすほうに眼をむけた。ごくありふれた店構えで扉に『フォルクスラーメン』としてある。いうまでもなくフォルクスワーゲンのもじりであった。東海林は多少の英会話ならできるけれど、ドイツ語はまったくわからない。が、フォルクスワーゲンが大衆車という意味であることは聞いて知っていた。とすると、この店名はドイツの車の名をもじると同時に、『庶民的なラーメン屋』という含みを持たせたつもりなのだろう。

「巧い名前をつけたものですね」

「そばもうまいです。フォルクスラーメンには鮭の身が入っているのですが、それでいて少しも生臭くないのが特長です。なんといっても戦前は松本高校があった都市ですから、市民もかたことのドイツ語ぐらいは知っているのですよ」

柳田は自慢そうに黄色い歯をだした。

ラーメン屋の店に入って店員に会うと、真田の写真をみせ、十二月二十日の夜この男が喰いにきたことを確かめたのち、今度はバーのマダムに会うことになった。

ラーメン屋のすぐ先の本町交叉点を北に曲ったところが、松本市のいわば銀座にあたる商店街だった。一歩踏み入れて、山形の刑事は内心あっと声を立てていた。ペーヴメントの模様からして山形とは違う。この通りの敷石は色彩に変化をもたせた模様入りになっているのだ。山形市のメインストリートは県庁の正面に伸びていて、その左右にデパートや老舗《しにせ》が軒をならべているのだが、スケールはともかく、ここに比べるとはるかに野暮ったかった。

アーケードの下をとおって商店街をぬけると、浅い流れがあって千歳橋《せんさいばし》としるした橋がかかっている。小林がつれていった『リッツ』というバーはその先にあった。

夜のおそいマダムにすればいまはまだ真夜中みたいなものだろう。寝不足のはれた眼で東海林のくるのを待っていた。そして写真の人物がこの青年と連れだって呑みにきたのは間違いない事実なのだと答えた。時刻は十一時頃であり、その点でも真田の主張のただしいことが証明されたのである。

こうなると残る問題は車内に一泊したと主張する小林青年の証言の信憑性《しんぴょうせい》であるが、彼と真田とのあいだには何の利害関係もないのだから、これは信用するほかはなかった。

「仮りにぼくと真田氏がグルになっているとしますね。その場合、真田氏が逮捕されたら間髪《かんはつ》をいれずにアリバイの証人として出頭したと思います。だって、ぼくの申し出るのが遅れたばかりに、あの人はあることないことを書き立てられて、再起不能の状態になってしまったではないですか」

なるほど、再起不能かどうかはわからぬけれども、人気商売であるだけに今回の事件は真田にとって大きな打撃だっただろう。落ち目だった彼のことだから、あるいは二度と立ち上がることは絶望かもしれない。東海林と柳田はともに、小林の証言に信憑性をみとめることで意見が一致した。

6

あれだけ入念にやったにもかかわらず、三億円事件における東京警視庁とおなじ轍《てつ》をふんでしまったのである。山形県警の無念と失望はいうまでもないことだが、非情なジャーナリズムは一変して県警側の不手際を攻撃しはじめた。多くの週刊誌が課長の渋面をグラビアに載せた。東京の武藤《むとう》捜査一課長とおなじように、山形側のこの課長も弁解めいたことはひとこともいわず、それが唯一の救いとなっていた。

釈放された真田の上には多くの同情が集中した。女性週刊誌は競ってセンチメンタルな記事をかかげ、「彼を信じる!」といい切った下着デザイナーの手記を掲載した。真田十郎は過去の遺物だ。そういって冷たくあしらっていたテレビ局が辞《じ》をひくうして彼を迎え、その頃視聴率のさがっていたクイズ番組の司会者に据えると、このテコ入れは美事に成功して、忽《たちま》ち人気を盛り返してしまった。

人気は、失うときも早いが上昇するときも早いものである。すぐに他のテレビ局やラジオ局にも連鎖的に反応がつたわってゆき、三週間もしないうちに真田は全盛期におとらぬタレントとなり、しかもこの人気は更にたかまっていくのだった。

彼が出演する番組の大半は、山形県下でも中継されている。本部の食堂や県庁の喫茶室で、刑事たちはしばしばそれを見る機会があった。

「むかし只野凡児《ただのぼんじ》というマンガの主人公がいたね。真田の顔は凡児にそっくりじゃないか」

と、定年を再来年にひかえた刑事部長がいった。

「あれは麻生豊《あそうゆたか》の作品でしたね」

「そう、ノンキナトウサンの作者でもある。隣の大将というのとコンビでね」

「正チャンとリスというのもあったですな」

「底抜けドンちゃんも面白かった。これは長崎抜天《ながさきばってん》氏だったな」

中年以下の連中にはこの会話の内容がわからない。

「それにしても、あんなキザな恰好をした男のどこがいいんだろうな」

「ポマード会社のコマーシャルがいいところじゃないか」

「いや、女はあの男にしびれるんだそうだ。女房がいっていたがね、顔ではなくてあいつの声が女心をくすぐるんだとよ」

真田十郎の評判はよくない。誰もが憤懣《ふんまん》やるかたなしといった顔つきで噂をする。

あれ以来、捜査は少しも進展していなかった。門田操の生前の交際関係を徹底的にしらべ上げてみたけれども、女優あがりのこの女性は評判もよく、動機らしい動機は発見できなかった。そうしたわけで、本部のすべてのものが真田犯人説を捨てられずにいるのである。それだけに、あのアリバイが恨めしくてならない。

札幌の雪祭りがすんだ頃だから、年を越して二月に入ってのことである。東海林は満員のテーブルに割り込むと、昼食のうどんを啜《すす》りながら例によって真田が出演するニュースショウを見ているうちに、ふっと感じたことがあった。この司会者が往年の人気をとり返したのは、誤認逮捕による世人の同情が根底にあるのではないか。元来が才能のある男なのだから、何かのきっかけさえ摑《つか》めば、自分を売り出せることは充分に計算に入れていたのではなかったか。……こう考えてくると、真田が妻殺しの容疑者となることもまた、彼が前以て計画した筋書であるように思われるのであった。

東海林は、かつて推理作家が指摘し、その後も彼をひそかに悩ましつづけてきたハンカチを巡る不合理性の謎が、いまようやく解けたような気がした。真田としては、世間の注目と同情を得るために、何がなんでも自分が容疑者にされ、新聞雑誌でさんざん非難されることが必要だったのだ。その目的を達するには、犯行現場に絶対的な証拠をおいてくることがいちばんではないか。東海林の眠たげな眼がいつになくかがやいてきた。彼は、この予想もしなかった発見に気がたかぶってくるのを押えることができなかった。畜生、なんて頭のいいやつなんだ！

冷たい空気にあたって気をしずめるため屋上にでた。はげしく吹きつける風に上衣の裾がめくれあがる。障壁に手をかけると、東海林はぐるりと周囲を見廻した。市内にはほとんど雪がなくて、よく晴れた蒼空の下で蔵王連峰がひときわ白くかがやいて見える。

そのうち眩しさに眼が痛くなり、顔をそむけると、鼻の先に、県庁の建物と向い合った恰好で山形新聞社と山形放送局のビルがあった。いま、真田が司会するニュースショウを中継している局である。すると東海林の考えはふたたび彼の犯罪計画の上にもどってゆき、冷えた頭に血がのぼってくるのだった。

東海林は、真田が犯人であることをあらためて確信していた。だが、彼の思考はそこで停止してしまい、それから先へは一歩も踏みだすことができかねた。あの堅固なアリバイが立ちはだかっているからである。

7

十分もいるうちに体のしんまで冷えてしまった。ぶるっと身をふるわせると、暖かい職場が恋しくなって階段をおりていった。そして自分のイスに坐ったとき、眼の前に一通の封書がのせてあることに気づいた。速達便で、差出人の名をみると柳田圭吾《けいご》としてある。東海林は眼をほそめて松本署のこの男の容貌を思い泛べた。髪のうすい柳田刑事の第一印象は親切そうな男ということだったが、事実そのとおりであった。あのとき、真田のアリバイが確立してがっくりとなった遠来の客を、彼は精いっぱいのやり方でなぐさめてくれたのだ。その好意を、東海林は忘れかねている。

封を切った。便箋三枚に、武骨な大きな文字でしたためてある。その要点はつぎのようなものだった。

すでにご承知のことかとも思いますが、ちょっとした発見がありましたのでご一報します。昨日愚妻が美容院へ参り、待合室で芸能週刊誌を拾い読みしていたところ、被害者門田操の親しい友人と称する女優が故人を追悼している一文にぶつかりました。その文中で筆者は、彼女はすこぶる視力のいい女性であり、それが度のついたサングラスを所持しているのは訝《おか》しいと述べているとのことです。小生この雑誌を求め問題の文章に眼をとおしましたが、妻の言葉に間違いないことを確認、いささか奇異な思いに打たれています。女性用眼鏡の枠というのは被害者のものであるとしても、散らばっていたレンズに度がついていたとすれば、それは彼女のものではあり得ません。必死になって抵抗した際に犯人は眼鏡を叩きおとされ、そのレンズが割れたものと考えたいのですがどうでしょうか。

これは局面を大きく変えるほどの重大な情報であり、東海林はまた興奮して顔が充血してくるのを覚えた。犯人が門田操の死にもの狂いの抵抗に遭い、その結果サングラスを叩き割られたとする柳田刑事の推理は、核心を突いたものとみていい。犯人はこの事実を隠すために散ったレンズの破片を拾い集め、ついで被害者の眼鏡を故意に割って、枠だけを遺棄するという妙な真似をしているのである。東海林は手紙を机において腕をくむと、この、犯人が示した奇妙な行動の真意を追求していった。

Q大のヒュッテに到達したとき、近眼の真田は度のついた黒のサングラスを、妻のほうは視力がいいから度のついていない素透しのサングラスをかけていた。雪国へ旅行しようという場合の、これは当然の用意である。

　さて、闘争のさなかに眼鏡をわられた真田は、レンズの破片から足がつくことをおそれ、割れたガラスの破片をことごとく拾っていこうと考えた。が、なにせ強度の近眼の男にとって、それは不可能なことであった。いや、視力が充分なものであっても、雪のなかにもぐってしまった破片まで掻き集めることはできない。では、どうすればこの危機を乗り越えられるか。

　真田は頭の切れる男だったに違いない。その上、どたん場に追いつめられてもなお冷静に思考力を集中することができる図太い神経の持主だったに相違ない、と東海林は思う。ともかく、このぎりぎりの場で彼が思いついたのは、拾い残したレンズを妻の眼鏡のそれであるよう誤認させることであった。そのためには彼女のレンズをはずし、枠だけを現場に遺留しておくことにした。そこで真田は、息絶えた妻の顔からサングラスを取り上げ、レンズを割った。

　この場合、彼女の破片を落としていったのでは一切のからくりがばれてしまう。度がついているものとついていないものと、注意ぶかい捜査官ならただちに見破るだろう。だいいち、被害者のレンズが夫とおなじ黒だったとは限らない。あるいはダークグリーンであったかもしれず、そうだとすればどれほどボンクラな駆け出し刑事であっても、二種類のガラスの存在をひと目で見ぬいてしまうはずである。だから真田としては、妻のレンズは一片も残さずに持ち帰らなくてはならなかった。おそらく眼鏡ごと自分の服のポケットのなかででも割るかして、破片がまったく付着していない枠だけを取り出し、屍体のかたわらに遺棄したのだろう。また、仮りに被害者がダークグリーンの眼鏡をかけていたとすれば、そんなこととは知らない捜査本部では、彼女が黒の眼鏡をかけていたものとばかり思い込んでいるから、間違ったイメージを頭にえがいて訊き込みにあたることにもなる。そしてそれは真田にとってプラスに働くのだ。

真田がスペアの眼鏡を持っていれば苦労はない。が、レンズを割られるとは予想もしなかったろうから、まず、予備はなかったものと考えてよい。東海林は、真田が眼をほそめる癖のあったことを思い泛べ、強度の近視に違いあるまいと想像した。だから眼鏡を失くした彼は行動する上に大きな不自由と困惑を感じただろうし、何はともあれ土地の眼鏡店へいって近眼鏡をつくらせることが急務だっただろう。しかし蔵王温泉街に眼鏡店のあるはずもないから、バスあるいはタクシーに乗って、いちばん近い山形市内まで降《くだ》ってくるほかに方法はないのだ。

東海林は音をたてて机のひきだしを開けた。すでに用済みとなっている真田の写真をつかみだすとポケットに突込み、オーバーを抱えて出ていった。後輩の刑事がびっくりして声をかけたが、振り返りもしない。

彼は市中の眼鏡店を片端からたずね歩くつもりだった。大都会とちがって眼鏡店の数もたかが知れている。夕方までかかればすべての店をチェックできるのである。

まず県庁前の大通りからはじめていった。旅籠町《はたごまち》、七日町《なぬかまち》、松本市とおなじ名前の本町……というふうにすすんでいくうちに、十日町にある三軒目の店ではじめて手応《てごた》えを得た。

「ええ、おつくりしました。お見えになったのは夕方です。眼鏡なしの顔だったので印象がちがっていますがね、じっくり写真を見ますとおなじ人であることがわかります。列車の上で洗面中に、風圧で眼鏡をとばされたとおっしゃっておいででした」

胸がはずみそうになるのを辛うじて押えつけると、東海林は話の先をうながした。店主の弟だというこの青年は、わかいだけに記憶力もすぐれており、それが役に立った。

処方箋をみせてもらう。左が〇・〇一で右が〇・三。かなりの近眼である。加えて左眼が潜伏性斜視としてある。

「何ですか、これは」

「斜視ですが、いわゆる寄り眼ではありません。日中は普通の眼とおなじ外観なんです。しかし眠っているときは筋肉がゆるみますから、瞼の下の眼は斜視の状態になっているのです。プリズムの入ったレンズを用いれば楽になります、そうおすすめしたのですが、作るのに時間がかかると申しますとそれは困るといわれて、近視用だけの眼鏡を作成しました」

住所氏名の欄には横浜市南区南太田町《みなみおおたまち》、宮本太郎《みやもとたろう》としてあるが、これは偽名に決っている。いずれにしても、真田の眼科のカルテを調べることだ、そして双方のデータが一致したときに、ヒュッテ殺人の犯人は真田であることが明確になるのである。

ついで刑事の眠そうな眼が日付欄におちたとき、冷静をよそおっていた彼の仮面はたちまちけし飛んでしまった。

「き、きみ、これは間違いじゃないのかね。この客がきたのは十九日ということになっているが……」

店員は気色《けしき》をそこねたように白い顔を赤らめ、はげしく首を振った。

東海林の顔もにわかに紅潮してきた。だが、興奮するなというほうが無理であった。真田は十九日にこの店で眼鏡をつくらせている。いい替えればヒュッテの犯行はいままで考えていたような二十日ではなくて、一日前のことなのだ。こうなると、二十日夜から二十一日朝にかけての真田が何処でなにをしていようと、捜査本部にとってどうでもいいことになる。難攻不落と思われた真田のアリバイは、一瞬にして呆気《あっけ》なく崩れてしまったのだった。

8

たかぶった気持がおさまってくると、真田のアリバイが崩壊したと思ってよろこぶのは早すぎることに気がついた。本部にむけて町の大通りをあるいているうちに、東海林の足はしだいに重たくなってきた。あのハンカチに春山桃江がサインをしたのは二十日ではないか。そのハンカチを兇器として殺人している以上、犯行は二十日より以前ではあり得ないのだ。

たとい真田が眼鏡店にあらわれたとしても、それは要するに近眼鏡を作成させただけに止まるものであり、コロシと結びつけることはできないのである。

「もっと元気をだせよ。もう一歩というところじゃないか」

と課長が肩をたたいた。

「課長、真田のアリバイの基本になっているのは春山桃江の証言だと思うのです。われわれはしかし肝心の彼女とはまだ一度も会っていない。これはおかしいと思うのですよ。直接話をしてみる必要があるのではないでしょうか」

なにも成算があるわけではない。が、重大なポイントをにぎる証人と長距離電話で語っただけでは、彼女にしてみれば言い落としもあるだろうし、こちらにしても訊き落としがあるかもしれぬ。東海林はそれをいったのであった。

「いいだろう。きみにばかり出歩かせてすまないが、もう一度足労をねがおうか」

そこで東京の芸能プロに問い合わせてみると、生憎《あいにく》なことに彼女は九州を巡業中で、今夜が宮崎市、明日は鹿児島市、つづいて指宿《いぶすき》で一日休養したのち、熊本市へむかうスケジュールだった。

捜査費はできるだけ切りつめなくてはならぬから、航空機を利用するわけにはいかない。

東海林はその夜の急行で発つと、東京、大阪、下関を経て鹿児島本線にのり、一路南下をつづけた。

鹿児島についたのが翌々日の朝。指宿線の終着駅でおりたのは午前十時に少し前だった。東海林は本州の北端から鹿児島まで、一日半をかけて縦断したことになる。春のようなこころよい風に頬をなぶられながら、駅員に教えられた道を歩いた。胸のなかで、きびしい寒気と闘う東北人の宿命をしきりに考えていた。

湾を見おろせるロビイの籐イスにふたりは向い合って坐った。桃江は眼のあたりが離れ気味な、口の大きな女であった。物事に屈託のない、のんびりした性格らしく、眉をよせて神経質な顔つきの歌手を想像していた東海林は、ちょっと当てがはずれた。

桃江はうすいピンクのワンピースを着ており、よく注意してみると、生地には桃の実が編まれていた。東海林がポケットから出したハンカチを、桃江は一瞥《いちべつ》したきりで頭をふった。

「これ違っていますね。あたしが新宿の喫茶店でサインしたのとは別物ですわよ」

意外なことをいわれた刑事は真意をのみ込めぬ顔つきで口をあけた。

「ハンカチが違う？」

「字が違っているからわかるんですの。あたし姓名判断のひとから注意されたことがあります。字画がわるい、このままだと水難の相があるって……」

東海林は身をのりだしていた。彼女が何をいおうとしているのかわからない。が、それが局面を一変させる重要なものであることはわかっていた。

「死にたくなければ名前のなかのサンズイをニスイにしろ。易者さんはそういうんですのよ。

ですから、去年の秋以来、桃江の江の字を、ニスイにしたんです、サインするときだけ……。これ、知らないひとのほうが多いんですけど」

眼をちかづけて見る。なるほど、このハンカチのサインは明らかにサンズイが書かれている。いい替えると、これは彼女がサインの字体を変更する以前に、つまり昨年の秋よりも前にサインしたものであって、十二月二十日のサインではない、ということになる。

「しかしあなたも人間だから、誤ってサンズイを書いてしまうこともあるでしょう？　ほれ、弘法《こうぼう》も筆の誤りというではないですか」

「弘法さまはどうか知らないけど、あたしの場合はありませんわ。なにしろ命にかかわることですもの、絶対に間違えることしませんのよ。四国や北海道からステージの依頼があるたびに、水がこわくて断わっていたのじゃお仕事になりませんでしょ」

「すると、おなじハンカチが二つあるわけだ。真田は十二月二十日に新宿でサインをして貰う前に、このハンカチにもサインして貰ったことになりますね。つまりあなたは、二度サインしたわけです」

「そこが不思議でしょうがないのですわよ」

シャンソン歌手が大袈裟に首をかしげるゼスチュアをすると、ゆたかな髪が肩からはずれて、胸のあたりにこぼれた。

真田の偽アリバイは崩れかけている。あとひと押しというところだった。だが、彼女はハンカチにサインしたのは一度きりだと頑強に主張するのである。アリバイ偽造の上で重大な意味を持つしろものだ、誰かに頼んでハンカチを持ってゆかせ、それにサインをして貰ったとは考えられない。その人物が当時のことを思い出したら万事休すということになるからだ。

「前回にサインしたことを」

と、彼は手に持ったハンカチをテーブルにのせた。

「忘れたのではないですか」

「いいえ。真田さんの一文銭は奇抜なだけに眼につくんです。二度サインすれば二度したことをちゃんと覚えていますわよ。あたしってわりかし記憶力いいの」

「しかし現実にサインをしたハンカチが二枚ある……」

「ですから不思議ですのよ」

刑事と歌手は、その瞬間なにかを思いついたように、はっとした顔を見合わせた。

「わかった！」

「どうやらわたしもわかったようです」

9

新聞、テレビですでにご承知と存じますが、真田十郎が自供しました。解決にいたるきっかけをつくって下さったあなたに、心からお礼を申し上げます。

さて、掻いつまんで真田十郎の犯行をしるしてみます。

離婚に応じてくれぬ妻の殺害を思い立ったのは去年の夏のことであり、彼はひきつづき偽アリバイの案出に没頭しておりました。去年の秋、サングラスに人相を秘め、シャンソン歌手のリサイタルにゆきまして、楽屋で春山桃江のサインを貰っています。これは麻の純白なハンカチで、サインを貰ったあとで自宅に持ち帰ると、余白に、自分の宣伝用につくらせておいた一文銭の型紙を用いて、あのマークを転写したのです。ハンカチの上に型紙をのせ、更にその上から熱したアイロンをかけるだけの、誰にでもできる簡単なことです。このハンカチをaとしますが、真田はaハンカチを筐底《きょうてい》ふかく秘め、冬になるのを待ちました。念のため申し添えますが、春山桃江がサインしたときのaハンカチは、マークも何も入っていない真白なものです。したがって、このハンカチにサインしたことが彼女の記憶に残るはずがないのです。真田は、出身大学のスキー部のヒュッテが地蔵山にあること、十二月二十一日には先発隊が到着すること、物置の前の雪中に屍体を埋《い》けておけば必ず二十一日中に発見されることを計算に入れた上で、計画を立てています。そして実際には十九日に殺しておきながら、それが二十日夜から二十一日午前にかけての犯行であるが如く思わせ、その時間帯のアリバイを用意したのでした。

呑み込みやすく書きます。

十九日の朝、彼は被害者をつれて上野を発ちました。愛人と手を切ったという口実で誘いだしたのです。今夜はヒュッテに泊ろう、若い後輩連中といっしょに歌って騒ごうといって現場までおびき寄せ、ハンカチで絞殺しました。いうまでもなくaハンカチを用いたのです。ここでサングラスを割られて山形市内であたらしい眼鏡をこしらえさせたのですが、お陰でこれが決め手の一つとなりました。

ヒュッテで妻を殺したのは十九日の午後のことです。眼鏡をつくらせるとその足で夜行にのりました。二十日に帰京した彼は、午後になると例のシャンソン歌手の店にいって、今度はあらかじめ一文銭のマークを入れたハンカチにサインを求めたのです。これをbのハンカチと呼ぶことにしますが、aのハンカチをbのハンカチであるが如く錯覚させたところに、真田のアリバイ計画の独創性がみられるわけです。彼が冬の到来を待ったのは、雪のなかに屍体を入れておけば冷凍したのもおなじことですから、十九日に殺したのも二十日に殺したのも識別がつきにくくなる、この点を利用するのが狙いでした。

喫茶店から帰宅した彼は、bハンカチを焼却して、跡形《あとかた》もないようにしてしまったのち、車で松本へ向ったのです。松本の地理には通じており、そこに『フォルクスラーメン』という店のあることも知っていました。その地で手頃の人物を見つけて車内に泊め、アリバイの証人にする予定でいたのですが、もし小林君のような頃合いの人がいなかった場合は、娼婦をさがして車に連れ込むつもりだったそうです。

真田の目的は、自分が容疑者にされて天下の同情を一身にあつめ、それを再起のきっかけとする点にあります。したがって『フォルクスラーメン』という店名を承知しているくせに、故意にポルシェだの辰野だのといい加減のことをのべ、いかにも自分の主張するアリバイがつくりごとであるような、曖昧《あいまい》なものに見せかけたのでした。証人の小林君が出張していたため効果は予期した以上にあがったのですけれど、もし同君が名乗り出なかった場合は、『留置場のなかで考えているうち不意に記憶がよみがえった』と称して、自分からラーメン屋の名を告げるつもりでいたそうです。

簡単すぎて意をつくさぬところが多いと思いますが、以上が犯行のあらましです。機会があればもう一度お目にかかり、改めてお礼をのべたく存じます。

東海林敏彦《としひこ》

柳田圭吾様

冷_{れい}
雨_う

1

信号灯がオレンジから赤にかわった。二、三歩わたりかけた若い男女が思いきりわるそうに引き返してきた。竹田勝子《たけだかつこ》は胸のところにデパートの紙袋をかかえ、歩道のふちに立って青になるのを待っていた。尾張町《おわりちょう》の交叉点《こうさてん》は赤から青になるまでの時間がながい。いつもいらいらさせられるのだ。地下道をくぐったほうがよかったんじゃないかしら……、そうしたことを考えながら、斜め前の横断歩道に眼をやった。

銀座は、新宿に繁栄をうばわれた斜陽の街だといわれている。けれども、この群衆のながれを眺めていると、斜陽化という印象はどこにもなかった。ごたごたしてまとまりを欠いた新興都市の新宿に比べれば、銀座はなんといっても垢《あか》ぬけしている。新宿がどう太刀打ちしたところで、このスマートさは出せるはずがないのだ。あんな野暮ったい田舎町に賑わいを奪われてたまるものか、と思う。勝子は木場《きば》にちかい門前仲町《もんぜんなかちょう》生まれの、純然たる下町っ児であった。山ノ手にはぬきがたい反感を持っていた。

ふと勝子は、信じがたいものを目撃したように二、三度まばたきをして眸《ひとみ》をこらした。ついでその派手な顔からみるみる血の気がひいていった。視力には自信がある。いま交叉点を日比谷側へわたっていくのが篠原《しのはら》と春江《はるえ》の二人であることは決して見誤りではない。しかも篠原と彼女は、いかにも睦《むつ》まじそうに腕を組んでいるではないか。自分と一緒に歩くときは、照れくさいからといって勝子の手をふりはらい、どうしても腕を組ませようとはしない篠原だったのである。

青にかわった。

「おい、邪魔だ！」

中年の男にあらあらしく突きとばされ、よろめいた。それでもなお勝子はその場に立ちつくしていた。歩道に上った篠原たちは頬をつけるようにして語り合い、どちらも白い歯をみせて笑い合っている。勝子がそこに立っているのを承知の上であてつけているように、勝子には思えるのだった。勝子は蒼白になっていた。真蒼《まつさお》な顔のなかで、形よくぬられたルージュの色だけがきわだって鮮かであった。

ふたたび赤になったとき、勝子は篠原たちに背をむけて日比谷とは反対の方角に歩きだした。一刻も早く二人からはなれてゆきたいと思った。胸の紙袋のなかにはサテンの服地と洋菓子の箱が入っている。マンションに戻ったら珈琲《コーヒー》をいれ好きなシュークリームを喰べながら、デザインブックをひろげて服の裁断をあれこれと考えるつもりでいた。これにしよう！

と決定するまでのさまざまな迷いの一刻が、お洒落の勝子にはたまらない楽しみなのだ。そして来月の連休までには仕上げてしまいそれを着て篠原とデートする。ひそかにそういう計画をたてていたのである。だがいまの勝子には、菓子も洋服もなかった。口惜しさと憤怒《ふんぬ》が胸のなかで煮えたぎっていた。

近頃の篠原は、勝子が電話でデートを申し入れても断わることが多かった。青年部の執行委員長という役目柄、組合の会合にでなければならないといわれれば、おとなしく引き退がるほかはない。というよりも、篠原の愛情を独占しているものとばかり思っていた勝子は、相手の言葉を疑ってみもしなかったのである。勝子は自分の己惚《うぬぼ》れにも腹を立てていた。紙袋を舗道にたたきつけ、布地も洋菓子も靴でふみにじってやりたいほどであった。気がつよい性格であるだけに、無念さは人の二倍も三倍も感じるのだ。

三原橋をわたり歌舞伎座の前をすぎて、隅田川のほとりにまで来たが、勝子の胸はいっこうにおさまりそうもなかった。橋をわたりかけた勝子は、ふと立ち止ってあたりを見廻してから、思いなおしたように岸にそった道を川上に向って歩きだした。どこへ行くという当てがあるわけではない。九月にはまだ間があるけれども、川面をわたる風には秋の気配が感じられた。その冷たい空気に頬をなでられていると、逆上した気持が多少は凪《な》いでくるように思えたからであった。いつもならば辟易《へきえき》して顔をしかめたくなる川の臭気《しゅうき》も、いまの勝子には少しも気にならなかった。

日曜日のせいか人通りは少ない。川を上り下りする舟の姿も平日ほどは見かけなかった。耳をすませると、はるか川下のほうから焼玉《やきだま》エンジンの調子のととのった音が伝わってきて、そのリズミカルなぽんぽんぽん……という響きを聞いているうちに、波立った勝子の心も次第に平静さをとりもどしてくるようであった。立ち止り、コンクリートのざらざらした柵の上に紙袋をのせると、勝子はそれにもたれかかった。全身から急に力がぬけてしまい、体重をあずけたままの恰好で虚脱したように動かずにいた。

篠原英明《ひであき》と大町《おおまち》春江とを引き合わせたのは他でもない、勝子自身なのだ。いまさら後悔してみても始まらないとは思うものの、そのことを思い出すと、ふたたび体中がかっかとほてってくるような気がした。あれは今年の六月のことだから、会社の創立記念日のパーティーの席であった。二十周年ということでもあり、特に赤坂のホテルを会場にして盛大な宴がはられたのである。勝子は三杯のカクテルにかなり酔っていた。いや、アルコールにつよいたちだったからマティーニに酔ったのではなく、はなやかな会場の雰囲気に酔わされたのかもしれなかった。英明をさそって壁際の椅子に坐った。

この日の英明は珍しく黒のドスキンを着ており、それがまたぴったりと身に合っていた。平素の彼はいたって服装に無関心なほうで、冬のさなかでも上衣などは着たことがなく、腰から汚れた手拭いをぶらさげたりしている。そのラフな恰好が、またいかにも組合のリーダーらしく見えて勝子は好きなのだが、こうしていまみたいに正装していると、あたりの男子社員がかすんでしまうほど立派だった。英明の色の黒い筋肉質の顔立には、黒の式服がいっそうよく似合うように思えた。大町春江がグラスを片手に、話し相手をもとめて二人の前をとおりかかったのは、ちょうどそのときであった。

文書課と秘書課というふうにセクションが違っていたから、さほど親しい仲ではない。というよりも、勝子も春江も事務系統の女子社員のなかでは一、二を争う美人であり、なにかというと男子社員の話題の中心にされていた。当人同士もそれをよく意識している。むしろ心の底では互いに反撥《はんぱつ》し合っている間柄であった。その春江に声をかければ、当然の成行きとしてかたわらの英明を紹介しなくてはならない。それを承知していながら呼び止めたのは、酔って浮わついた気分になっていたのと、この素晴らしい恋人を見せびらかして春江の鼻をあかしてやろうという魂胆があったからである。

そしていま、勝子はその相手の女から、逆に鼻をあかされたことになった。

2

下町の生まれだから短気でせっかちなのは当然であったけれど、その欠点を教養がカバーしていた。どんな場合でも一歩しりぞいて綿密な計算をし、その後で二歩も三歩も前進して、結局は遅れをとりもどすばかりでなしに、勝利を自分のものとするのだった。だから今回も篠原の心変りをなじるような愚かな真似はしないで、やんわりと相手の反省をもとめる態度にでた。

まず勝子はサテンの生地をいそいで服に仕上げると、それを着て出勤した。文書課の女子社員がまだ夏服でいるなかで、彼女のオレンジ色のオータムドレスは火が燃えるように美しく、平素は負けず嫌いでほめたためしのないタイピストまでが、渋々ながら賞讃したほどだった。予期したことではあったが、勝子はすっかり自信をつけた。そして昼休みになると化粧室に飛び込んで、いつになく入念に化粧をしてから、本館をでた。

組合本部は本社の北側に建っている。どっしりとした七階建ての本館に比べると、見るからに冷遇された木造の平屋だった。窓が少なく、しかも小さい。冬になると執行委員たちは一つしかないダルマストーブを囲んで春季闘争の策をねるのだった。この人たちの前で勝子はさも組合活動に関心があるように振舞っているけれど、本当はなんの興味もない。正直のところ、組合員を牛耳って戦闘的なアジ演説をする篠原がいかにも颯爽《さっそう》としているので、その英姿《えいし》に魅せられたに過ぎなかった。

「そうか、見ていたのか。べつに隠すつもりはなかったんだが……」

委員たちが昼食をとりに出払ったあとのがらんとした部屋のなかで、彼は悪びれた様子もなく答えた。

「弁解しないところが男らしくていいわね」

英明は黙って眩《まぶ》しそうに眼をそらせた。眸の色から、彼が勝子の美しさに圧倒され、必死になってこれと闘っているのがよく判る。このぶんなら押しの一手でいけば勝利はこっちのものだ。勝子はそう判断した。

「文句をつけに来たのじゃないのよ。久し振りでおひるをご一緒したいと思って……。今日はあたしが奢《おご》るわ、社員食堂なんかじゃなくてレストランへ行きましょうよ」

むりやり大通りの食堂へつれだした。この杉並のはずれには製菓会社が経営しているスナックが一軒ある。スペースが広いので、昼食時だからといって混み合うようなこともない。勝子は先に立って店に入ると、いちばん奥のボックスをえらんだ。ここならば知った顔がやって来てもすぐに気づける。さり気なく、話題を変えれば、話の内容を聞かれてしまう心配もないのである。

「ステーキがいいわね？　そう、よく焼いて頂戴」

ウェイトレスが行ってしまうとテーブルの下で脚を組んだ。すんなりとしたその脚は彼女がひそかに誇りにしているものだった。素肌のときはさほどでもないが、シームレスをはくとくっきりとした線が強調され、男性はいい合わせたように一瞬息をつめて見とれるのだった。そしてそれは、春江に対抗するための強力な武器でもあった。

「とても仲がよさそうにお見受けしたわ」

「まあ仲のいいのも当然だな。結婚する前から喧嘩をしていたのでは仕様がない」

「結婚？」

思わず問い返していた。すると二人の間の話はそこまで進展していたのか。

「ぼくはつくづく果報者だと思うよ。社の美人社員の二人から求愛されたのだからね。若い連中の中にはプレイボーイとして鳴らしているのも相当数あるのに、きみたちはそんな軽薄なやつには一顧《いっこ》だにあたえなかった。廊下ですれ違ったりするとね、彼等はやっかみ半分のいやな眼つきでぼくを睨《にら》むんだよ」

おかしそうに声を殺して笑っている。勝子は仕方なしに唇を曲げ、むりに微笑してみせた。

「これは当然なことだから許してもらえると思うが、ぼくはきみと大町君を天秤《てんびん》にかけて計ってみた。どっちの求愛を受け入れるべきか、早急に決めて解答をださなくてはならないからね。だが、これはむずかしい問題だった。美貌の点では甲乙がつけがたいし、性格はどちらも積極性にとんで負けず嫌いだ、勝気である。ぼくみたいな戦闘的な男には、マイホーム主義なんて考えられないのだ。優しくてなよなよした女房なんていうのは、ぼく向きではないからね。この点でもきみたちは兄たりがたく弟たりがたかった。いや、これは姉たりがたく妹たりがたしとでもいうべきかな？」

勝子はまた白い歯をのぞかせて微笑してみせた。が、心のなかではじりじりしていた。大町春江のどこが気に入ったのか、その結論を早く聞かせて欲しい。その上であらたな対策を考えなくてはならないのだ。

「ずいぶん迷ったものさ。その揚句にようやくのことで決定的なポイントを掴《つか》んだんだが、きみ、ぼくがバイオリンを弾くこと知ってるね？」

あらためて念を押すような言い方をされた。

「知ってるわ」

と、相手の意向をはかりかねたように、勝子はとまどった表情をみせた。組合運動に専従する人間にはめずらしいことだけれど、英明は子供の頃に基礎的な教育をうけたとかで、この絃楽器をかなり巧みに鳴らすことができる。勝子自身も以前ある会でヘンデルだかモーツァルトのソナタを聞いたことがあり、素人《しろうと》ばなれのした腕に感嘆したのだった。

「ぼくにとって仕事が生き甲斐みたいなものだけど、ただ一つの趣味といえばバイオリンを弾くことだ。ところがこのバイオリンというやつは、マンドリンやギターと違って自分ひとりで鳴らしていたのでは面白くない。バッハやパガニーニにはバイオリンだけでやる独奏曲があるが、あれは名人上手《じょうず》がやる曲でね、ぼく程度のものが手すさびに弾くとすると、どうしても伴奏がいるんだよ」

うなずいてみせた。バイオリンやチェロの独奏にピアノの伴奏が不可欠であることは勝子もよく知っている。だが、なぜそれに固執した言い方をするのだろうか。

「この夏のことなんだが、朝早く出勤して娯楽室の前をとおると、なかからピアノが聞えてくるんだ。それがぼくも聞き覚えのあるクレメンティのソナタでね、へえ珍しいものがやってるなと思ってちらりと覗いてみると、それが大町君なのさ。彼女がピアノ弾けるとは知らなかったから、ちょっと意外だった」

それは勝子も同様だった。春江にそうしたたしなみがあるとは聞いたこともなかったのである。

「そこでぼくの好きなモーツァルトのハ長調の楽譜をわたしてやってさ、二週間ばかりでピアノのパートをマスターさせたんだ。そして日曜日に会社のピアノで伴奏をつけて貰ったんだが、楽しかったなあ。音楽の醍醐味《だいごみ》ってものは聞くだけでは解らない、下手ながら自分でやってみるところに真の面白さがあるんだね。ぼく等は一日中おなじ曲をくり返しくり返し弾いているうちに、すっかり意気投合してしまったわけなんだ。そして、ぼくの生涯の伴侶になる人は、やっぱりピアノが弾けなくては困る、という結論に達したのだよ」

ウェイトレスが皿を持ってきたので話がちょっととぎれた。鉄の皿の上には厚い肉のかたまりがじゅうじゅうと音をたてて焼けている。香ばしいかおりが漂い、英明は待ちきれずにフォークを手にしていた。

「旨《うま》そうだな。今朝は遅刻しそうだったんで牛乳一本しか飲んでいないんだよ」

大きな一片を頬ばるとしばらく無言で嚙みしめていたが、ふと口の動きを止めると、勝子の顔を正面からみた。

「ところで、きみピアノ弾けるの?」

3

春江が英明と逢う機会は、週に二回ぐらいしかない。ウィークデーが一日、それに日曜日を入れて二回になるのである。英明の仕事が多忙なためであった。

一体なぜそんなに忙しいのか。組合の仕事にまるきり知識のない春江にはよく解らない。一、二度英明に説明をもとめたことがあったものの、彼が使う労働運動の用語からして特殊すぎて、充分に納得するまでには至らないのである。そうかといって問い返すのは自分の無知を告白するみたいでできかねた。おいおいに時間をかけてじっくり勉強していくつもりだけれど、その前に、こんなに何も知らん女は妻とするわけにはゆかぬといわれ、婚約を解消されるのが怖ろしかった。英明の愛情を完全につかんでいる自信はあるのだから、そんな心配をすること自体がノンセンスだとは思うが、勝子という強敵がいる以上、安心してあぐらをかいているわけにはゆかない。勝子が敗者となったように、自分もまたいつ地位が逆転するか判ったものではないからだ。

あの勝子という女性が自分とおなじように気の強い性格であることも、春江はよく承知している。それだけに、愛人をさらわれた彼女がおとなしく引きさがり、鳴かず飛ばずでひっそりとしているのが、なにか不気味にすら思えるのだった。これがこのままですめば、春江の漠然とした恐怖はかるい神経症として片づけられてしまうはずであった。が、それからほどなくして、彼女の怯えが事実として春江の心に重たくのしかかってくるような事件が起きたのである。

九月の中旬だった。この日のデートは前々から予定してあったことなので、前の晩に髪をセットしてもらい、退社時刻になるのを心待ちしていた。誰もが感じるように、こうした場合は時間の経過がいつになくのろい。春江は幾度となく腕時計をのぞき、それが信用できなくなって背後の壁の電気時計をふり仰いだ。

「大町君、おたのしみだね」

「羨ましいね、全く。おれも古女房を追い出して、もう一度、おデートとやらをやってみたくなった」

「気の毒だがもう遅すぎるよ。四十男は不潔でいやらしいというのが女子社員の定説だ。仕方がないからいまの奥さんで我慢するんだな」

冷やかし半分に勝手なことをいっている。これが他のことだとツンとしてみせるのだけれど、英明とのラブロマンスに触れられると、ただそれだけのことで頬の筋肉がしまりをなくしてしまい、春江はさも嬉しそうににこにこ顔になるのだった。

退社時刻の七、八分前になると、女子社員は手洗い室に殺到する。指先についた印刷インクのしみを洗いおとし、顔にパウダーをはたく。それだけのことで、彼女たちの疲労のいろは跡形もなく消えてしまい、みずみずしい若さを取りもどすことができるのであった。

勝子は、春江が入ってくるのを先程から待っていたようである。すでに化粧をすませ、鏡の前から少しはなれた場所に立って、仲間の女子社員となにか語り合っていた。

「大町さんにお話したいことがあるのよ」

鏡のなかに勝子が近づいてきた。彼女の顔は目や鼻の造作が大きいせいだろうか、ちまちまとまとまった春江に比べると派手で化粧映えがして、同時にみるからに男まさりの気性をあらわしているようだった。その険のある眼が挑むように春江をみた。

「あなたにお話があるのよ」

「明日にして下さらない？　あたし、忙しいの」

言葉づかいが丁寧なのは優越感のあらわれだった。

「篠原さんとデートするんなら断わったほうがいいわよ。もっと重大なことなんだから」

「いやですわ、あたしにとっていちばん重大なのは篠原さんとデートすることなんですもの」

喋《しゃべ》りながらやるものだから眉がうまく引けない。いい加減で引っ込んでくれ！　春江は負けずにけわしい眼差しになって勝子を睨みつけた。

「じゃ、こういうことにするわ。五分間でいいからあたしと会って頂戴。それでもいやなら三分でもいい」

「ここでおっしゃったらいかが？」

「それは駄目だわよ。あなたを困らせたくないの」

「あたしに困ることなんてありませんわ。おっしゃって」

だが勝子は駄目だ駄目だの一点張りで決して話そうとはしない。根負けした春江は、ほんの三分間だけという約束で六階の娯楽室に上がった。昼の休憩時間をのぞけば無人の部屋であった。秘密めかした話の内容が何であるかは解らないが、他人に聞かれるおそれがないからといって、勝子のほうで連れ込んだのである。

勝子はけわしい眼でピアノを一瞥《いちべつ》してから、テーブルをはさんで春江と向き合った。

「あらためてお訊きするけど、あなた篠原さんを愛している？」

「愚問だわよ、訊くまでのことないでしょ」

春江も喧嘩腰になった。相手のいやに落着き払った態度が、彼女を不安にさせたからだった。

「篠原さんて子供好きなのよ。結婚したら五人ぐらいは生んで欲しいといってるわ」

「知ってるわよ、そんなこと」

「そう、知ってるなら話がしやすいってもんだわ。あたしね、私立探偵にたのんであなたの身辺をしらべさせたのよ。篠原さんの奥さんになる以上は家系に妙なしみがあったら困るじゃない？　結婚して子供ができてしまってからじゃ間に合わないもの」

妙なしみというときに幾分皮肉な調子になり、勝子はあかい唇をかすかに曲げた。

「子煩悩《こぼんのう》なたちですからね、変った子供が生まれたら落ち込んでしまうかもしれないし、悪くすると父子《おやこ》心中ぐらいやりかねないのよ。だから、あなたが篠原さんを愛しているのが事実ならば、この辺で身をひいたほうがいいんじゃないかしら」

話の途中から春江は蒼白になっていた。この女がいっているのは、広島県加計町《かけちょう》にいた本家の従兄《いとこ》のことに違いなかった。彼が、世間から白眼視されることに耐えかねて土蔵のなかで服毒死をとげてから、早くも十年になろうとしている。三十年のみじかい人生を終始なやましつづけたのは、従兄が持って生まれた色素欠乏症であった。高校をでてからは進学もせずに、死ぬまで家にとじこもっていたおとなしい従兄なのだった。

「加計町のことね？」

「ええ。アルビノだったのね、お気の毒だと思うわ。あなたの染色体のなかにも、賢一さんとおなじ分子が息づいているかもしれないってことを忘れちゃいけないわ」

無神経なもの言いが春江の癇《かん》にさわっていた。彼女は顎《あご》をつきだすと挑みかかるようにいった。

「どんな家でも探《さが》せば何かは出てくるわ。色素欠乏症だって確率はゼロにちかいのよ！」

「ゼロに近いってこととゼロとは大きな違いよ。あたしにも武士の情けがありますからね、このことはだれにもいわずにおいてあげる。篠原さんにも黙ってるわ。そのかわり婚約を取消すのよ。どう、約束してくれる？」

いやもおうもない取り引きだった。しかも、この場で即答をもとめるのである。

「考えさせて……」

「なにおっしゃるのよ！　いくら考えたって染色体がかわるわけはないじゃないの。他に名案があるっていうの？」

勝ち誇ったように声をたかめた。

4

その後、春江の周囲にはなんの変った気配も感じられなかった。勝子が約束どおり口をつぐんでいてくれることが推察できるのである。しかし、だからといってそれを彼女の好意として受け取るわけにはいかない。勝子はそれほどの好人物ではなく、沈黙をまもっているのは春江のプライバシー侵害にふれることを怖れているからにすぎない。頭のいい彼女のことである。その点はよく心得ているに相違なかった。

春江にとってもっとも苦しくて辛かったのは、いうまでもなく英明に婚約の解消を申し出たことであった。この恋人のプライドを疵《きず》つけぬように切り出すのは少々むずかしいことだったが、勝子がいろいろと知恵を貸してくれた結果、それもうまくいった。自分の健康に自信を失ったことを理由に、花嫁の座を勝子にゆずるという口実を使ったのだった。

「お医者さんは肋膜《ろくまく》だとおっしゃったんですって？　お気の毒ねえ。お勤めしているぶんには差支えないけど、ピアノは最低十年間は弾《ひ》けないの。キイを叩くってこと、肋膜にとてもひびくそうよ。なんといっても健康が第一ですものねえ、早くよくなってご結婚なさる日がくることを、あたしたちも祈ってますわ」

ぬけぬけとした顔つきで勝子はそんなことをいい、春江は春江で相手の顔をひっかいてやりたい衝動に駆られながらも、必死の思いで自分を押えつけていた。

二人の婚約をおおやけにしていなかったことは不幸中の幸いだといえた。誰も知らぬうちに婚約し、そして誰一人として気づいたもののないうちにそっと解消する。勝子が黙っているかぎり、この噂が社内にひろまることはなく、春江は不快な思いをせずにすむのだった。そしてこの場合も、勝子は固く沈黙をまもって、余計なお喋りはしなかった。さすがの彼女もこの花婿強奪という行為が後ろめたかったのかもしれないし、あるいは英明から釘を一本さされたのかもしれなかった。

ともかく、春江は何事もなかったかのように仕事をし、その合間に以前とおなじように同僚と冗談をいい、笑い合ったりした。アミダクジで石焼き芋《いも》を買ったときなどは、誰よりも先に黄色い金時薯《きんときいも》にかじりつき、つとめてあたりに明朗な女性の印象をふりまこうとしていた。

だがそうした笑顔も、勝子と篠原が一緒に歩いている姿を見かけると、忽ち凍てついた。表情がゴムのお面みたいになってしまい、それを周囲のものに悟られまいとして、不意に手洗いにいったりして胡魔化さなくてはならなかった。彼等にしてみると故意に見せつけるわけでもなかろうに、見たくないと思うと、逆にいたるところで眼につく有様だった。

いっそのこと会社をやめてしまおうか。そうすれば心の平静を取りもどすことができる。アパートに帰って独り机に向っているとき、しばしばそんなことを考えてみる。勝気な点ではだれにもひけをとった覚えのない自分がこれほどまで弱気になったことが哀れにも切なく思え、多感な女子高校生のように涙ぐんだりした。

そうした場合の彼女は、会社の廊下や化粧室ですれ違ったときに示された勝子の、あの勝ち誇ったような不遜《ふそん》な眸《ひとみ》の色を思いうかべることにしている。すると涙はとたんに止ってしまい、かわってどうしようもない怒りの感情がむくむくと湧《わ》き起ってくるのであった。ときにはこみ上げてくる無念さをどうしようもなくて、一睡もせずに夜を明かしてしまうこともある。

彼女が勝子殺しを思いついたのも、やはりそうした眠られぬ一夜のことだった。初めはたかぶった心をしずめ一刻もはやく熟睡したいという考えから、憎いライバルを殺したときの爽快な気分を想いえがいていたのだが、そのうちにますます頭が冴えてきて眠るどころではなくなった。空想の世界の勝子は蒼ざめ、唇をふるわせて、必死に助命を嘆願する。それを冷たく一蹴《いっしゅう》しておいて額の真中に銃弾をぶち込んだり、ナイフで胸をえぐったり、もっと血みどろでサディスチックな殺し方を考案してみたりした。

職業軍人が机上で作戦計画を練っているうちに、やがてそれを実戦でこころみたい誘惑にかられ、それが開戦の一つの原因になるといわれている。春江の場合もそれに似ていなくはなかった。毎夜の空想を実行に移して勝子を殺してしまえば、英明がふたたび自分のもとに戻ってくることは明かである。逡巡《しゅんじゅん》する理由はどこにもないではないか。こうした考え方を基本にして、春江は、仇敵《きゅうてき》の殺害に一歩ふみだしていった。

空想のなかの殺人ならばできるだけ惨《むご》い殺し方をするほうがいい。残酷であればあるほど胸の溜飲《りゅういん》がさがるからである。だが現実の世界となるとそうしたやり方は通用しない。まず何よりも先に警察の眼から逃れることを考えなくてはならぬし、そのためには事故死か自殺に見せかけるのがいちばんであった。

もっとも、幸福の絶頂にいる勝子が自殺をとげたとなると、逆に殺人であることに気づかれてしまうだろうから、いまの段階では事故死に仕立てるのが最上の策になる。つまり、彼女の常用する化粧水のなかに毒物をまぜておくとか、夜中に相手の炊事場に忍び込んでガスの栓を開けてくるとかいうやり方だが、一見名案と思われるこの方法にも大きな欠点があった。万一当局が事故死と殺人という二本立ての線で捜査をはじめたとすると、動機のある春江が疑惑の眼でみられることは間違いなかった。このことは、あらかじめ計算に入れておかなくてはならない。が、事故死に見せかけようとするこのやり方の欠点は、犯人が毒を混入したりガス栓を全開したのがいつであるか、という犯行工作の時刻を明確に打出すことが不可能なことだ。したがって春江には、工作時のアリバイを用意しておきたくとも手の打ちようがないことになる。

犯罪をおかそうとするときに、犯人にとってもっとも頼りになるのはアリバイなのだ、と彼女は信じている。その肝心のアリバイ成立条件が最初から欠けているようでは、安心して実行にとりかかるわけにはいかない。こうした理由から、春江は事故死計画を放棄して、焦点をもっぱらアリバイの偽造にしぼることにした。

憎い敵を殺すという復讐感、それに加えて恋人を取り返すという喜びが、彼女をしてこのむずかしい仕事に熱中させた。勿論そうした様子を周囲に悟られてしまっては困るから、会社ではいつも以上に仕事に打ち込み、誘われれば買い物についていったり一緒にロードショーの映画を見たりしながら、アパートに戻ると人が変ったような憑かれた眼になって机にかじりつき、頭にうかぶさまざまな案を検討するのだった。

数日がかりでようやく満足のいくような設計図が引けた。その基本となっているものは、犯行時刻を実際よりも遅いように見せかけ、それによって生じる余分な時間を利用して自分のアリバイを作る……といった考えであった。もっとくだいていうならば、殺された勝子が数十分のちまで生きていたように思わせ、そのあいだに春江はできるだけ現場から離れた地点にいってしまうのである。そうすれば彼女には確固としたアリバイが成立するわけだから、刑事にどれほど疑惑の眼でみられようがびくびくする必要はない。大手をふって闊歩できるのである。

では、勝子が生きているように錯覚させるにはどうすればよいのか。彼女の案はこうした場合に誰でもが思いつくような平凡なことだったが、自分が勝子に化けて人眼にふれようというのであった。都合のいいことに、背の高さや瘦《や》せ気味の体つきは似ているし、顔立ちはかなり違っているものの人眼をひくほどの美貌であることが共通していた。多少化粧の方法を変える必要はあるにせよ、目撃者の心に残るのは、要するに美人だったという一事にすぎないのである。もしこれが美女と醜女の組合せだったらどうしようもない。春江が勝子の美人であることを喜んだのは、後にも先にもこのときだけであった。

服装を似せなくてはならないことはいうまでもないが、この問題は最初から解答がでているようなものだった。勝子が好んで着ているブルーのオータムコートと同系統の色のものを、春江もまた持っていたからである。

もう一つ面倒なのは髪の色で、ここ一か月ばかり前から勝子はながい頭髪を栗色に染めており、それがまたいかにもセクシーで男子社員の話題になっていた。これに反して春江の髪は短か目にカットしてあるから、いまさら染めたところでどうにもならない。止むなく浅草のカツラ屋を訪ねて気に入った色をもとめることにした。

ことは殺人であった。まかり間違えば自分の命とひきかえなくてはならない。それを考えると、勝算はあるにせよ、慎重たらざるを得なかった。

5

このアリバイ計画でもっとも重要なポイントとなるのは、いうまでもなく勝子に変装することである。別人であったことが見破られれば、忽《たちま》ちにして一切が崩壊してしまう。といって首をすげ替えるわけにはゆかぬから、変装するといっても服装に限定されてくるわけだけれど、欲をいえばオータムコートばかりでなしに、バッグも手袋も靴も、すべてが勝子と同一のものであることが理想であった。春江はカツラを買いにいったついでにデパート廻りをやって、勝子のものと似た装身具を買いあつめた。いずれも彼女の好みとはほど遠い派手できらびやかで薄っぺらな品ばかりだったが、英明を取りもどすためには、この程度の散財をいとうてはならないのである。

勝子の特徴はそのような外観ばかりでなしに、言葉づかいにもあった。下町生まれの女だけあって早口で喋り、とくにシとヒとを混乱して発言することが多かった。山ノ手育ちの春江にはみられない癖であり、しかも勝子は、むしろそれを誇示しているのではないかと邪推したくなるほどに頻発するのである。勝子に化けようという場合、これを無視する手はない。

春江はそう気づくと、早速下町言葉の勉強にとりかかった。会社の帰りに上野や江東方面へ足をのばし、商店街を歩いておかみさん連中の会話に耳をすませたり、繁昌している大衆食堂に入って焼魚をつっつきながら、労働者たちの声高の話を熱心に聞いたりした。

こうした準備に一か月ちかく費したのち、いよいよ計画の実行にとりかかったのは十月の中旬になってからだった。十月十九日、日曜日。特にこの日をえらんだのは、箱根の旅館で高校時代のクラス会が開かれ、春江もそれに出席の通知をだしていたからであった。殺人のあとでこの会に出席すれば、労せずしてクラスメート全員がアリバイの証人になってくれるのだ。

その日の十時すぎに、春江はいくぶん緊張した気持でアパートをでた。生まれてはじめての犯罪を、それも殺人という大罪をやろうというのだから、のんびりしろというほうが無理なのである。手にはセーターなどの若干の衣類をつめたスーツケースを持っていた。箱根は冷えるから用心をするに越したことはない。宿に一泊して、月曜日の朝は新幹線で出勤する予定だった。クラス会の席では誰もが少女時代にかえったように、唱ったり笑い合ったりすることだろう。殺人のあとの春江が、平静な表情で旧友と一緒になって騒ぐことができるかどうか、少しばかり心配ではあったけれども、そこは図太く演技をするほかはないと決心していた。

どんな方法で殺すかということは最初からの命題だった。拳銃などが素人の手に入るわけ

はないし、出刃包丁で刺したのでは返り血をあびる怖れがある。そうかといって棍棒《こんぼう》を抱え

ていったのでは相手に殺意を見抜かれてしまう。銃声もしなければ血も流れない、それでいて相手に気づかれないような持ち運びの便利な凶器となると、どういうものがあるだろうか。まる一日考えた末に春江がえらんだのはストッキングであった。といって自分の使い古しを凶器にしたのでは、それに浸み込んだ自分の体臭から足がつかないとも限らない。それを避けるために、デパートのバーゲンセールでナイロン製品を買っておいたのである。いま、ポケットのなかにその片方が入っている。絞殺用には一本でことたりるからだ。残りの一本は涙をのんで焼いてしまった。安売りとはいえ疵一つない新品に火をつけるのは惜しくてならなかったが、後日刑事に見つけられて物証にでもされてしまっては大変だ。

勝子は代々木のマンションにひとりで住んでいる。場所は渋谷と初台《はつだい》のほぼ中間あたりで、盛り場の新宿と渋谷にちかい位置にありながら、まだ人家はそれほど建てこんではいない。バス通りから一歩入ると疎《まば》らな林があったり低い丘のかげに収穫をおえた黒い地肌《じはだ》の畑がひろがっていたりした。春江のマンションは、その丘陵の頂きに白い姿をほこるようにして立っていた。

日曜日毎に勝子は新宿なり渋谷に出て英明と落ち合い、むかし春江がやっていたように食事をしたり映画をみたりして、一日を過ごすのだった。が、先週の金曜日から英明が大阪で開催された労働会議に出席しているものだから、勝子は終日暇をもて余しているに違いないのである。アパートをでるときと、新宿駅に降りたときと、春江は二度にわたって勝子のマンションにダイアルを廻し、受話器がはずされるのを確かめている。在宅していることは間違いなかった。

　バスから下車した春江は、雑貨屋の店頭の赤電話で勝子を呼びだした。

「あなたなの？　何の用よ」

　意外そうな、それでいてつっけんどんな口吻《くちぶり》だった。その声を聞いただけで春江はむかむかしてくる。

「用がなければかけないわよ」

　と、彼女も早口で応じた。

「いつかあなたが広島の従兄のことを調べだして邪魔したことがあったわね、あの後、あたしも私立探偵にたのんで、調査させたのよ」

「お気の毒様。何もなかったでしょう」

　勝子の声が嗤《わら》った。春江のいうことなど歯牙《しが》にもかけないといった調子だった。

「そう、なかったわ。でもね、人間ってほじくり出せば何かあるものよ。だからあたしも気長に調べさせたの。ずいぶん時間もかかったけど……」

　言葉を切って反応を待った。が、勝子は黙っている。なにか思い当るものでもあるのだろうか、ともかく彼女が不安を感じてきたことは確かだった。

「ところがとんでもない事実が発見されたのよ。これをあなたにつきつければ、いくら強情ななただってグウの音もでないわ。これを篠原さんに見せて上げたらどうなるかしら」

　考えておいたセリフに、思わせぶりなイントネーションをつけて告げた。勝子の息を吸い込む気配がし、ややあってから声が聞えた。

「どうせでっち上げよ。あたしに弱味なんてないんだから」

「そう、自信たっぷりね。だけど後になってあわてるよりも、いま見ておいたほうがいいんじゃない？」

「写真？」

「書類よ」

「持って来たら見てやるわ」

　と、彼女らしい虚勢をはった。

「ちょっと面倒だけど新宿までいってもらうわ。直接に私立探偵の口から説明させたほうが説得力があるもの」

　普段着でやってこられては困るのである。新宿というつくり話を持ち出したのは、外出着に着替えさせるためであった。

「新宿のどこよ」

「案内して上げるからつべこべいわずにでてくればいいのよ」

　激しい口調でいい、バス停留所で待っていることを伝えて通話を切った。

受話器をかけると、ゆっくりした足取りでマンションへ向った。殺人の場として予定してあるのは幼稚園の庭である。出てきた勝子を途中で待ち受け、目的の場所へ連れ込む計画であった。春江は、人眼にたたぬよう雑木林に身をひそめると、マンションへ通じる道に視線をなげて待った。

6

よほど急いだとみえ、五分もしないうちに勝子のやせた長身があらわれた。上体を前こごみにして、いかにも思いつめたような姿であった。が、一見して春江をはっとさせたのは、いつものブルーのコートではなく、白と黒の派手なチェックのオーバーを着てきたことだった。これでは計画が狂ってしまうではないか。そう思って舌打ちをしたが、いまさらどうにもなるものではない。春江はもう一度舌打ちをすると、なかばやけになったように林から飛び出した。

「あ、びっくりした」

弱々しい声で勝子はいい、細い眉をよせてとがめるように春江をみた。

「びっくりするのはこれから先のことよ」

と、春江は嘲笑《ちょうしょう》するようにいった。

「あの探偵の話を聞いたら眼の前がまっくらになるから」

「信じられないわ」

「ただ断わっておくけど、あなたと篠原さんの仲を裂こうというのじゃないのよ。二度も婚約を破棄するなんてあの人としても煩《わずら》わしいじゃないの」

「それじゃ、どうするの？」

「私立探偵を一か月やとった費用として五十万ばかり払ってくれればいいの。あたしとしては、誰だって叩けば埃《ほこり》がでるってことを教えたかっただけなんだから……」

恩着せがましくいい、相手が春江の予期せぬ態度にほっと胸をなでおろしている虚をついて、誘いをかけた。

「喫茶店で探偵に会う前に、ちょっと見せたいものがあるのよ。例の書類だけど」

「…………」

「人に見られるとまずいわ。そこの幼稚園の庭がいいわよ、子供のほかは誰もいないもの」

言葉たくみに誘導していった。この近くにはマンションの住人をあてにして二つの幼稚園が新設されたのだけれど、引越してきた人たちには子供が少なく、ほかに幾つかの悪条件がかさなって閉鎖されてしまったのである。いまは全く無人になっているのを、下見のときに確認しておいたのだ。

枝道を曲って切り通しをぬけると、三方を丘にかこまれた陽当りのいいところに、その幼稚園が建っていた。赤い屋根の鉤《かぎ》の手になった建物が教室で、その背後の小さなスレート葺《ぶ》きの小屋が物置であった。人っ子ひとりいない庭のなかに、ブランコや回転木馬がひっそりと停止している。陰気にかげった日のせいか、前回二度ばかり下見にきたときとは違って、青くぬられたベンチも灰色にくすんで見えた。

「あのベンチがいいわ」

うながして並んで腰をおろした。そっとあたりを見廻したが依然として人影はみえない。春江はおもむろに小さなスーツケースをベンチにのせ、蓋をひらくと、なかから大型のクラフト封筒をとりだした。

「これよ。時間がかかってもかまわないからゆっくり読むがいいわ」

ちらと不安そうな眼の色をしたが、無言で受け取った。手袋をぬいでオーバーのポケットに入れ、細い指先で器用に封をはがすと、なかから中型の封筒をつまみだした。

「念が入ってるのね」

「そりゃそうよ、大切な書類だもの」

跳ね返すようにいいながらそっと背後に廻り、ポケットのストッキングを引き出して、両端を左右の手でにぎりしめた。封筒をひらくことに夢中な彼女は、そうした気配に気づくゆとりがない。二つ目の封を切り、なかに入っていた紙を、ふるえる指先でぬきだした。四つ折りにしてあるものをそっとひろげていく。

「なによこれ、白紙じゃないの！」

立ち上ろうとした瞬間を狙って後ろからストッキングを頸にかけた。引き絞ろうとする春江と、そうはさせまいとする勝子とのあいだに死にもの狂いの闘争が起った。わめき、引っ搔《か》き、悲鳴をあげ、そしてまたわめき、引っ搔き、金切り声をあげた。

ストッキングを手放したら敗けだ。そう思って蹴られても嚙《か》みつかれても、春江はひたすら締め上げることにつとめていた。やがて不意に抵抗感が失せ、はっとしてわれに還ると、勝子は体重を春江の腕にあずけてぐったりとなっていた。

春江はあわただしく周囲を見渡してから、そこに目撃者のいないことを確かめると、勝子の両手首をにぎり、屍体をずるずる引きずって庭を横断した。勝子が一時間もしくはそれ以上のちまで生きていたように見せかけるためには、肝心の屍体を隠しておかなくてはならない。無人の物置小屋は絶好の隠し場所なのである。

だが、突きかためられた運動場とは違って小屋の前の土は乾燥してぽくぽくしていた。踏んばるたびに靴がめり込みそうになるのだ。扉の前に立ったときの春江はすっかり疲れてしまい、しばらくの間は、じっとしたままで呼吸の乱れをととのえていなくてはならなかった。無気力な虚脱感のなかに全身を投げ出してしまいたいような気分におそわれた。

風が吹きはじめ、枯れた梢《こずえ》のざわざわと鳴る音でやっと自分をとり戻した。それから後の春江は敏速に、てきぱきと動いた。まず屍体を小屋に引っ張り込むと、蘇生《そせい》しないようにあらためてストッキングを固く結んでおいてから、チェックのオーバーを剝《は》ぎとった。勝子に化けて人眼にふれるためには、それを着て歩くほかにないからである。だが、オーバーだけ剝いだのでは、彼女の狙いを見破られる心配があった。刑事の眼を胡魔化すためにはオーバーばかりでなしに、服から下着までぬがせるべきだ。春江はそう考えると、躊躇《ちゅうちょ》なく片端から衣類を剝ぎはじめた。

春江としては、場所が新宿にちかいことから、その辺を放浪している非行少女による金銭目当ての犯行にみせかけるつもりだった。そのためには肌着まで剝いだのではゆきすぎになるだろう。そう考えて上衣とスカートだけを脱がせると、オーバーともどもスーツケースに詰め込んだ。むき出しのままで持ち歩けば怪しまれるだろうが、鞄に入れておけば咎められることもない。旅行鞄を持って来た幸運を、春江は心のなかでそっと祝福した。

ついでハンドバッグを逆さにして中身を床にぶちまけると、小銭と紙幣だけを拾って自分の財布に入れた。他人の所持金を奪うような泥棒めいた真似はしたくないけれども、非行少女の犯行にみせかけるためには、この八千余円の金額を捨てていくわけにはゆかない。

あとは遺留品のないことを確認すればよかった。ボタン一つが飛んでいても、それは春江の命取りになりかねないのである。彼女は床の上をなめるように這《は》い廻っていたが、やがて満足した表情で立ち上がった。そして懐中鏡をのぞいて髪の乱れをなおした。

春江が現場に残した唯一のものは小屋の前にしるされた足跡だけであった。最初はなんとかして靴跡を消そうと考えたのだが、フーテン族の小娘がそんな真似をするだろうかと思いなおしてみた。いくら非行少女だとはいっても、殺人のあとでは気も動顚《どうてん》しているはずだ。慌てふためいて逃げ出していくのが普通ではあるまいか。

結局、靴跡はそのままにしておくほうが賢明だという結論に達した。そのかわり、パンプスのほうを処分しておかなくてはならぬ。まだ買って三か月もしていない品だから惜しい気がしないでもなかったけれど、ストッキングの片われと同様、刑事に見つかって証拠物件として押収されるような事態になっては大変である。春江は横浜のデパートで新品と買い替え、いまはいている靴は人知れず処分してしまうことにして、小屋を後にした。

十二時四分。

7

バスで新宿にでると、山手線、横須賀線と乗りついで横浜へ向った。靴を買うためばかりでなく、勝子に変装してここのデパートで人眼に触れるということが眼目なのであった。勝子を殺すときは相手も必死になって暴れたから、下手をすれば返り討ちということにもなりかねない。それに比べると勝子に化けて歩くのは鼻唄まじりでもできることであった。すでに難関を越えたことを思うと、ほんとうに春江は歌をうたいたいような浮き浮きした気分になってきた。このぶんなら、クラス会の席でもいつもと変りなく朗かに振舞えるぞ、ひそかにそう考えた。

品川の手前でふと窓をみると、あたりが濡れて黒く光っている。いつの間にか雨になっていたのだった。電車が速度をゆるめ車掌のアナウンスがあった頃、にわかに遠雷が鳴った。

「今年最後の雷《らい》ですな。ひょっとすると土砂降りになるかもしれん」

前の席の老人が語りかけるでもなく、独語するでもなくいった。

横浜駅に近づくと座席をたって手洗いに入った。そしてスーツケースから取り出した勝子のチェックのオーバーに着更え、いままで着ていたブルーのコートをしまい込んだ。これから当分の間は勝子として行動しなくてはならぬことになる。手洗いをでた春江は老人のいる場所には戻らずに、いちばん後尾の車輛に移って腰をおろした。

横浜駅のホームに立ったのが一時十分であった。弁当売りの声を聞いたとたんに春江は空腹を思い出し、無性になにか喰べたくなってきた。靴を買うのは後廻しにしてデパートの食堂に飛び込むとスパゲッティを注文して胃袋に詰め込んだ。そして満ち足りた気持になって席を立つときに、オーバーのポケットから勝子の手袋をとりだすと、そっとテーブルの下に置いた。アリバイ作りの布石の一つとしてこれには重大な意味があるのである。

同じデパートは避けたほうが賢明だと思い、靴は地下のダイヤモンド街で買うことにした。この商店街は平日でも混雑しているのだが、特に今日は日曜のためおびただしい人出であった。誰がどんな靴を買おうと、店員が覚えているはずもなく、春江は安心して靴を求めた。

地下の手洗いでふたたびオーバーを脱ぎ、以前の春江に還元してから沼津行の下りに乗った。そして小田原で下車すると、登山鉄道に乗り換える前に、駅前の赤電話で横浜のデパートを呼び出した。

「川崎からかけているんですけど」

と、少しうわずった声でいった。

「八階の食堂に手袋を忘れてきたんです」

「テーブルの番号を覚えておいでですか」

「番号は知りませんけど、中央の丸い柱のそばでした」

番号を覚えていたらかえって作為の跡が目立つだろう。そう考えて、わざと柱の下のテーブルに坐ったのだった。

「テーブルの上ですか」

「いえ、下の荷物をのせる台のところなんです。一時半頃のことでしたわ。あたし東京へ帰る途中、電車のなかで気がついて、いま川崎からかけているんです。いまさら取りに戻るわけにもいきませんし、郵便で送って頂けないでしょうか。勿論、送料は先にお払いしておきますけど」

早口に、シとヒを間違えた下町言葉で喋った。こうしてきわめて自然に勝子の住所と氏名を名乗り、いまの時点で勝子が生きていたことを明らかにしたのだった。交換手が要点をメモにとるのは当然のことだから、やがてこの記録が重要な証拠となるのは充分に期待できるのである。加えて、連絡を受けてテーブルの下を覗きにゆくウェイトレスも、そこに坐った派手なチェックのオーバーの客を印象ぶかく記憶するに違いなかった。春江が満足の面持ちで受話器をおいたとき、時計の針は二時四十一分を指していた。

春江のアリバイ工作はこれでほぼ完成したことになる。すなわち、勝子が川崎駅で電話をしたのが二時四十分であるならば、つぎの横須賀線に乗ったとして東京駅着が三時過ぎ、そして現場に到着するのは早く見つもって四時ということになる。つまり、フーテン娘に襲われたのは四時以降だったという数字がでてくるのである。

一方、春江はこの足で会場の旅館へ直行する。強羅《ごうら》までは二十分とかかるまいから、三時にはクラスメートたちに合流することができる。したがって三時以降の行動は、終始仲間の視野のなかにいることになり、彼女のアリバイはゆるぎないものとして確立するのであった。春江はあでやかな眼を満足気に微笑させると、濡れた歩道へでていった。

8

無断欠勤をしたことのない勝子がなんの連絡もよこさずに休んでいるというので、同僚がマンションに電話をかけた。

「おかしいわね、お部屋にもいないというの。日曜日の夜も電灯がついていなかったから、旅行にでかけたんじゃないかと思ってたんですって」

「妙だね、黙って旅にでるわけがない」

上司も小首をかしげた。

だが、誰にもまして心配したのは大阪から戻って来た篠原英明だったろう。自分でも何回かマンションに電話をし、いっこうに埒《らち》があかぬものだから仕事も手につかない。しまいには春江の部屋までやってきて心当りを訊ねる始末であった。

「心配だわね。でも、本当のところあの人とはほとんど交際もないのよ。旅にでたにしろ蒸発したにしろ、あたしなどに話をしてくれるわけがないわ。あたしに訊くのはお門《かど》違いってものよ」

やさしく説明してやった。振り子がゆれるように彼が戻ってくるのは確かなことなのだから、下手に刺激して機嫌を損じてはならない。

「もう一日待ってみて、それでも音沙汰《おとさた》ないようだったら警察に届けたほうがよくないかしら」

同情しているふうをよそおってそんなこともいっておいた。

「でも変ですわね、あなたにまで行先を告げずに旅にでたなんて……」

「だから旅行だとは思えないんだ。ぼくは最悪の場合を考えているんだよ」

労働運動の闘士はあさ黒い顔をくもらせると、聞きとりにくい小声で呟《つぶや》いた。

春江にしても屍体が早く発見されなくては困るのだ。時日がたてばたつほど、ウェイトレスの記憶はうすれていくし、交換手がしるしたであろうメモも破り棄てられるからである。三日間待ってみてなお勝子の行方がつかめない場合は、彼女のほうから何等かの手段によって屍体の匿《かく》し場所をおしえてやらねばならない。そうしたことも考えていた。

勝子は偶然にもその三日目に発見された。建物の管理を委託されている不動産屋が、幼稚園を経営したいという客の代理人を案内してゆき、物置の異変に気づいたのである。二人とも年輩の男性だったが驚愕《きょうがく》のあまり口もきけず、しばらくはがたがた震えてなすことを知らなかったという話だった。

殺人であることは明白だからただちに捜査本部が設置された。そしてマンションを訪れた刑事は、横浜のデパートから被害者宛《あ》てに郵送されてきていた小包みを開き、殺された勝子が日曜日の午後一時半頃に食堂で食事をしたということを調べ上げた。すべてが春江の期待していたとおりの段取りで進展している。そうした情報をテレビや新聞で知るたびに、春江はにんまりとした、いかにも満足そうな微笑をもらすのであった。

二人連れの刑事が会社にもやって来た、ということを後になって知った。いずれは勝子との間の確執についても調べられてしまうだろうが、それは春江も予期したことなのだった。一度は疑惑をかけられたものの、結局はアリバイが成立して潔白であることが判明する。むしろ早く免疫体となってさっぱりしたいと思っていた。春江自身の靴も勝子のオーバーや衣類も、跡形もないように始末がしてある。彼女には完全犯罪の自信があった。

人事、庶務、文書、秘書といった各課はそろって三階にある。会社のなかでも殊にこの三階は全員が興奮気味で寄るとさわると勝子の死が話題になっていた。仕事が停滞すると吐言《こごと》をいう課長自身が机上に朝刊をひろげ、勝子の記事を幾度も読み返しているという有様だった。

「やっぱりフーテンが犯人だと思うわ。この頃の新宿はとっても物騒なんだから」

「そうよ、そうよ。あたしも夜おそく帰るときに二度もゆすられたわ。新宿駅の地下通路にごろごろしているんだもの」

「でもね、フーテンなんて覚醒剤かなんかを吸ってふらふらしてるっていうじゃない？　勝子さんは気がつよいから、そんなやつに負けないと思うけどなあ」

「気がつよいのと腕力がつよいのは別問題だわよ。フーテンやズベ公なんて連中は野犬みたいなもんでしょ。勝子さんがやられるのは当然だわよ」

そうした素人探偵の議論に参加して当りさわりのない発言をはさみながら、春江はいよいよ満悦だった。各紙も、フーテン族による犯行という見方が圧倒的に多いのだ。

「だけど横浜まで何をしにいったのかしら」

「デートだわよ」

「篠原さんと？」

「篠原さんは大阪にいって留守だったのよ」

「あら、ほんと」

「じゃ、べつの恋人がいたのかな？」

「でもウェイトレスの話では独りでお食事していたといってるわ」

「そうねえ、そこんとこが変だわねえ」

話がそんなふうになってくると春江は黙っていられない。

「はたから見てると人間の行動って謎だらけのものなのよ。あたしだって見逃した映画を見るために松戸《まつど》までいってきたんだけど、もしあそこで殺されてたら、なぜこんな場所に来たんだろうって刑事さんが首をひねるに違いないわ」

「そういわれてみればそんなこともあるわけね」

皆はすぐに納得してくれ、春江はわれながら巧い説明をしたものだと思って、ふたたび胸のなかでにんまりとした。

葬儀は渋谷の寺でとり行なわれたが、勝子には親兄弟がいないものだから、二、三の友人をのぞけば、参列したのは会社の同僚ばかりであった。この日も朝からの曇り空で、それが午後になると冷雨にかわった。広い本堂のなかには火鉢《ひばち》一つなく、春江は体をちぢめて読《ど》経《きよう》を聞いていた。

不慮の死にいちばん打撃を受けているのは英明であった。平素の精悍《せいかん》な面影はすっかり失せてしまい、ただ悄然《しょうぜん》として肩をおとしていた。左腕にまかれた喪章がなんとも痛々しくて見るからに哀れをさそうのだった。愛する婚約者を亡くしたのだからそれは当然のことだけれども、勝子に対する愛情のふかさをまざまざと見せつけられるような気がして、春江は不愉快になった。

慌てて顔をそむけたとき、障子が開いて、入ってきた中年男とぱったり視線が合った。見たこともない顔だが先方は春江を知っているらしく、ちょっと、というふうに頷いてみせた。

「勝子さんの事件を調べています」

立って敷居のところまでいくと、男は黒い手帖をだしてみせ、すぐにまたポケットにしまった。

「少々お願いしたいことがあるのですが、玄関まで来て頂けませんか」

お願いという意味が了解できなくて、春江は気を呑まれたようにぼんやりしていた。がすぐに気をとりなおしたように外にでた。

二人は玄関の框《かまち》に腰をおろした。雨はかなり激しく降っており土間の半分は濡れていた。刑事のズボンの裾《すそ》も水を吸って重たそうにみえた。

「何でしょうか」

「竹田勝子さんとあなたは恋の鞘《さや》当《あ》てを演じておったそうですな」

と、刑事は爺《じじ》むさい風貌に似合わぬキザな言い方をした。

「誰からお訊きになりましたの？」

「誰でもよろしい。あなたと竹田さんが恋人の取りっこをしていたとすると、あなたにも重大な動機が存在するのですよ」

「解ってますわ。あたし、もっと早く刑事さんが見えられるんじゃないかと思ってましたの」

勝気な春江は、こうした場合でも皮肉をいわなくては気がすまない。しかし刑事は鈍感なせいか、平然としていた。

「お願いというのはあなたの髪の毛を一本ぬいて頂きたいのですよ。じつは被害者は手のなかに犯人と思われる数本の毛髪をにぎりしめていましてね。ある程度の闘争があったのは当然でしょうからな」

ぎくりとなった。掌までは気がつかなかったのである。

「おやすいご用ですわ。でも、あたし事件には関係ございませんのよ。勝子さんが殺された一時間も前に、箱根のクラス会に出席しておりましたもの」

「ああ、あの一件ね。被害者が横浜のデパートで食事をしたという話ですけどね、あれは勝子さんではありません。われわれは、犯人が被害者に化けて行動したものとみておるのですよ。なかなか頭のいい犯人ですな」

自信に充ちた口調が春江を不安にさせた。なぜこうも断定的な言い方ができるのだろうか。いくら考えてみても思い当るものはなかった。刑事は説明の要を感じたらしく、黄色い歯をみせた。

「簡単なことですよ。解剖の結果、被害者の胃のなかにはスパゲッティなんか発見できなかったからです」

しまった、喰い気に夢中でそうしたことまで気がつかなかった。思わず春江は追いつめられたような眼になったが、唇をきゅっと噛みしめ、辛うじて平静を保っていた。

「……でもあたしじゃありませんわ。いまも申したとおり——」

「いや、そのアリバイが怪しくなってくるのですよ」

刑事は淡々とした口調で追い打ちをかけた。春江の眼がまた怯《おび》えたようにまたたいた。

「あの日は午後になって雨が降りましたね。時間はみじかかったですが、今日よりももっとはげしい土砂降りでした。それがあの辺一帯では十二時半前後のことなのですよ」

「………」

品川で雨が降ってきたことを思い出した。

そういえばあれも確かその頃ではなかったか。春江は宙を見つめるようにしてそんなことを考えていた。が、刑事がなにを語ろうとしているのか全く見当がつかない。つかぬだけにいっそう不安であった。

「あなたがいわれるように四時以降の凶行だったとすると、いいですか、雨あがりの地面には物置に出入りした犯人の足跡がくっきりと残っていなくてはならんのです。ところが現場はきれいなものでした。不動産屋の靴跡のほかにはなにもない」

「…………」

刑事のいわんとするところのものがようやく解ってきたようであり、それでいて考えようとすると何も解らなかった。不安感が次第に煮つめられてきて、思考力が萎《な》えていた。

「ということはですよ、雨が犯人の足跡をながしてしまったわけですな。いいかえれば、雨が降っている最中か、あるいはそれ以前の犯行だということになるのです」

そこまで説かれてやっとのことで刑事の意味することを理解できた。雨が降る前といえば、十二時半よりも前の殺人ということになる。仮りに十二時半の犯行であるとしても、その足で箱根へ向えば二時間半で到着できるのだ、三時に旅館についたという春江のアリバイはすでに何の価値もなくなっているのである。

読経の声は延々とつづいていた。春江の臭覚はふっと抹香《まっこう》のかおりを捉《とら》えたように思った。

「どうですか、納得のいったところで髪の毛を頂けませんか。ほんの一本か二本でいいのですが」

刑事の声がぼんやりときこえた。

地階ボイラー室

1

「この冬の雪ははやかったなあ。初雪が十一月に降った例はめずらしいんじゃないかな」

推理作家の馬場一郎《ばばいちろう》が、いかにも物臭《ものぐさ》らしいやり方で、手袋をはめたまま紅茶をかきまぜている。このロシヤ風の喫茶店ではロシヤ式に紅茶にジャムを入れるのだ。真赤なスグリのジャムである。

「初雪といえば面白い事件がある。新聞できみも読んだろうが、『マンション六本木』の殺人事件だ。犯人は女で、それも妙齢な美人というのが目撃者の一致した証言なんだけど、これが煙《けむ》のように消えてしまった推理小説みたいな事件だ」

そういったのは小柄で敏捷《びんしょう》そうな、色の黒い男だった。年配は馬場とおなじくらいの三十二、三歳で、某紙の社会部記者をしている。

「新聞は読まなかったから精《くわ》しいことは知らないね。おれたちは〆切の三日四日前となると死にもの狂いだからな、そのあいだは新聞ともテレビとも絶縁状態だ。しかしね、見出しぐらいはみている。ひどく派手にあつかわれていたじゃないか。話してくれよ」

沢田《さわだ》記者はジャム入りの紅茶をひと口のむと、まずそうにガラスのコップを皿においた。

「どうも慣れないせいかロシヤの紅茶ってのはうまくないね。おれには砂糖にウイスキーを入れたありふれたやつのほうが好みに合う。だいいち、コップで飲ませるなんて了見がいけないね。酒屋で焼酎の立呑みでもしているみたいだ」

ずけずけといいたいことをいうところが、いかにも人ずれしている新聞記者らしかった。馬場はカウンターの向うの女主人に聞えはしまいかとはらはらした顔で、とりなすようにいった。

「ロシヤ人てのはね、紅茶の色を鑑賞しながら飲むのが好きなんだ。そのためには透明なガラスのコップが理想的なのさ」

「なんだか知らないけどうまくないことは確かだね。ところでつねづね思っているんだが、推理作家ってものは原稿用紙の上でこそ明快に謎を解いてみせているけどもさ、現実の事件にぶち当ったらどうなのかな。兜《かぶと》をぬいで降参しちまうんじゃないかね？」

「まあ、それは人によるだろうな。ひとくちに推理作家といっても、産業推理が専門のものもいればハードボイルド一本槍の作家もいるんだから。しかし本格物を書いている連中にとってみると、現実の事件も小説のなかの事件も、それほど違いはないいんじゃないかね」

「自信ありそうなことをいうもんだ」

「例のシャーロック・ホウムズの作者のコナン・ドイルだがね、この人も実際の殺人事件にタッチしたことがあるといわれているし、科学探偵のソーンダイク博士シリーズの作者だったオースチン・フリーマンも、ソーンダイクそこのけの科学的な捜査方法でいくつかの事件を解決したそうだからね」

「おいおい、他人のことはどうでもいいよ。おれが訊《き》いているのは、お前さんはどうかということなんだ。もしそれだけの自信があるなら、『マンション六本木』の事件を解いてみろよ。おれはあの事件の担当だから現場にも入ってみたし、記者会見にもでている。新聞には書かなかったデータも幾つか持っているんだ。きみが謎を解くというのなら、そいつを全部ここで話して聞かせるがな」

「挑戦か。いいとも、受けて立とう」

と、推理作家はすぐに応じた。せせこましい日常生活のなかで、こうした知恵の遊びに興ずるのも面白いと考えたからである。

「しかし、やはり何か褒美がないと張り切れないな。どうだ、巧く解けたら浅草でドジョウ汁を喰わせないか」

「おれも付合いで二度ばかりいったことはあるが、あんなものが喰いたいのかね？　骨っぽくてグロテスクで、ちっともうまいとは思わないがな」

ぶつぶついっていたが、やがて承知した。

「そのかわりこっちにも条件が二つある。一つは犯人を指摘すること。もう一つは、犯人がマンションからどうやって脱出することができたかという、いわば密室の謎をとくことだ。わかったね？」

2

『マンション六本木』は麻布《あざぶ》六本木の交叉点から北へ五〇〇メートルほどいったところにある。バス通りを前にして前後左右にかなりのスペースをとった、七階建の見るからに高級な建物であった。外壁は白の大理石がはってあり、年に二度ずつ掃除屋に洗わせるから、いつ見ても白くすべすべしている。

このあたりは夜行族が多い。こうした不眠症の若者を相手に、終夜営業のスナックや喰い物の屋台が店をだすのは当然のことだが、『マンション六本木』の真正面にも、バス通りをへだてラーメン屋と焼鳥屋とが商売をしていた。気取ったマンションの居住者たちにとってこの庶民的な喰い物屋は美観をそこねる邪魔物であった。だがだからといって追い払うわけにもいかない。二軒の店は暁方《あけがた》まで営業しており、いつ見ても一人や二人の客がラーメンをすすったり安酒をあおったりしていた。

あの初雪の降った十一月二十九日の午前一時すぎ、ラーメンの玉をゆでていた親爺《おやじ》は、水つぱながたれそうになったので反射的に顔を上げた。客の前では、大っぴらに手でこするわけにもゆかぬからである。彼がマンションの前に立った女の姿を眼にしたのは、そうした偶然のきっかけがあったのだった。

「なかなか美人じゃないか」

ちょうど焼鳥屋には客がとぎれていたものだから、隣りのラーメンの屋台に油を売りに来ていたのである。

「誰がだい？」

「あのマンションの前の女だよ」

いわれて焼鳥屋も頸筋《くびすじ》をねじ曲げた。

女は立ちどまり、マンションの名前を確かめているふうだった。このあたり、二、三年のうちにマンションが競争のように建ち並び、その名がどれも似たようなものばかりだった。そのなかには『マンション六本木』そっくりの『六本木マンション』というのもあるほどで、訪問客がまごつくのは毎度のことなのである。

女がたたずんでいたのはわずか三十秒か一分ぐらいにしかすぎなかったが、それが美人であることが二人の気を引いた。どちらも眼がいい。

女は赤い羽根のついた婦人帽をかぶり、豹《ひょう》の模様の黄色いオーバーを着ている。横顔を向けているので鼻筋がとおったたかい鼻と、ながく反《そ》った睫毛《まつげ》がよくみえた。

ふと女は二人の凝視に気づいたようにこちらを見た。細くひいた眉と紅くぬった形のいい唇とが、息をのむほどに妖艶だ。

「堅気《かたぎ》じゃないね」

あわてて視線をそらせながらラーメン屋がいった。

「ホステスだな。それも銀座あたりの女だ」

「そうじゃない。あれは娼婦だよ。この頃、電話一本で出前にいくやつがあるって噂だ。それだよ」

「出前はよかったな」

ラーメン屋は無遠慮に笑い、女は女でふんぎりがついたように、入口の扉をあけてなかに入っていった。狐の衿巻《えりまき》の尾がゆれ、その姿はすぐにじんだようにぼやけ、見えなくなった。扉が模様入りのガラスだからだ。

「おれは泊りだと睨《にら》んだな」

「ショートだよ、一時間ぐらいで出てくるね。ああした商売の女は、ひと晩で幾人もの客をかせぐんだ。回転の多いほど稼ぎもふえるからな」

「いや、パトロンの部屋に泊るんだ」

二人が他愛のないいい争いをしたのも、寒さをまぎらわせようと思ってのことだった。十時前に雪は降り止んでいたものの、寒気は夜がふけるにつれてきびしくなるようである。さすがに今夜は客の姿もまばらだった。話でもしていないことには凍死してしまいそうだ。

「賭けるかね？」

「いいとも、敗けたらそばを二杯おごるよ」

「こっちは焼鳥三串にチュウ一杯といこう」

子供じみた約束をした。学生風の客は、大きな音をたててつゆを啜《すす》っていた。

その客が去ってゆき、汚れた丼を水洗いしていると、マンションの扉があいて五十年輩の男が、四角い鞄のようなものを持ち小走りに通りをよこぎって来た。マンションの住人であった。

「冷えるねえ」

「寒いですなあ」

「熱いラーメンを二つこしらえてくれないか」

「へえ？」

ラーメン屋はちょっと驚いた表情で訊き返した。このマンションの居住者がむさくるしい恰好の屋台を追い払いたがっていることは、こちらの耳にも入っている。その、下賤《げせん》な喰い物として軽蔑していたはずのラーメンを注文しにきたのが、思いがけなかったのだ。

「腹が減ってしまったが夜食の材料をきらしてしまったものだからね」

「こんなまずいものを喰うんですかい？」

と、ラーメン屋は皮肉っぽく訊いた。

「わたしは大好きだよ。しかしああいう場所に住んでいると、近所がうるさくてねえ、窮屈なもんだ。できたらこれに入れてくれないか」

手にさげているのはバスケットであった。

「丼には蓋がないですからね、匂いますぜ」

そういいながら、スープがこぼれぬように二つの丼をバスケットの底に並べた。

「丼は後で返しにくる。代金、先に払っておこうか」

客は財布をとりだしながらいった。

「いいんですよ、後で」

3

マンションの部屋には石油ストーブもガスストーブもない。地階のボイラー室で焚いた温水を各室に循環させ、各室のラジエーターを暖める方式をとっていた。『マンション六本木』が自慢にしているものである。

このマンションのボイラーマンは坂田甚六《さかたじんろく》という五十二、三の男で、真白い髪をみじかく刈り上げ、いつも眠そうな顔をしていた。ここのボイラーマンは午前三時頃に起きて石炭をくべ直さなくてはならない。その結果慢性の睡眠不足をきたして、あんな眼になるのだと陰口をきかれていた。いまどき石炭を焚くボイラーは数が少ないが、マンションの経営者が重油のボイラーに比べて値段のやすい石炭のボイラーを設置したため、そのしわ寄せを甚六がかぶった恰好であった。

その夜も、目覚まし時計のベルの音で叩き起されると、シャツの上にオーバーをひっかけて、管理人室のうしろにある自分の小部屋をでた。ボイラー室は、建物の奥まったところのコンクリートの階段をおりればすぐである。

『ボイラー室、関係者以外入室禁止』という札《ふだ》のさがった扉を押しあけ、一歩入ったとたん、彼はその場に立ち止ってしまった。室内いっぱいに、革靴をもやしたような悪臭がこもっていたからである。勿論、いつもはこんな臭気などはしない。坂田甚六は釜の焚き口に走りよると、息をつめ、重たい鉄の扉を音をたててひらいた。

悲鳴とも絶叫ともつかぬ声が、眠そうな甚六の口からほとばしった。眼の前に、なかば焦げて黒くなった脚の先がつきでていたからだった。

「おれが現場へ駆けつけたとき屍体は搬《はこ》ばれちまっていたがね、臭気だけは残っていた。前にも火事場のあとを取材したことがあるんだけど、動物が焼けた臭《にお》いというものは嫌だね。鈍感なおれでも当分の間はめしが喰えなかったよ」

「おれが茶を飲んでいるときリアルな描写は避けてもらいたいな」

推理作家が鼻にしわをよせてたしなめた。

「そんなにひどく焦げていたのか」

「ああ。だから人相も指紋もわからなかった。着ていたズボンや上衣もほとんど燃えて灰になりかけている。いちばん奥に靴がほうり込んであったが、これも炭みたいになっていた」

「すると被害者の身元はわからずじまいというわけだね？」

「いや、そうじゃない。五階に石鍋進吾《いしなべしんご》という大学教授が住んでいるんだが、この人のところに夕方から遊びに来ていた山中《やまなか》という男であることがわかった。尤《もっと》も、その後の調査でこれは偽名であることがはっきりしたのだけれどもね」

「じゃ、その学者先生に訊《き》けば山中の正体もわかるわけだな」

「ところがそうは問屋《とんや》がおろさないんだな。たまたま知り合った同好の士であって、ふかい事情はなにも知らないというんだ」

「同好の士……？」

馬場が訊いた。記者は相手の気持をじらせるように、すぐには答えないで、タバコをくわえ、ポケットから取り出したライターを鳴らした。

「……石鍋教授というのは東欧の数カ国語につうじている人でね、専門は比較言語学とかでその方面の著書が何冊かある。だが石鍋教授の知られざる一面は版画のコレクションなんだな。広重《ひろしげ》の『金沢八景』の完全な揃いを持っているのは日本でこの人だけだといわれているくらいだ。で、この石鍋教授が神田の古書展へ出かけたときに、会場でひょんなことから口をきくようになったのがこの山中という男なのだ」

　馬場も版画には多少の興味を持っている。高見沢《たかみざわ》木版社の複製ではあるけれども、保永堂《ほえいどう》版の『五十三次』を全部揃えているくらいであった。複製とはいえ、かなり高価なものである。

「山中はそれほど深い研究家ではないようだが写楽がくわしい。それに加えて写楽の正体が版元の蔦屋《つたや》重三郎《じゅうざぶろう》であることを立証する新しい資料を発見したというものだから、それに興味を感じて神保町の喫茶店で小一時間もお喋《しゃべ》りをした。とどのつまりが、お互いのコレクションを見せ合う約束になって、まず石鍋教授のほうが山中を招待したのだ。それが事件当夜のことだったわけだな」

「そのお客がどうしてボイラーのなかに入ったんだよ」

「まあ、そうせっつくなよ」

　沢田は肺いっぱいにふかぶかとタバコを吸い込み、さもうまそうに、ゆっくりと灰色の煙を吐きだした。

4

ボイラーマンの坂田甚六のただならぬ悲鳴で管理人が叩き起され、その連絡で初動捜査班の駆けつけたのが八分後、それから三十分ほど遅れて一課の係官が到着した。管理人室は臨時の本部みたいな恰好になり、第一回の記者会見もそこで行われた。管理人はとなりの小部屋に追い込まれて、細君が眠い眼をこすりながら湯茶の接待をしていた。

朝になるのを待って刑事が住人を戸別にたずねて廻り、協力を要請した結果、五階から石鍋教授がおりて来て管理人室に顔をだしたのである。学者というと干物《ひもの》みたいな人間を想像しがちだが、五十五歳の教授はがっしりした体つきで精力的だった。皮膚はつややかで声には張りがあり、ただ髪だけが老人のように真白くなっていた。

彼は派手なキルティングのガウンを着、ポケットに両手をつっ込んだまま、刑事がすすめたイスにかけようとはせず、教壇で講義をするときのように狭い部屋のなかを歩き廻りながら、山中を招いたいきさつを語っていった。

「ひととおり見せ終って金庫にしまったのが一時すぎでしたな。わたしが泊っていくようにとすすめると、タクシーを拾って帰るという。いずれにしろ腹が減ってかなわないから体を温めようというわけで、わたしは通りの向う側に店をだしているラーメン屋のところまでいくと、二人前の中華そばをつくらせて戻って来ました。ところがどうしたわけか、山中君の影も形もない。はじめのうちは手洗いにいったのかと思って待っていたのです。うまいそばが伸びてしまう。折角の熱いやつがぬるくなりそうだ。そこで声をかけたんですが応答がない。訝《おか》しいなというので見廻してみたところが、オーバーも靴も消えているではないですか。そこで、わたしがラーメンをつくらせている最中に帰っていったんだなと解釈したのです。男の半焼けの屍体がボイラーのなかから発見された、という刑事さんの話を聞いて、もしかすると山中君ではないかな、と思ったものですから……」

この段では屍体が成人した男性だということ以外なにもわかっていない。たしか右上の犬歯のあたりに八重歯があったと思うと述べた特長が、焼屍体と合致したことから、山中に間違いないと見なされたのである。

「じつは……」

と、教授は眼を伏せた。

「ラーメンが喰いたいといい出したのは山中君のほうなのです。その山中君がラーメンを食べずに姿を消したことから、お恥ずかしいことですが、わたしは同君の行動を疑ぐりましてね、わたしを追い払っておいて高価な版画を盗むなり、精巧なニセモノと本物とをすり替えたのではないか、こう思ったのです。そこで明け方までかけてコレクションを調べてみたのですが、そうした事実はなかった。金庫の錠前はちゃんとかかっておりますし……。ですから同君が殺されたとすると、わたしにはさっぱりわけがわからないのですよ」

俗事にうといのが学者の通例だから、殺人事件にぶち当ってとまどっているのは無理ないことであった。係官は労をねぎらって教授を送り出そうとすると、相手は扉のところで不意に足をとめた。

「ちょっとしたことを思い出しました。いたずらに捜査を混乱させてはいけないので、あまり重視しないで頂きたいのですが……」

「どうぞ、おっしゃって下さい」

「昨夜、山中君と話をしていたときのことです。廊下で隣りの奥さんの声がしたとたん、どうしたわけか山中君がどきりとして顔色を変えましてね。わたしが、いまのは隣りの主婦だというとほっとした顔をするのです。妙だなと思いまして事情を訊いたのですが、何もいいたくなさそうに言葉を濁らせていたものですから、わたしもそれ以上は追及しませんでした。痴情のもつれとでもいいますか、わたしは漠然とそんなことを想像して、話題をほかに求めたのですが……」

　訊いておけばよかった。そう残念そうに語って出ていくと、入れ違いに肥った猪頸《いくび》の男と、その妻らしい派手な顔立ちの女が入ってきた。男は四十なかばのはずなのに真赤なタートルネックのセーターを着て、ブライアパイプを横ぐわえにしている。細君のほうは寒そうにオーバーの下の体をまるめているが、これは暖房が切れて室温がさがっているからだった。検証がおわるまではボイラーを焚くことはできない。

自己紹介をされて刑事たちははじめてこの男が映画の監督であり、細君がかつては名を売った女優であることに気づいた。そう言えば、女の顔がひどく荒れているがこれはドーラン化粧のせいなのだろう。だが皮膚が汚なくても、美しい女性が入来したことで管理人室はにわかに明るくなった。

「わたしたち、犯人らしい女を見たんです」

と、深草露子《ふかくさつゆこ》が思いがけぬことを告げ、その瞬間部屋の空気が緊張した。つい一分ほど前に、石鍋教授から女の話を聞かされたばかりである。居合わせた刑事はいっせいに腰を浮かして女優の顔にするどい視線を集中した。

「昨晩、正確にいえば今日の午前一時頃でした。わたしと主人がお友達のところから帰ってきて、エレベーターを待っていたときなんです。若い……」

若いという一語を発言するとき、女優の顔に、ほんの一瞬ではあったが、嫉妬めいた表情がうかんだ。深草露子はそろそろ四十になろうとする齢であった。

「若い、といってもわたしに比較しての話で、三十五歳ぐらいでしたけど」

「お前、あれは三十歳ぐらいだったよ」

監督が細君の手をなでながらいった。

「あなたは黙ってらっしゃい！　女の年齢は女でなくてはわからないものなのよ」

手をふり払われて亭主はちょっと間のわるそうな顔になり、煙のでないパイプをしきりに吸っていた。

「赤い羽根のついた帽子をかぶって、豹の模様のコートを着ていました」

「一着五百万円はしますな。眼のさめるような美人でした」

「あなたは黙っているの！　あのコートは豹じゃありません。まがい物ですわ。せいぜい五万円ぐらいのしろものですのよ。このひとは女性をみると誰でも美人にみえてしまうんですから、いい加減いやになりますわ」

気のつよい性格らしく、夫はそのかたわらで肥った身を窮屈そうにちぢめていた。

「そんなことないよ、わたしが美人だと思うのはお前だけだ」

「黙ってるのよ、あなたは！」

と、元女優は高飛車《たかびしや》にでて亭主を沈黙させた。

「どうしてその女が犯人だと思われるのですか」

苦々しく思いながら訊ねた。細君も細君だが、夫も意気地がなさすぎる。

「だって、わたしたちに石鍋さんのお部屋はどこかって訊ねたんですもの」

「五階だって教えてやりました」

「五階で降りてゆきましたか」

夫婦はそろって首を振った。

「さあ、それは……。わたしたちは三階で降りたものですから」

「女の特長は？」

そう質問されると、二人は困ったように顔を見合わせたきり、満足な返事はできなかった。監督は酒好きで知られた男であり、細君のほうも女だてらに一升酒を呑む。その夜の夫妻は友人の家でしこたま馳走になり、へべれけで帰ってきたのだった。女の人相を記憶しているはずもないのである。

5

「深草露子ってのは純情な乙女タイプの女優でさ、ニキビはなやかなりし頃のわれわれの憧れの的だったがなあ……」

馬場一郎は近眼鏡のおくの眼をほそめると、昔を偲《しの》ぶような表情をした。

「純情なんてとんでもないね。いまの悪妻ぶりから想像すると、若い頃の彼女は相当の悪女だったな。煮ても焼いても喰えない女ってのは、ズバリ彼女のことだ」

「幻滅だねえ」

馬場は柄《がら》にもなく落胆したように吐息していたが、すぐに話題をかえた。

「さっき、きみはその女が煙みたいに消えてしまったといってたけど、それはどういうことなんだい」

「歌舞伎の忍術使いみたいに煙とともに消えたかどうかは知らないけどもさ、その女がいなくなったのは事実なんだ。正面の玄関から出たのでないことは、通りの向う側に店をはっていたラーメン屋と焼鳥屋が監視をしていたから、はっきりしている」

この二人の男が、女が泊るか泊らないかで賭けをしたことを、新聞記者は語ってきかせた。

「あの晩は店もヒマだったしね、どっちも負けず嫌いなたちだから、眼を皿のようにしてマンションの入口を見ていたというんだ。パトカーが到着してから後は、警官がマンションの前に立っていたので、事態はいっそうはっきりしている。要するに、彼女は玄関からは出ていない」

「裏口や非常口はどうだ？」

「あの夜は初雪が降ったろう。建物の周囲にも五センチから七センチほど積っているんだ。正面玄関のところは居住者の靴跡だらけだが、それ以外の場は雀の足跡一つない」

作家は紅茶のカップを手にとった。

「雪が降り止んだのは十時に少し前だからね、午前一時すぎに女が裏口もしくは非常階段から逃げ出したなら、雪の上に靴跡がのこらなくてはならないんだ」

しかし馬場は、大して興味を感じた様子もなかった。

「マンションのなかに隠れていたのさ。朝になるのを待って、出勤する人にまじってなに喰わぬ顔ででていったんだ」

「これは殺人事件なんだぜ。それも屍体を焼くというむごい事件なのだ。捜査本部だってのんびり構えちゃいない。マンションに出るもの入るもの、厳重にチェックしている。玄関には管理人が勧進帳《かんじんちょう》の富樫《とがし》みたいに頑張って眼をひからせていたんだから、見なれないやつが逃げようとすれば忽《たちま》ち捕えられてしまうはずだ」

作家は紅茶をゆっくりと飲んだ。

「きみは深草露子夫婦の証言を忘れている。犯人は石鍋さんのお部屋は何階ですかと訊いているんだが、これが外部の者であることを示しているじゃないか。その上、深草夫婦は異口同音に見たことのない女だ、マンションの居住者ではないといっている。酔っていたにしろ、その程度の識別はできただろう」

「でも、人相の特長は記憶していなかったのではないかね？」

推理作家はなんとかして突破口を見つけようとしていた。絵空事の推理小説ではあるまいし、現実の世界にこんな事件が起ってたまるものか、という気持がある。いや、最近では推理小説ですらこんなリアリティに乏しい作品は見かけなくなっているのだ。

「女の目撃者はまだいるんだぜ。いまいった、通りの向う側に店をだしているラーメン屋と焼鳥屋の主人だ。彼等は四、五年も前からあの場所で商売しているのだからな、マンションの住人についてはよく見知っている。その二人が口を揃えてはじめて見かけた女だと証言しているんだ」

「そういわれても犯人外部説には首肯《しゅこう》できないな。ラーメン屋のいうように犯人が見覚えのない女だったとすると、地階にボイラー室があることをどうして知ったんだね？　真夜中だから大半の住人は眠っている。ボイラー室の所在を教えてもらうわけにはいかない。運よく居住者が通りかかったとしても、そんな質問をしてみろ、忽ち怪しまれてしまうじゃないか」

「各階に平面図が掲示されているんだよ。それを見ればすぐわかる」

と、記者はあっさり答えた。

「屍体を焼くなんていうのはよくよくの理由がなければやらないことだ。それに、深夜で人眼がなかったから誰からも見られずにすんだわけだが、ボイラー室に出たり入ったりすることには、非常に大きな危険がつきまとっていたはずだ。その危険をおかしてまで屍体を焼いたことについて、当局の見解はどうなんだい？」

「屍体の身元をかくすためだと考えている。きわめて常識的な解釈だがね。つまりだ、山中の正体が割れることによって犯人が誰であるかがわかってしまう。そういうケースが想定されるんだな。いいかえれば、犯人は山中の妻か、さもなければ愛人だということになる」

可能性が一つ一つ否定され、とうとう最後に残された孤塁《こるい》までが排除されてしまったのを知ると、馬場はむずかしい顔になり、ぎこちなく咳払いをした。沢田はにやにやしながらその様子を眺めている。

「で、山中の身元は判明したのか」

「歯型からわかった。熊本県上益城《かみましき》郡の生まれでね。父親は教師で固い家庭なんだが、どうしたわけか山中は高校をでるとすぐ家出をしてしまった。高校の嘱託の歯科医がカルテを保存していたものだから、辛うじてわかったんだ」

「山中というのは本名だったのか」

「いや。鈴木睦男《むつお》が本名だ」

「山中のいまの住所はわかったかい？」

「出身地と本名がはっきりした以外のことは、依然として不明のままだ。蔦屋重三郎の資料を発見したことから考えると、彼は古書店関係の商売をしているか、さもなければ美術研究家、素人の好事家《こうずか》なんてことが想像される。が、古本屋仲間には該当者はないことがわかった。研究家や好事家ならば神田の古本屋とも顔なじみでなくちゃなるまいが、ここからも有望な線は浮んでこない。ひょっとすると、ときどき東京にでてくる地方在住者ではないか、ともいわれているんだけれど、目下のところそこまで手が廻りかねる状態でね」

「齢は？」

「当年とって三十歳だ」

「まさか生きているやつを焼いたんじゃあるまいな？」

うすい眉をひそめて馬場はいった。

「肺のなかに煤《すす》が入っていなかったことから、竈《かまど》に押し込まれたときはすでに絶命していたという結論がでている」

「いずれにしても残酷な事件だよ、なあ」

馬場はそういったきり黙り込んで、ナツメや杏《あんず》のコンポートをまずそうに口へ運んでいたが、大きな種子を皿の端にのせると、ふいに相手の顔をみた。

「女の人相はついにわからずじまいか？」

「鼻筋のとおった彫りのふかい顔だそうだ。これはラーメン屋と焼鳥屋がいっている。深草露子も、つけ睫毛をしてアイシャドウを塗っていたような気がする、と後になって申し出た。年増の、バーの女じゃないかというのが大方の見方だが」

「逃げていくときはタクシーを拾ったか、駐車させておいた車に乗ったかに違いないんだがね、タクシーのほうは調べたのか」

「運転手からの協力は得られなかった。近頃は白タクがふえてね、警察に反感を持ってるやつが多い。だからこの方面からの情報は期待できないんだな」

「弱ったね、まともなデータはなに一つ得られないのだから、動機の見当もつかない」

そう嘆息したきり頭を抱え込んでいたが、二、三分するとだしぬけに顔を上げ、沢田の予期しない質問をした。

「女は寒そうに衿を立てていなかったかい？」

「狐の衿巻をしていたそうだ」

そう答える記者は狐につままれたような顔をしている。

「なぜだい？」

「べつに……。寒い夜だったからさぞ冷えたことだろうと思ってね。ま、あの女はわれわれが見落としている何等《なんら》かの方法でマンションを脱出したにちがいないよ。そうだ、五日後にもう一度ここで会うことにしないかね。ロシヤ紅茶がまずくてわるいが、なんなら水でも飲んでいればいい。勝敗はそのときまでお預けということにしよう」

そういい終ると返事も待たずにぷいと立ち上がり、伝票をつかんで去っていった。学生時代から気まぐれな行動をする男だったから、沢田もそうしたやり方に慣れている。

「勝敗はお預けだって？　ふむ、まだ勝つ気でいるんだな」

小柄な記者は顔中にしわを寄せて苦笑した。

6

五日後の約束した時刻に、沢田はその店にやって来た。いちばん奥のゴムの木の鉢がおいてあるボックス、という指定であった。いくらロシヤ紅茶がまずくても、まさか水を飲んでいるわけにもいかないので、メニューを見てクヴァースという飲み物を注文した。それは茶色の液体で、泡がたっているところもビールにそっくりだったが、飲んでみると甘酸っぱい味がして、ジャム入り紅茶よりもはるかにうまかった。

十分待ったが馬場の姿はない。腹を立てかけているところに、ウエイトレスが寄って来て馬場から電話がかかったことを告げた。

「どうしたい？」

「いや、また痛風がでやがってさ、坐るも歩くもできない有様だ。痛いのなんのって……」

顔をしかめているのが見えるようだ。

「そこで電話で話をするんだが、謎は完全に解いたよ。ただ動機はわからん。おれは推理作家であって刑事でもなけりゃ探偵でもないんだからね。動機を知りたければきみが調べればいい」

四、五年前から痛風持ちになったこの推理作家は、発作が起るたびに不機嫌な人間に一変するのだった。

「先日きみの話を聞いていたとき、妙だなと思ったことが一つあった。山中の靴が、火床のいちばん奥に投げ込んであることなんだ」

「覚えているよ。だが、それがどうした？」

「犯人の目的は屍体を火のなかに入れてその特長を消すことにあったわけだ。なにはさておいても、屍体を火床の上に押し込むべきなのだよ。その後で、床におちている靴に気づくと、これも焚き口のなかにほうり込む」

「だからさ、それがどうしたんだ？」

「それが心理的にいって矛盾のない行動なのだ。いまぼくは靴が床におちていたことをいったけど、これは仮定であって、靴はぬげ落ちなかったかもしれぬ。とするならば、犯人は山中の足からわざわざ靴を剝《は》ぎとってまでして、まずそいつを奥に投げ込んだことになる。このことから、犯人には、靴を完璧に灰にしてしまう必要があったのではないか。ぼくはそう推理したのだ」

推理作家の推理の才能なるものを、沢田はそんなに高く評価していたわけではない。だから賭けに応じたのである。だが馬場の口調はいやに自信ありげだった。

「小学生ではあるまいし、靴に被害者の名前が入っているわけもない。そこまで徹底して焼く必要はないのだよ。にもかかわらず犯人は靴を灰にすることを意図した。この一見矛盾した行為から、ぼくは一つの結論を得たように思った」

「どんな結論だ？」

「その靴は被害者山中のものではない。そうかといって第三者のものでもあるわけがない。となると、犯人のものだとしか考えられないのだ。もしこの仮定が事実だとしてみるとだよ、靴のサイズから犯人の足の大きさがわかる。あるいは靴の色とか型とかから犯人の好みがわかってしまう。それを防ぐためには、原型をとどめぬまでに焼くほかはないからね」

「しかしそれは訝《おか》しい。きみの結論こそ矛盾だらけだ。第一に、焼けた靴は炭化していたものの明らかに男性の短靴だった。ハイヒールでもなければ女性のブーツでもないんだ。第二に、犯人がなぜ自分の靴を焼く必要があるのかね？　裸足《はだし》で逃げれば途中で不審訊問される危険があるが、そのときはどんな言いわけをする気だろうね？」

沢田の反問に即答できなかったのか、馬場の声はべつのことを語っていった。

「捜査本部やきみたちは、屍体が焼かれた理由を、人相や指紋を消すためだと考えているようだ。なるほど、あの場合に首を切断したり酸で腐蝕させるわけにはいかないから、ボイラーに突っ込むのが最良の策だということになるのだけど、その他にもう一つ重大な狙《ねら》いのあることに気がつかないかね？」

「わからんな。なんだい？」

「ま、石頭だからわからないのも無理ないな」

と、電話の声は意地わるく応じた。

「被害者の特異な特長を消すためなんだよ」

「それはすでに聞いたよ。顔の特長や指紋を――」

「ぼくのいうのはそんなことではない。特異な特長だ。端的に言えば化粧や女みたいに伸ばした髪やマニキュアした指のことだ。それを消しておかなくては、被害者があの女だということがばれてしまうじゃないか」

「女？　あの赤い羽根の女が被害者だというのか」

「そうさ」

「だって被害者は男だった――」

「まだ寝呆けてやがる。おれがいってるのは女に化けた男のことなんだ。ラーメン屋や映画監督が目撃したのは女装した男だったのだ。そう考えることによってのみ、事件は解決できるのだよ」

　いらいらしたように叫んだ。怒鳴れば痛風にひびくのに。

「男である以上、いくら上手に化粧しても喉仏《のどぼとけ》まではどうすることもできない。きみが狐の衿巻をしていたといったとき、ぼくは謎の半分を解いたんだよ」

「すると石鍋教授は――」

「嘘《うそ》をついたのさ。山中と称する同好の客が八重歯だったのではなくて、午前一時に訪ねてきた男娼が八重歯だったのだ。いいかね、ぼくが推理作家的空想力をフルに発揮してつくったプロットはこんなものになる」

　電話はちょっと沈黙し、ふたたび馬場の声をつたえてきた。

「男娼に身をおとした鈴木睦男は、石鍋の弱味をにぎってゆすっていたという設定だな。あの晩、睦男はなにか急にかねが入要になる。そこで石鍋をたずねて手に入れようとした。男娼みたいな夜の商売の人間にとってはまだ宵の口だが、一般人にとっては真夜中だ。こうした場合、あらかじめ電話をかけておいて出掛けるのが常識だな」

「まあな」

「一方、頻繁にかねを絞られる石鍋にしてみれば、この辺で強請屋《ゆすりや》の手からのがれて自由の身になりたいと思う。それには睦男を殺すほかにはない。受話器をおいた彼の胸のなかに、むらむらと殺意がわいてきた。そして睦男がやって来るまでの数十分間を利用して、いろいろと計画を練ったわけだな。屍体の身元をかくすためにボイラーを利用することも、そのとき頭に泛《うか》んだアイディアなんだよ」

「いやそう説明されてみるとね、女が大の男をボイラーに突っ込むのは少し無理じゃないかなっていう気もしたんだ。しかし現代はすべてが女上位の時代だから、そういうこともあり得るんじゃないかと……」

口惜しそうに負惜しみをいった。

「まあ聞けよ。訪れた睦男の油断をみすまして殺すと、屍体からオーバーや服やアクセサリイを剝ぎとって、自分の古服を着せたんだが、困ったのは化粧やマニキュアだ。タオルで拭いたぐらいでは痕が残ってしまう。睦男が男娼であり且つ女装していたことを隠す必要がある。この切羽つまった場合、屍体をボイラーの焚き口に突っ込むことが最上の策ということになってくるんだ。剝いだ婦人物の衣類は大学へいく途中で処分してしまえばいい」

「そういわれればそうだな」

「睦男がたまたま映画監督に遭って言葉を交わしたのは、教授にとって計算外のことになる。が、屍体の身許がばれないようにするためには、計算外ではあっても不利なアクシデントではなかった。犯人像を確立させるという意味で、これも石鍋にはプラスに働いているのだな」

「そこまではよくわかった。監督夫婦の証言で犯人は女ということになったんだからな。しかしね、この女がマンションのなかで消えてしまったように演出したのはなぜだい？　こんな不自然なことは止めたほうがいいと思う。まるで無駄なことではないか」

「いや、結果的にはああなってしまったけど、石鍋の計画ではそんなことをする気はなかったんだよ。山中を焼いたあとで女は正面玄関から逃げていったように見せかけるつもりだったんだ。通りの向う側でラーメン屋たちがこっちの入口を監視しているなんて、思いもしなかったのさ」

「なるほど。そのラーメン屋だが、睦男がラーメンを喰いたいといったのは本当かな？」

「嘘《うそ》さ。念のためにいっておくけど、睦男が山中の名を名乗っていたのではないよ。山中というのは飽くまで石鍋が考え出した架空の人物の名前なんだ。古書展で知り合ったのも嘘ならば、あの晩やって来て自慢の版画を鑑賞したと称するのも、山中という男に実在性をあたえるためのつくり話なんだな。石鍋がラーメンを注文しに行ったのも、山中の存在を本当らしく見せかけるための芝居なのだ。同時に、そうすることによって、自分が席をはずしていた際に山中は連れ出されたのだから、その間《かん》の事情はなにも知らないという口実が生まれるのだ。バスケットをさげて通りの向うのラーメン屋に行ったという些細《ささい》な行為のなかに、二つの重大な狙いが秘められていたのだな」

「二つというと？」

「山中が実在の人物であるように見せかけること、及び石鍋が席をはずしているあいだに山中が連れ出されたように思わせることさ」

わずかの間に謎はすっかり解き明かされてしまった。馬場は単なるプロットだといっているのだが、動機はともかくとして、残余はそっくり事実にあてはまるのではないか。そう考えた記者は、興奮のため胸がわくわくしてきた。

「ラーメンを注文しているあいだ、睦男はどうしていたんだろうな」

「勿論、殺されていたんだ。中華そばを持って帰ったあとで、部屋に横たえておいた屍体を地階へ運びおろしたのだな」

「プロットと現実とはぴったり合っているじゃないか。お見それしたな」

「だからさ、石鍋に脅迫状を出してやったんだ。これこれしかじかのことを物陰からすっかり目撃した者だが、ことと次第によっては沈黙をまもってもいい、ついては百万円を持って来いとね。ぼくの推理がはずれて石鍋が潔白ならば、この手紙を警察に提出するだろう。だがもし彼が犯人ならば、この交渉に応じないわけにはゆくまいな」

「で、会見の場所はどこだ」

「きみがいる喫茶店だ。時刻は今日の午後四時、ゴムの木の横のボックスで待っているから、といってある。いまは四時二分前だ、間もなくやって来るだろうが、そいつが現われたら一切はきみに委せる。知らぬふりをして見逃がすなり、当局に知らせて金一封をもらうなり、きみが一人で応対して特ダネを掴《つか》むなり、好きなようにするがいい。じゃ巧くやれよ」

いったかと思うと一方的に通話を切られた。突然のことでもあり、さすがの沢田も思案にくれたように、受話器を握りしめたまま立ちつづけていた。

空気が動いて扉が開いた気配がした。振り返ると、入口に、がっしりした体つきの石鍋が小脇に鞄をかかえて立っていた。怒りに燃えた眼がゴムの木の鉢を探し求めているようだったが、やがて肩をゆすぶると、大きな歩幅で奥のボックスへ歩いていった。

尾のないねずみ

1

「あの泥棒がうらやましい」

これは、日本探偵小説の黎明《れいめい》を告げた江戸川乱歩《えどがわらんぽ》氏の短篇『二銭銅貨』の書出しだが、おなじようなことを、支倉正造《はせくらしょうぞう》と春美《はるみ》の夫婦は、顔を合わせるたびにくり返していた。この場合、「あの泥棒」にあたるのは、例の現金輸送車から三億円を強奪した犯人のことである。

「あん畜生、うまいことやりやがった」

「三億円も盗んでどうするつもりかしら。あたしならあの十分の一でたくさんだけどな。三千万円あればカッコいい暮しもできるし、あなたに苦労させせなくてもすむもの」

溜息をつきながら春美はそんなことをよくいった。

正造は品川の小さな商事会社で臨時社員として働いている。担当は経理であった。一方、春美は夕方になると化粧をして家をでる。新宿のバーでホステスをしているからだった。生活がすれ違っている以上当然のことだけれども、日曜日を除けば、夫婦が顔を合わせる時間はほんのわずかしかない。春美が真夜中に帰宅すると、ひと眠りしていた夫が寝室から起き出してきて、居間で一緒に茶を飲みながら他愛のない雑談を一時間ほどやる。夫婦がやっかみ半分に三億円事件の犯人のことを語り合うのは、そうしたときであった。

肩のあたりまで髪を伸ばした春美は、大きな張りのある目と相俟《あいま》って、エジプトの壁画にえがかれている異国の女を連想させた。バーでも一、二を争うほどの美人である。それでいて成績が一向にぱっとしないのは妙な話だが、狼みたいな男共がいくら執拗《しつよう》に誘っても、頑《がん》として応じたことがないからだ。春美にいわせれば夫を愛しているからであり、そうした貞淑な女だったからこそ、正造としても安心して女房にバー勤めをさせることができたのである。困るのは、それが春美の収入に反映することであった。正造も安月給だから、夫婦共稼《ともかせ》ぎをしているくせに、喰うことがやっとの有様なのだ。

「車を手放そうか」

何度かそう提案したことがある。が、春美はかたくなに同意しなかった。そうしたときの彼女は不機嫌になったり、急に涙ぐんだりして正造をとまどわせるのだった。白い鉄筋住宅とブルウのムスタングとが、多分に見栄っぱりな春美の心の支えになっていることに気づいて以来、この夫は、二度とそうした話を持ち出さなかった。

正造が最初から小さな商事会社につとめたわけでは勿論ない。大学をでると二流の製薬会社に入った。居心地も決してわるくはなく、ここで定年がくるまで働くつもりでいた。この会社は営業部に籍をおく新入社員に、誰彼のべつなく一度はセールスマンをやらせる方針になっている。正造は新人教育のすんだ途端にセールスを担当させられ、月の半分以上を旅先で送らねばならなくなった。独身の彼にはこの仕事が結構おもしろく、本人が人当りのいい童顔であることも手伝ってかなりの成績をあげることができた。正造の受持ちは主として東京から関西にかけてだが、同僚にかわって東北や九州まで廻ることもある。そしてそのたびに、契約高を大きくふやして帰京してくるのだった。当然のことだけれども、上司は彼の才能と手腕に期待をかけてくれた。が、正造をたかく評価した男がほかにもいた。会社に出入りしている薬品ブローカーがそれである。結果的にみて正造は、この男のために将来を誤ることになったのだった。

新橋のキャバレーに招待されて、馳走《ちそう》になりながら、酒がかなり廻ったところでその話を持ち出された。

「無理にお願いするわけではありませんよ。しかしね、あなたの腕ならば月々十万はかるいな。出張先で病院や診療所をたずねるときに、ついでにビタミン剤を売ってくれればいい。現物はこれですがね」

鞄《かばん》をあけ、病院用の特大瓶《びん》に入ったB_1錠の二、三粒を掌《てのひら》にのせると、正造の前のテーブルにことりと置いた。彼もときたま服用することのある道修町《どしょうまち》の一流メイカーの品である。

「製品検査のときにはねられたのです。印刷されたマークが少しにじんでいたり、糖衣にヒビが入っているのが混《まじ》ってます」

いわれて眼を近づけてみたけれど、それらにはべつに異常がなかった。さすがに一流の製薬会社だけあってきびしいものだと感心した。正造が正直に感想をのべると、相手は眉をよせて首を横にふった。

「オミットされたやつはみな廃棄処分にしてしまうんだから、勿体ない話ですよ。少しオーバーにいえば国家的損失だな。ま、会社の技師もそういう意見でしてね、パスしなかった製品をそっと持ち出して安価にさばいたらどうかというわけで、わたしどものほうに話があったのですよ」

コップにビールを注ぐと、それを水のかわりにしてビタミン剤を口に入れ、飲んでしまった。

「印刷がずれた程度ですから効き目にかわりはない。会社の技師がわれわれに卸《おろ》す値段は市価の半値です。これを幾らに売るかはあなたの自由で、その差額はあなたのものになる。どうです、ひとくち乗りませんかな？　いいアルバイトだと思うがなあ」

とどのつまり、正造はその誘いに応じた。十万はかるいという話だったが、二か月目から彼のアルバイト収入は十五万を越すようになり、しかもこのかねには税がかからぬという魅力もあった。

そのブローカーの口から、製薬会社の技師に横流しされたというのは嘘で、一味がビタミン剤の偽造をしていることを打ち明けられたのは、慰労という名目で二度目の招待を受けたときだった。このときも彼はホステスを退けて、前回とは変って脅すような口調で口説いた。

「妙な気は起さないほうがいいね。知らずに売ってましたと主張したところで、警察はそんなことを信じちゃくれない。われわれはきみのセールスの才能を必要としているんだし、仲良くやったほうがお互いのためだ」

「嫌だなあ、ぼくがこんな儲《もう》かる仕事を投げだすと思っているんですか」

正造はまんまるな顔をにこにこさせて答え、ふたりは改めてビールで乾杯をした。

順風満帆ともいえる彼の生活が突如としてくずれてしまったのは、目黒に鉄筋二階建の住宅をつくり、美しい妻をめとって四か月ほどした頃のことであった。足立《あだち》区にある秘密工場が漏電《ろうでん》から火をだして全焼し、原因調査にやってきた消防署員が焼跡から奇妙な機械を発見したのがきっかけになった。一味は芋蔓《いもづる》式に検挙されて正造も臭いめしを喰わされたのだが、初犯だということで、宣告は執行猶予二年六か月であった。勿論、会社は犯罪が発覚した段階でクビになっている。

いまの商事会社で昼食にうどんのかけを啜りながら、ふと過去をふり返ることがある。一体、この梲《うだつ》の上らぬ生活をいつまでつづけねばならぬのか。物事を気に病まぬたちの正造ではあったけれど、そうしたときには、やはりデスパレートな気持に陥って一日中不機嫌な顔になるのだった。だが、ブローカーの一味に加担して偽《にせ》のビタミン剤を売り歩いたことは、ただの一度も後悔しなかった。新橋のキャバレーでナンバーワンだったホステスの春美を妻にできたのも、莫大《ばくだい》な収入のおかげだったからである。

2

「あの野郎、盗ったかねをどうする気だろうな」

「決ってるじゃないの、ほとぼりのさめるのを待って使うんだわ」

その朝も、例によって三億円の犯人のことが話題になった。

「使うことはできないな。持ちつけない大金をにぎると、どうしても気がゆるむものだ。以前の自分がどれほどピイピイしていたかってことを忘れて、身分不相応の使い方をするようになる。そこから怪しまれて足がつくな」

「ですから、計画的に使えばいいわよ」

「勿論あの男だってそのくらいのことは考えているだろうさ。だが、そうはいかないところがゼニの魔力だよ。だからあいつが刑務所にぶち込まれたくないならば守銭奴《しゅせんど》みたいに、一生涯あの三億円を抱きしめたままで死んでいくほかはないな。もっとも、時効になるまで生きていられれば話はべつだけどもね」

久し振りの日曜日であった。おそい朝食のトーストを囓《かじ》りながら、正造は憑《つ》かれたような喋《しゃべ》り方をした。いつもは朝刊を片手に、終始無言で食事をするのだが、この日にかぎって新聞には手をつけていない。

「あら、どうしたのよ。そのお紅茶、まだお砂糖が入っていないじゃない？」

いわれても正造はおどろいた様子もなく、甘味のない紅茶をゆっくりと飲みくだして、カップをおいた。

「おれ達が犯人だったと仮定してみろ、明日のパンもないくらいだというのに、かねを抱いて時効になるまで待っていられると思うかい」

「…………」

「スポーツカーなんて若いうちに乗り廻すものだが、指をくわえて見ていなくちゃならない。大金を持っているくせに、軽井沢の別荘も買えなければ外国旅行だってできないんだぜ」

「だからどうだっていうの？」

「だからさ、おれ達がやるとすれば、奪ったかねをおおっぴらで使えるようでなくちゃつまらんといってるんだよ」

夫の意味するものが、春美にはまだ理解できなかった。細くえがいた眉をよせると、白い顔をテーブルの上につきだした。

「判んないわ」

「じゃ例を上げて説明しよう。きみには独身でお金持の叔母さんがいたっけな」

「いるわよ。昨日も会って服の生地をもらったばかりじゃないの」

「黙って聞け。その叔母さんがぽっくり死んだとしてみるんだ。係累はきみだけだから、何千万かの遺産はそっくり全額が春美のものになる。このかねは、きみがどう使おうとだれも怪しまないし、文句をいわれる筋合でもない性質のものだ。つまりだな、大金を自分のものにするには、筋のとおったかねでなくては安心して使うことができないといいたいんだよ」

「そんなら判るけど……」

そう答えたものの、春美はなおも釈然としない表情だった。夫が、それだけのことを喋るのに、なぜ憑かれたような目つきをしなくてはならないのか。

「でも、たとえ話はあまり適切じゃないわね。叔母さんはまだ四十をすぎたばかりだし、あんなに丈夫なんですもの。あのひとの遺産をあてにして待っているなんて、三億円をかかえて時効になるのを待ってる犯人とおなじことじゃないの」

「ばかだな、だれが寿命がつきるまでのんびりと待っているなんていったかね？　おい、ジャムとってくれよ」

「よく判んないわ。もっとはっきり――」

「死んで頂くのさ。おい、ジャムだ、ジャム……」

平然としてジャムの催促をしている。春美は冗談をいっているのかと思って、まじまじと夫の顔をみた。

「本気なの？」

「本気だとも。二か月前からずっとこのことばかり考えていたんだ。叔母さんの遺産が手に入れば、ハワイへもいけるしカラーテレビだって買える。きみが欲しがっていた軽井沢の別荘だって建てられるんだぜ」

「…………」

どちらかというと物事を割り切って考えるたちの春美だが、そのときばかりはにわかに同意することができかねた。べつに叔母に愛情を感じているわけではないけれども、先方にすれば唯ひとりの姪だから、なにかにつけて好意を示してくれるのである。春美にも、その恩情は身にしみていた。

「叔母さんを殺すなんて……、いやだわ」

「そんな弱気でどうする。背に腹はかえられぬというじゃないか。よく考えてみろ、人生ってものは喰うか喰われるかのどっちかなんだ。しかも彼女は妾腹《しょうふく》の生まれだというじゃないか。果たしてきみのお祖父さんの子かどうか、それさえも怪しいんだぜ。いってみれば他人と変りはない」

叱咤《しった》するようにいい、その後は口説くような調子になった。

「叔母さんに再婚話が持ち上っていることを、忘れちゃいまいな。結婚してしまえば、仮りに叔母さんが死んだとしても、あの財産は亭主のものになってしまうんだよ。そうなるとおれ達には手のくだしようもない。涎《よだれ》をたらして眺めているほかに方法はないのだ。やるとするならばいまがチャンスじゃないか」

その一言が決定打となった。ホステスによく見かけるタイプだが、春美もその例外ではなく金銭欲がきわめて強い。

「うっかりしていたわ」

「だからさ、やる気があるのかないのか、ここで決断してもらいたいのだ。こんなことは時間をかけて考えたってどうなるものでもない。瞬間の判断でぱっと答えをだすのがいちばんだ」

赤いジャムをバタートーストの上になすりながら、春美の返答をうながした。

叔母の勝子《かつこ》は、貿易商の前夫といっしょだった横浜時代から、新進の女流評論家として少しずつ売り出していた。大体が女流の評論家には美人が少ないものだけれども、勝子は違う。芸者だった母親そっくりの派手な顔立ちをしており、鼻にかかった、ちょっと甲高いきれいな声を持っていた。その点に、民放テレビのディレクターが目をつけたのである。勝子は正午のワイドニュースのキャスターに採用され、ブラウン管をつうじて徐々に全国の家庭に侵入していった。彼女の場合はこうした女性にあり勝ちな才気走ったいやらしさがなく、それが同性にも好意をもって迎えられた大きな原因になっていた。

勝子が離婚した理由は性格の不一致ということになっている。酒好きで、しかも女にだらしのない夫だったから確かにそのとおりだろうが、もう一つの理由は、妻の座から飛びおりて、思い切り活躍をしてみたかったためではなかったか。春美は春美なりに、そういう見方をしていた。正造がいった三千万はそのときにもらった慰謝料のことで、叔母はそれをそっくり定期預金にして、手をつけずにいるのだった。

以来三年の間に、叔母は押しもおされもせぬ中堅の社会評論家に成長しており、いまでは新聞や月刊雑誌にその名を見かけぬことはないほどになった。

「女にはやっぱり夫が必要だわ。この頃つくづくそう思うの。活字の上では威勢のいいことをいってるけど、徹夜で仕事をしているときなんか、ふっと淋しくなることがあるのよ」

気のつよい叔母としては珍しく弱音を吐いたことがあったが、春美が婚約の成立を知らされたのは、それから二、三か月のちのことだった。春美に自慢のカクテルを振舞いながら、そのときの叔母はさすがに嬉《うれ》しさを押え切れぬ様子で、うきうきしていた。

「相手は大学教授よ。国文を専攻しているひとで、おととし奥さまを亡くされたの。お式は十二月に挙げる予定だけど、どっちも二度目ですものね、ごく内輪にやりたいと思うのよ」

そういって婚約者の写真をみせてくれた。度のつよい近眼鏡をかけ、すでに鬢《びん》のあたりが白くなっている。地味な風貌の、いかにも学究タイプの男であった……。

「おい、どうなんだよ」

耳元で声をかけられ、われに還《かえ》った。

3

二か月も前から考えていたというだけに、正造はすっかり殺人計画を練り上げていた。朝食の後片づけをすませた妻に、彼がみせたのは一粒の小さな白い錠剤であった。

「きみの叔母さんは自分で車を運転して、よく浅間《あさま》の別荘へいく。途中で眠くなると、ハンドバッグのなかから覚醒剤をとりだして嚥《の》む、といっていたな」

「ええ」

「これはその覚醒剤だ。ただし、農薬をたっぷりしみ込ませてある。こいつを、叔母さんのバッグの瓶のなかに入れておくのだ。ぼくがバッグをいじっていたら怪しまれることは決っている。だからこの仕事はきみにやってもらいたいのだがね」

「いいわ。でも一粒で効くのかしら」

「その点は大丈夫だ。おれだって伊達《だて》に製薬会社で働いていたわけじゃないんだからな」

夫は確信ありげにいった。

「叔母さんは車をちょっと停めて、いつものように魔法瓶のお湯でこいつを嚥む。効き目があらわれるのは四、五分後のことだから、その頃の叔母さんはふたたび走りつづけているわけだ。この薬の特長は即効性ということにあるんだが、いいかえれば叔母さんはブレーキをかける余裕もなく即死してしまうんだな。車は暴走した揚句《あげく》、転覆するなり何かに激突するなりして、ようやく停る」

春美は息をつめて聞いていた。その光景が眼にみえるようだった。

「警察なんてところは馬鹿がそろっているもんだ。物事を常識的に考えるほかには能がないんだよ。だから叔母さんは交通事故死として片づけられる。胃の内容をしらべてみるなんて知恵はでない。したがってこれが殺人だということは絶対に判るはずがないんだ。その結果、叔母さんが前の旦那《だんな》から巻き上げた慰謝料は、手つかずのまんま、そっくりおれ達のものになるという寸法だよ」

「そう旨《うま》くいくかしら」

「あの瓶は二十錠入りだから、もし彼女が覚醒剤を買ったばかりだとすると、二十錠目になってようやく毒にぶち当ることになるかもしれない。理屈の上からいえばだがね。しかし、キャップをはずしていちばん上にポトリと落とし込んでおけば、それが口に入る機会は比較的はやくくるものと考えていい。まあ、あと二か月以内にはなんとかなるだろうな」

その点いささか心もとない気もせぬでもなかったけれど、殺人が交通事故として処理されてしまうのが魅力であった。

翌日、春美は午後の三時過ぎに家をでると、叔母の好きなかき餅《もち》を手土産に、大森山王《おおもりさんのう》の家に彼女をたずねた。先日もらった生地の礼という口実があるから、春美としても怪しまれずにすむのである。

その夜おそく帰宅すると、正造は寝もやらずに待っていて、妻の顔をみるや早口に首尾を訊ねた。

「案外簡単にいったわ。話しているうちに雑誌社のひとがきたのよ。叔母さんは応接間にはいったきりだったから、慌てる必要なんてないの。落着いてやれたわ」

「そいつはよかったな、ついてるぞ」

「ついているのよ、確かに。叔母さんは今度の土曜日にまたでかけるといってるし、瓶のなかには二粒しか残っていないの。だから往きか帰りに嚥むわよ」

春美はポケットの封筒から無毒の白い錠剤をとり出し、夫の掌にのせた。瓶の中身がいっぱいになっている場合は、二錠や三錠ふえようが減ろうが大したかわりはないけれど、底に二、三粒しかなかったとなると、わずか一錠ふえただけでも目立つのは当然だった。春美はそれを考え、無毒の一粒を持ち帰ったのである。

「注意するのを忘れていたんだが、よくやってくれたな。こうなればもうベルトコンベアに乗せたも同じことだ。のんびりと待っていれば製品ができ上ってくる。あせることはないさ」

打って変って元気な笑顔になると、労をねぎらうように春美の手をとり、背後にまわってオーバーを脱がせてくれた。妻の帰宅を待つあいだ、あれこれと夢を想いえがいていたのだろうか、居間のテーブルにはフィアットやスピットファイアーのスポーツカーの型録《カタログ》、それに海外旅行のパンフレットがひろげられていた。入浴をすませた春美は夫と向き合い、色刷りの印刷物を手にして、夜のふけるまで未来のたのしい設計図を語りつづけた。

彼らがあの計画の成功に疑問をいだきはじめたのは、それから二か月ほどたった十一月の初めであった。浅間の好きな叔母は少しの暇でもあると車を駆って別荘へいく。そのときまですでに四回も往復しているにもかかわらず、農薬をのんだ気配もなければ、交通事故をおこした様子もない。国道十七号線を往復あわせて八回も走っているのだから、二粒の覚醒剤はとうに服用していなくてはならぬ計算であった。

「おかしいぞ。お前、それとなく訊いてみろ」

夫に命じられるまでもなく、春美自身も怪訝《けげん》に思っていたところなので、その翌《あく》る日、近所までできたから寄ってみたという口実で訪問した。

叔母はちょうど栗をゆでたところだといい、盆にいっぱいのせてすすめてくれた。

「この家は三DKでしょう、結婚したら手狭《てぜま》になるんじゃないかって考えてるのよ。どうかしら?」

命を狙われているとも知らず、勝子はそんな呑気《のんき》なことをいったりした。

「ハンドバッグ? あんなのどうってこともないわよ。新しいものに買い替えようと思っていたんだから」

春美が苦労してようやく話題をハンドバッグに持っていくと、叔母は興味なさそうに答え、先頃の試写会でみたスウェーデン映画のことを語りだした。

「あたしあのバッグが気に入ってたのよ、欲しかったわ」

と、春美はおりをみて残念そうにいった。

「捨てちゃったの？」

「盗られたのよ。横川のドライブインで釜めしを食べていたときのことなの。おなじテーブルにフーテンだかヒッピーみたいな女の子がいたから、それが持っていったに違いないわ。でもね、現場をみたわけじゃないし、いまいったように惜しい品でもなかったでしょ、警察にも届けなかったの」

「おかね入っていたんでしょう？」

「五万円ばかりだもの、大したことないわ」

あっさりした返事だった。もっとも、売れっ子の評論家にしてみれば、五万円ぐらいはほんの端金《はしたがね》にすぎないのかもしれぬ。春美は自分の苦しい家計のことを思って、われ知らず重たい吐息をしていた。

帰宅してそのことを報告すると正造はむずかしい顔つきになり、あらあらしい動作で深夜劇場のテレビの画像を消した。

「まずいことになったな。いずれそのうちにフーテン小娘が覚醒剤を噛むだろう。屍体のかたわらに叔母さんのハンドバッグが転がっていれば、いくら鈍い彼女でもハハーンと勘づくに違いない。だからその前に、急いでつぎの手を打たなくちゃならないのだ」

そういったきり、黙々として考え込んでしまった。春美は思考の邪魔をしないように、これも黙って柿の皮をむき、四つ割りにして皿《さら》にのせると、小さなフォークをそえてそっと夫の前に押しやった。

4

正造がいうとおり愚図愚図している場合ではなかった。ヒッピー娘のこともあるけれど、叔母の結婚はあと一か月後に迫っている。それまでの間に、何とかして亡きものにしてしまわねばならない。次第に春美もあせってきた。病気を理由にバーを休むと、終日炬燵《こたつ》に入って案を練っていた。どう知恵をしぼったところでいい考えが浮かぶものでもないけれど、バーで愚かな酔客を相手にしていることが堪《た》えられなくなってきたのだ。

前回とは違い、叔母が毒の錠剤を嚥下《えんか》するまで手を拱《こまね》いて待っているわけにはいかない。そうかといって、ナイフを振りかざして襲いかかるというような野蛮な直接行動にでることもできかねた。人を殺そうという大それた計画を立てているくせに、夫婦そろって血をみることは嫌《きら》いなのだった。

その夜も、寝床のなかでとつおいつ考えているると、熟睡しているものとばかり思っていた正造がむっくり起き上って、枕元のスタンドの灯をつけた。

「どうしたの？」

「なんだ、きみも眠っていなかったのか。ちょっと考えたことがあるんだが聞いてくれ」

正造は寝巻の衿をあわせ、肩からどてらを羽織ると、ピースをくわえて火をつけた。ダイニングキチンの隅で鳴きつづけていたコオロギも、この二、三日来声が聞かれなくなっている。正造はぶるっとひとつ身震いをしてから、化粧をおとした妻の顔に視線をむけた。

「おれ達が疑われぬためには殺人であることに気づかれてはならない。これはおれ達の計画の大前提だったね」

「そうよ」

「自殺にみせかけるという手もあるが、叔母さんは目下心うきうきの状態だから自殺なんかするわけがない。そこで事故死という線でいろいろ考えていたんだが……」

言葉を切り、ふと思いついたような訊き方をした。

「きみの叔母さんの家はたしか都市ガスだったたっけな？」

「ええ、プロパンじゃなくてよ。なぜ？」

「まあ黙って聞け。あと六日するとおれの誕生日がくるだろう、これに叔母さんを招待するわけだ。きみと違っておれは義理の親戚だからな、彼女としてはそう無下《むげ》にことわるわけにもいくまい。そこがこっちのつけ目なんだが……」

旨そうに夕バコをふかしている。悠々としたその態度はいかにも成算がありそうにみえた。

「その日の夕方、きみが車で迎えにいくんだが、ここで大切なのは、普段着のまま連れてくることだ」

「なぜ？」

「理由はあとでいう。叔母さんだってわが家が赤字でふうふういっていることはご存知だ。ほんの形だけの誕生祝を内輪でやるのだと説明すれば、怪しまずに部屋着のままで車に乗るだろう。さてここに到着したところで、隙をみておれが後頭部を一撃する」

「そんな乱暴なやり方は駄目だわよ」

「黙って聞け。殺すんじゃなくて気絶させるだけなんだ。失神したやつをこの寝室にはこび込んで、ガスストーブの栓をあける。三時間もすれば死んでしまうだろうからな」

「無茶だわよ。叔母さんがこんなところで死んでいたら、あたし達がやったことはすぐ判っちまうじゃないの」

「馬鹿、おれがそんな間抜けなことをやると思っているのか。朝になったら屍体を山王の家へもどしておくのだよ。つまり、叔母さんは自分の家でガス中毒のために死んだように見せかけるんだ」

そう説かれてみてようやく納得できた。だが、屍体を叔母の家に運び入れただけで、果たして巧く人目をごまかすことが可能だろうか。

「そこだよ、問題は。そのためにはある程度の演出をしなくてはならない。で、おれが考えたのはだな、まず屍体を叔母さんの家のダイニングキチンに転がしておいて、珈琲ポットをガスコンロにのせて煮立たせる。吹きこぼれた珈琲がガスの炎を消すのを待ってから、ガスの栓をしめるのだ。この場合、指紋はついたほうがいい」

叔母は酒もタバコもやらないかわりに、珈琲が大好きだった。それも小さなカップで上品に飲むのではなく、荒びきのモカをポットにぶち込み、ぐらぐらと煮立ったやつに砂糖をほんの少々入れて、豪快に飲みほすのであった。正にそれは西部劇にでてくるカウボーイのやり方みたいだけれど、横浜にいた時分、ギリシャ人専用のバーで水夫から教わったものだといっている。だから叔母の場合、珈琲ポットをコンロにかけるというのは有り得る話なのだった。

「すると、珈琲を煮ているうちについうとうとしてしまったわけね？」

「そうさ。火が消えてガスが吹き出したのも知らずに、ぐうぐう眠っていたことになるんだ。さて、発見者であるおれは慌てふためいて栓をしめ窓を開放する。これは室内に充満していたガスを追い出すためのゼスチュアだな。だから指紋がつくのは当然のことなんだ。そうしておいて一一九番するなり近所の家を叩《たた》き起すなりするんだ」

「なるほど名案だわ。テーブルの上に、一人前のカップとスプーンを出しておいたほうがいいわね」

「勿論そうするさ、ぬかりはない。砂糖つぼも忘れずにのせておくよ」

「叔母さんがひとりで飲むときはお客さん用のカップは使わないの。真赤な、イギリス製のカップで飲むのよ。一つしかないから、食器棚をのぞけばすぐに判るわ」

「よし、覚えておこう」

大きく頷いていった。すでに春美もこの計画にはすっかり乗り気になっている。いってみればこれは間接殺人なのだから、返り血をあびるとか、悲鳴を上げられて近所の住人に駆けつけられ、よってたかって警察につき出されるというような危険性はまったくない。それが気に入っていた。

「でも、万一にそなえてアリバイを用意したほうがいいんじゃない？」

「それも考えてある。うちに常連を呼んで下でマージャンをやるんだ。といって勝手な時刻にのこのこやってこられたのでは差障《さしさわ》りがあるから、叔母さんをこの寝室に閉じこめた後で、またきみに車で迎えにいってもらうことにする。四人が徹夜マージャンをやっていた以上、おれ達夫婦がこの家から一歩も外にでなかったことは否定できない事実となる。こんなはっきりしたアリバイなんて滅多にあるもんじゃないのだぜ」

「そうだわね。車を売りとばさないでほんとうによかったと思うわ」

春美はつくづくと述懐した。

「ねえ、マージャンのお客さんがガスの臭いに勘づかないかしら」

「その心配も無用だな。窓には内側から、ドアは廊下の側から、テープで目貼《めば》りをしておく。臭気《しゅうき》が外に洩れるおそれは絶対にない」

夫はあらゆる可能性を想定し、その一つ一つに完璧な対策をたてていた。それを聞いているうちに、春美は、失敗するほうがむしろ不思議なことのように思われてくるのだった。

5

手袋をしたままの手で勝子のハンドバッグから合鍵をとりだし、入口の扉をあけて屍体をはこび込んだ。いままでに何回か訪ねたことがあるから、家のなかの様子は判っている。ダイニングキチンに直行すると屍体をテーブルの脚もとに横たえ、天井の電灯のスイッチを入れた。彼女が真暗な台所に坐って珈琲を煮ていたとしたら、おかしなことになる。

ついで食器棚の前までいくと、真赤な紅茶カップとスプーン、砂糖つぼにポット、珈琲の罐をとりだし、一つ一つに屍体の指紋をつけた。これらのものにこの家の主人の指紋がついていないとは思えなかったが、念には念を入れ、慎重にやるに越したことはないのだ。

それがすむとポットをコンロにかけ、水と荒びきの珈琲を入れて火をつけた。正造はその場に突っ立ったままで煮立つのを待っていた。と、こわいもの見たさの心理が作用するのだろうか、彼の視線は抵抗することのできぬ強いちからで引きつけられるように、血の気のうせた勝子の死に顔に向けられるのだった。どちらかというと彼女のそれはおだやかなものではあったけれど、口と鼻孔から少量の血をたらしていた。まんまるな正造の童顔はみるからに凍ったようになり、唇が白くなっていった。沸騰した液体がコンロの上にあふれると、炎は小さな爆発音とともに消え、彼ははっとしてわれに還った。

バーナーからはシュウシュウと音をたててガスが噴出している。が、正造はすぐに栓をひねろうとはしなかった。ある時間ガスを放出させておいて、臭気をそのあたりに漂わせたほうが効果的だと考えたからである。三分あまりそのままにしておき、ようやく元栓をとじた。カギは居間のタンスのひきだしに入れ、バッグは洋服ダンスのなかにそっと置く。こうして一切の手を打ったのち窓をあけ、いかにもいま屍体を発見したようなうわずった声で一一九番に救急車を要請した。

勝子が死亡しているのを知ると救急士は手も触れずに帰ってしまい、代って所轄の大森署からふたりの警官と、刑事らしい私服がやってきた。四十年配の私服はまだ洗面をすませていないらしく、脂のういた顔をしてしきりに水っぱなをすすっていた。

正造は、叔母の仕事部屋の机をはさんで私服と向き合って坐った。当然なことだが事情聴取をされるのである。この部屋にも壁際に小型のガスストーブが置いてあった。だが昨夜のことを思い出すとどうも薄気味がわるく、点火する気になれないのだった。

刑事はオーバーの衿を立てたまま身をちぢめていたが、つづけさまに何回かくしゃみをして、手で鼻の下をなでた。

「こんなに朝早く訪問されたのには、なにか理由があるのでしょうな？」

刑事は鼻のつまった声で訊いた。正造としては予期していた質問である。用意しておいた返事をすればいいのだから、べつに動揺することもなかった。

「叔母はこの十二月に結婚することになっておりましてね、貧乏人は貧乏人なりにわたしもなにか贈り物をしたいと思っていたのです。で、何か欲しいものがあったら知らせてくれるよう前もって申し入れておいたのですが、昨晩その返事がくることになっていました。ところがいくら待っていても連絡がない。こっちから電話をしてもベルが鳴るきりで応答がないのですよ」

事実、一荘《イーチャン》がすむたびに客の前でダイヤルを廻し、小首をかしげてみせたのである。

「昨夜は、ここで原稿書きをすると話していましたので、外出したとは思えない。家内がまた心配性でして、何かあったんじゃないかなどというものですから、女房を安心させるためにやってきたのです。まさかこんなことになっているとは……」

しんみりとした口調でいった。刑事はポケットから汚れたハンカチを摑《つか》み出すと、勢いよくはなをかみ、あらためて真向から正造の顔を見た。

「どうやってこの家に入りました？」

これも予想された質問だった。正造は舌の先でちょっと唇をなめ、落着いて答えた。

「玄関はしまっていましたが、あのキチンの扉を引いたら開いたのです。寝るときに戸締りをするのが叔母の習慣でしたから。ドアが開いた途端に屍体が眼にとび込んできたでしょう、だらしない話ですがびっくり仰天してしまって」

刑事はまた大きなくしゃみをし、汚ないハンカチで水っぱなを拭き、ついでに涙もふき、おもむろに手帳を閉じた。

「そりゃ無理もないですよ。わたしも新米刑事の頃には殺人現場をみると膝頭ががくがくしたものです。ところで、事故死の場合は屍体を行政解剖する規則になっていますからね、どうかそのつもりで」

会釈をして刑事は立ち上った。これで一切がおわった。どこにもぬかりはないから、後は遺産の相続を待つばかりである。正造は、ともすれば頰の筋肉がゆるみかけるのを懸命に押えつけていた。

「家内にちょっと連絡をとってやらないと」

「それはそうです、しかし驚かさないように、充分に気をつけて話すことですな。女ってものは気が小さいから——」

いいかけたところに警官がやってきて、私服の耳に小声でなにか囁いた。一瞬、刑事は怪訝そうな顔つきになり、正造を無視したようにそそくさとでていった。

どうしたというのか。後ろ姿を見送った正造は、肩をひとつゆすって、玄関のホールにある電話の前に立った。ダイアルを回転すると待っていたように妻がでた。

「もしもし、もしもし、おれだ。気を落着けて聞くんだ、驚いてはいけないぜ……」

ダイニングキチンの警官にきこえることを計算に入れた上でのお芝居をした。と同時に、冒頭に「もしもし」を二回くり返したのが、すべて旨くいったことを知らせるための暗号になっていた。

「あ、ちょっと電話がすんだらキチンへきてくれませんか」

受話器をおくのを待っていたように、鼻のつまった声がかかった。

入っていくと、床の中央に針金で編んだネズミ取りが置いてあり、そのなかで灰色の小動物が狂ったように動いていた。

「どうしたんです？」

「なに、天井裏で変な物音がしたもんで覗いてみると、こいつがかかっていたというのです。亡くなられた叔母さんが仕掛けておいたものでしょうな。餌のサツマ芋はほとんど喰いつくされていますし、これがあった場所にはかなりの排泄物がおちていますから、いま捕えられたのではない。何時間か前にワナに落ちたことが判るのです」

正造は大きく頷いておいてからネズミに目をやった。明るい場所に引きだされたネズミは怯え切ったように、狭い空間を必死に走り廻りながら、逃げ口を求めていた。

「このネズミがどうしたんですか」

少しつっかかるような調子になった。ふたりの警官がきつい表情で正造を見まもっていることが、なにか不安でもあった。

「いや、その前にもう一度お訊きしますが、先程の叔母さんの屍体を発見された前後の話は事実でしょうな？」

「当り前です。そんなことに嘘をついても意味がない」

「とするとおかしなことがでてくるのです。わたしは素人ですが長年刑事をやっていますから、叔母さんの亡くなられたのが昨日の晩であることぐらいの想像はつきます。ところで、ご存じのようにガス中毒は即死ではない。したがって珈琲が吹きこぼれてガスの炎が消えたのは、叔母さんが死亡されたよりも数十分もしくは数時間前だった、ということになるんです。判りますか」

返事をするのも癪《しゃく》だから顎をしゃくってみせた。

「するとです、夜中に炎が消えたからには珈琲はとうに冷たくなっていなくてはならんはずだが、このとおりまだ温かいのはどうしたわけですか。さわってみると、ちょうど飲み頃なんですがね」

しまった！　あれほど入念に検討しておきながら、なんという愚かなつまらぬミスをやったのだろうか。

「じつは刑事さん、それは、その……」

唾液をのみ込み、辛うじて後をつづけた。

「あまり寒かったので熱い珈琲を飲みたいと思ったんです。わたしが温めなおしました。屍体を前にして非常識といわれればそれまでだが、気が転倒していたもので」

「なるほど、なるほど。判らないでもありませんな」

と、刑事はものわかりのいい親爺のようないい方をした。

「しかしね、おかしなことはまだあるのですよ」

刑事は追及の手を休めずにつづけた。

「ここの奥さんがガス中毒で死亡したなら、天井裏のこのネズミもおなじ原因で死んでいなくてはならない。このとおり小さな生き物ですからね、ガスの効き目は人間に比べてはるかに強烈なわけではないですか」

正造は口をひらきかけたものの、何もいうことができずに黙り込んでしまった。空転する思考のなかで、自分の完敗したことだけがはっきりと理解できた。血の気の失せたまるい顔をゆがめ、逃げ道をさがすかのようにきょときょととあたりを見廻している様子は、金網のなかの小動物にそっくりであった。

灼熱の犯罪

1

バー「ネリイ」は甲府市の官庁街丸の内一丁目から遠からぬところにある。あたり一帯が呑み屋街で、店の構えの小さい「ネリイ」は、どちらかといえば目立たない存在だった。ホステスにしても美人ぞろいというわけではない。にもかかわらず客がくるのは、ヘネシーを安く呑ませるということが評判になっていたからであった。

梅雨がはじまる前あたりから、水木大助《みずきだいすけ》はしばしば「ネリイ」に通うようになっていた。最初は業者の招待ででかけ、その二日のちにまた友人に連れられていったのだが、ふた晩をつうじて隣りに坐ったのがみはるというホステスであった。二十七、八歳の、ちょっと険《けん》のある顔をした黒眼がちの美人である。若いホステスは例外なくミニスカートをはいており、彼女だけが黒っぽいビーズのドレスを着ていた。その思いきり大胆にカットしたドレスの胸からは、指先が触れただけで、マスカットのような乳房がとびだしそうに見えた。みはるは豊満な、見るからに食欲をそそる肉感的な女だった。

大助は、初会のときから彼女の巨大なバストに眼をひかれていた。三度目のとき、冗談にことよせて指ではじいてやると鼻にかかった含み声で笑い、大助のふとももを軽くつねり返した。二時間ちかく呑んでいたが、そのあいだ、常連の客らしい男から何度か呼ばれたにもかかわらず、みはるは最後まで大助から離れようとはしなかった。

「おい、彼女はきみに気があるらしいぞ」

外にでるとすぐ友人がいい、いやらしい眼つきで笑った。

「脈がありそうだ、ひとつホテルに誘ってみたらどうだい」

「べつにそんな気も起らないがね」

水木は興味なさそうに答え、立ち止ってタバコに火をつけた。三十五歳でまだ独身だから、当然のことだが交渉を持った女は一ダースばかりになる。だが、どの女と寝てみても大した変りばえはしないのだ。どいつもこいつも例外なしに、丸太ン棒みたいにゴロンと横になる。肉体作家が小説のなかでえがいているような、甘美な陶酔を経験したことはただの一度もないのだった。だから水木は、あれは絵空事だと思っている。

大助がそれをいうと、友人は意味ありげに声を殺して笑った。

「そいつはきみの運が悪かったんだ。とにかく、騙されたと思ってみはるを抱いてみるんだな。大袈裟にいえば、その翌日から人生観ががらりと変るね」

「そんなもんかな」

「本気にしないのは無理もないけどさ、悪いことはいわない、一度だけでいいから誘ってみろよ」

「うむ」

「ちぇッ、なにをもたもたしてるんだ。よし、おれに委《ま》かせろ」

そういったかと思うと大助の返事も聞かずに、その友人はすたすたと「ネリイ」に戻っていった。そしてみはるを呼び、耳に口をよせて囁いていたが、すると彼女はたちまち大きくうなずいて、服とおなじ色をしたビーズのバッグを抱えてでて来た。

「困るな」

「困るって顔じゃないぜ、にたにたしてやがる」

ふたりの肩をぽんと叩いておき、足早に去っていった。

「面白いひと」

みはるはくすっと笑ってから大助をふり返り、背に手を廻すと、うながすようにそっと押した。

それから三十分とたたぬうちに、大助は友人の言葉が嘘でも誇張でもなかったことを知った。絶頂をきわめたときの女が失神するということは多くの小説に書かれており、大助はそれもまた作家がつくりだした虚構だとみていたのだが、みはると交わるにいたって、自分の考えが誤りであることを悟ったのだった。尤も、当の大助も失神しかけてベッドから転げおちたのは彼のほうであったが——。それほどに、みはるの味はすばらしかった。そしてこの日から大助は、みずから求めて底無し沼のようなみはるの肉体に埋没していくことになったのである。

水商売の女には得てしてそういう好みがあるのだろうか、長身で色の浅黒い、スポーツマンタイプの大助は、宴席などでもよくもてた。招待した客が焼餅をやいて腹をたて、途中で帰ってしまったこともある。みはるにしても例外ではないらしく、約束の二時間がすぎてもバーへ戻ろうとはせず、大助をひきとめてそのままホテルに泊り込んでしまったほどであった。それ以来、大助も三日にあげず「ネリイ」をおとずれるようになり、一杯のブランディをお義理に呑んでしまうと、みはるを連れてホテルへ行くのであった。

そうしたことが五、六回つづいた頃、髪の乱れをなおしていたみはるが、三面鏡のなかから話しかけてきた。

「ねえ、これからもっと早い時間に逢わない？　あなたのお勤めがすんだあとで……」

大助は宝町一丁目の東南信用金庫の甲府支店に勤務している。ここは官庁街の丸の内一丁目、司法関係の役所がならぶ二丁目に南接した町で、各銀行のほかに、同業の甲斐信用金庫、山梨信用金庫など金融関係の会社が多い。職場における大助のポストは貸付係長であった。

「なぜだい？」

「だって、いまみたいに途中でお店から抜けだすのは馬鹿らしいじゃないの」

これは「ネリイ」に限ったことではないけれど、ホステスを誘って外出するときには、店に千円をおいていかなくてはならない習慣があった。

「馬鹿らしいってことはないさ。好きな女性とデートするんだからな、そのくらいの出費は仕方ないよ」

「無駄なことだわよ。それよりも、あたしがバーへ出勤する前に逢えば、そんなお金は払わなくてもすむのよ。そうしましょうよ」

「そうだな、それもいいな。そのあとで一緒に夕めしを喰って別れることにするか」

大助は結局その意見に賛成した。彼に金銭的な負担をかけまいとするのは、みはるが真に愛しはじめた証拠だといっていい。大助はそう解釈したのである。

「ところできみ、パトロンがいるのかい?」

大助も、急角度で彼女に傾斜していくことを意識している。当然な質問であった。

ブラッシングする手の動きが、ふいに遅くなった。

「パトロンなんていない。だけど亭主がいるわ」

「愛していないのか」

「そうね、飽き飽きしてるのよ。辛気《しんき》くさいんですもの」

「別れちまえばいい」

「理由がないの。浮気するとかあたしを虐待するとか、なにか欠陥があればいいんだけど、仕事は熱心にやるし、給料だって封を切らずにくれるのよ。賭け事はいっさい嫌いだし、あたしには首ったけでしょう、ほんとに困っちゃう」

そうした話はあまりしたくないのだろう、ふたたび熱心に髪をとかしはじめた。大助はタバコをふかしながら、妻に嫌われている亭主のことを、あれこれと想像してみた。

2

みはるを知って二か月あまりたった頃のことである。大助は、大口の融資を申し込んできた市内の工場主につれられて、久し振りで「ネリイ」のボックスに坐った。みはると黄昏《たそがれ》の逢《あ》い引《び》きをはじめるようになってからは、このバーにも暫《しばら》く足をふみ入れていない。

スタンドでダイスゲームをしていたみはるは、ちらっと彼のほうを見たきり、大助を無視して賽《さい》をふりつづけていた。ふたりの情事はつとめてひとに知られないようにしている。近頃大助が店に来なくなったのをみて、ホステスたちのなかには、彼のみはるに対する熱がさめたものと考え、強引に自分を売り込もうとする女もいるのである。そのたびに大助はあわてたり苦笑したりしていた。

店をでたのは十時をかなり廻った時分であった。梯子《はしご》をしようという相手をタクシーに乗せ、さて自分はアパートまで歩いて帰ろうか、それともパチンコでも弾《はじ》いていこうかと思案していると、建物のかげから小柄な男がそっと近づいてきて、腕にふれた。

「なんだ！」

油断なく身構えた。柔道は初段だけれど、実力は二段ぐらいのつもりでいる。いざという場合には得意の跳ね腰で叩きつける考えだった。

「すみません、みはるって女、おりますでしょうか」

ためらうような訊き方をした。顔が大助の肩のあたりにある。見るからにひ弱そうな体格をしていた。大助はそっと警戒心をといた。

「いるよ」

「ほんとですか。男と何処かへしけ込むような真似はしませんか」

「嘘だと思うのならのぞいてみろよ」

大助はぶっきら棒にいった。かつてみはるに熱をあげ、振られた男に違いあるまいが、彼女の名を気やすく呼び捨てにすることが面白くなかった。

「誰だい？」

「夫ですよ、みはるの」

「きみが？」

不意をつかれて絶句した。大助にしても人妻と情事を重ねるのは今回がはじめてのことだから、その夫に対してはつねづね罪の意識を感じていた。ベッドでもつれ合っている際でも、唐突に亭主のことを思いうかべたりすることがあるのだ。

「誰でも本気にしてくれないんです。でも、みはるはわたしの女房です。本当はカズエって名前なんですが……」

大助が妻を寝取った男であることには、まだ気づいていない。この場はなんとか誤魔化して切りぬけよう。大助は咄嗟《とっさ》にそう考えた。決心するとともに、落着きをとり戻して、忽ち生来の図太さがでてくる。

「髪結いの亭主ってわけか。いいご身分だなあ」

「あたしは水晶の彫刻をやってんですよ。自慢じゃないけど、動物を彫らせたらあたしにかなうものはいないくらいです」

「そんなら、女房を稼がせなくてもいいだろう」

「そうなんです。あれが働かなくても喰っていけるんだが、お化粧していい着物をきて、男のお客と冗談口をたたいているのが好きなんですね。止《よ》してくれと頼んでも、強情なたちだからウンとはいわない。あたしだって仕事仲間に恥ずかしいと思ってますよ」

ふたりはどちらからともなく歩き出していた。赤いネオンを浴びていたときは判らなかったが、まともな光の下で見ると、蒼白い顔色をした、気の弱そうな小男だった。目鼻立ちはととのっているが若さがない。

「どう？　その辺で呑みなおさないか。強いていうならぼくは日本酒のほうが好きなんだが」

大助がおごる気になったのは、やはりこの男に対して後ろめたいところがあるからなのだった。

「あたしも日本酒がいいですね。この先に安くて旨い店があるんですよ」

みはるが店にいると聞いて安心したのだろう。男は明るい口調で応じた。

「呑めば気が晴れますからね、さっきから呑みたいなと思っていたんです」

百メートルもいかぬうちに、赤い大提灯《おおぢょうちん》をさげた呑み屋があった。みはるの亭主はときどき来ることがあるらしく、慣れた様子で鯵《あじ》の叩きを注文すると、うす汚れたテーブルをはさんで坐った。腰掛けは酒樽でできている。痛くないようにゴザを敷いてあるものの、なんとなく安定がわるかった。時刻が少し遅いせいか、店のなかに客はいない。

「あたしはね、小関修《こぜきおさむ》っていうんです。カズエが女房で、じつをいうとあたしは養子なんですよ。だから頭があがらない。小糠《こぬか》三合もったら養子にいくなってことといいますが、あれはほんとですね」

早く酔いたいのか、小関ははやいピッチで盃《さかずき》を口へもっていった。

「でも、友達は羨ましがっています。カズエの両親が大きなぶどう園を持ってるもんですからね、そのうちに親たちが隠居すれば、あたしとカズエのものになるんです。大した財産ですよ」

ぶどう園のことは初めて耳にした。みはるが自分の、家族や過去のことは一切語らないからである。ホテルへ来たからにはひたすら享楽におぼれようとするのが彼女の姿勢であった。情熱に水をかけるような話題は好まないのだ。

「カズエは、いや、みはるは美人でしょう。『ネリイ』には勿体ないからって他のバーから引き抜かれそうになったこともあるんです。友達は美人を女房にもてて幸福だろうっていいますが、亭主の身になってみるとそんな呑気《のんき》なものじゃありませんよ。浮気をされやしないかと思うと心配で、家に坐ってることもできない。なにしろ、カズエがまた好きな女ですからねえ」

「そうかね」

大助はなに喰わぬ顔で答え、鯵を箸でつまみ上げた。

3

「どうやらあたし達のこと気づいたらしいのよ」

交歓のあとの気だるい沈黙をやぶって、だしぬけにみはるがいった。大助はうなずきもしなかった。声をだすことすら大儀でならない。みはるとホテルに泊った翌朝は、いつもこうなのだ。遠泳でもやったように、全身の筋肉がすっかりなまってしまう。

「あのひとったら執念ぶかいんだからいやになっちゃう。ホテルの女中かなにかを買収したらしいの。あたし達のことをテープにとったのよ」

「なに？」

大助は、小関修のおどおどした齧歯《げっし》動物みたいな眼を思いうかべた。みはるがそうであるように、大助もまたこの小男を頭から甘くみていたのである。テープをとるような積極的な行動にでるとは予想もしなかった。

「ねえ、びっくりした？」

「ああ」

「そのテープを公表してやるといってるわ」

「勝手にさせたらいい。誰の声だか判ったもんじゃないからな」

「ところが判るのよ。あたしったらクライマックスのとき、あなたの名前を呼ぶでしょ、それがそっくり録音されているんだから」

「なんだって？」

思わず大助は女のほうに向きなおった。安ホテルにふさわしく、スプリングがひどい音をたてた。

「あたしも覚悟をきめて、浮気してることをすすんで告白してやったわ。でも、妻によろめかれるなんて夫の恥なのよ。小関に甲斐性がないからこんなことになるんだわよ」

「そのテープ、聞いたのか」

「そうよ、無理矢理に聞かされたわ。ほら、『恵比須大黒《えびすだいこく》』って体位でしたことがあるでしよ、あのときのことよ」

「するとリッツホテルのときだな」

ひょろっと痩せた体つきの、眼の吊り上がった女中の顔を思いだして、大助は吐きだすようにいった。

みはるには、東京にでて池袋のデザインスクールに通っていた時期がある。その二年のあいだに誰に仕込まれたのだろうか、彼女はすっかり成熟した「女」となって帰郷した。みはるが「ネリイ」のナンバーワンになったのは、たまたま一緒に寝た客が彼女の秘技におどろき呆れて、その様子を喧伝《けんでん》したためであった。大助自身あそびにかけてはベテランをもっては任じていたのだけれど、みはるの蘊蓄《うんちく》にはかなわない。みはるの豊富なテクニックに、ただ声をのんで感嘆するばかりであった。

彼が教えられた秘術の一つに「初音《はつね》」というのがあるが、これはみはるが壁を背にして逆立ちをする体位だった。彼女の解説によると、その呼称は「鶯《うぐいす》の身をさかさまに初音かな」からきているのだという。「蟹《かに》の横這《よこば》い」は男性が×になり、××を××して××××する方法で、男女が互いに入れ替って、これと正反対に××を××して思う存分に××するやり方が「恵比須大黒」なのだ。いうまでもなく××が恵比須であり、それに対応する××を大黒天に見立てたのである。

「うちのおっさんたらね、水木大助ってどこの誰だっておこってるの。この男の住所をつきとめて、奥さんにテープを送りつけてやるんだ、ですって」

みはるは自分より小柄な夫をてんから小馬鹿にしている。小関のことを大阪風におっさんと呼ぶのもそのあらわれで、彼がこの関西弁を嫌うと、みはるはますますおっさんを頻発して亭主を苦しめるのだった。

「おれには女房なんてないよ。平気だね」

「奥さんだけじゃないの。あなたの勤め先にまで郵送するといってるのよ」

「そいつは困る」

大助はむっくり起き上がってしまった。鼻孔を思いきりひろげ、むきになっている。

三十五歳という年齢で係長というのは少し遅かったが、それはほかの会社から転職してきたためだった。おなじ年輩のものがみないいポストについているのを見ると、ときにはいたたまれぬ焦燥感にかられることもある。その、三年にわたる辛抱の甲斐あって、次期の異動で待望の昇進が約束されていた。そうした大助にとってスキャンダルをあばかれるのは、破滅を意味しているのだ。

「でも慌てることはないと思うわ。あなたの勤め先がまだ判っていないんだもの。訊かれたけど、知らないといっておいたのよ」

「そうだったのか」

ほっとするとともに、へなへなとベッドに崩れおちた。

「だけど安心はできないことよ。なにしろ甲府って小さな都会だもの、その気になれば二、三日でつきとめることもできるんだし……。うちのお店のものに訊けば、あなたが信用金庫に勤めてることなんかすぐに判っちゃうんだから」

「弱った。弱ったな」

「弱ることなんかないでしょ」

手を伸ばして大助のタバコをぬきだすと、器用にライターを鳴らした。

「なぜ……」

「いい方法があるのよ。あたしとあなたが夫婦になればいいじゃない。結婚すればあんなことするの当り前なんだから、誰にテープを聞かれたってかまわないわ」

「結婚する？」

「あら、いやなの？」

「いやじゃない。望むところだよ」

これは本音である。みはるを妻にして充実した性生活を送るのは、こたえられないことだった。毎度たかい料金をだして部屋を借り、人眼をしのんで逢い引きしなくてもすむのだ。それに加えて、大きなぶどう園の持主になるのもわるくはなかった。

「旦那を追い出すのか」

「あのおっさんが？　冗談じゃない、でていくもんですか。あたしがいくら浮気をしてみせても、愛想づかしをしないんだもの。ますますのぼせてくるのよ」

「醜女の深情けってことがあるけど、きみの旦那は反対だ。ぶおとこの深情けだ」

「笑わせるじゃないの。あなたを痛い目にあわせて、あたしを取り戻そうとするんだから」

「じゃ、どうやって結婚するんだい。できないじゃないか」

「ですからさ、邪魔者は消しちゃうのよ」

息を呑んだ大助の顔をながめながら、みはるは旨《うま》そうにタバコを吸っている。

「……本気か」

「嘘にも本気にも、それ以外に名案ある？」

「うむ」

「ねえ、あるなら聞かせて頂戴。どう、なにかあって？」

追いつめられたネズミのように、大助は左右を見廻した。

「ぐずぐずしてる場合じゃないと思うけどな。さっきもいったように、あなたの勤め先なんて簡単に知れちゃうのよ」

「しかし――」

「テープを誰に聞かれようが、あたしは平気よ。恥をかくのは女房を寝とられた亭主と、あなたなんだもの」

　みはるは脅したりおだてたり懸命に口説いた。真白い枕カバーの上にひろげられた長い黒髪に視線をあずけたまま、大助はなおも考えていた。

4

　みはるのいうとおり、ことは急を要した。病気を理由に欠勤すると、大助は塩部《しおべ》町の県営アパートに引きこもって、小関修殺しの計画に没頭した。彼が殺され、やがて当局があのテープを発見すれば、大助に嫌疑がかけられることはいうまでもなかった。だから大助としては小関の死を自殺にみせかけることが必要だった。

　小関修は妻の浮気になやんでいる。神経症から不眠におちいり、睡眠剤を常用するようになったことは、きわめて自然な経過なのである。そしてある晩、ふいに絶望的な気持におそわれて、買い置いた数瓶の錠剤をかきあつめ、いっぺんに嚥下してしまう。これまた、ありそうな話ではないか。

　われながら名案だと思った。早速みはるに逢って語り、その意見を聞きたかった。彼女は夫の機嫌をとるために、二日前からバー勤めも辞めている。だから逢おうとすれば、小関が不在である日中を利用するほかはなかった。大助は街角のタバコ屋から赤電話をかけた。

打ち合わせた旅館で待っていると、みはるは水玉模様のワンピースに買い物籠をかかえ、近所のスーパーストアにでも行くような恰好であらわれた。ふたりはいとも事務的な態度で情事をすませた。

「まるで茶漬けを喰わされたみたいだな」

大助は不精ヒゲののびた顔にしわをよせ、苦笑した。みはるはそれを無視して早く話をするようにせきたてた。

「そっちのほうが大事なのよ。夫婦になれば好きなときに好きなだけできるじゃないの」

「ま、それもそうだがね」

心残りの口調でいうと、仰向けになってタバコに火をつけた。ふかく吸い込んだ煙を、天井にむけて大きく吐き出し、しばらくその行方を眼で追っていた。

「……自殺にもいろんなやり方があるわけだけれども、あんまり突飛なやつは不自然だから避けなくちゃならん。ありふれた死に方ということになると、まあ、睡眠剤自殺がいいと思うんだ」

「うちのおっさん、眠り薬なんか嚥まないわよ。あたしよりも寝つきがいいんだから」

「だからさ、きみの浮気が原因で神経症になっていたことにするんだよ。身の廻りには睡眠剤がいくらでも転がっているだろう。ある日、忽然として死にたくなってだね、その睡眠剤をかきあつめて嚥んじまったというわけだ。ほら、世間でよくいう死神にとっつかれたって話ね、あれだな。だから遺書もない」

「………」

　みはるは余り感心しない顔つきをしていたが、大助はそれを無視して先をつづけた。

「いっぺんに五、六十錠を嚥ませなくては効果がないんだが、気づかれずに嚥ませるには分割して珈琲だのケーキなどに混ぜるほかはないね。シュークリームなんか横っ腹が切れているから工合がいいだろう」

「ところがお酒が好きなたちだからお菓子はたべないのよ。珈琲や紅茶なんかも滅多に飲まないし。それにね、何度もいうけどあのおっさんはあたしを愛しているでしょう、だからあたしに無理心中を仕掛けるならあり得る話だけど、あたしを残して自殺するなんて考えられないわ。そうなると、警察は変な眼であたしをみるに決ってるわよ。そこへあのテープが発見されれば、あたしたちがやったってことすぐに判るじゃないの、ですからさ、いっそのこと事故で死んだふうに見せかけるのがいちばんよ。後腐れはないしね」

　自分の説がかるくいなされてしまったことに大助はちょっと不満を感じていたが、考えるまでもなく、事故死に思わせるほうが万事に好都合だった。

「すると、交通事故か」

「そうなの。右側を歩いてて撥ねられたってことにしてもいいし、自転車で走っていてダンプに引っかけられたことにしてもいいじゃないの」

「あちちち……」

悲鳴をあげてとび起きた。熱いタバコの灰が胸におちたからだった。

「あなた運転できたわね？」

「ダンプは無理だがスバルを持ってるよ。しかし轢《ひ》き逃げをやっても塗料が剝げ落ちるからな、やがてはおれの犯行だってことが判っちまう」

「ですからあなたの車を使わなきゃいいのよ」

「他人の車にしたって同じさ。レンタカーを借りるときは、免許証をみせなくてはならないんだ」

と、大助は投げやりに答えた。彼女は簡単に交通事故がいいなどといっているけど、そうやすやすといくものではないのだ。

だが、大助が口をひらく前にみはるが発言した。

「そうじゃないのよ、よく聞いて頂戴。あなたと知り合う前から、あたしを指名してくれるお客がいるの。小型ダンプの運転手よ」

「それが――」

「黙って聞いてて。望月千吉《もちづきせんきち》って男だけど、あたしにべた惚れでね。だからあたしが声をかけてやれば、喜んで家へくるわ。そこは旨くやって車をその辺に駐車させるのよ」

「……………」

大助は無言で顎のあたりをなでていた。みはるはよその男と寝るというのである。面白いわけがない。

「不平そうな顔してるわね。でも大事の前の小事じゃないの、このくらい我慢しなくちゃ」

「…………」

「四時間ひき止めておけばいいわね。そのあいだに、あなたは望月の車にのって小関を撥ねるのよ。町のなかじゃ人眼があるからどこか郊外がいいんだけど、四時間もあれば充分だわね？」

「…………」

「馬鹿ね、まだ怒ってる。他人の車を使うためには仕方のないことなのよ」

「四時間なんてかからん、三時間で沢山だ。だが三時間としても、そいつと最低六回は寝なくちゃならんだろう」

ふくれた頬を、みはるは指の先でちょいとつついてにっと白い歯をみせた。

「あたしんとこクーラーなんか洒落たものないの。扇風機をまわしたぐらいじゃたかがしれてるでしょう。この暑いのに誰が六回もするもんですか。いいとこ二回だわね」

ここ十日あまり日照りつづきだった。盆地であるだけに甲府の暑さはひとしおである。市民のすべてが舌をだし喘《あえ》いでいた。

「主人はもう永久に帰って来ないのだから、ここそこやる必要はないわ。まず汗くさいからといってお風呂に入れさせるの。そのあいだに車のキイを盗んで窓から外に吊るしておくのよ、あなたはそれを取ればいいってわけ。用がすんだら、いまの逆なことをやるのよ。もう一度汗をながすように風呂場へ追いやっておいて、引き上げた紐からキイをはずすと、服のポケットに戻しておくの。いい考えじゃなくて？」

得意気に小首をかしげ、挑発するような眄《なが》し目をして男をみた。こうした目つきをされると、大助の心はアメのようにとろけてしまうのである。

「車はどこにパークさせるんだ」

「近くに原があるからそこに停めさせるの。夫の眼を盗んでよろめくんだもの、おおっぴらに団地の駐車場にわり込むわけにはいかないっていってやるわ」

夜間はほとんど人影のない原だから、駐車していたはずの小型ダンプが途中で姿を消そうが、見ているものはいない。みはるはそう説明した。

「とにかく何だな。きみの旦那がテープを発送しないように妨害してくれないか。計画を完璧なものにするには、もっともっと考えなくてはならん。あと五日や一週間は駄目だ。それまでに送られてしまったらアウトだからな」

「そうね、なんとか説得するわ」

みはるは言葉すくなに答えた。眉をよせ、うって変った難しい顔つきになっていた。

5

　その一週間はたちまちのうちに過ぎていった。だが大助たちは遊んでいたわけではない。懸命に知恵をしぼった結果、大助は自分のアリバイを偽造する方法まで案出していたのだった。なんといっても直接手をくだすのは彼なのだから、アリバイが用意されてあればこれほど心強いことはないのである。

　仮りに、みはるが疑惑の目でみられるとしても、彼女には夫の不在中に男をひき入れて楽しんでいたアリバイがある。だからみはるは、大助のアリバイを親身になって心配するのだ。

「ダンプの運転手は腕力はつよいが頭の回転はにぶいほうなのよ。明日になってダンプのボディに塗料の剝げたところを見つけたとしても、それと小関の事件とを結びつけて考えることないわ。しょっちゅうボディをこすっているから、そんなことに気を廻すことないの。思う存分に車を使っていいのよ」

　みはるはそういって彼を励ますのであった。

「テープはまだ発送してないのかい？」

　タフな外貌《がいぼう》に似合わず、テープのことになるとひどく神経質だった。

「いまのところ大丈夫よ。でも、いつ気が変るかわからない」

「せいぜいサービスしてやれよ」

「いわれなくてもしてるわよ。でもね、あのおっさんは執念ぶかいたちだから油断できないのよ。それとなく監視をつづけているのは気骨《きぼね》がおれることだわ」

じつをいうとテープ云々は、大助を殺人へ駆りたてるための作りごとであった。夫を殺させ、その後で大助と夫婦になりたいがためのみはるの創作なのだ。だから、その真相を悟られて大助を立腹させてしまっては元も子もない。みはるは一生涯大助をあざむきとおす覚悟でいた。

みはるはホステスを辞めると同時に、いままでになく優しい、しおらしい女房になった。赤いマニキュアも落してしまい、外出するときはともかく、家にいるときは化粧らしい化粧もしなかった。小関は、かげで画策されていることには少しも気づいていない。このお人好しの亭主は妻の態度が激変した理由を疑ってみようとさえしないのだった。朝食をすませると、玄関まで送りにでたみはるを振り返って笑ってみせ、ちょこちょこした歩き方で常盤町《ときわ》の仕事場へ出勤していくのだった。

目標をいちおう八月八日においた。金曜日である。土曜と日曜は通行人の多いことを計算にいれ、避けることにした。もちろん日中ではない。決行するのは夜だ。

犯行現場としては駅の真南四・五キロのところにある万歳橋《まんざい》をえらび、みはるも大助も二度三度と足をはこんであたりの様子を頭のなかに叩き込んだ。それはコンクリートの橋で、下を荒川がながれている。小関修はたまたまそこを自転車で走行中に望月の車にひっかけられ、はげしく橋桁《はしげた》に叩きつけられた上、勢いあまって転落する。橋の下は大きな石がごろごろした河原だから、頭を打てば即死するのは当然なことなのだ。したがって小関の油断をみすまして石で頭をなぐり、屍体と血のついた石塊とこわした自転車を橋の上から投げ落としたとしても、おなじような答えがでるのである。小関は交通事故で死んだとみなされ、みはるの懐中には三百万の生命保険金がころげ込むわけだった。

問題はいかにして小関を誘い出すかということだが、みはるはこの点についても一計を案じていた。バー勤めが好きなくらいの女性だから、和裁のような落着いた仕事はまったく性に合わない。それをいいことにして、市川大門町《いちかわだいもん》に住む知合いの未亡人に浴衣をぬわせるのだ。そこは万歳橋をわたってさらに南西へ八キロいった、身延《みのぶ》線南甲府駅のある町であった。決行の夜、みはるは夫にたのんで自転車で浴衣を取りにいかせることにしていた。首ったけの女房のたっての依頼とあれば、彼がいやだというはずはない。そしてその帰途、万歳橋上で不慮の事故に遭遇するのである。

八日に決行するか否かは、トラック運転手の望月が、その日にデートしてくれるかどうかにかかっている。犯行を転嫁されるべき当の男がいなくてはどうにもならないから、すべては彼次第ということになる。

予定日を三日後にひかえた夕方、みはるは例によって買い物籠を手にさげて家をでた。県庁の所在地とはいっても小さな都会だから、どこで夫の同僚と顔を合わさないでもない。彼らに怪しまれぬよう、みはるはみはるなりに知恵をしぼって、普段着のワンピースにサンダルばきという姿だった。大助と逢うときでも、故意にエプロンをかけたままで家をでたりする。

町では去年の暮から県営住宅が建ちかけていた。その現場へ、望月は日に何回となく砂利をはこんでいるのである。みはるはあらかじめ調べておいたそのコース沿いに、買い物姿でゆっくりと歩いた。気長にやればいつかは彼のダンプとすれ違う機会がある。みはるが視界に入った以上、この運転手が彼女を無視して走り去るとは思われなかったが、もし通過しそうな場合は、手を上げて車を停めるつもりだった。みはるは対向車の一つ一つに眼をやりながら、北へ向ってゆっくりと進んでいった。

歩きだして十五分もしないうちに、背後でブレーキのかかる音がして、振り返るよりも早く望月の声が聞えた。

「みはるさんじゃないか。何処へいくんだ、乗せてってやろうか」

後ろから来るとは思っていなかったので少なからず虚をつかれた気がした。一瞬みはるは用意していたセリフを忘れた。

「いやだ。恥ずかしい。こんな恰好を見られちゃって……」

「バーをやめたんだってな」

「家庭の主婦におさまることにしたのよ」

「惜しいな。あんたのいない『ネリイ』なんて意味ないもんな」

望月は碁盤《ごばん》のような四角い顔に、真実残念そうな表情をうかべた。片手をハンドルにかけ、開いた窓から首をつきだしている。ヒゲのうすい男だ。

「そういえば思い出したわ。あなたとは一度も寝たことがなかったわね。なんだか悪いみたい」

「悪かないけどよ、心のこりなのは事実だな。振られっぱなしでよ」

「そんなつもりじゃなかったのよ」

「ダンプの運転やってるとどこへいっても嫌われるもんな」

「じゃ、最後の思い出にいっぺんだけ寝てあげてもいいわ」

「おい、ほんとかい？　乗れよ。走りながら話をしよう」

汚れたタオルで顔の汗をふくと、望月は扉をあけ、みはるに腕をさし伸べた。真黒に陽にやけた、節くれだった手であった。

6

いよいよ決行という前の晩から暁方にかけて、大助はおなじ夢を二度もみた。いくら撲《なぐ》りつけても小関は死なない。大助の足にしがみつき、血まみれの顔をして見上げると、口をぱくぱくさせてあえぎあえぎ「鰺の叩きは旨いですねえ」というのである。

はっと眼がさめ、夢だったのか、夢でよかったと思い枕元の電気スタンドのスイッチを入れる。ひたいから頸筋にかけて汗がねっとりとにじんでいた。その汗をタオルでふきながら、あけに染った小関の顔を思いうかべ、あらためてぞっとするのだった。いままで大助は、どうしたわけか色のついた夢をみたことがない。このとき初めて色つきの夢をみるという経験をしたのである。

起き上がってタバコに火をつけてから、いまの夢を反芻《はんすう》してみる。なんだかいやな前兆のような気がした。二本目のタバコをくわえ気をしずめようと努めながら、夜が明けたら何はともあれみはるに電話をかけて、計画を思い止まるよう伝えるつもりだった。だがタバコが灰になってしまうと、気が変ってきた。みはるのぽってりとした肉体と巧みなテクニック、そして広大な二つのぶどう園は、大助にとってなんとしても抵抗することのできぬ誘惑なのだ。

目覚まし時計の音でとび起きた。今日もまた晴天である。寝不足気味の眼に、朝の陽ざしがまぶしすぎた。ぬるくなった水道の水で洗面をすませてから、食欲のない胃袋に無理矢理パンをおしこんだ。この無味乾燥な朝食ももう少しの辛抱だ。みはると結婚すると、好きな味噌汁が毎朝のめる。手づくりの新鮮な香の物が食卓にあれば、どんなに食欲不振の夏でもおいしく食事ができるというものである。大助はみはるとの楽しい生活のことを空想し、すると失われていた食欲がふたたび心のなかに湧いてくるのだった。

一日の仕事をおえた大助は帳簿を整理するという口実でオフィスに残り、みはるからの合図を待った。すでに日脚はみじかくなっており、六時をすぎるとあたりはほの暗くなる。前の歩道をいく人々はどれも暑さにうだったように、緩慢な歩き方をしていた。隣りの机にほうり出された夕刊には、大きな活字で、不快指数九五と書いてある。思い出したように立ち上がると、大助は洗面台にかがみ込み、頭から水をあびた。

電話のベルが一つ鳴ったきり、ぷつりと切れた。手を伸ばしかけた宿直当番がぶつぶつ文句をいい、暑くてやりきれんなどとこぼしながらイスに腰をおろした。だが、このベルには大助だけにしか解らぬ意味がこめられている。小関修が筋書どおり自転車にのり、いま家をでたという連絡なのだ。行先はいうまでもなく十キロ離れた南甲府駅の近くにある仕立屋である。

小関は夕食をすませ、一服する間もなしに追い出されたのであろう。しかも彼の前途にはおそろしい死が大きな口をあけて待っているのだ。大助は、背をまるめて懸命にペダルをふみつづける小関の小柄な姿を想像し、ふと哀れをもよおした。

居合わせた全員がラーメンを取りよせて夕食がわりに喰っているとき、またベルが一つ鳴った。

「なんだい、これ？　器械が壊れてるんじゃないのか」

立ち上がった彼は受話器を耳にあてていたが、すぐもとに戻した。顎のあたりにラーメンのつゆがたれている。

大助は時計をみた。七時半になろうとしていた。小関が家をでてからほぼ四十分を経過しているのだった。いまの合図は、ダンプの運転手がアパートに着いたこと、望月にバスを使わせ、そのあいだにキイを盗んで窓の外に吊りさげたことを語っていた。いよいよ彼の出番であった。大助はたべかけの丼を机におくと、口をぬぐって立ち上がった。

「じゃ帰るぜ。後はよろしく」

「おやすみ」

挨拶をかわして帳簿をとじた。ベルの後ですぐ立ったのはまずかったかな、と反省する。だが、すでに幕はあがっているのだ、時間を有効に使わなくてはならないのである。いたずらに遅疑することは、計画の破綻につうじていた。

みはるの住む団地アパートは駅から荒川の方角へ二キロ余りいった、伊勢《いせ》町のはずれにある。大助のオフィスからバスで十五分とはかからない。建物の真下まで来た大助はその場にたたずんで、二階のみはるの窓をじっと見上げた。愛して止まぬ女がそこで望月と抱き合っているのだ。いくら割り切ろうとつとめても、割り切れるわけがなかった。気のせいか、ふいに女のくすぐったそうな忍び笑いが聞えてきた。大助は歯をくいしばり、眼の前にぶらさがっているキイをつかむと逃げるように小走りに去った。

　草が腰のあたりまで茂っている空地に、小型ダンプがくろぐろとその位置を記憶のなかに刻みつけた。望月に怪しまれぬためには、犯行ていた。彼はまず位置に停車しておかなくてはならぬからだ。ついでポケットから手袋をきるだけおなじ運転台にのった。いうまでもなく指紋をつけぬための用意である。八時を二て手にはめ、

　実地に、南甲府の駅まで何回も走っていた。まずコースを覚えるために日中いた。いで夜間に、所要時間を計るために車で三回、さらに自転車で一回走った。今夜計図は、それにもとづいて引かれていた。アリバイを偽造するとなると、時間のデッ視することはできないのだった。

　その夜も、終始予定どおりの速度で走った。途中で事故を起せばすべてがご破算になだから、慎重な安全運転が要求された。

　計算どおり、市川大門町の手前までいったところで、ひたすらペダルを踏みつづけている小関の後ろ姿をキャッチすると、さらに速度をおとし百メートルちかい間隔をおいてあとをつけた。そして当人が駅前のしもた屋ふうの家に入るのを見届けた上で、その前を走りすぎ、暗がりでターンして待機していた。

　小関は三分もしないうちに姿をみせた。浴衣が入っているらしいボール箱を後ろの荷台にくくりつけてから、ふたたび自転車にまたがると、いま来た道を戻りはじめた。時刻は八時

半過ぎ。これが大助をシロとする重大なポイントになるのである。時計から顔を上げると、小関の後を追って車をスタートさせた。

周囲が一面の畑になったところで追い越し、五十メートルばかりいって急停車する。そして、自転車のランプが黄色く接近するのを待って運転台から顔をだした。

「小関さんじゃないですか。わたしですよ、いつだったかご一緒に鯵の叩きを喰った……」

不意に昨夜の夢を連想していやな気分におそわれた。大助はそれをはねのけるように、朗《ほが》らかな、他意のない声になった。

「から車なんですが、よかったら乗りませんか。なに、自転車はうしろに積めばいい」

強引にやって怪しまれては最後である。かといって、このチャンスを失っては一切が無に帰する。

「蒸しますなあ。早く家に帰って行水をあびたい。そのことばかり考えていたんです

自転車。わたしが手伝います」

運転台をおりた。その大助の努力を嘲笑うように、遠雷が鳴った。

7

万歳橋に到着したのは予定どおりの九時。

車を停めると、暑いから川風に吹かれて涼んでいこうという口実で橋の上におびきだし、隠し持った石を背後から振りおろして撲殺《ぼくさつ》した。夢でみたのとは違って呆気《あっけ》ないほど簡単にすんだ。ついで屍体を抱えて橋桁越しに投げ落しておき、自分もまた土手から河原に降りると、血に染った石を小関の頭のかたわらにころがした。尤も、屍体から流れ出した鮮血があたりを濡らしていたから、大助のしたことは大した意味をもたないことになった。

ふたたびトラックの運転台に乗り込むと、ギヤをロウに入れて車をそっと前進させて、橋桁に車のボディを強くこすった。小関の死が交通事故によるものであるよう演出するには、現場に塗料がはげおちていなくては不自然である。かといって派手に疵をつけたならば、いくら頭のにぶい望月でもこれは訝《おか》しいぞと勘ぐるに違いない。その辺の呼吸が難しいといえば難しかった。しかも、目撃者のこないうちに手早くすませなくてはならないのだから、神経がいい加減くたくたになるのである。

その後さらにトラックの荷台から自転車をおろすと、これもまた橋桁にぶちあててヘッドランプをわったり、車輪を曲げたりした。そしてチェーンがはずれサドルの歪《ゆが》んだやつを河原に投げおとして、面倒な仕事をすませたのだった。吹きだした汗を、彼は発車させてからぬぐった。ともかく、一刻も早くその場を遠ざかってしまいたかった。

車をもとの空地にもどしたのが九時十五分。そして「ネリイ」に顔をだしたのがほぼ九時半。これはタクシーを拾ったのだった。

ボックスに腰をおろした途端に、沛然《はいぜん》として雨になった。市街の中心を積乱雲が通過しているらしく、頭の真上で稲妻がひかり雷がバーの空気をふるわせた。ホステスたちは、わめくことが女に許された特権でもあるかのように、雷鳴のたびに金切り声をあげた。大助は左右から抱きつかれ、男冥利《みようり》につきたように眼尻をさげると、相手のドレスの胸に手を突込んだり腋の下をくすぐったりして、女たちの嬌声をあおりたてた。騒ぐことによって陰惨な記憶をふりはらおうと努力していた。

万事は上首尾におわった。ひと足ちがいで濡れねずみにならずにすんだのも、ついていたからなのだ。彼はブランディのグラスを挙げてひそやかに乾杯をし、その夜はいつになくカンバンになるまで粘っていた。

小関修の屍体は翌朝はやくトラックの運転手によって発見されたが、判定は予想どおり交通事故死であった。みはるは借り衣の喪服を着た。

二人にとってつらいのは、当分のあいだ逢い引きをさしひかえねばならぬことであった。が、みはるが夫の死を悲しむ貞淑な未亡人という役をまっとうするためには、電話で声を聞くだけで我慢しなくてはならない。

大助は十日にいっぺんぐらいのわりで「ネリイ」に顔をみせることになっている。そしてブランディをちびちびなめながら、冗談ともまじめともつかぬ口調で「じつはおれ、みはるに恋していたんだよ」などと溜息をつき、バーテンダーや女たちを笑わせるのだった。その

達できないから、自転車ごとなにか他の乗物にのせられたのではないか。考えられるのはトラックとかライトバンということになるのですな」

「……………」

「小関さんがなにか用事を思い出して帰りを急いだ、ということも想[illegible]る。そこで通りかかったトラックに便乗させてもらったのだと……」

「……………」

「ところがこの仮説は成立しないのですよ、残念ながら。急いでいるなら、上で下車するわけがないからです」

「……………」

「となると、これは小関さんが便乗をたのんだのではなくて、待伏せしていた運転[illegible]に、もしくは甘言をもって乗せたことになる。勿論、犯人はその運転手ですね」

次第に形勢は不利になってくる。大助は完全に追いつめられたことを悟った。

「トラックに乗せて走った以上、万歳橋に到着したのは九時半よりもずっと早かったわけです。したがって水木さん、あなたが九時半にバーにいたアリバイはまったく無意味になるのですよ。われわれが関心を持っているのは、それ以前のあなたのアリバイであり、あなたの行動なのです」

蟇みたいな刑事はみにくい顔を心持ちかしげるようにして、つくづくと大助の表情をうかがっていた。

「まだお解りにならぬようだ。いいですか、われわれが現場へいって気づいたことですが、屍体の下に、よろしいか、よく聞いて下さいよ、屍体の下になっていた石ころや泥は連日の晴天つづきでからからに乾いていたのです。ということは、雨が降りだした九時半よりも以前に、屍体は横たえられていたわけではないですか」

大助の脳髄はマヒしかけているようだった。刑事の言葉を二度、三度と口のなかでくり返したのち、やっとのことでその意味を理解し得た。一瞬、大助の心のなかに豊満なみはるの裸身がうかび、そしてすぐに消えていった。

声の復讐

1

「少し遠回りになるけど、江ノ島の有料道路をぬけよう。あそこは眺めがいいからさ」

せつ子を抱く腕に力をこめていった。だが、逗子《ずし》に住んでいる彼女にしてみれば、夜の海などめずらしくもなさそうだった。

「ちょっと。気をつけて運転してよ」

もがき、胴にまわされた手をほどこうとした。一瞬、ぐらっと車がゆれてひやりとさせられた。

「心配するなよ、酔っちゃいない。たかがビール四本ぐらいで――」

「五本だったわよ」

ぴしっといわれた。

峯《みね》は酒には自信があった。小学六年のときに銚子二本をからにして母親を呆れさせ、いまではもっぱら洋酒党だが、ひと晩にウィスキーの角瓶を二本あけるぐらいは平気だった。顔が赤くなったり呂律がまわらなくなったりするのはよほど体が疲れているときのことでしかなかった。

「お願い、もっとゆっくり走って」

工藤《くどう》せつ子は甘えるように鼻を鳴らした。

二人のつき合いは恋人というよりも内縁関係といったほうが当っている。東京の目黒と神奈川県の逗子というふうに離れて住んでいるのは、世間の眼をくらますためであった。三十二歳にもなってまだ独身生活をつづけている流行歌手。それがファンに売り込んでいる峯のイメージなのだ。結婚することは、峯千鶴夫《ちづお》の人気失墜に直結していた。彼のファンの大半が二十代のわかい女性だったからである。

月のうち二十日以上は地方巡業をしている。売れっ児だから席のあたたまる暇もないのは当然だが、たまに東京に帰っているときは、まず例外なしに西銀座のバー〝ルル〟にあらわれるのだった。そしてミキという名の、大きな眼にこってりとアイシャドウをぬった西洋人形みたいな女と、哲子《てつこ》という背のたかいモデルあがりのホステスに、酒を呑ませたりプレゼントをしたりしていた。

なにしろ相手はいまをときめく第一線の歌手だから、ミキと哲子は意地になって峯を張り合った。どちらが金的を射落とすかということが、バーの常連の間でも話題になっていた。

しかし、これが彼の陽動作戦にすぎないことを見抜いたものは一人もいなかった。女達がどれほど濃厚な媚態《びたい》をみせても、峯には通じない様子だった。閉店時刻になると、さっさと帰ってしまうのである。峯が約束した場所に車をとめ、同じバーのホステスせつ子を拾って逗子へ送ってやったり、ときには自宅に泊めたりすることを知っているものは、弟子の成瀬《なるせ》以外にはなかった。峯も、そして恋人の工藤せつ子も、それほど慎重に振舞っていたのである。

開けた窓から夜風が吹き込んでくる。つい先月までは暑さにうだっていたというのに、九月の風は冷たかった。秋を、峯は肌で感じていた。そのひんやりとした風に吹かれていると、逆に、酔いがでたようであった。瞼が重たくなってきた。

戸塚をすぎてしばらくいった処で国道一号線を左折し、大船駅のわきにでて、旧鎌倉街道に入るのがいつものコースである。少しぐらい酔っていても、眼をつぶっていても、間違いなくとばすことができた。しかし、藤沢から左に曲って江ノ島へ向う道は、海水浴のシーズン以外には走ったことがなかった。海水浴客の車が数珠《じゅず》つなぎになっているのだから、その後につづいていればひとりでに江ノ島に着いてしまう。しかし今夜は、その先導車がないのである。

峯は眼を大きくひろげて標識を読もうとした。が、それはすぐに視界からそれて後ろへ流れていった。

「いまのやつ、江ノ島方面と書いてあったろう？」

「さあ、どうかしら」

考えごとをしていたとみえ、せつ子ははっきりしない声で答えた。バックミラーで後続車に注意を払いながら、咄嗟の判断で左におれた。国道の明るい照明になれた眼には、いやに暗い感じの道だった。幅もあり舗装もされているのだが、いくら走ってもすれ違う車がない。ちょっと不安な気がした。

人家がとぎれ暗い畑がつづいた。さらに五分ちかく走ったところで、道は二つに分岐していた。

「待てよ、どっちにいくのかな？」

速度をおとし、独語した。せつ子は眼をさましてはいるが、返事をしなかった。

「おかしいな、こんな三叉路はなかったはずだが……」

自信なさそうに呟き、ともかく右の道を行ってみることにした。間違っていたら引き返せばいい。

「飛ばすぜ」

声をかけておいてエンジンをふかした。八〇から更に一〇〇に上げた。

すぐに舗装道路がきれ、タイアが砂利《じゃり》を嚙む音にかわった。車台が大きくゆれ始めた。人家はなくなり、暗い道の片側によせて黄色い標識灯が明滅していた。あたらしい道を拓《ひら》くための道路工事をしているらしく、そう気づいた峯は適当なところでターンしようと考えた。

黒々としたロードローラーの背後から、灰色の人影がふらふらと道路の中央にでてきたのは、正にそのときだった。

酔いが、ブレーキを踏むタイミングを狂わせた。固いショック。どすんという鈍い音がすると同時に、物体がもんどりうって一回転した。せつ子は悲鳴をあげ、片手で眼をおおった。

2

男はうす汚れたシャツにカーキ色のズボンをはき、地下足袋姿だった。一見して工事現場の労働者であることが判る。頬から顎にかけて不精《ぶしよう》ヒゲを生やしているが、人相まではっきりしない。ひざまずいて抱きかかえようとすると、頸《くび》がぐんにゃりと垂れた。

「頸骨が折れている」

「じゃもう望みないわね。でも、念のために心臓の音を聞いてみたらどう」

声を殺してせつ子がいった。

現場には人影がない。だがこうした労働者が歩いているところから考えると、この近くに宿舎があることは確かだった。事故を彼等に気づかれるのは避けたかった。

「死んでる。おい、逃げよう!」

峯も声をひそめていい、二人はあわてて車に乗った。誰かが追いかけて来そうな気がする。ターンするのも、もどかしかった。

彼が車を停めたのは小さな煉瓦《れんが》工場の前だった。工場の建物も、その横の小屋もまっ暗で人が起きている気配はなかった。そこの空地に車を乗り入れると、エンジンを切った。ルームライトはとうに消してある。

「どうしたのよ」

「バンパーは曲ってるしライトのガラスが割れている。こんな恰好じゃ、国道を走れないよ。いっぺんで怪しまれてしまう」

「仕方がないわ、自首する？」

「他人事だと思って簡単にいいやがる。それができれば逃げやしない」

「逃げなくてもいいわよ。お金ならどっさりあるじゃないの、示談に持ち込むのよ」

「だからそいつができない相談だといってるんだ。おれは酔ってる。それに、七月にも事故をおこして免許証をとり上げられているんだ。無免許で、酔っ払い運転をやったんだよ」

声がうわずっている。ハンドルにもたれかかり、その肩が小刻みにふるえているのが見えた。

「七月のときも酔っ払い運転だったわね。子供をはねとばして――」

「子供がわるいんだ、うろちょろしやがって……。だが警察はおれのせいにしやがる。おれが有名人だもんだから、やつらは妬《ねた》ましくてしようがないんだ。なんとかして苛《いじ》めようとするんだ。だから、今度こそ間違いなしに交通刑務所にぶち込まれてしまう。おれは、それが恐いんだよ」

「恐い？」

「お前はなにも知らないから呑気なことをいってるけど、あそこは昔の軍隊とおなじぐらいに酷いとこなんだ。冬になっても暖房もなければ、腹いっぱい喰うこともできない。その上、きつい作業をやらされるんだ。ダンプの運転手でさえ、出てくるときは栄養失調でふらふらだ。おれなんか二週間で死んでしまう。いや、十日ももたない……」

三十二歳とは思われないあどけない丸顔。ひたいにひと握りの髪をたらしたのが峯のトレードマークだった。が、いまはその童顔がひきつったように醜くゆがんでいる。

峯は顔をふせると呻《うめ》くような声をだした。

「もう駄目だ。天下の峯千鶴夫も、これで終りだ……」

「ちょっと、こうしたらどう？」

せつ子がはずんだ口調でいい、峯はさそわれたように顔を上げた。

「成瀬君も運転できるわね？」

「うむ……」

「たしか、あなたのお古の車を持ってたわね？」

「ああ」

「あの子をここに呼ぶのよ。そして因果を含めて自首させるの。あなたは成瀬君の車で帰ればいいじゃない？」

「ふむ」

「あのとおりあなたを尊敬しているんだから、先生のためとなれば喜んで身代わりになるわ。いえ、喜んでというのはオーバーかも知れないけど、わたしと二人で一生懸命に口説《くど》くのよ。初犯だから大した罪にはならないし、その前に示談で片づけるから刑務所にはいかないですむ。そこんとこを力説するのね。お礼に五百万円ぐらいやるってことも忘れずにいうのよ」

「五百万！」

「けちけちしてる場合じゃないわ。それよりも、一刻も早く呼びよせることよ」

話を聞いているうちに、峯も次第に元気づいてきた。せまい車内で二人の男女はひたいを寄せ合い、声をひそめて、なおも細かいことを打ち合わせた。気がしずまってくるにつれ、いい知恵がわいてくるのだった。

車からでてそっと扉をとじた。国道までは五〇〇メートルほどの距離だから大したことはない。峯とせつ子は肩をならべ、靴音をしのばせて急ぎ足で歩いた。

「成瀬君がくる前に屍体が発見されちゃうと一大事だわよ。パトカーが走り回ってわたしたちを見つけるもの」

「その点は大丈夫だろう。土地の人間はあの道が工事中だということを知ってるから、通らない。ぼく等みたいな外来者は滅多に来ないしさ、見つかるわけがないよ」

先程とは別人のように落着いている。話しぶりにも余裕があった。逆にせつ子のほうが心細いとみえ、峯の腕にすがりつくような形だった。

電話ボックスは国道にでた角に立っている。ダイアル直通だから交換手に聞かれるおそれはないにしても、用心をするにこしたことはなかった。混線して誰の耳に入るか知れたものじゃない、というのがせつ子の意見だった。

「だから本当のことを告げるのは危険なのよ。わたしの声で『先生は気分がわるくなったから迎えに来て』と頼むの。第三者が聞いたとしても、意味が解らないでしょ」

峯を外に立たせておいてなかに入った。時刻は午前三時になろうとしている。

成瀬は容易に目ざめないらしく、せつ子は辛抱づよく受話器を耳にあてて待っていた。三分ちかくすぎた頃に、ようやく彼女の口が動き始めた。声は聞えてこない。峯は、喰いつくような眸《め》で女の口許を見つめていた。タクシーやトラックの運転手に目撃され、記憶されたらことが面倒になる。ボックスの陰にかくれ顔をハンカチでおおっていた。

通話が終るまでに二十枚ちかい小銭を投入していたが、そのわりに時間はみじかかった。扉がきしんだ音をたてて開くと、せつ子はバッグを抱えてでてきた。顔に、ほっとした表情をうかべている。

「すぐ来てくれるそうよ。すぐといっても一時間半はかかるでしょうけど」

「すると五時前になるな」

「いいこと？　上手に説いて聞かせなくては駄目よ。酔って轢いたなんておくびにも出さないこと。何がなんでも歩行者がわるいってことにするの」

「解った」

「あなたは自首するってお芝居なさい。わたしは一生懸命になって思い止まるようにいうわ。交通刑務所が地獄よりもすごいとこだっていう話をして、あなたを説き伏せるの。そして徐々に、あの子が身代わりになる気を起させるように誘導していくのよ」

「旨くいくかな」

いざとなると峯は懐疑的だった。まるきり自信がない。

「任《まか》せといて。男を口説くのがわたしの商売だもの。これと狙いをつけたらはずれたためしがないのよ」

声は小さい。しかしその口吻は確信ありげだった。峯は相手のほそい指をそっと、しかし力をこめて握りしめた。

3

成瀬が駆けつけたときには峯の酔いはとうにさめていた。電話でかるい脳震盪《のうしんとう》をおこしたと告げられ、そのつもりになっていた成瀬は、車で歩行者をはねたという話を聞かされて、まだ幼い面影ののこっている白い顔いっぱいに驚きの表情をうかべた。

宮崎県の人間は純朴だということをよくいわれるが、上京して二年もたっているのに、二十歳になったばかりのこの若者は依然として純情さをスポイルされていなかった。彼はまず〝先生〟の身に怪我のないことを確かめてから、死亡した歩行者にふかい哀悼の意をあらわした。峯にしろせつ子にしろ、その言葉を聞かされるまでは己《おの》れのことばかりに気をとられていて、不運な被害者のことなどついぞ念頭にうかばなかったのである。

あわてて書いた台本だったけれど、せつ子は、峯が予想したよりもずっと巧みに演技した。うっかりすると峯でさえ釣り込まれてしまいそうだった。まして成瀬は素朴そのものの青年なのだ、それがお芝居だと思うわけがない。彼が〝先生〟のため喜んで身代わりになると言い出すまでに、十分とはかからなかった。

「そんなことがばれてご覧なさい、先生が迷惑するのよ。あなたが自分から買ってでたのだといっても、世間では信用しないわ。先生が、むりやりにお弟子を替玉にしたのだと思うに決ってる。そうなったら、先生の歌手としての生命は終りになってしまう。そこんとこを充分に考えて上手にやってくれなくちゃ困るのよ」

聞いているとまるで立場が逆みたいだった。成瀬のほうが頭をたれている。例の五百万の礼金のことに及ぶと、彼は顔をあげ、礼が欲しくて身代わりになるんじゃないと強硬に主張し、せつ子は承諾させるのに骨を折った。

「では頂くことにします。そんなにご心配して下さってすみません」

「先生はベッドで眠っていらしたことにするのよ。あなたは前々から先生のポルシェに乗ってみたくてしようがなかった。とうとう我慢ができなくなって無断で乗り回しているうちに、事故を起した……というの。先生と被害者に申し訳ないってことを繰り返していえば、だれがみても成瀬君がやったように思えるわよ。解って？」

せつ子のこういうときの口調は冷酷そのものだった。そこには女らしい優しさも、暖かい思いやりもない。歌舞伎にでてくる烈婦《れっぷ》の性格に相通じるところがあった。さすがの峯も弟子が可哀想になってきて、せつ子に気づかれないようにそっと肩を叩いてやった。

「きっと旨くやります。先生、心配なさらんで下さい」

峯を安心させようとして無理に微笑するのだが、緊張しているせいかひきつった笑いになってしまう。

三人は煉瓦工場まで戻り、成瀬ひとりがポルシェに乗り込んだ。

「大丈夫かしら。なんだか頼りないみたいね」

成瀬が走り去ってしまうとせつ子は心もとなさそうにいい、黙って突っ立っている峯をふり返った。その足元で、コオロギが声をはり上げて鳴きはじめた。

しかし、せつ子のそうした心配にもかかわらず、結果として成瀬は美事に峯の危機を救ってくれたことになった。峯は被害者の遺族と成瀬に対して計千五百万円を払うという予期せぬ出費をすることになったけれど、流行歌手としての人気を失うことに比べれば、じつに安いものだった。この程度の損失は、ヒット曲を一つ飛ばせば確実に埋めることができるのである。ただ、ことがことであるだけに、この裏面工作は三人だけのものとしてマネージャーにも内緒にしておいた。秘密を知るものがふえれば、洩れる危険も大きくなるからだ。

猫背《ねこぜ》で風采《ふうさい》のあがらぬ男だが、マネージャーはチャンスを積極的に利用することに関しては天才的な手腕を持っていた。あのマネージャーについたからこそ、峯があそこまで売り出すことができたのだ。陰でそうした噂をするものもいるくらいである。

「これをほうっておく手はないよ。おれが週刊誌にわたりをつけてやるから待っててくれ。あんたはね、不肖《ふしょう》の弟子がひき起した交通事故の責任をとって賠償金を払おうっていうんだぜ、近頃にない美談じゃないか。それにさ、これだけ迷惑をこうむっていながら、成瀬君をクビにもしない。戻ってきたらまた内弟子にしてやるというんだから、ファンが感激しないわけがない」

「………」

にがい顔で横をむいている峯を無視したマネージャーは、精力的に動き回って、このことを一つの週刊誌と二つの芸能紙に売り込んでしまった。

「このオフィスは汚ない、といってホテルを借りると遺族のほうが気おくれして気の毒だ。そう思ったもんだからね、あんたの家の応接間でやることにしたよ。忙しくなったぞ、明日の正午までに小切手を用意しておかなくちゃならない」

　余計な真似をする男だ。峯は相変らずにがい顔つきをしていた。自分が真犯人でありながら、そ知らぬ顔で小切手をわたしてやることが、なんとしても良心にひっかかるのである。成瀬を替玉にしたのは保身のためだから止むを得ない。しかし今度のことは宣伝が目的なのだ。やらなかったからといって、自分の歌手としての生命が危うくなるわけでもない。

「いつになく弱気だね。だが考えてもご覧よ、週刊誌と芸能新聞をよんだ読者の一〇パーセントが買うとして、ドーナツ盤だけでも五〇万は売れるんだぜ」

「でも――」

「いいかね、これは単にPRが狙いなんじゃない。近頃のタレントが婦女暴行をやったり轢《ひ》き逃げしたり、そうかと思うと酔っ払い運転をとがめたお巡りさんに悪態をついたり、彼等の思い上がった特権意識が問題になりつつあるんだ。だからおれは、タレントのなかにはあんたみたいな責任感のつよい人間もいるということを、声を大きくして叫びたいのだよ。売名じゃないのだ、タレントの名誉恢復《かいふく》のためだと解釈して欲しいな」

　マネージャーは峯が泥酔運転で人を殺したとは夢にも思わない。だからこうした熱弁をふるわれてみると、反対のしようがないのである。峯は不承不承マネージャーのいうことに同意させられた。

　翌日、豪華な調度でかざられた彼の応接室はカメラマンと記者とでいっぱいになり、マネージャーは坐る椅子がなくて立ちつづけだった。

約束の時刻かっきりに遺族が到着した。が、その顔を一目見た瞬間、峯はカメラマンのいることも忘れてぽかんと口を開け、間のびのした顔になった。遺族というから陽やけした百姓女を予想していたのだが、それは美事に裏切られてしまったのである。相手は二十歳になる典型的な秋田美人だったからだ。記者の間からも賛嘆の声があがった。

「成功成功。あんな上玉だとは知らなかったね。こいつは間違いなく派手な記事になりますぜ」

その夜、数寄屋橋《すきやばし》のレストランで一緒に夕食をしたとき、マネージャーははしゃいだ調子でいい、ビールの大きなジョッキをほとんどひと息であけてしまった。たしかに彼がいうとおり、相手がぬけるような色白の、黒目の大きな美少女ということになると、記事の扱いは一段とはなやかなものになるだろう。宣伝効果は満点だった。

「きみのいうことを聞いておいてよかったよ」

と、峯は感謝するようにいって盃をあげた。マネージャーの言にしたがったからこそ、あした美女と思いがけなく邂逅《かいこう》することができたのである。峯はそのことを意味したのだった。

間もなく峯は言葉少なになり、しまいには黙々としてフォークを動かしていた。それはいかにも美食家が熱心に料理を味わっているように見えた。が、事実はそうでない。峯にとって白ブドウ酒で煮た舌ビラメの味などどうでもよかった。彼の胸のなかを占めていたのは、先程の被害者の娘友田雪子《ともだゆきこ》のことだった。あの女を手なずけ、秋田女性特有のねっとりとした餅肌を心ゆくまで賞味したい。心のなかで考えるのはそのことばかりであった。じつのところ、工藤せつ子のしつこい愛撫にはそろそろ飽きがきている。

女を呼びよせる方法はいくらでもある。地方の都市でステージに立つたびに経験することだけれど、彼女らは有名タレントの名を聞いただけで魔術にかけられたように全身がしびれ、手もなく陥落するのが常だった。

それは何も峯とかぎったものではなく、彼の周囲にも多くの例があった。友田雪子にしても、峯から声がかかったということだけで、ただちに飛んでくるに違いなかった。だから、いま彼を悩ましているのはそうしたことではなくて、いかにしてせつ子の目をくらますかという問題であった。浮気を知られたら最後、ただごとではすまないのである。

4

十月に東北三県にわたる一週間の公演があった。七日目は仙台のキャバレエと映画館で歌い、翌朝の特急で帰京の途につくというスケジュールだった。その最後の朝、峯は仙台駅でバンドマンや司会者とわかれると、ただ一人で秋田県の角館《かくのだて》へ向った。友田雪子をたずね、東京に来るよう誘いをかけるのが目的であった。秘書という名目である。

雪子は一週間後に上京して来た。峯は彼女を用意しておいた銀座のマンションに住まわせ、体があいているときは毎日のように通った。そのうちに仕事について貰うが、さしあたって秋田訛《なま》りを克服してもらわなくてはならない。彼が訪ねるのは発音と会話練習という口実だった。

せつ子が勤めるバーの眼と鼻の先に女を囲っていることは、心理的な盲点になったのだろうか、いっかな気づいた様子はない。峯はいままでどおりひょっこり顔をだし、ミキと哲子にすしなどを馳走してやりながら、ときどきせつ子にウインクをおくった。習慣を変えるということが怪しまれるもとになる。そのことを峯はよく心得ていたのだ。

しかし、せつ子を逗子の自宅へ送っていくことだけは滅多にしなくなった。面倒くさくてその気になれないのである。あの事故があって以来どうも運転するのがこわくてね、といえば納得してくれる。毛の先ほども疑ってはいないのだ。

すべてが旨くはこんでいた。雪子が上京した三日目に、峯は早くも彼女をものにした。ひとたび征服してしまえばあとは思いのままになる、という彼の持論は、ここでも正しいことが立証された。そのとき以降、雪子は峯の頤使《いし》に甘んじるペットになりおおせてしまったからである。

成瀬は成瀬で、ことの真相を疑ってみようともしない。以前にもまして峯を尊敬し、替玉になって自首したというただそれだけのことで五百万もの大金をくれた思いやりのある〝先生〟に、なんとかして報いたいと考えている様子だった。この頃は自分の才能に見切りをつけたとみえ、貰った五百万をもとに、宮崎に帰ってレコード店を開きたいなどということがある。

いってみれば、峯千鶴夫は頸のところまでとっぷりと温かい湯にひたっているようなものだった。家では忠実なしもべにかしずかれ、気がむくとマンションの豪華なベッドの上で吸いつくような餅肌を心ゆくまで堪能する。そのよいことずくめのなかで、工藤せつ子の存在だけがいよいよ重荷になってきたけれども、あの危機一髪のところを救ってくれたことを思えば、疎略《そりやく》な扱いはできないのである。むかしと同じように、月に一度ぐらいずつ店を休ませて目黒の自宅に呼び、一緒に風呂に入り、一緒に夕食を喰い、おなじベッドに寝た。

数年前までは、年の暮から正月にかけての忙しさは殺人的であった。だがいまは違う。ラジオとテレビ、それに映画に出演するため、席のあたたまる暇もなかった。だがいまは違う。ビデオテープのお陰ですべて年内に録画をすませてしまうことができ、彼のような流行児も、人並みに正月を迎えられることになった。クリスマスを雪子のマンションで過した峯は、愛情を公平に分配するという方針から、大晦日と元旦を逗子のせつ子の家で送ることにした。久木《ひさぎ》にあるこの家は、南西の窓をあけると海が見え、ちょっとした気分転換にもなるのである。離婚した先夫からもらったのだといい、せつ子は青瓦《あおがわら》をのせた洋風のこの家を自慢にしていた。

二人は向き合って炬燵に入って刻《とき》を過し、夜半になると除夜の鐘に耳をすませた。鐘の音の背後に打ちよせる波が聞えてくる。松林をわたる風が鳴っていた。

「本当に百八つも打つのかしら」

「さあ。近頃の坊主は生ぐさが多いからな、サバをよむかもしれないぞ」

「上手な洒落だわね」

べつに洒落をいったわけでもないのに、せつ子は手を叩いて笑いころげた。自宅でくつろぐのは久し振りのことなので、気がはずんでいるのである。

「数えてみましょうよ」

「止せ止せ、ばからしい。それよか雪子、もう寝ようじゃないか」

峯は、彼女の名を誤って呼んだ自分の失言には少しも気づいていなかった。だから、せつ子がにわかに険しい表情になったのを見て、ただ呆気にとられていた。

「どうしたんだい？」

「いま、何ていった？」

「え？」

「とぼけないでよ。雪子って誰？」

とがった眼つきをしている。表情が一変して険悪になっていた。峯は血の気のひいていくのが自分でも解った。だが、ここは何とか誤魔化してきりぬけねばならない。

「雪子？　おれが雪子と呼んだって？」

「そうよ」

「そうかねえ。すっかり忘れていたけど、記憶の底にしずんでいたとみえるな」

感に耐えぬ口調でいった。

「ふむ、雪子ねえ……」

「誰なのよ！」

「最初の女だよ、売れない前座時代に知り合ったんだ。雪という名前に似ない色の黒いやつだった」

相手の優越心をくすぐっておいて逃げるのは、レディキラーの常套手段である。

「すごく勝気なたちだった。なにが気にさわったんだか知らないが、楽屋に入ってくると、ものもいわずにいきなり三面鏡をひっくり返したことがある。その凄い女がきみ、破傷風でころりと死んでしまった。あいつは恐い病気だねえ」

一切が口からでまかせだった。死んだということにすれば嫉妬のしようがない。これも、プレイボーイが使う奥の手なのであった。

「止してよ、新年早々から破傷風だとかなんだとか。いやな話をしないで！」

女は黄色い声でたしなめた。ご幣《へい》をかつぐような迷信深いたちでもないのに、細くえがいた眉をひそめている。それをしおに、峯は話題をかえて危機をのがれた。掌がじっとりと汗ばんでいたのは、炬燵に入っていたせいばかりではなかった。

5

そのときはそれで何ということもなくおさまった。だが、果してせつ子があの下手な逃げ口上を本気にしたであろうか。峯にはそれを確かめるすべがなかった。表面からみた限りでは、彼女の態度には以前と比べて少しの変化もみられない。けれども、事実なにも気づいていないのか、心のなかではいぶかしいと気づきながらも、尻尾をつかむまでは相手を油断させておこうというわけで、平静をよそおってお芝居をつづけているのか、どうもその辺のことがさっぱり解らないのである。

いったん芽をふいた疑心暗鬼は、しかし容易に消し去ることはできなかった。マンションのせまい浴室で友田雪子のキメこまかい裸身をながめていながら、それに打ち込むことができずに、心のなかでは全くべつのことを考えていたりする。せつ子が彼の浮気を知ったら唯《ただ》事《ごと》ではおさまるまい。泥酔運転で歩行者をはねたばかりでなく、その罪を弟子に負わせて当人がのほほんとしていた卑劣な行為を、あらゆる芸能週刊誌や芸能紙に尾鰭《おひれ》をつけて吹聴《ふいちょう》してまわることは明らかである。その結果として人気は失墜し、自分はあの恐ろしい交通刑務所にぶち込まれる。それにもまして耐えられないのは、雪子が真相を知り、怒って角館へ行ってしまうことだった。いまの峯は、雪子との甘美な生活に溺《おぼ》れ切っていた。

四国四県をまわる演奏旅行が一月中旬にあった。旅が生活の一部となっている峯は、地方の名物や名産にはまるきり関心を示さなかったが、昨今は一変して、行く先々で土産を求めるようになっていた。それを持ち帰ったとき、一つ一つを手にとって少女のように顔をかがやかせる雪子が、峯はいとおしくてならないからだった。旅の終り頃になると、彼のスーツケースは土産物でいっぱいになってしまう。

ほぼ十日間にわたる旅が終って羽田に降りた峯は、その足でタクシーを銀座のマンションへ向けさせた。ふくらんだスーツケースを後生大事に膝にのせている。

車が新橋にさしかかったときだった。何気なく右側のビルに眼をやった峯は、そこの玄関からでてきたせつ子の姿を見て思わず身を固くした。ほんの一瞬間のことだったが、見間違いではない。後ろ向きだから顔こそはっきりしなかったけれど、アップに結い上げた髪と、黒い大きなハンドバッグと、それに濃茶の羽織りという三つの条件が重なれば、それはもうせつ子に決っていた。峯は、南国旅行ですっかり忘れかけていたあの被害妄想に、ふたたびとり憑《つ》かれてしまった。そのビルの五階全部を占めているのが、明治の創業をうたい文句にしている有名な私立探偵社だったからである。

その夜〝ルル〟にあらわれた峯は、二、三杯のハイボールを呑んだのち、ミキと哲子のほかにせつ子を誘って、近所のすし屋ののれんをくぐった。いままでにもしばしばあることだから、三人ともべつに不審がる様子もなくついて来たのである。峯がとばすウイットのある冗談はいつものような冴えがなく、喋っている峯にしてもやり切れなかったが、無理に笑っているホステス達も苦しそうだった。

「峯先生はサバがお嫌いらしいわね」

「そうじゃない、大好きなんだ。関西のバッテラなんかは、親爺さんの前でわるいけど、握りずし以上の旨さだと思うね。だが、残念ながらあれを喰うと蕁麻疹《じんましん》がでるんだ。おれの場合はただ単に肌がかゆくなるだけでなく、この喉の気管がきゅっと小さくなっちまって、呼吸困難におちいるんだよ」

陽気にみせかけようとしてはずんだ調子で喋るのだが、かえって不自然に見えてくる。それに気づいた峯はあわてて他の話題をもちだし、またそこでヘマをやるといった按配だった。

「ときにせっちゃん」

「なによ」

「今日の午後だが、新橋できみを見かけたぜ」

例の目撃談をすると、せつ子は峯が期待したような狼狽ぶりは少しもみせず、彼の肩をたたいてくすくすと笑いだした。

「いやだ、声をかけてくれればいいのに。こっそり覗いているのは悪趣味だわ」

「車に乗っていたものだから声をかける余裕なんてないさ。探偵さんに用があったのかい？」

さり気なく突いて反応をうかがった。

「探偵社のことをいってるのね？　あたしが訪ねたのは三階の東海貿易なのよ。部長さんのとこへ集金にいったの」

あっさり体をかわされてしまった。が、否定されればされるほどに、彼の疑心は一段とはげしくくすぶってくるのである。

6

自分の立場を守るためにはせつ子を殺すほかはない。峯がこうした結論に到達するまでに大した時間はかからなかった。多分に自己中心的な考え方をする男だったから、こと己れの利害に関する問題ともなると、遅疑《ちぎ》逡巡したためしがないのだ。

身辺に成瀬がいるとなにかと差障りが生じるだろう。そう考え、まずこの弟子を遠ざけることにした。これも下手にやると怪しまれるもとになりかねないが、タイミングがいいことに、彼の郷里では旧正月を祝う習慣があったものだから、それを口実に利用することにして、餅を喰ってこいといって帰省させてやった。彼が発ってしまうとにわかに家のなかが広くなったような、寒々とした感じになった。これからしばらくの間は身辺の不自由を味わわねばならないけれど、それは止むを得ないことだった。

　道徳的には欠けているくせに、峯が法の制裁をおそれる点では誰にもひけをとらなかった。日々の新聞に報道されているような、底のあさい愚劣な犯行であってはならない。完全犯罪でなくてはせつ子を殺す意味がないのである。

　幸い、地方公演をすませたばかりだったから、つぎのレコーディングにそなえて新曲の練習がはじまるまでの七日間は暇だった。峯はこの七日間を殺人計画の考案と実行にあてることにした。が、いざ机に向って考えてみると、眼高手低《がんこうしゅてい》というのだろうか、手を叩きたくなるような会心の名案はさっぱり浮んでこないのだった。タバコの空箱とブランディの空瓶がふえていくばかりである。

　彼を悩ませることは他にもあった。せつ子を殺すこと自体は何でもないような気がしていたのだが、いざそれと取り組む段になると、これがまた思っていたほど容易でなさそうなことだった。彼女にしたって死にもの狂いで反抗するだろうし、そうなると争うはずみに峯の服のボタンがとれることもある。顔をなぐられて鼻血がでることだってないとはいえないのだ。現場に物的証拠をのこしてきたのでは、どう抗弁しても否定することはできないのである。それを防ぐためには、裸体になった上で剣道かフェンシングの面をかぶっていく他はあるまい。

「ナンセンスだ」

苦々しい顔でそう呟きながら、ブランディのグラスを手にとろうとした。つるりと指が辷《すべ》って、グラスはテーブルの端を越えて床の上に落ちた。あわてて拾い上げたけれども、酒はすっかり絨毯に吸い込まれてしまい、一滴ものこっていなかった。横浜の輸入食料品店にたのんで取り寄せてもらった本場のコニャックであるだけに、ちょっと勿体ない気がして、峯は敷物の濡れた部分をじっと眺めていた。そのしみが、ふっとせつ子の血であるような気がした。

彼の迷いが豁然《かつぜん》としてひらけたのはその一瞬のことだった。いままでの峯は、せつ子を逗子の彼女の家で殺すことばかり考えていたのである。そうするかわりに、この家に誘い出して、ここで殺せばよいではないか。峯の家のなかに彼の鼻血がたれていたとしても、ボタンがソファの下に転がっていたとしても、べつに不思議はないのだ。せつ子がどれほど抵抗しようが、峯は遠慮なしに、思うがままにこれと闘うことができるのである。

峯の表情がにわかに明るくなった。こんな簡単なことになぜ思いつけなかったのだろうか、いままでさんざん頭を痛めたことが馬鹿馬鹿しく思われてきた。峯は、はずみそうになる心を無理に押えつけておいて、なおもこのプランを検討してみた。すると、さらに都合のいいことが発見されたのである。殺人犯にとって何よりも頼りになるのはアリバイだが、せつ子を峯の家で殺害すると、彼には労せずしてアリバイが成立してしまうことが判ったのだ。つまりそれは、こういうことになる。

いま仮りに正午にせつ子を殺したとしよう。その屍体をこっそり逗子にはこんでおけば、警察側は彼女の家が殺人現場だと思い込むに決っている。一方、解剖の結果せつ子が殺されたのは十二時頃であったことがはっきりする。そうなれば、正午に東京の自宅にいた峯には、疑問の余地のないアリバイが確立することになるのだった。

勿論、彼女が峯の家で殺されたことを知られてはならない。峯の血が峯の家におちていても問題にはならぬけれども、逆に彼女の血痕が峯の家から発見されれば、これは峯にとってきわめて不利なことになるのだった。したがって、射殺だとか刺殺といった血が流れる殺害方法は避けなくてはならない。そこで峯は、ありふれた絞殺の手段をとることに決めた。

余すところまだ三日あるけれど、峯は、天候次第では明日にでも実行に移そうと考えた。もし、屍体を彼女の家に担《かつ》ぎ込もうとしている際に雨が降っていれば、せつ子の髪も服もぬれてしまう。また峯がぬかるみに足をとられて辷ったなら、投げだされた死体は泥まみれになるだろう。そしてこれらのことが、慧眼《けいがん》な刑事に疑惑をいだかせるもととなりかねないのである。

カーテンの隙間から冷たい空を見上げた。星が降るような上天気であった。このぶんだと、恐らく翌日もまた快晴となるに違いなかった。だが、それから先の天候がどうなるか、予想はつかない。しかも明日は日曜日でバーは休みだから、せつ子は終日逗子の自宅にいる。峯としては、いつでも都合のいいときに誘い出すことができるのだった。

やるなら、明日をおいてない。そう心に決めると、服を、キルティングのガウンに着替えた。くつろいだ気持でさらに計画を練り上げようというのだ。酒はブランデイ、肴《さかな》は貰い物のキャビアがいい。

7

寝たのが遅かったわりに目覚めるのは早かった。やはり気が昂《たか》ぶっているのだ、落着かなくてはいけない。すぐカーテンを払って空を見る。一片の雲もない上天気だった。

朝と昼とをかねた食事をすませると、車を点検しておいてから、余った時間を居間の寝イスに横になり、スウェーデンのヌード写真集を見てすごした。つい先日、むこうの商社に勤めている友人から送ってもらったものであった。だが、圧倒的なボリュウム感の写真ばかり眺めていると、飽きてしまう。峯はページを開いたままテーブルにのせて、眼をかるく閉じ、雪子のすべすべした肌を追憶していた。喰い物となるとしつこい肉料理が好きだが、女の場合は、逆にあっさりとしたお茶漬の味が好みに合うようであった。

午後三時、フィアットを駆って家をでた。日曜日の三時ともなると、下り京浜国道の混雑もかなりゆるんでくる。鎌倉をぬけ、せつ子の家のある久木をとおり越して、逗子駅の前についたのは四時半だった。早速、近くの赤電話のダイアルを回した。

「あら、珍しいじゃないの」

嬉しそうな声だった。私立探偵の報告書をよみ、自分の疑惑が邪推にすぎなかったことを知ったのだろう。とすれば峯を疑ったことにある種の後ろめたさを感じている筈だ。いまのはずんだ声がそれを示している。峯はそう考えた。

「ちょっとドライブしてるんだ。今度の車はフィアットだがすごくカッコいいぜ。どうだい、三十分ばかり走ってみないか」

乗せてしまえばあとは楽だった。なんとでも口実をつけて東京へ連れてゆける。だからこの場合の中心課題は、あくまでも、彼女に普段着のまま出てきて欲しいということだった。彼女が自分の家のなかで殺されたように見せかけるためには、服装がアトホームの状態になくてはならないのである。

「駐車場が満員なんだ。買い物籠でもぶらさげて急いで来いよ。ただ、火の元と戸締りには充分気をつけてくれよな」

念を押しておいた。東京で殺し、はるばるその屍体を逗子まではこんで来たのに、彼女の家が火事で丸焼けになっていたというのでは話にならない。

京浜逗子駅の前を指定して彼女をひろった。いわれたとおり買い物籠をさげている。赤いセーターに黒のスラックス、それに灰色のオーバーを羽織ってサンダル履《ば》きという軽装だった。よほど慌てたとみえて化粧さえろくにしていない。だが、峯にとってはそれが好都合なのだ。

車を国鉄逗子駅にターンさせると、せつ子の買いつけの肉屋でウインナーソーセージとボーンレスハムを求めさせた。これはその場の思いつきにすぎなかったが、後になってみると、峯の頭脳も捨てたものでないことが解るのである。

金沢八景を回って横浜まで来たときに、「どうだい、おれんとこでめしを喰わないか」と誘いをかけた。

「久し振りじゃないか、ゆっくり話をしようよ」

「こんな恰好じゃいやだわ」

「おれの家だもの、気取ることはないさ。食事のあとでまた送ってやるよ。しかし、気が向いたら泊っていってくれないか。成瀬君は宮崎へ帰っているんだ。じつをいうとおれ淋しいんだよ」

淋しいという言葉をしんみりと発音した。これでせつ子を釣ろうとしたのだが、この試みは巧くいったようだった。淋しいという意味をどう解釈したのか、せつ子はちらりとながし眼で峯を見ると、脇腹をつねり、含み笑いをした。

峯の家に帰りついたのがほぼ六時、もうあたりは暗くなっている。すぐ居室にとおして珈琲を呑みながら他愛のない雑談をした。夕食は、もう少し腹がこなれてから店屋物《てんやもの》をとろうということにしてある。

三十分ばかりたってそろそろドライブによる緊張感がとけてきた頃、計画しておいたとおり、タバコを切らしたふうをよそおうと、彼女をのこして煙草屋へでかけた。いうまでもなくアリバイの証人をつくるのが目的なのだが、家のなかのタバコはすべて処分しておいたから、この突然の外出をせつ子が怪しむことはないのである。

「いいか、おれが帰ったらベルを三つ鳴らす。それ以外のやつには居留守をつかえ。せっかく水入らずで楽しもうと思っているのに、客が来たのではやり切れないからな」

せつ子の姿を第三者に目撃させないために注意をあたえたのだけれど、その真意に彼女が気づくわけもなかった。

煙草屋の親爺はカラーテレビを購入したばかりだった。峯はその画面を覗きながら五分間ほど発色の鮮明度についてお喋りをつづけ、三箱のピースを買った。

帰ってみると、せつ子はどうしたわけか薄笑いをうかべて彼を迎えて、「男ってみんないやらしいのね」といった。思い当った峯はつかつかと居室に入ってゆき、サイドテーブルの上に開いたままになっていたヌード写真集をこそこそと本箱にしまい込んだ。外出中にそんなものを眺めていた彼女の泥棒猫じみた行為が、いつになく不愉快に思えてならなかった。あえてそれを咎めようとしなかったのは、間もなく殺されようとしているせつ子に対する、せめてもの思いやりからであった。

彼が煙草屋でピースを買ったのが六時半、そしてせつ子の頸に手をかけた時刻は正確にいって六時四十三分だった。油断をついて襲いかかったせいもあるだろうが、予想したような闘争は生じなかった。

8

深夜、第二京浜国道をぬけて逗子に到着した。勝手知った家だからとまどうこともなく屍体を搬入することができた。峯はそれを台所の床にころがし、かたわらに買い物籠をなげだしておいた。

籠のなかには駅前の店で買ったソーセージとハムがそっくりそのまま入っている。そのことから当局は、帰宅した直後の彼女が、まだオーバーも脱がぬうちに殺されたものと推定するだろう。刑事のなかにはこれが犯人の偽装だという説を唱えるものがいるかもしれないが、解剖すれば彼女の胃のなかが空虚であることもはっきりするのである。その結果として、工藤せつ子が夕食の買い物をすませて帰り、そこを何者かに襲われたという推測はいよいよ明確なものとなっていく。犯行現場が東京であることを、だれが気づくであろうか。

峯は、財布だけを盗んで車にもどった。いくら犯人が小心者であって人殺しをしたことに驚倒《きょうとう》していたとしても、眼の前にころがっている財布に手をださないとしたら、かえってそのほうが不自然だ、そう考えたからである。

目黒の邸に帰りつくと、ゆっくりと風呂を浴び、スウェーデンのビールで乾杯して成功を祝った。邪魔者は消してしまったし後始末は手ぬかりなくやってきたし、鬱々《うつうつ》とした重圧感から解放された彼は久し振りに熟睡した。文字どおりそれは満ち足りた眠りであった。小説にでてくるような弱気な犯人とは違い、せつ子の夢をみて脂汗をながしたり呻《うめ》いたりするようなことは、全くなかった。

新聞によると屍体の発見者はガスの検針員ということになっている。都内版にはそれ以上のくわしい記事はのらなかった。峯もまた、過去のことには興味も関心もない。犯人のなかには捜査の進展が気にかかってたまらなくなり、こっそり現場の様子を偵察にいってとっ捕まる馬鹿がいる。しかし峯は、そうした愚かな真似はしたいと思わなかった。要するに、自信があったのだ。

彼はふたたび銀座のマンションに雪子を訪ねたり、作曲家について新曲の練習をしたり(歌手でありながら峯は楽譜を読むことができない)、レコード会社にいってテープにとってあるバンドの演奏を伴奏にレコードの吹込みをしたりした。要するに彼の生活は、以前と少しも変るところがなかったことになる。

ただ意外だったのは、彼女が、客からもらった懐中日記に断続して日記をつけていたことで、そこには、峯と二人で元日をむかえたことなどがかなりくわしく記入されていたというのだった。

そしてもう一つ意外だったのは、いつぞや峯が咄嗟に弁明したことを、頭から信じていたとみえ、彼女が雪子の存在に少しも気づいていないことであった。刑事からこうした話を聞かされたとき、峯はとんでもない誤解をしていたことを知り、あやうく表情にだすところだった。けれども、彼女の死を悼《いた》んだり自分の行動を悔んだりする気は起らなかった。せつ子は勘のするどい女だったから、おそかれ早かれトラブルは生じる筈のものだったのだ。彼女を殺したことは、探検家が出発する前に、あらかじめ自分の盲腸を手術しておくのと変りがないではないか。

刑事が峯を訪問したのは他意あってのことではなく、単なる参考人として、犯人に心当りはないかを訊ねるためにすぎなかった。

「犯人はこそ泥の筈でしょう？　そんな連中に心当りがあるわけがない」

にべもなく答えて追い返してやった。禍根を絶つことによって元気を恢復した彼は、同時に、芸能人としての特権意識をもとり戻していたのである。

その刑事と再会したのは、それから二か月のちの桜の花盛りの時分だった。峯がある放送局で歌謡番組のビデオ取りをしているところに、ひょっこり尋ねて来たのである。峯は不機嫌を露骨にあらわし、押し黙ったまま、局の食堂につれていった。

桜が咲いたとか、風がつよい日は埃《ほこり》が閉口だとか愚にもつかぬことをいい出したので、忙しいから早く用件を切りだしてくれ、とぶっきら棒にうながした。すると刑事はちょっと顔をあからめて、手にさげていた小さな函《はこ》をテーブルにのせた。小型の録音器である。

「公開をはばかりますが、まあ聞いて下さい」

ふとい指が小さなボタンにさわると、男の問いかける声と、それに答える女の声が聞えてきた。刑事がいうとおり閨房《けいぼう》の機微《きび》に触れた問答で、男のリードが巧みなせいもあるのだろうが、女はかなり大胆に、むしろ露出的と思えるくらいの答えをしていた。

「問答の中身よりも、声を聞いて下さい。覚えがあるでしょう」

「こんな男は――」

「男じゃない、女のほうです」

「え？」

そういいかけた峯は、声の主がまぎれもないせつ子であることに気づくと、それきり絶句してしまった。彼女の答えている内容が、すべて自分たちふたりの間の秘事であることに、ようやく思いついたからである。頬が、にわかにほてってきた。

「ルルの女給さん仲間にも聞いて貰ったのですが、これは間違いなく殺された工藤せつ子さんの声でしたよ」

「ええ」

むっとした顔になった。声の主を確かめようというなら、直接こっちに来ればいいではないか。

「話が変りますが、昨年の夏頃から、不特定の家庭に電話をかけてきて、応対に主婦がでると、待ってましたとばかりにあけすけな質問をしてくるという事件が発生していたのです」

「…………」

「男は女性週刊誌のライターだと名乗ったり、区役所の厚生課員だと称したり、舌先三寸で主婦を信じ込ませる。というより、奥さんたちのほうにもああしたことを喋りたがる欲望があるらしいですな。だから調子にのってぺらぺらと喋ってしまう」

峯も、そんな記事を新聞でみたような気がしてきた。とすると、せつ子もそんな欲望に駆られて語ったというわけなのか。

「その男がとうとう逮捕されたんだが、家宅捜索をしてみると、他にもこんなテープがたくさんあったのです。下劣なくせに几帳面《きちようめん》なたちだとみえて、いつ誰に電話をしたというデータまで保存している」

刑事がなぜこのテープを問題にしているのか、その真意が解らない。峯は相手の黄色い顔をじっと見つめていた。

「そのデータのお陰でこのテープがいつ録音されたかということも、ダイアルを回した相手の電話番号も判ったのですよ。ところが注目すべきことが一つあった。この電話をした日付と時刻が、工藤せつ子さんの殺害された時刻とほぼ一致しているということです。つまり被害者は、この通話をおえたすぐ後で殺されたことになるのですな」

峯は思わず唇をなめた。刑事の狙いがどこにあるか、ようやく呑み込めてきたからだった。

「よろしいか。この男が住んでいるのは東京都内であって、電話する範囲も都内に限られていたのですよ。もっとはっきりいえば彼はあなたの家のダイアルを回転させたのですよ。したがって応答している工藤せつ子さんもまた、屍体が発見された逗子の自宅ではなくて、東京のあなたの家にいたことになるのです。そしてその直後に殺されたということになれば、あなたのアリバイには一文の値打ちもなくなってしまう。お解りでしょうな？」

刑事と視線が合うと、峯はあわてて眼をそらせた。そして、ピースを買って戻ったときにせつ子が洩らした言葉の意味を、はじめて正しく理解したのだった。

夜の挽歌

1

有名な映画女優五人で結成されているエージェントに、パプリカくらぶがある。演技の向上を目標にかかげたこのグループは、マスコミからもかなり注目された団体であったが、はなやかな外面とはうらはらに、内部はあまりしっくりいっているとはいえなかった。

出演料に差額があったり、お座敷のかかる回数に多い少ないがあったり、男ならば気にもかけないようなことがらにも、彼女たちは目をつり上げねばならないのである。だが、五人が五人とも世間に名を知られた女優であった。単に芸術上もしくは金銭上の嫉妬反目から、風波をたてるような愚かなまねをするはずはない。ただ、そこに異性問題が発火剤として加わったときに、はじめて爆発点まで高められていったのだった。

里見秋子《さとみあきこ》がグループのひとり百合《ゆり》カオルの存在をじゃまに思いはじめたのは、ふたりがほとんど同時に文化テレビ放送のプロデューサー飛田謙三《とびたけんぞう》を愛するようになったからであり、カオルがいるかぎり、かれの愛情を独占できないことをじゅうぶんに知っていたからであった。

「ぼくは秋子さんが好きだよ。しかし、おなじ程度の愛情を、カオルさんに対しても持っているんだ。ぼくはぼくの愛を惜しみなく、だが公平にきみらにわかちたいな」

いささかきざな表現ではあったけれど、飛田は秋子と顔をあわせるたびに、よくそんなことをいった。カオルはしんはしっかりしたまじめな女であったが、アラブ女のようなエキゾチックな容貌と、鼻にかかった甘い声とで、妙に男心をそそるあやしいムードをかき立て、それが大きな魅力としてもてはやされていた。各放送局のミュージカルには、ほとんど招かれて主役を演じている。

ドラマ役者として演技力はあるけれど、どちらかといえば当世むきでない京美人タイプの秋子には、とうてい勝ちみのない相手であった。しかも、カオルはパリ大学の哲学科を卒業しているという、ジャーナリズムがよろこびそうな切り札をもっている。日本の女子大の仏文科をでた秋子とは、その点をとり上げてもライバルになるよう運命づけられていた。

飛田謙三は文化テレビのプロデューサー仲間から、プリンスのニックネームで呼ばれている。それはかれが同名の車をもっているせいでもあるが、白面の顔と、ひいでたまゆと、上品な鼻筋とが、貴公子をおもわせるからでもあった。

その飛田の黒目がちのひとみは、ドラマの演出に熱がはいってくると、火のように燃えてかがやくのである。秋子はその目に魅了された。そして、カオルもまたかれのひとみにひかれたに違いなかった。

「カオルさんが消えてなくなればいい……」

秋子はよく心のなかでつぶやいた。そして、その願望は、カオルが死んでしまえばいいというふうに変わり、やがて彼女を殺してしまいたいと思うようになっていった。カオルさえ死ねば、飛田の愛情はひとりでに自分のほうに傾いてくるのだ。では、どうすればカオルを殺して、しかもなお疑われずにすむであろうか。秋子の空想はしだいにふくれ上がっていく。そして、ついに、カオルの死を自殺にみせかけることがもっとも安全であることに思いついたのであった。

それには二つの方法がある。一つは、カオルに自殺をはかるような動機を、もたせること、もう一つは、彼女の筆跡で遺書を用意させることであった。

しかし、それにしても、これはあくまで観念上の殺人であり、本気でライバルの抹殺を考えていたわけではけっしてない。まだ、そこまで踏み切った決心はついていなかったのである。なにかのきっかけが、秋子には必要だった。

2

パプリカくらぶの事務所は、銀座西の小さなビルの三階にある。美人ぞろいの女優たちの本拠としては、いささかおそまつではあったけれども、彼女らが薄ぎたないビルに出入りすると、ふしぎにビルそのものまでが化粧をしたようにはなやいだふんいきをもつようになるのだった。

それは早春のある午前のことであった。ゆきずりの花屋でもとめた花モモとネコヤナギをかかえた秋子が事務室にはいってゆくと、そこには山崎英子《やまざきえいこ》がただひとりで石油ストーブにあたっていた。

いつになく明るい顔をしている。それは一目みたときに感じた。

「あら、もう来ていたの。早いじゃないの」

花を机にのせて、秋子はいった。

農家の娘などの役をやらせると非常にうまく、批評家たちから体当たり派の女優などと名づけられている英子は、このところ新しく役の幅を広げるためになにかと苦心をしていた。美人ではあるが、あまりにも個性のない、いわば公約数的なマスクが災いして、芸域の拡張もなかなか思うようにゆかずに悩んでいたのである。

「まあ、きれいなお花だこと。もう、ネコヤナギがでるころになったのね。春もすぐそこまで来ているんだわねえ」

英子ははずんだ口調で言い、立ち上がるとかびんやはさみをもちだして、秋子が花モモを生ける手伝いをした。どうも、いつになく上気したところがある。

はたして、花を生けてしまい、紅茶をすするころになると、英子はハンドバッグを引き寄せて中からガリ版ずりの台本をとりだした。〝白い血〟という題がしるされた、ひどく分厚いほんである。

「ねえ、喜んでくださるわね。あたしに、一時間ものの主役がまわってきたのよ」

「ほんと？　おめでとう！」

秋子は身をのりだして英子の手を取った。少しきざなゼスチュアではあったが、役者をしているとそうした感覚がマヒしてしまい、万事がおおげさに表現しないと気がすまなくなる傾向がある。

〝白い血〟は、原子病をあつかったメロドラマで、ざっと目をとおしたところどころに、社会批判めいたセリフがまじえてある。英子が演じる役は、郷里から東京にでて幸福な結婚生活にはいったものの、やがて白血病をわずらって死んでいくおとめであった。

「すてき。英子さんが望んでいたような役じゃないの。しっかりやってね。あたしも、何かお手伝いできるといいんだけど……」

秋子はほおをあからめて、熱のこもった言い方をした。英子にすばらしい役のついたことは、グループの同人としてたしかによろこばしかった。しかし、秋子を興奮にかりたてたのは、その台本の冒頭と幕切れにワンカットずつ出演する女中役のことだったのである。

テレビの本番を放送中は、タレントはもちろんのこと、放送局側のスタッフも全神経をドラマの中にうちこんで、他をかえりみるゆとりはまったくない。

もし、秋子がこの女中役をみずから買ってでて、最初の出番がすむやただちにスタジオからぬけだし、殺人をおかしたのちなにくわぬ顔でもどったとしても、最終場面にまにあいさえすれば、だれひとりとして気づくものはいないはずである。

しかも、ライトはもっぱら演技者の上に集中的にあてられていて、必要以外の部分は極度に暗くなっているのだ。彼女の行動は、そうした点からもカバーされてしまうのであった。

「英子さん、お願い。あたしにも友情出演させて。端役《はやく》でけっこうなのよ」

「まあ……」

「通行人の役でもいいわ。そうだ、この女中さんの役をしたいわ。プロデューサーに頼んでみて、ね」

今度は英子がからだをのりだして、秋子の手をとった。うれしさのあまり、あとのことばがつづかない。まして、平素とかくドライに割り切っている秋子がなぜ友情出演などと言いだしたのか、それを怪しむ気は少しもおきなかった。

だが、感激している英子の手を握りながらも秋子は、まったくちがったことを思っていた。それは、カオルにいかにして遺書をかかせるかということである。だいたいのめやすはすでについていたけれど、具体的な細かい点はまだ考えていない。

「早いとこなんとかしなくちゃいけないわ」

そっと秋子はつぶやいた。

3

秋子はフランス音楽が好きだった。そう書くと誤解されるかもしれないが、それはパリ・モードやシャンソンに心酔するといったありきたりのものとは違い、彼女の趣味の高さを語ることにもなるのである。ドイツの絶対音楽は重厚ではあるものの、表面的な把握をこころみるのはかなり容易なことである。高校生がベートーヴェンのシンフォニーのレコードを買うことを思えば、ドイツ音楽のとっつきやすさはだれにでも想像がつくはずであった。しかし、フランス音楽となると、内容がぐんと象徴的になるから、よほどの理解力がないかぎりそれを好きにはなれないのである。

秋子がよく聞くのは、フランス音楽のなかでもデュパルクの歌曲だった。この音楽家は四十になるかならぬうちに病を得て、そのままスイスに隠栖《いんせい》して八十すぎで没している。かれが作曲活動をしたのは、四十以前の数年間というみじかい期間にすぎず、しかも後年デュパルクは、芸術的な不満からわかいころにつくった歌曲をほとんど破棄してしまい、現在ではごくわずかな傑作がのこっているにすぎないのだ。

撮影やテレビの仕事が一段落したあとなどに、秋子は〝旅へのいざない〟であるとか、

〝波と鐘〟などの歌曲レコードに耳をかたむけて、薄幸の天才の遺産にひたることを楽しみとしていた。

もちろん、好きな音楽家のことだから、デュパルクの伝記なども所持しているし、丸善でみつけた〝アンリ・デュパルク書簡集〟なども、辞書を片手に半分ばかり読みすすんでいた。この書簡集のなかの一節に、秋子は思わぬ利用価値を発見したのである。

秋子はカオルとふたりきりになる機会を、しんぼうづよくねらっていた。とかく多忙な売れっ子のことだ、カオルが事務所にたちよることはめったにない。しかし十日ちかくねばって、ようやくそのチャンスに恵まれた。それは〝白い血〟が放送される一週間まえという、かなりきわどいときであった。

「あら、秋子さんおひとり？　おみやげ買ってきたのよ」

カオルは洋菓子のはこをかかえ、朱のオーバーのすそをひるがえしてはいってきた。秋子が帰りじたくをはじめて、ロッカーからマフラーをとりだしたところだった。

「まあうれしい、あなたに会ったの二カ月ぶりじゃなくて？　お紅茶いれましょう。それともおコーヒー？」

「眠れないといけないわ、ココアいただこうかしら」

アラビアンナイトのお姫様のように、カオルはアンズ色の目を大きくあけて秋子を見た。男心をとろけさせるあの目である。そして、カオルは、その目を美しくたもつことに人一倍に気をつかっていた。じゅうぶんな睡眠をなによりも必要としているのである。

秋子は日本人形に似た顔に明るい微笑を浮かべ、気軽に立ってココアをねりはじめた。そして、そのなかに、かねて用意しておいた睡眠防止剤をそっとまぜておいたのだ。それも、秋子にとってたいせつな布石の一つであった。

秋子がハンドバッグのなかから例の書簡集を取り出したのは、さらの上の菓子を食べおわったころである。石油ストーブがやけに熱く感じられた。

「なによ、それ」

「お友だちに頼まれたの。アンダーラインが引いてあるところを訳してくれというのよ。でも、あたしのフランス語じゃ、とても歯がたたないんだわ」

「どれ、見せて」

即座にカオルは手をだして、書物を取り上げた。

「簡単なことじゃないの」

「そうかしら……。それじゃ、このメモに訳してくださらない？　あら、万年筆忘れてきちゃった」

ハンドバッグのなかをかきまわしていると、カオルはうまうまと作戦に乗《じょう》ぜられて、自分の金の万年筆をとりだした。

カオルはいま、なにも知らずに自分の遺書を書こうとしている。その遺書は、ぜひともカオルのペンでしたためられなくてはならないのだ。彼女が他人の万年筆を借りて遺書を書いたというのでは、どうみても不自然をまぬかれないからである。つまらぬことで完全犯罪がくずれ去っていく例を、秋子は本で読んだ記憶があった。それを警戒していた。

秋子のさしだしたメモの上には、カオルの肩のはった癖のある書体で、次のような訳文が記入された。

わたしはハンセン病の宣告をうけました。これから開こうとする人生のつぼみを神様はなぜむしり取ろうとなさるのでしょうか。なにもかも、もうおしまいです。

医師からハンセン病だと診断されたデュパルクが、父親に書き送った悲痛な手紙の一節である。そして、世間との交渉を絶って病院にはいった青年音楽家は、以後二度とその門を出ることはなかった。この父親が死んだときですら、葬式に参列することをしなかったのである。

「ありがとう、お手数かけたわね。でも、きっと喜ぶわ。この人、デュパルクを卒業論文にするんですって」

出まかせのうそをつき、そのメモと書物をハンドバッグにそそくさとしまいこんだ。カオルの遺書に秋子の指紋がついていては、理屈にあわない。秋子はその点にも細かい神経をつかっていた。

こうして、彼女の殺人計画は、着々と実行に移されていったのである。

4

そののちも秋子は、なにかと理由をつけてカオルがけいこに出かけている放送局などに出かけ、飲み物にねむけどめの興奮剤をおとしこんですすめた。

そうした夜にかぎって、カオルが眠れないのは当然である。そうして翌日、寝不足の目をしばたたいてやってくる彼女に、放送局のプロデューサーや映画記者が声をかけると、カオルはねるように引いたまゆをひそめて、ゆううつそうにつぶやくのだった。

「不眠症になったらしいの。眠れないと、気がくさくさしてしようがないわ」

「忙しすぎるんだよ。少し暇をつくって、古巣のパリへ帰ってみるんだな」

「そうね、そうしたいわね」

パリへ帰るという表現が、カオルには気に入ったようである。彼女は学生生活をおくったカルチェ・ラタンをしのぶ目つきで、あらぬかなたを見る。

だが、他日、カオルが遺書を抱いた自殺死体となって発見されたときに、これらのプロデューサーや記者たちは、顔を見あわせて、しんみり語るにちがいないのである。

「そうだったのか。カオルが病気だったとは想像もしなかったよ。眠れないのもむりない話だったね」

「それにしても、きのどくなことをしたもんだな。いまの医学で、ハンセン病は不治の病気じゃないんだぜ。皮膚科の医者は、その点をもっとPRする必要があるね」

おそらく、これに似た会話がかわされ、カオルの死はなんの疑いもなく自殺としてかたづけられていくはずだった。興奮剤をのませた秋子のねらいは、この点にあったのである。

本番の日をまっている秋子の心は、結婚式の日を指おりかぞえる花嫁の気持に似ていなくもなかった。待ち遠しくてならない。しかし、心のかたすみでは、なにか恐ろしいような不安が絶えず小さなうずをまいている。

そんな毎日を送りむかえしているうちに、いよいよ当日となった。秋子は英子と前後して、午後の三時までにスタジオ入りをした。車の座席にはだいじな荷物が入れてあるけれど、カギをかけてあるから、盗難のおそれはない。

入念なドライリハーサルが何回となくくりかえされる。そして、夕食をすませたあとで、全員がメーキャップをしてカメラの前でけいこをする。カメラリハーサル、略してカメリハというのがこれだった。本番は九時から十時までである。カメリハをすませて、本番までの間に三十分の休憩があった。

英子は化粧くずれをなおしてもらって、秋子のとなりにすわった。

「やはり、気分がおちつかないわ。少しあがっているみたい」

「そんなことないわよ。あたし、ずっとモニターで見てたんだけど、本格的な演技がすばらしかったわ」

「そうかしら」

「ほら、白血病だということをはじめて知るシーンがあるでしょ。ショックを押えて、必死で恋人に微笑してみせるところよ、あそこ圧巻だわ。目がしらがジーンとなっちゃう」

確かにそれは感動的な場面であった。おそらく、山崎英子の従来の演技を脱皮したものとして、批評家の絶賛を得るにちがいない。秋子はそうした印象をうけていたのである。

本番まえの時間の経過はおどろくほど早い。三十分の休みはあっというまにすんで、九時から第三スタジオでドラマがはじまった。この放送局が巨人スタジオとみずから自慢するだけあって、自動車ショーが開けるほどの広さがある。そこに、町の大通りやバーの内部や病院の廊下などのセットが、十ぱいちかく組んであった。秋子は大邸宅の玄関ホールでしばいをした。

ほんのチョイ役だから、彼女の出番はあっさりしたものである。英子の恋人役をつとめる二枚目俳優に、会社からかかってきた電話をとりつぐ。ただそれだけのことなのだ。カメラの横に立ったフロアディレクターが、彼女のしばいのすんだことを合い図してくれる。それを合い図にセットからおりると、秋子は手洗いにでも行くようなさりげなさをよそおって、すべるようにスタジオを出た。

昼間とちがって、夜の放送局はほとんど人影もなく、廊下もしずまり返っている。息づまるような緊張感がみなぎったスタジオとちがい、そこには解放感がみちていた。秋子は大きく胸をふくらませて呼吸をすると、いそぎ足で裏口からとびだした。ネッカチーフをかぶり、サングラスをかけている。だれがみてもそれが里見秋子であるとはわかるわけがない。

風がつめたかった。空はくもっている。

秋子にゆるされた時間はほぼ四十五分だ。それまでの間にカオルを処置して、もどってこなくてはならない。だが、秋子には自信があった。テレビのプロデューサーが台本のカット割りをするように、秋子は自分の計画のどの部分にどれくらいの時間を要するかを入念に計算し、何回となくリハーサルをすませていたのだ。そっと周囲をみまわしてから、駐車しておいた車に乗った。電灯を消し、シェードをおろした後部座席には、麻酔薬をかがされて眠りこけている百合カオルが横たわっている。

5

慎重に秋子はハンドルをにぎった。途中で事故をおこしては一大事だ。鮫洲《さめず》の試験場で運転免許をとったときのようにけんめいだった。ひたいがじっとりと汗ばんでいる。

品川のはずれで車を止め、後部座席のドアをあけて、しずかに毛布の端をもち上げてみた。まるい懐中電灯のあかりの輪が、カオルの顔をてらしだした。

眠っている。数日来の不眠を一挙に取りもどそうとするかのように、まぶたをとじ、ふかく眠っている。品のいい高い鼻。血のけのうせた青い顔色は、手術台にのせられて医師の執刀をまつ、美しい患者をおもわせた。

秋子はポケットから麻酔薬の小びんをとりだすと、ハンカチにたらして、それをカオルの鼻の上にのせた。こうしておけば、あと二時間は目ざめる心配はない。

「眠ったままで、天国へ直行できるのよ」

もとのように毛布をかぶせながら、秋子はつぶやいた。

「もっとぜいたくな生活をして、思うぞんぶんにわがままな人生を楽しみたいかもしれないけど、それはあきらめてもらうわ。あなたが飛田さんを愛したからいけないのよ」

秋子のひたいにひと筋の髪の毛がたれている。それが京人形のような彼女の顔を、いちだんとつめたい美しさにしていた。

ラッシュアワーとちがって、いまごろとなると車の数は少ない。彼女は大森の先で小道にはいり、ふたたび車を止めた。

人家のない、さびしい一帯である。夏場はともかく、さむい冬の夜にこのあたりを散歩するもの好きもいなかった。すぐ横が鉄道になっている。

カオルのからだをひきずりおろし、わきの下から首をとおして、酔っぱらいを介抱するようなかっこうで一メートルほどのがけを上った。上り下りの東海道本線と京浜東北線のレールが、夜目にもひえびえと光ってみえる。

肉体労働になれない秋子にとって、それは予期した以上につかれる仕事であった。すぐに息切れがして、腕がぬけそうに痛んだ。

カオルが死にさえすれば、飛田謙三はわがものになるのだ。秋子はそう思ってみずからをはげまし、歯をくいしばって一歩一歩とよろめき歩いた。そして、ようやくのことで鉄路の上にカオルを横たえると、ふたたび車にとって返して、座席においてあったカオルのハンドバッグを、レールのかたわらに投げだしておいた。あの遺書は二つに折って、そのなかに入れてある。

まもなく、東京発の宇野《うの》行き急行〝瀬戸〟がここを通過する。しかも、このカーブの個所では、列車の前灯はカオルのからだの横をずれて照射するはずだった。機関士はブレーキをかけることすらしない。ただ、車体に感じたショックから事故の発生を知って、あわてて列車を止める。そして、そこではじめて、バラバラになったカオルの肉体の断片が発見される段どりであった。

風にのって海鳴りが聞えてくる。秋子は国道に出たところで車をターンさせ、ピッチを上げて東京へ引き返した。

おちついているつもりではあったが、ああした仕事のあとではやはり神経がたかぶりがちである。窓をあけ、冷たい空気にふれて頭を冷やしながら走った。六〇キロでとばしても、ハンドルさばきはしっかりしていた。

大井町を過ぎ、さきほど麻酔薬をかがせた場所をとおりこして、品川にはいった。腕どけいをみた。時間はまだたっぷりある。放送局の横にパークさせ、スタジオにとびこめば、自分がでるシーンまでは八分ちかい余裕があった。

これで事故でもおこさぬかぎり、完全犯罪は成立するのである。だが、運転には自信があった。酔ってもいない秋子が、まちがいを起こすわけがない。

秋子は飛田謙三の白皙《はくせき》の顔をえがいた。謙三は白い歯をみせ、柔和なまなざしで笑いかけてくる。男には珍しく柔らかそうな唇をもっていた。

「とうとう、あたしのものになったわ……」

秋子は声に出していった。いまごろカオルは、鋼鉄の車輪にひきちぎられて、あたりを血潮で赤く染めているはずだ。勝利の実感がこみあげてきて、秋子の心をはげしくゆすぶった。

「あたしは勝った……、あたしは勝ったのよ」

しばいのセリフを暗記するときのように、秋子は声にだして何回となくつぶやいてみた。手をのばしてラジオを入れた。そうぞうしいジャズでもきいて、自分の勝利をいやがうえにも祝福したかった。

男のアナウンサーの声が聞えた。番組と番組との間のスポットニュースであった。

「……九時十分ごろ、大船・保土ヶ谷間でダンプカーと上り電車とが衝突、電車は脱線転覆しました。ダンプカーの運転手は即死、電車の乗客にも多数の重傷者がでております。原因はダンプカーが一時停止をおこたったものとみられています……」

またやったわ、ばかな運転手！　秋子はそう思っただけで、ダイヤルをほかの局にまわそうとした。秋子もまた、近ごろの若い男女に共通したドライな性格に徹していた。他人が重傷を負おうが、死のうが、知ったことではないのである。それだからこそ、ライバルを殺すこともできたのだ。

アナウンサーの声はなおもつづいた。

「……この事故のため、東海道線、京浜東北線とも、上り下りいっさいの交通がマヒしております。横浜保線区からただちに全員がかけつけ、復旧工事にとりかかりましたが、開通するのは早くて明朝の八時ごろになる見込みであります……」

事故の話はもうたくさん。ダイヤルをまわしかけた秋子は、途中でその手をとめて、急に息をすいこんだ。

列車がストップしているのだ。カオルは無事なのである！　あと一時間もすれば、眠りからさめて起き上がる。そして、自分が妙な場所に寝かされていたことと、ハンドバッグのなかのメモから、すべての秘密をさとるのは明らかであった。

思わぬところから、彼女がもくろんだ完全犯罪は急激に崩壊しつつあるのだ。秋子は色をうしなった。いまから現場へもどれば、テレビのほうに穴があく。

「困ったわ、困ったわ、困ったわ……」

さかなのように口をパクパクさせた。思考力がいたずらに空転した。

ハンドルをとる手がおろそかになったとき、カーブをきることを忘れて、道路のまんなかのロータリーにまっこうからとびこんでいった。大きな音がした。車の前半はおしつぶされ、秋子は頭をたたきわってフロントガラスにのしかかっていた。ふきだした赤い血が、ネッカチーフとオーバーをそめて、車の床にしたたりおちていった。

死体におされてクラクションが鳴りつづけている。ラジオからながれるのは、陽気なファンキームードのジャズであった。トランペットがひびく、シンバルがわめく、アルトサックスがおどける。

それは死んだ女優の無軌道な行為をたたえる挽歌のように聞えた。

（注）本作中に記述のあるアンリ・デュパルク（一八四八〜一九三三年）は、『クラシック音楽事典』（平凡社）など複数の文献によりますと、作曲家を引退したのは精神疾患のためとあります。

（編集部）

解説

山前《やままえ》 譲《ゆずる》
（推理小説研究家）

光文社文庫からはこれまで鮎川哲也氏の短編集が数多く刊行されてきたが、本書にはそれらに収録されていない作品のうち、一九六九年から一九七六年にかけて発表された十四作がまとめられている。そして表題作の「夜の挽歌」は、一九六五年三月刊の短編集『夜の疑惑』に収録されたあと、これまで再録される機会のなかった短編である。

一九六九年に『鍵孔《かぎあな》のない扉』、一九七一年に『風の証言』、そして一九七六年には『戌神《いぬがみ》はなにを見たか』と、この期間には長編も刊行されているが、やはりさまざまな小説誌に発表される短編が目立つ時代だった。

そうした創作活動において大きなターニングポイントとなったのは、一九七二年から書きはじめた〈三番館〉のシリーズである。『竜王氏の不吉な旅』以下、光文社文庫で全四巻にまとめられている。それまではいわゆる倒叙《とうじょ》推理が多かったが、新たな名探偵を登場させて、不可解な謎をメインにした本格推理のスタイルを改めて確立したことで、鮎川短編の方向性が変わったのだ。一方、本書にはそのシリーズ以外のものが収録されているだけに、バラエティ豊かな短編集となっている。

収録作にはやはり、犯人側から動機と完全犯罪を目論《もくろ》む犯行計画を描いた倒叙推理が多い。

光文社文庫では先に『黒い蹉跌《さてつ》』と『白い陥穽《かんせい》』の二冊、倒叙推理がまとめられているが、ここでも収録順に挙げていくと、「ワインと版画」、「詩人の死」、「皮肉な運命」、「水のなかの目」、「ポルノ作家殺人事件」、「冷雨《れいう》」、「尾のないねずみ」、「灼熱の犯罪」、「声の復讐」、そして表題作の「夜の挽歌」と、半数以上を占めている。

倒叙推理は当然ながら最後に犯人の犯行が暴かれるわけだが、もっとも理想的なのは犯罪計画が完璧であると読者に思わせておいて、そこに伏線を巧みに忍ばせておくものだろう。本書収録作にもいくつかあるが、それがうまくいった場合、「詩人の死」のように、改稿して読者への挑戦を挟む場合もあった。

ただ、「ポルノ作家殺人事件」は最初から読者への挑戦を意識して書かれている。

順序が逆になるけれど、「砂の時計」のほうを先に書いた。当時、講談社から推理小説の全集が発行されていて、付録の月報に、数人の作家が一本ずつ犯人探しの短編を書くということになっていた。わたしが「砂の時計」を書いたところ、難し過ぎるというクレームが編集部内からだされて、急ぎこちらを脱稿して「砂の時計」の代りとした。もし本編が易《やさ》し過ぎて歯ごたえがないとすれば、その責任は講談社の編集者が負うべきであろう。
――『写楽が見ていた　鮎川哲也短編推理小説選集　6』（立風書房）巻末の「作品ノート」

その全集、「現代推理小説大系」は全二十巻で一九七二年にスタートした。戦前の作品から最新作まで、日本ミステリーの歴史を総括した全集である。別巻とされていた第十九巻の「中井英夫集」と評論等をまとめた第二十巻の刊行には間があいて完結には時間を要したけれど、以後、こうした現代まで俯瞰《ふかん》しての通史的な全集はミステリー界で企画されていない。

各巻の月報には懸賞つきの短編が掲載されていた（作者はそれぞれ異なる）。「ポルノ作家殺人事件」はそのひとつである。解決編は別の巻の月報に掲載されていたから、鮎川哲也ファンは真相を知るためにそれも買わなければならなかった……いや、立ち読みでもよかったのだけれど。

鮎川短編の倒叙推理では、自然現象や第三者の行動など、予期せぬ事態によって犯人が追い詰められてしまう場合も少なくない。そうした展開は結末で似たような印象を与えてしまったことだろう。

それは作者も気にしていたようで、『鮎川哲也短編推理小説選集』の「作品ノート」において本書収録のある作品について述べた際、〝読み返してみると本編のラストは『灼熱の犯罪』と同工異曲であり、それがちょっと気にかかる。雨を雪に換えた旧作もあるから、トリックを生命とする本格派の作家としてみれば、余り自慢のできることではない〟と、本音(?)を吐露していた。その犯人が予期できなかった出来事を作中でほのめかすことはできるのだが、それでは結末が読者に容易に推理されやすいかもしれない。

『鮎川哲也短編推理小説選集』の「作品ノート」において、「冷雨」についてはかなり長く書かれている。鈴木三重吉《すずきみえきち》の短編「千鳥」は文芸推理として読んでも面白いとか、少年の頃から趣味としてピアノを弾きたいと念願していたとか、モーリス・ルヴェルの短編を読んでピアノが弾ける女性と結婚したいと考えていたとか回想したあと、婚約者が少女時代にピアノを習ったことがあると知って喜んだとして、こう書いている。

しかし結婚当時はピアノなんぞ買うほどの経済的余裕はなかったから、神田司町《つかさちよう》に貸しピアノがあることを知って、そこへ行き一時間ほど弾いて貰った。わたしは譜めくり役だ。弾いてくれたのはモーツァルト、クレメンティ、クーラウなどの耳当りのよいものばかりで、わたしはようやくのことでルヴェルの短編以来の夢を実現することができた。しかし三年間で結婚生活にピリオドを打ってしまったから、四十年来のわたしの望みがかなえられたのは、わずか六十分間にすぎなかったことになる。

婚約者、そして結婚後にピアノを弾いてくれたのは推理作家の芦川澄子《あしかわすみこ》氏である。なかなか過去を語ることのなかった鮎川氏だけに、この「作品ノート」の記述は貴重だ。

倒叙推理よりはアリバイ崩しの「西南西に進路をとれ」、「ドン・ホァンの死」、「水難の相あり」、そして密室状況の「地階ボイラー室」のほうが、論理的な謎解きの妙味を堪能できるに違いない。なかでも「地階ボイラー室」の推理合戦的な展開は楽しい。

『黒い蹉跌』と『白い陥穽』に収録された作品もそうだったが、鮎川作品では短編でも舞台が日本各地に展開されている。

本書でとくに注目したいのは「ドン・ホァンの死」だ。久里浜《くりはま》からフェリーに乗って事件関係者が千葉の養老《ようろう》渓谷へ向っている。その地の温泉旅館で事件が起こるのだが、房総半島のローカルの鉄道が紹介されているのは、鉄道ミステリーのアンソロジーを多数編んだ鮎川氏らしい。

ちなみに東京湾を横断するフェリーは作者のお気に入りで、晩年まで何度も乗船していた。ところでこの短編、初出誌では「東の間のドン・ホァン」と題されていたのだが、こちらのほうがしっくりするような気がしないでもない。

甲府が舞台となっている「灼熱の犯罪」は、『鮎川哲也短編推理小説選集』の「作品ノート」によれば、〝たしか編集部のなかの甲府出身者に略図を書いてもらい、それを利用したのではなかったろうか〟とあるのだが、その描写はまさに微に入り細に入りと言いたい。略図だけでここまで描写できるだろうか……。

そしてまさに異色作と言えるのが「猪《しし》喰った報い」だ。世代的に鮎川作品において戦争の影は色濃いが、太平洋戦争末期のエピソードがここまで描写されているのは他にない。そして結末――はたしてこれが真相なのだろうか。さらにどんでん返しがあるのではないだろうか。初読のときにはそう思ったものである。

お馴染みの音楽趣味もそこかしこにちりばめられている。ギムレットやヴァイオレットフイズといったお酒の描写からは、〈三番館〉を思い浮かべるかもしれない。本書は鮎川短編をさまざまな視点から楽しめる一冊となっているはずだ。

◎初出誌一覧

西南西に進路をとれ	「別冊問題小説」一九七六年十月
ワインと版画	「小説新潮」一九七六年六月号
詩人の死	「週刊小説」一九七三年八月三日号
皮肉な運命	「別冊小説現代」一九七三年初夏号
水のなかの目	「オール讀物」一九七三年六月号
ポルノ作家殺人事件	『現代推理小説大系10』月報　一九七二年四月
ドン・ホァンの死	「別冊小説宝石」一九七一年十二月
猪喰った報い	「別冊小説新潮」一九七一年一月
水難の相あり	「小説現代」一九七〇年三月号
冷雨	「読物専科」一九七〇年一月号
地階ボイラー室	「別冊週刊大衆」一九六九年十二月
尾のないねずみ	「小説新潮」一九六九年十二月号
灼熱の犯罪	「小説現代」一九六九年十月号
声の復讐	「小説エース」一九六九年五月号
夜の挽歌	初出不明

光文社文庫

夜《よる》の挽《ばん》歌《か》 鮎川哲也短編《あゆかわてつやたんぺん》クロニクル 1969～1976
著者 鮎《あゆ》川《かわ》哲《てつ》也《や》

2024年6月20日 初版1刷発行

発行者 三宅貴久
印刷 KPSプロダクツ
製本 ナショナル製本

発行所 株式会社 光文社
〒112-8011 東京都文京区音羽1-16-6
電話 (03)5395-8147 編集部
8116 書籍販売部
8125 制作部

ISBN978-4-334-10345-3 Printed in Japan

組版 萩原印刷

不滅の名探偵、完全新訳で甦る！

新訳 アーサー・コナン・ドイル

シャーロック・ホームズ全集〈全9巻〉

THE COMPLETE SHERLOCK HOLMES
Sir Arthur Conan Doyle

シャーロック・ホームズの冒険

シャーロック・ホームズの回想

緋色の研究

シャーロック・ホームズの生還

四つの署名

シャーロック・ホームズ最後の挨拶

バスカヴィル家の犬

シャーロック・ホームズの事件簿

恐怖の谷

*

日暮雅通＝訳

光文社文庫